大时代的小过客

王淑敏 著

华龄出版社
HUALING PRESS

有 态 度 的 阅 读

小马过河(天津)文化传播有限公司

目录 CONTENTS

大时代的小过客

楔子		1
第一章	苦恋	6
第二章	思变	21
第三章	下海	28
第四章	远航	35
第五章	日子	47
第六章	理解	58
第七章	搭伙	72
第八章	困惑	86
第九章	探路	105
第十章	责任	122
第十一章	机遇	137
第十二章	通途	150
第十三章	里程	162
第十四章	情结	174
第十五章	那情	197
第十六章	出轨	202
第十七章	慰藉	210
第十八章	茫然	224
第十九章	迷雾	234
第二十章	较量	246

目录 CONTENTS

大时代的小过客

第二十一章　**相持** —— 260

第二十二章　**真相** —— 273

第二十三章　**灵犀** —— 286

第二十四章　**暖意** —— 300

第二十五章　**期盼** —— 312

第二十六章　**本性** —— 326

第二十七章　**旧情** —— 338

第二十八章　**暧昧** —— 350

第二十九章　**钓鱼** —— 363

第三十章　**胜负** —— 375

尾声　**悲戚的灵魂** —— 390

楔子

这是一个特别的日子，空气中漫溢着甜美的幸福味道，温馨而浪漫。崔晓岩忙碌且欣慰，在婚姻上，今天是崔晓岩和徐静梅结婚十周年纪念日；在事业上，今天是他所创办的鑫泰咨询公司转型之后，改名为"阳光装潢设计公司"所接的第一个工程——"半山华益工程"竣工验收日。这是两栋28层办公姊妹楼的装修工程，这次验收半山华益集团非常重视。据说半山华益集团的班子主要成员都会到场，他们还邀请了市里相关领导参加，本地的报纸、电视等新闻媒体也会派人采访。半山华益集团是要趁这次机会宣传企业形象，展示企业实力。

这样的事情，自然也是展示他们"阳光"实力的绝佳机会，晓岩作为老板，自然是百倍重视。

早晨，晓岩和往日一样，程序化地做着上班前的准备，妻子静梅也和往日一样忙着给女儿格格穿衣、洗漱、打扮。静梅先要把女儿打扮得漂漂亮亮的送到幼儿园，然后再绕一个45度的弯儿，大概六里多路程到机关上班。为了赶时间，从周一到周五，上班下班，她都是骑着那辆踏板式摩托车，在来来往往的人潮中赶路。

晓岩换上西装，站在穿衣镜前打领带，他端详着自己映在镜子里的模样，笑着说："梅，人家说'男人四十一枝花'，我怎么看，自己都是帅气的小伙，花在哪儿啊？"那神情有几分得意，几分自恋，更有几分幽默。

静梅笑笑，嗔道："你可真逗哦，四十岁的男人，那花能开在脸上？花要开在心里呀！"静梅的声音温润得能够滴出水来，"你看，那枝花不正在欣赏她的白马王子吗？"

晓岩含情脉脉地望着静梅，笑容绽放成玫瑰花，他扳过静梅的肩头，在那极富生命光泽的额头上深情地吻了一下，说："亲爱的，记住，晚上一起吃饭，老地方。"静梅甜甜地点头应道："嗯，记住了。"

"到时候有神秘礼物送你哦。"

晓岩所说的神秘礼物，是他专门让秘书韩颖帮他挑选的一款钻石项链。

格格努着小嘴拉住晓岩撒娇："爸爸，还有我呢！"晓岩微笑着弯下腰身，捧住格格的小脸蛋儿，在嫩嫩细细红扑扑的小脸蛋上左右亲了两下，说："嗯，乖，爸爸记住了。"

看着父女两个亲热的黏糊劲儿，静梅的心里霎时间花朵般灿烂，正如阳光和雨露滋润着的玫瑰，溢满了笑容的脸上流露出幸福的光晕。她甜甜地笑着，说："好了，要迟到了。"

其实，静梅心里很想让这样的欢乐时光多持续一会儿，哪怕是延长一分一秒。不知道为什么，这几天，她觉得自己就像是刚刚恋爱的小姑娘，对于晓岩的依恋，就像饥饿的婴儿恋着母亲的乳香，有一种说不清道不明的难舍。

晓岩难得有这样的好心情，他们好久没有这样说笑了。自从晓岩辞职下海，自己做了老板以后，他们一家三口就很少在一起吃团圆饭了。求生存，谋发展，成为他生活中最高的境界。"七情六欲"一词，曾经在他的字典里消失。然而,今天他还是记住了和静梅结婚的纪念日。这样的美妙时光在静梅心里如一朵盛开的蝴蝶兰,像一只翩飞的蝶儿,曼妙翔舞于充满了春光雨露的花香之中。这样的感觉,这样的春季,静梅走路的脚步都轻盈如飞。

"我送你们吧,今天让你们娘俩享一回福,晚上我早点儿回来去接格格,"晓岩一边说着,一边牵住女儿的小手说,"走了,今天爸爸送格格。"

在往日,接送格格的任务自然是静梅的。有一次她骑着摩托接格格,格格睁着灵动的大眼睛,疑惑地问:"妈妈,我们班的李莹莹都是爸爸来接她,她爸爸是开着小汽车来接的,我爸爸为什么不来接我呀?"

静梅心里明白格格的意思,她暗自感叹:"唉,现在的孩子,小小年纪就懂得攀比,虚荣心这么强,格格是嫌妈妈每天骑个摩托车接送,她在好朋友跟前没面子,不如爸爸开着车来接,显得阔气了。这个小机灵精,还不直说。"这样想着,便故意惊诧道:"是吗?可是,可是妈妈接格格不是很好吗?格格可以最先见到妈妈呀!"

格格大概是不愿得罪妈妈,就使劲地点点头,说:"嗯,妈妈最亲格格了。"说着扑进妈妈怀里,快乐得像只小喜鹊。

结婚十周年纪念日,他们三口之家,烛光晚餐,晓岩又有礼物要送。这让静梅怎不无限期盼,盼望白天的时间过得快点儿,再快点儿。想象那烛光晚餐的温馨浪漫,静梅面颊微红,心已醉得迷离。近段时间,晓岩的体贴、细心、理解,使静梅有点儿受宠之后的得意,得意之后更加依恋。有人说男人忽然间变得格外体贴,必定有什么事情要发生,她一想到这些,在感动之余,又有些忐忑不安。曾几何时,他们也曾经误解、争吵,甚至想做围城中的逃兵。

有了晓岩早上的预约,静梅一天的工作都充满了激情与创造的动力,同事和下属的笑脸也似乎比往日灿烂了许多,满怀激越心情的静梅感到格外真诚,分外亲切。热情激励着她愉快地书写着枯燥乏味的二十一世纪初某年某公司的领导工作报告。

中午,静梅和几位同事在机关食堂吃饭。机关的饭菜总是万变不离其宗——大米饭,几种蔬菜混在一起炖成的大锅菜,找不出几块鸡丁的土豆炖鸡块,不削皮的腌黄瓜。他们今天吃,明天吃,天天如此,吃得人嘴馋。味蕾也就出了问题,品不出菜的香味。桑说:"天天这样吃下去,胃都造反了。"

"有什么办法?将就着吧!晚上下班回家,一家人和和美美地打一顿牙祭。"张接了桑的话说。

同事你一言我一语地对话,静梅心里有种说不出的苦涩,她已记不清有多少日子一家三口没有一起吃过饭了。前几天,她带女儿在一家快餐店碰到格格的小学同学和爸爸妈妈一起吃饭。吃饭本身也许并没有什么特别,意义就在于他们是一家三口一起吃饭,那小姑娘坐在爸爸妈妈面前,小脸洋溢着甜美、幸福、骄傲的神态,粉嘟嘟的小嘴儿吃得倍儿香,模样可爱极了。爸爸、妈妈关怀备至地照料着女孩,女孩偶尔叫一声爸爸、妈妈,撒娇地把一块吃了一口的素食放回爸爸面前的碟子里,说:"我不吃这个嘛!"

格格艳羡的目光就像是山鹰寻见小鸡,紧盯住目标看得眼都不眨一下。静梅看在眼里痛在心上,她轻声唤女儿道:"格格,妈妈喂你吃好吗?"格格这才回过头来,问:"妈妈,爸爸什么时候和我们一起吃饭啊?"静梅脸上漫过一丝尴尬,说:"爸爸忙,也说不定明天爸爸有空了,就会陪格格的……"静梅不知道用怎样的魔法才能满足女儿幼小心灵的渴望。

今晚,一家三口终于要在一起吃饭了,格格一定会高兴得欢跳起来。想起中午饭桌上桑和张的那句"晚上下班回家,一家人和和美美地打一顿牙祭"的对话,静梅心里暖融融的。家是一个让人依恋,又给人暖意的地方。静梅忽然产生了一个想法，一会儿提前回家，做几个小菜，开一瓶葡萄美酒，让晓岩接了格格回家，一家三口在自己家里吃顿暖融融的团圆饭呢！主意已定，她想，何不给晓岩打个电话，告诉他晚上在家里吃饭，也许更有一番纪念意义。她拨了好几次，终于拨通了，说："岩，晚上你负责接格格回家，我负责安排晚餐……"

晓岩接电话时说话犹犹豫豫的，好像有话没说完，只含混地说："嗯，我在忙，先挂了。"

挂了电话，静梅默默地给自己打了个满分，脸上溢满了微笑与幸福。尽管晓岩为了公司的事务忙到天昏地暗，失去了生活的情趣和夫妻间的温柔与浪漫，尤其是与易程做了合伙人之后，困难时期的无路可走，红火时期的繁华热闹，让人的心情如蹦极一般。早上，晓岩说要提前回家，为结婚十周年庆祝，她这一天都沉浸在幸福之中。此时此刻，办公桌上等待处理的文件都变得灵动起来，像极了温润可爱的笑脸在向她祝福。

下午，静梅的心情被一家人的团圆饭诱惑着，几乎是每隔十来分钟就要看一次表。但那不争气的时针却似一个背了沉重包裹的蜗牛，爬行得那样吃力、缓慢。她想象着一家三口其乐融融，一起晚餐的温情暖意，格格是被父爱和母爱包围着的小精灵，而自己却是被爱情滋润着的美少妇，被丈夫宠着的王妃。不，比王妃要幸福千百倍。帝王有三宫六院，她们争宠吃醋，钩心斗角，甚至斗得你死我活；而晓岩是我海誓山盟、生死相依、一生一世相濡以沫的爱人。

她羞涩而幸福地笑了……她的眼中、心中，满是幸福的蜜意和柔情。然而，天有不测风云，这样别有一番浪漫温馨滋味的日子，却成为他们的生离死别，成为一场生命和血泪交融的大灾难。

苦恋

第一章

二十世纪八十年代末，崔晓岩大学毕业，被分配到国企益林公司。益林公司是一个管理型服务单位，隶属于半山华益集团，为正处级编制。晓岩毕业于国家名牌大学，又是高才生，学生党员。因此，他的到来，在益林掀起了微澜，他就像《红楼梦》中的贾宝玉，不但是贾母和王夫人等关照的宝贝，更是"大观园"里的女儿们关注的焦点人物。

一拨养在"深闺"的姑娘们，都在心里暗暗地盼着，想找一位学识、修养、品貌兼具的夫婿。半山华益公司是大型国企，有不少高中层管理人员都已人到中年，膝下儿女自然有不少已经到了恋爱结婚的年龄。一些稍有地位的父母们，为了让自己的女儿有一个好归宿，便暗自在相关单位的大学生中挑选和培养乘龙快婿。有些大学生也乐意背靠大树，以此走一走人生奋斗史上的捷径。晓岩报到的第二天，就有好事者相"女婿"了。然而，家境并不富裕，更没有什么社会背景的晓岩却并不稀罕这种媒妁之言。他明确表态：三五年内，不打算考虑恋爱的事情。

拒绝了媒妁之言，晓岩安心工作，追求上进。忽然有一天，高中同学易程打电话叫他有空到绿藤市相聚。原来，易程从某院校建筑设计学院毕业，分配到绿藤市某建筑公司工作，得知晓岩在与他相距几十公里的一家大型企业上班，就萌生了与高中时的同窗好友聚一聚的想法。少年时代的玩伴、好友相聚，可谓无话不说，相对而坐，喝酒，吹牛，侃大山，无所不及。过去的，现在的，未来的，点点滴滴，都在毫无顾忌的吹嘘调侃中和盘托出。易程说："大学四年里，暗恋了一个女孩三年，最终总算成为正牌女友。"

晓岩感慨道："兄弟能耐啊！大学四年，不但学业有成，恋爱亦如戏剧一般，故事跌宕，冲突迭起，且修成正果。能与心仪的女孩有情人终成眷属。羡慕啊！"

易程被晓岩几句话说得得意之极，大笑着说："呵呵，我和依依能够成为恋人，可谓是上天的眷顾吧！也许是我的诚意感动了丘比特之神。"

晓岩举起酒杯，说："走一个，祝贺兄弟！"

晓岩出生在农村，父母夏顶酷暑，冬冒寒风，从东山日出到西山日落，面朝黄土背朝天，在黄土地上撒播种子，收获希望。在粮食还不够填饱肚皮的年代，一家人忍着饥饿，从干瘪得可怜的囊中抠出几个铜板，供晓岩读书。读书的时候，晓岩在学校里的生活十分简单，甚至到了寒酸的地步。他每个礼拜回家带 次干粮，那是母亲腌制的咸菜，玉米面和红薯面混合起来烙的饼子。那是母亲专门为他做的特色食品，也是晓岩在一家人当中享受的最高待遇，更是晓岩维持生命、追求梦想的所有物质元素。

学校开饭的时候，晓岩把杂合面饼子掰碎，放在一只半新不旧的搪瓷快餐杯里，加上一些咸菜，到学校的锅炉房，打开热水龙头，那带着温度和热情的开水哗哗地冲进碗里，一顿带着母亲关爱的营养餐，就这样华丽出炉，既简单，又好吃。这样的饭食养育了晓岩求知若渴的七尺之躯，自从呱呱落地起，他就与这玉米面、红薯面混合物打上了交道。

母亲就是吃着那样的粗粮分泌出一滴滴甘甜的乳汁，喂养了婴幼儿时期的晓岩，使他有了一米七八的个头。无论是智慧的高度，还是身体的高度，晓岩都可以排到偏高的行列。

参加工作以后，晓岩去西安出差，见西安的街面上有许多羊肉泡馍馆，他第一次品尝这样的美食。生长于中原的晓岩，惊奇地发现，羊肉泡馍的做法竟然和他在老家读中学时做的"泡饭"如出一辙：先把烙好的饼子掰碎，放上作料、羊肉等，再把做好的高汤冲进去，一碗美味佳肴就出炉了。吃着这样的美味，晓岩心里感到得劲解馋的同时，忽然间想起了自己做的泡饭。那一刻，他真的为自己在吃和求生存方面的创造力而骄傲。

十年寒窗，晓岩成为他们山村有史以来的第一个大学生，而且是国家一流名牌大学的学生。晓岩考上了名牌大学，整个村庄都沸腾起来了。乡镇领导来了，县教育局的领导来了……那段时间，晓岩的父母和晓岩都成了当地的新闻人物。乡亲们有的请吃饭，有的把自己舍不得吃的鸡蛋送到晓岩家里。村里的父老乡亲都把晓岩看成了神童，更是把他看成了崔店村未来的希望。一时间，他成了村里孩子崇拜的偶像。

上学走的那天，全村老少几乎都出来送行。上了年纪的老人，再三嘱托，好好学本事，别忘了家乡父老。从那以后，晓岩就像得了恐惧症，唯恐自己哪儿做得不好，辜负了家乡父老的重托。他的精神时刻都在加时赛的状态。

晓岩深深明白自己肩上的担子有多重。他刚刚走上工作岗位，哪有闲情逸致去谈情说爱？因此，他毫不犹豫地拒绝了几个热心"月老"的关照，一心一意地钻研技术，干工作。

爱情是需要付出的人生奢求，晓岩物质上贫寒，精神上怯懦。深深明白自己在精神和物质上都很贫寒，爱情是他付不起的代价。他要好好地武装自己。晓岩认为自己对爱情付不起任何代价，起码在今后相当长的一段时间里,他是没有精力、没有面包来养育爱情的。然而就在晓岩关闭自己的小天地时,出现一位清秀脱俗、雪莲一般的女子——静梅。

静梅对于人生、对于爱情更是不敢奢求,她深有自知之明:我承担不起任何人、任何形式的爱情。因之,对于异性更是有着天生的抗拒。因为她自出生那天起,就成了多劫、无奈、脆弱的代名词。她是承受不起任何喜与悲的综合体。疾病的困扰,使她在多次休学以后,终于读完了大专。对于一个随时都有可能住进医院,甚至死亡的生命个体来说,活着已经是一种奢侈。

在静梅上班以后的短短两年里,心脏病就有三次复发,复发的严重程度可谓吓人,每次都是严重到昏迷、人事不省的状态。医生说是心血管严重供血不足,造成呼吸困难,窒息,昏迷。住院治疗后,虽然有所好转,但医生却建议她要尽快做心脏移植术。移植术?哪儿有那么容易。静梅是极其罕见的Rh阴性AB型血,心脏配型是极大的难题。

医生告知静梅父母,静梅这次从病危中挣脱回来,今后一定要格外注意,决不能够再有反复了,生命的危险信号已经发出,并告知:这样的病情若不置换心脏,是不能够过正常女子生活的,恋爱结婚,就是断送她的性命。这在静梅心里是一片挥之不去的阴影。她暗暗决定与孤独纯贞的女儿之身厮守终生,只等有朝一日死神不期而至。她与晓岩相遇乃至恋爱,实在是一个意外。以至静梅有点儿手足无措,更有点儿心慌意乱,她失去了往日宁静淡漠的生活,不知道该怎样应付心灵深处的悸动、慌乱与渴望。

那是一个非常忙碌的上午,静梅拿着为领导写好的"某某年度工作报告"急匆匆地到文印室打印。偏巧晓岩在那里,也在整理资料。

文印室的管理员不在,二三十份文件要打印装订,会议又急等着用。静梅打印完文件,装订时,订书机钉子卡死在里面,怎么也弄不出来,急得她满头大汗,慌乱不已。

晓岩帮她修理了订书机，又帮她装订了文件。

从那以后，他们也算是熟人了。见了面打个招呼，问候一声。时间长了，就觉得相互之间很有默契。静梅觉得晓岩身上有一股刚毅之气，亲切，乐于助人，有时候也会主动跟他聊一些心里话。这样若即若离，慢慢成为谈得来的朋友。时间不落痕迹地过去了一年有余。不知从何时起，静梅淡漠宁静的心绪完全改变了，繁花和迷离扰乱了当初的宁静。空旷的夜晚，寂寥的房间，她的眉间心头，都是晓岩的影子。每当这样的时候，她总会不由自主地问自己：徐静梅，难道你爱上他了？又有一个声音回答：怎么可能？

益林公司技术科与另一个单位搞技术交流。这天办公室负责执勤的人请假，行办主任要秘书静梅临时代替她整理会议室。会议室里的一切用品都需要临时规整一遍，静梅平时又没有做过这些琐事，难免有些力不从心。这次活动是晓岩牵头搞的，做事认真的他提前近一小时来到会议室，目的是看看准备得怎么样了。结果大出他的所料，一切都在混乱中。只有静梅一个人在忙，晓岩惊讶地问："怎么只有你一个人啊？"静梅心头一颤，脸红着，点点头："嗯，我……"她一时间语塞，缄默地低下头，继续忙碌。

时间实在太紧张，晓岩又叫来技术科两个小青年帮忙整理桌椅，摆放会议所需的资料、茶水之类。交流会开始，晓岩侃侃而谈，与平时的不善言辞判若两人。静梅作为秘书，参会做记录，她需要把活动作为一期简报，上报集团。

她写好了简报，有几个数字，需要核实，于是打电话问晓岩，晓岩却把整理好的文稿发给静梅，说："正好我想请教你呢，你看看我写的情况汇报怎么样？若是能作为简报用，你也可以应付一下。"

静梅收到晓岩写好的稿子，略加改造，作为简报发了。事后，静梅给晓岩回了电子邮件表示感谢："晓岩好！谢谢，谢谢你那篇稿子，我借用了。非常感谢你的每一次帮助。谢谢了!"

自那之后,晓岩经常有理由、有事情找静梅。静梅从第六感中觉察出了晓岩的意思,可是她不能明白地告诉晓岩:你不要来找我,我随时都会住进医院,甚至失去生命。在相当长的一段时间里,他们就那么"糊里糊涂"没有特别意识地来往着。像熟人,像朋友,也有点儿像恋人。这都是在外人眼里看到的、猜测的。

晓岩也会在礼拜天或者节假日的时候,约静梅一起去郊游,去那些还没开发过的无名山峰游玩。爬山的时候,静梅显得很吃力,常常气喘吁吁,气闷,脸色苍白,嘴唇发紫,上气不接下气,说:"不……不行了,我、我得休息会儿。"静梅难受的模样,晓岩看在眼里,痛在心上,问:"怎么了,病了?你快歇会儿。你这是缺乏锻炼,这样继续下去怎么能行?你这么年轻,就弱不禁风了,老了怎么办?以后我要带你多出来走走。"

静梅娇喘吁吁,上气不接下气:"你……你还是饶了我吧!我受不了这份儿罪。"

其实,晓岩不知道,静梅是心脏出了问题。静梅自己也说不清楚为什么不愿意说出真实情况,是怕晓岩知道了,再也不带她出来,还是怕晓岩嫌弃她的病而不再理她?是,也不是。总之,静梅不愿让晓岩知道自己所有的不好。晓岩觉得静梅不喜欢爬山,也不适合爬山,他们就慢慢地在郊外像散步一样游玩。斗转星移,岁月流转,他约静梅的频率越来越高了。礼拜天的时候,他们就各自带着喜欢看的书,带了吃的、喝的、用的,来到偏僻的山间,坐在大自然的怀抱里看书。看得累了,他们就胡侃,侃他们感兴趣的话题,回忆小时候的往事。

他们终于相恋了。那是在二十世纪九十年代中期,一个初秋的季节。田里的庄稼已经丰收在望,树上的果子也丰满、成熟了,梨子、核桃、苹果……谷穗、玉米、高粱……一切成熟的果实,都呈现出丰收的景象，都在人们一年的盼望中，展示着收获的喜悦。

那是一个日丽风清的周末，晓岩和静梅相约到郊外游玩。一开始，他们是在比赛竞走，静梅累得喘不过气来了，晓岩便心疼地道："歇一会儿吧，好累……"他们坐在一块大石头上看书。两人都很认真地看着自己带在身边的闲书，这是他们最自在、最享受、最宁静的休闲方式。看书时间长了，需要休息一下眼睛，晓岩先是抬头朝远处遥望一会儿，又把视线移向静梅，静梅安静地捧着书本，眼睛定格在书本上。一种暗暗滋长着的渴望，忽然填满了晓岩的胸腔，一种要倾诉和交流的强烈愿望，在他心中澎湃翻滚、升腾。他情不自禁地叫道："静梅……"

他们都不愿意再看书了，也无心于那一簇簇淡黄、一点点嫣红、一片片苍绿的风景。在秋色渐浓，菊花斗艳的山坳里，他们就像小孩子一样忘情地疯玩。玩够了，晓岩从背包里拿出他提前备好的干粮，展开一张方格塑料垫子，把带来的生菜、火腿、面包等，可以当作野餐的食物摆放在上面，然后席地而坐，开始享用野餐带来的趣味。

吃完了野餐，两个人躺在垫子上休息。一会儿像顽皮的孩子，说笑、打闹；一会儿又如历经沧桑的老人，安静、沉默。这样的时候，静梅会情不自禁地暗自慨叹：如果我是健康的，该有多好。晓岩却在心里自问：她为什么会如此若即若离？这样的时候，往往既轻松愉悦，又各怀心事，时间也是在既快又慢中一天天过去。在这期间，无论他们见与不见，彼此的影子都在对方的心底刻上了独一无二的印记。

生命需要营养品，一种是物质的，一种是精神的。周末的快乐激励着他们的工作热情，也是他们工作之余所盼望的精神食粮。人生要活得健康，物质和精神缺一不可。晓岩狼吞虎咽地享受完物质的营养，深情地凝视着静梅。忽然，他灵机一动，说："梅子，我送你一首诗吧？"

"你会写诗？"静梅惊讶，眼睛闪着亮光，深情地望着晓岩，微笑。

"不信？"晓岩随手打开自己做读书笔记用的本子，行云流水般写了起来：

我一次初涉爱河
不知道爱情是什么
只知道牵挂的心儿
在午夜梦回、海市蜃楼的幻景里
浪漫、甜蜜，浸透了欢乐

爱情是一枚红红的苹果
爱情是童话世界里美丽的传说
爱情是心与心碰撞的激荡的浪花
爱情是与生命相伴随的牵挂
爱情是伴随着心跳的浅吟低唱

晓岩信手拈来的诗歌，让静梅从一个侧面了解了晓岩的才华，也更感知了晓岩的一番心意。静梅眼里汪满了泪水，她若有所思，说："嗯，有点儿像诗。只是，只是……叫什么题目呢？"

"呵呵，什么叫有点儿像啊，本来就是嘛！嗯，就叫……叫《爱情是什么》怎样？梅子，你有没有想过爱情是什么模样的？"

晓岩的诗歌深深感动了静梅，她在心里一遍遍地问：是信手拈来，还是酝酿已久？她手里捏着那一页抒写着爱情宣言一般的诗笺，内心有万千话语。然而，她只是缄默无语地看着，看着。看着那首简短的小诗，心却被翻卷起万千波澜，是甜蜜，是沉醉，是羞涩！她满眼含泪，以笑来掩饰那一丝难以直面的尴尬，好一会儿没有说话。但她在心里却对晓岩说过万千遍：岩，我爱你！

爱情究竟是什么？她悠然，疑惑，矜持，羞涩："不知道，也许就是你写的那样吧！"

哪个少女不怀春？关于爱情，静梅不知多少次想象过它的模样，然而在和晓岩谈起爱情的话题时，她依然有几分女子天生的羞涩与矜持，正像晓岩形容的那样，爱一个人，就是爱了，那爱的理由确实难以说得清楚。

晓岩沉思而深情，悠然而矜持，洒脱却又严肃，说："嗯，也许是吧！你想象过将来的爱情生活吗？你心目中的男友，是什么模样呢？为自己设想一下，好吗？"晓岩微笑地望着静梅羞涩、潮红的面颊，他几乎是结巴着问："静、静……梅，你……你心目中的爱人应该是怎样的呢？"这个题目不知道在他脑海里盘旋了多少时日，但在他说出口的那一刻却是那样的唐突，那样的不自然，以至使他羞怯得脸红了。

其实，静梅何尝没有想象过自己未来的爱情生活。有哪个青春女子不设想自己未来的爱情，未来的生活，未来自己的小家？可是，她想了，无数次地想了。但她的身体允许吗？她不禁黯然神伤："嗯，我……我还没认真想过，过一天是一天吧！"

也许是静梅紧张恍惚的情绪感染了晓岩，也许是晓岩本能的反应，他说："也许是吧。可是，你这么年轻，又是这么美丽，不应该对未来没有一点儿想法啊！"晓岩误会了静梅消极态度的根本原因。他在心里暗暗叫屈，这一两年来的良苦用心，那种深沉的爱意不分昼夜地折磨着他的心灵，却原来这个女神根本就没有任何想法。晓岩像一只漂流于大海的孤舟，一下子被失落、沮丧、尴尬的巨浪掀翻，一时间哑然地望着远方那弥漫了朦胧雾霭的峻极山峰，怅然若失。

晓岩失落的模样，静梅看在眼里，心禁不住刺痛，此时此刻，她真正体会到了眼前这个人在自己心里的分量有多重。然而，她却不知道究竟该怎么做，难道要如实向晓岩诉说自己的苦衷——为什么总是躲避关于爱情的话题？矛盾、痛苦、无奈，像一双无形的手掌撕扯着自己早已陷入爱恋之泥沼的心扉，一颗爱着的心被情海浪涛击打得阵痛不已，就这样一天天地糊涂着、煎熬着。晓岩，你的热情，你的心事，我早已明白。可是，岩，你可明白一颗爱你的心，所担负的无奈、纠结、苦衷？

晓岩溢满了深情与渴望的眸子，多少次凝望着静梅。静梅不敢与之相视。那是一双溢满了情感涟漪的眼眸，那波光潋滟的情韵，她怎敢轻易地投去惊起一池浪花的石子？

时光在静梅故意制造的混沌中蹉跎流失，又是几个月过去了。那是一个"清冷"的夏季，夏季的清冷一定是有天气突变的因素的。静梅再次拒绝了晓岩。晓岩彻底失望了。他觉得自己是真正失恋了，心情毫无缘由地陷入冰冷的深渊。正在此时，晓岩接到了母亲生病住院的消息，他请了探亲假，回家探望母亲。

晓岩不告而别。

可是晓岩的不告而别，真的令静梅六神无主了。她度日如年地熬着，等待晓岩突然从天而降。一个多月过去了，依然不见晓岩的影子。没有了晓岩的消息，她心慌意乱，难以安然度日，侧面打听，才知道晓岩是回家探亲了。她一门心思地盼着晓岩回来。晓岩在一个月零十九天的时候回到了单位，静梅恨不得插翅飞到晓岩面前，诉说自己的思念。可是一个星期过去了，两个星期过去了，除了开会的时候见过他，他总是一低眼、一顺眉过去了，没有多看她一眼，也没有打招呼的意思。晓岩瘦了许多，像变了一个人。一种发自内心的关怀化作利剑刺在静梅的心尖子上，痛。静梅想问他家里发生了什么事，可是话在嘴里打转，就是说不出口。

在一个忙碌的上午，他们又碰面了，静梅瞅了个机会，走到晓岩面前，柔声问道："你……你怎么了？"静梅脸热心跳，面颊红润，晓岩一下懂得了静梅的心声，他抬起头望向她。她亮闪闪的眸子，浸在涌满泪水的眼眶里……晓岩动情地道："我……我们找个时间聊聊，我……"

那是一个初秋的周末，是他们时隔近两个月之后的再次相约，相约到他们曾经常常走进的山林，林荫连绵，溪水淙淙。莺莺细语，诉说心中的怜惜与心痛，静梅把自己的矛盾心理原原本本地告诉了晓岩。晓岩拉过她的手握着，好久好久，久久地握着，听完了静梅的诉说。他含着泪水亲吻她的额头、面颊……他们终于相恋了。这一天，晓岩像导师一般，说了他休假期间的一些感悟，他说："爱情的标签并不是幸福，恋爱也许就是人生苦旅的开始，人生有诸多的不幸都是在恋爱结婚之后才开始的，倒不是说爱情本身有什么不对，更不是说爱情一定要使人们经受不幸。而是人生有诸多坎坷曲折，都是在恋爱结婚以后的时间段里发生的。比如事业，生存，职场，家庭，父母，爱人，子女，社会，诸如此类的矛盾，都在锅碗瓢盆的交响曲中，不经意地浮出水面。如若缺少坚韧的毅力、百折不挠的精神、豁达的胸怀、包容善感的情愫，生活中的坎坷困苦势必会打碎爱情这颗脆弱而美丽的'水晶球'。梅子，这些都是我充分想过和准备过的，我有信心给你一个幸福的未来。相信我！"

晓岩和静梅恋爱以后，一切矛盾也随之出现。晓岩的家庭、朋友、单位，凡是了解情况者无不冷嘲热讽：晓岩昏了头，找了一个先天"不足"（有病）的女子。看吧，将来有他作难的时候，更有了解静梅底细的人，认为晓岩与静梅恋爱，只是枉费青春。有好事者，竟然亲自游说晓岩：别以为那林黛玉似的姑娘，看着有模有样的，过日子，要的是实打实的韧劲和健康的身体。更有许多冷眼旁观者，等着看晓岩的笑话。

静梅遇到晓岩，也许就是她的灵魂炼狱的开始。尤其她明白了晓岩的心意，对于晓岩的情意是接受，还是放弃？她在挣扎中苦苦煎熬着。

那段日子，她不知道是甜蜜还是苦涩，是幸福还是悲哀。她不知道自己流了多少眼泪，经历了何样的相思，心灵的阵痛。她原本不想拿自己的生命赌青春，更不愿让晓岩以青春做赌注，在生死徘徊的矛盾中，历经爱恋的伤痛。如今，她终于冲出牢笼，不管不顾地去爱，哪怕她的生命真的会在下一秒钟失去，她也在所不惜。

不知道爱情是什么
只知道
爱情是泪水
是牵挂，是揪心
是疼痛，是苦涩
是无奈……

静梅再次默念晓岩写给她的情诗中的句子，正是默念着这样的诗句，她开始了恋爱的苦旅。

在相思的苦雨中，晓岩与静梅终于走进了爱情的伊甸园，哪怕生命只有一天，也要在相爱中度过。在幸福的约会中，静梅胆战心惊地呵护着自己脆弱的生命，在爱情的伊甸园里升华着生命的意义，在恋爱的甜蜜中，他们惶恐，安静，淡然，亢奋，煎熬，但也幸福着。他们甜美地相思，开心地约会。在宝仓市市郊的山峦峰谷、鸟道曲径，他们手牵手，十指相扣，一边耳语一边慢悠悠地行走："梅子，能和你走这样幽静的山间小道，我好幸福……"

"只怕是这样的幸福会像风一样……我、我们要珍惜。"

"放心，亲爱的，我一定会珍惜你给我爱你的机会，我要牵着这双手，在爱的路上走下去，直到地老天荒……"晓岩说着，握住静梅纤柔的玉手，深情地吻下去，"我——爱——你——"声音柔美、磁性、坚定。

其实,静梅原本是想说自己的身体不会允许这幸福延续太久,她总是感到自己不定哪天犯病,幸福不过是一枝盛放的昙花,因此常常会有一种不祥萦绕心头。

晓岩正沉浸在那份执着得令人窒息的爱恋中,心头的美好正如烟雨朦胧中的楼阁,美得令他目眩神迷,而静梅正如翔舞的精灵、人间的仙子,带着他的凡胎肉体曼妙升腾。然而,就在那青春载着幸福舞蹈,沉醉的心灵正聆听着曼妙的舞曲,轻盈的脚步正踏着温馨的节拍曼舞之时,静梅的病却在毫无前兆的情况下,又一次反复。

静梅住进了医院,被送进了重症监护室,生命在死亡线上挣扎苦熬。医生说静梅随时都有撒手人寰的可能。晓岩守护在重症监护室外,等待着那里传出的每一缕信息。心室监控、呼吸机、输液瓶,虚弱到奄奄一息的静梅,每一次清醒,都痛惜害怕,愁肠百结。那天,静梅的病情暂时稳定下来,晓岩高兴得像个孩子,双手捧了一枝玫瑰,单腿跪地向静梅求婚:"梅子,嫁给我!我保证一辈子对你好。等你出院了,咱们就领证、结婚。然后生一群孩子,等我们老了,儿孙绕膝,我们都没了牙齿,说着漏风的吐字不清的话语,逗我们的孙子玩。"

静梅眼里涌满了泪花,说:"这是在医院啊!等出院了,我——我要一个正式的、浪漫的求婚仪式。"

"仪式得要,但今天,就算你答应了。"晓岩的脸上写满了诚恳与渴望、执着与坚毅,静梅看见那两峰剑眉下的神目,放着亮晶晶的光泽,眼底有泪花在闪。她轻轻点点头,接过那枝玫瑰。晓岩起身紧紧拥住静梅,紧紧地、紧紧地拥抱着。一对相拥着的人儿泪水晶莹,如泣如诉。

也许是静梅命该得救,这次住院期间遇到了一个意外事故者,事故者深感自己的生命对于未来世界的遗憾,临终遗言,要捐献包括眼角膜在内的所有器官，希望自己的有用器官，借助另外一个生命，感知未来世界的精彩。事故者的血型与静梅的血型正好相配，晓岩就像是遇救的死囚，心花怒放，语无伦次祝贺静梅获得新生。他每天乐呵呵地进出医院，陪护静梅，静梅顺利完成了手术。

手术治疗期间，晓岩像母亲呵护婴儿，又像父亲保护孩子，更像一位知己，对静梅呵护备至，悉心照料。有园丁浇灌的玫瑰分外娇艳，有爱情滋润的女子格外美丽。静梅手术后疗养期间，晓岩全身心呵护，当她再次踏入工作岗位，整个人变得青春靓丽，精神昂扬奋发，同事们都夸赞静梅换了模样，如凤凰一般涅槃重生了。

在一个月朗星稀的晚上，晓岩和静梅相约来到郊外，一隅春草丛中有一块大石，大石的周围芳草野花繁盛茂密，像帐幔一样围拢着大石。这是他们常来的一个浪漫"小屋"，他们坐在这样的"小屋"里拥抱、接吻、翻滚嬉闹，说悄悄话。他们相依而坐，握手相谈。周围的草丛中，摇曳着的小花，频频地向着他们颔首微笑。晓岩深情的眸子望着静梅，静梅明眸含情，传递着无尽的爱恋与渴望，两双爱恋者的手环扣在一起，他们依偎着，轻轻地，轻轻地诉说着心灵深处的爱意。"宝贝儿，我虽然不能给你最富有的生活。但我发誓，一定要给你最幸福的生活，我要让你做一个最快乐的女人，要让所有认识你的女人嫉妒你、羡慕你！"

静梅紧紧依偎着晓岩的臂膀，点点头，"嗯，我信。亲爱的，我信。"泪水在静梅的眼里千转百回，还是涌了出来。这样的时刻，搁在几个月前，静梅是不敢奢望的。因为她怕，怕晓岩为她受累，怕晓岩因为她的病而放弃，放弃对她的爱，更怕他承担不了她有病的压力而苦恼。她不敢接受晓岩执着而热烈的爱情，又渴望像一条鱼儿在晓岩热烈的爱情之海中游弋，像蚕蛹破茧，幻化成蝶，在晓岩爱情的花园里舞蹈、翩然奋飞。今天她终于可以像正常人一样恋爱，与自己相爱的人儿携手并肩，共沐人间春风，共品爱情这杯浓酒的醇香。不知什么时候，静梅眼里的泪水漫过面颊，漫过嘴唇，就那样滑落，滑落，滑落在晓岩环抱着她的手臂上、衣襟上。

晓岩默不作声，只是用温润的唇吻静梅泪水横流的脸庞，从面颊到眼睛，再到温润的唇。静梅情不自禁地迎合，迎合晓岩的热吻，那热烈而执着的吻。那吻渡她到了一个未知的，缥缈于云雾霞光，海市蜃楼，翻卷着海浪，升腾着云雾笼烟的世界，那波峰浪尖，那云雾缥缈，那朦胧迷离，包围了她陷入情海的灵魂。她脱离了俗世尘埃，进入云烟深处……他们的心跳彼此穿透，身体彼此消融，化为空灵与虚无，万丈红尘就这样被那爱着的心魂征服，一切的尘埃被爱的浪花淘洗成纯净。

"我们经历了凄风苦雨的爱恋，矛盾、痛苦、挣扎的两颗心，终于相濡以沫，甘苦与共。当我们狂跳着的心脏相互穿透，相携着曼妙的魂灵，云里雾里升腾，天上人间缥缈……我们的生命已不再是单纯的个体。"晓岩在静梅耳边软语温存。"岩，你是一缕清风，我是你清风中的一片树叶，清风吹来时，我摇曳的身躯呼吸着你送来的气息；你是我的天空，你的阴晴雨雪都带给我不同的命运，或零落成泥，滋润来年的春芽儿，或燃烧成虹，完成生命中信仰的一世升华。"静梅嘤嘤燕语地说着，已是泪眼迷蒙，"我把自己植入你爱情的土壤，渴望自己这棵多灾多难的小树，自此沐浴着雨露甘霖，健康成长。"

"我们的生命是一个共同体，这是上天的恩赐，我们都要敬畏，珍惜，保重。"晓岩紧紧拥着静梅，"梅，你看！"静梅张开沉醉于幸福中、迷离于情海中的双眼，只见东方冉冉升起的是一轮被霞光染红了的朝阳。

第二章 思变

晓岩骨子里有一种傲气，心胸间满是行端站直了的做人原则：我干活，我做专业，我怕谁？一套完整的逻辑思维、顽固观念，主导着他的言行。一晃五六年过去了。在第七个年头，评职称的事弄得他心里跟长草一般，毛躁荒芜得难受。在国企，像晓岩这样不赶时尚、不看风向，只顾低头做事的大学生，即使不能被重用到领导岗位，但也是被当作栋梁之才，被人高看几分。多数企业都是把这样有才华的学子，放在"重要"岗位上磨练。晓岩学的是信息专业，毕业分配到益林公司，也算是专业基本对口。这对于一个大学生而言，可谓是一种幸运了。晓岩暗暗告诫自己，忍耐些，再忍耐些，一切总会好起来的，面包会有的，一切都会有的。

刚到单位那会儿，工作和生活，一切从零做起，理论上的东西需要与实践一一对上号。尤其是人与人之间的关系，纷纭繁复，利益冲突，多变曲折。这些对于晓岩，一个大学刚毕业，又有些傲气加书生气的学生，确实是一门全新的课题。从学校到社会好像是一个三级跳，一切都在猝不及防的变化中如雾海云山，朦朦胧胧，似清非清，朦胧中透着诱感又含着无奈。在他还没有适应新环境的时候，挑战已经排山倒海而来。晓岩有些找不到北，有些迷茫，甚至沉沦。

企业在经营上有更多的奥妙，不是一个刚刚走出校门、踏入社会的年轻学子能够弄明白的。他在云雾般的渺茫中，看不见前路的光明。眼看十载光阴荏苒，十年是人生怎样的一道门槛？那是达摩面壁九年修得正果，悟得禅宗佛法，成为禅宗佛祖的一个里程碑式的时间段。达摩面壁的石头都被达摩的精神感化，石壁上留下了他面壁的深深印记——隐约可见的水墨画像。可见石头都是有灵性的，何况人乎？晓岩在辛勤中期待机会。然而，有些事，无论你怎样做，怎样努力，总是收效甚微。理由嘛，当然是有种种的不可预测性，事情总是要向不理想的方向变化、发展。七八个年头的实践告诉晓岩，那些坐上太师椅的，都属于人精之流。晓岩看透了红尘，只想着怎样逃避，却不去钻研怎样打开局面，给自己一个进取的机会。

大学毕业，原本两年可报助理，再隔年就可以报工程师了。晓岩虽然是技术骨干，可是在单位混了将近八年，依然是一个助理职称。评职称的事儿，连续几年了，总是差那么一点点儿。为这事，晓岩感到委屈、愤懑、无奈。那天，他与校友喝酒，酒喝到高处，话就渐渐多了起来，校友诉苦："单位效益一年不如一年，还不如高中同学，人家自己搞养殖、做生意，也混得人模人样的。"

"谁说不是，像我，工作也算是勉强对口吧，这都七八个年头了，却是一年一年地耽搁。"晓岩长叹一声，"唉！不说这些了，走一个。"他端起酒杯，也不等同学碰杯，自个儿干了，拿起酒瓶，咕嘟嘟满上。两个人没说几句话，再次举杯，一口气干了，直喝到酩酊大醉。使得原本想找晓岩说说苦闷、寻求策略和帮助的同学，看到了被人艳羡的晓岩悲催的一面。

一年一度的职称评审又开始了，这一次晓岩彻底丢弃幻想，不再申报职称。那天，晓岩下班回家，郁闷、沮丧。一句话不说，坐在那儿抽烟。烟味呛得他咳嗽连连。

"岩，你有心事？"静梅柔声细语道。

苦闷的晓岩并没有听到静梅的问话，继续咳嗽。

"不会抽就不要抽嘛，抽烟能解决问题！"

晓岩笑笑，笑得十分勉强，那笑容如一件装饰品，在晓岩脸上凝住，更加重了静梅的猜测。她的心悬了起来，继而使出娇妻的特权，抚摸着崔晓岩的臂膀，将身子轻轻斜倚在晓岩的怀里："岩，究竟怎么了，你不说话，我心里不踏实嘛！"

"我同学告诉我，今年评职称开始申报了，但没人通知我。我去职称办问，他们却说没有报表了，若想报的话自己去找报表，填完了拿来盖章。真不知道他们整天是干什么的！我不报了。"晓岩愤愤不平。

"原来是这事儿啊，那好，咱不报了，不就是多百十块的工资嘛，有啥了不起的。就算是一个人价值的体现，那又怎样？谁稀罕啊！"静梅情绪化地说。她知道晓岩是对评职称的事失去了信心，就拿话激他。

晓岩对静梅的话既不肯定，也不否认，只是缄默不语。静梅无计可施，念叨起生活的琐碎和艰难："其实，若不是我和格格拖累你，若是你一人单身过日子，那职称什么的通通见鬼去吧。谁让你现在是拖家带口的人了，生活需要经济基础维持。否则，谁也懒得说，谁让我看你不高兴，就心里慌呢。你看着办吧，只要自己高兴就行。别太委屈了自己。"

真实的原因是，每个部门就那么几个指标，评谁不评谁，都是明摆着的。对于那些没有希望被"聘任"的候选人，上层压根儿就不让你进入竞争的行列，谁是工程师，不是看干活，是要看关系，看工资表。至于工作，到时候该咋干还得咋干。不干了，好啊，可以走人。人才多的是，好多大学生想进还进不来呢！走了穿红的，来个挂绿的。哪个人进单位也不是白进的，不向领导意思意思，哪能有戏啊！晓岩越想越气愤,说:"大不了走人,不干了还不行?那些自称'公仆'的老爷们儿,我算是看透了。"

晓岩说起评职称的事,语气和眸子里满是怨愤与不屑。

静梅劝道:"不要这么愤世嫉俗,一股不食人间烟火的劲头。随大溜儿干活,随年景吃饭,随季节穿衣,有些事不是你愤慨了,就能够改变。他们说让自己去拿,那你就去拿呗。别人可以拿,你也可以拿呀!现在的事儿就是这样,他们觉得是为你服务,并不认为那是他们的工作职责,甚至把你评职称看作是沾了他们的便宜。"

晓岩缄默不语,听着静梅在大发感慨。

"君不见,那些不在其位不谋其政的'精英'们,隔着行业,隔着部门、级别,大字不识几个,不是照样评职称吗?就因为人家有关系。关系学的业绩使他们隔着餐桌下筷子,坐在这个餐桌,而吃另一个餐桌上的佳肴。现在益林公司就有几个毫无特长的工人,拿着中级职称岗位津贴,你有意见?那你也去拿证书啊!"静梅说得面颊泛红,有些激动,"那一日,办公室的玉玲愤愤不平地找我诉苦:'唉,你说这叫啥事儿啊?前几年人家都在跑职称,我就找领导问了问,看我的职称怎么报?主任一脸担忧,说你专业不对口,报了也不一定能批下来,批下来了,也没法聘用啊!大家都看着呢。听了主任语重心长的告诫,我从此乖乖地干活,再不提职称的事儿。哪知道执行职称工资,人家一个个拿着本本来了,那些八竿子打不着的专业、大字不识几个的值班员都拿了职称工资。领导在会上说了,这一批所有拿到证书的全聘了,下不为例,以后必须按照工种和岗位,严格聘用和落实职称待遇。鬼都知道,第一批拿着本本来的,全是近水楼台先得月的结果。下一步,等你千辛万苦考到职称了,上层已经有言在先,专业不对口,一概不聘。你能有啥招数?'"

晓岩依然沉默不语。

"我同学桑那天也跟我说：'职称办那些人都太黑了，今年我报中级，有人给我说得做点儿工作，否则不好办。那意思是明摆着的暗示我送礼，我就如法炮制，请了客不说，还给他们塞了红包。可谁知道，最后还是没戏。我都不知道有些人工作不对口也评了，专业没有，文化不高，他们是怎么评上的。'桑是个心高气傲的女子，说到气愤处，恨得牙根痒痒，愤怒得只想打人。"

"评个职称至于吗？我又不弄虚作假。"晓岩半天才蹦出一句话。那种理所当然的气度，让静梅心生几分钦佩。可是，傲气能当什么？大家都托门子、走关系。晓岩对职称的事儿无所谓的心态，静梅还真有些急了，说："是啊，你都当助理好几年了，还在那儿原地踏步，你自己不抓紧去跑，人家谁理你呀？"静梅这样说着，心里却想：晓岩的话是有道理，但拿到象征性的证书，得到相应的待遇，才是根本。她心里明白，若是再拖延下去，又得耽误一年。"你拿不到本本，没人给你工程师待遇，也没人承认你是工程师啊！你就去拿一个表格又能怎样，又不比别人差到哪儿去。为什么不去拿？就像我们科里的任霞，开始她对评职称要托门子、找关系看不惯，就抱了评不评都无所谓的心态。可是这两年企业开始实行职称津贴，她觉得没职称吃亏，就张罗着报，结果一年多了，也没见音信。她就着急了，跑去问。人家说她业务考试没过关。那天任霞气红了脸，说：'唉，就是邪门了，考试的时候，有人抄我的都及格了，本来我以为评个助理不会有问题，那考题一点儿都不难啊！怎么会不及格？'

"任霞的话让我想起一场答卷竞赛，那年咱们的企业报搞安全知识问卷竞赛，作为秘书，我自己答了两份卷子，一份是自己的，一份是替主任答的。答案一模一样，而且出自一个人的手笔，结果，你猜？主任的是二等奖，我自己的只是个纪念奖。连个三等奖以外的优秀奖都没捞上。这就是所谓的竞赛、所谓的评奖。只不过是变着法儿的给头儿们弄点儿礼品罢了。"静梅说起那件往事，淡然、平静，一副无所谓的模样。

"我就是看不惯那些无所事事的人。整天抱着个大游戏机（电脑），在那儿疯玩。有人问个事儿，还爱理不理的。这样的管理，这样的工作态度，企业效益不好才正常，好了才不正常呢！"

静梅笑了，笑得自信，笑得辛酸，笑得悲哀。她有些同情自己的丈夫，也理解他的郁闷和苦衷。她甚至不知道自己的笑，究竟蕴含了多少无奈、多少怨愤、多少悲哀。晓岩以为一个企业就应该是朝气蓬勃，人人勤奋节俭，人心思干、人心思学、人心思进的景象。企业管理机制、监督机制，层层设防。下属对于上司永远是巴结讨好的心态，只为保饭碗，或者想法往上爬，从不发挥自己的独立思考能力。这种陈腐观念已经变成一种可怕的传统，制约着人们的大脑，思维方式都僵化了。就像两千多年前，汉武帝登临嵩山，在山坳里听到山风呼啸、松涛阵阵的声音，武帝问身边的大臣："众爱卿，有谁知道这是什么声音？"身旁站出一个溜须拍马的能手，说："回皇上，是山呼万岁的声音。"随之众大臣都附会说："回皇上，是山呼万岁！"其实，不要说大臣们，就是聪明一世的汉武帝也未必相信"山呼万岁"之说。可是，他却在众大臣的附会下，煞有介事地封嵩岳，减税赋。这种几千年流传下来的思维模式，在用人机制上形成了一个怪圈。正如那"山呼万岁"的故事一样，谁拍了领导的马屁，谁就能得到赏识和重用，任人唯亲，一人得道，鸡犬升天，亲戚朋友"各得其所"，溜须拍马者被奉为上宾。

晓岩心里忽然有个念头——换个环境生存，也许更适合自己。"有些时候，这条道走不通，绕个道，也许不失为良策。常言道：树挪死，人挪活嘛。"

晓岩掂量再三，还是把自己的想法婉转地告诉了静梅："我不想再这样耗下去了。干也不顺心，不干更觉得没意思，又看不惯那些钻营者的嘴脸。同年来的几个同学，有的升了，有的找门路走了。我想了好久，不如自己走出去，干一番事业，胜似整天泡在无谓的事务中。以前我总是想到创业的艰难和不稳定，又不忍心和你两地，更不愿让你丢下稳定的工作和我一起去冒险。就一直拖着，没说出来。最近，我一直纠结在去留的圈子里，我不能不做出决定了。"晓岩一口气说完闷在心里的想法，深情地望着静梅，似乎在问：你说我该怎么做啊？

静梅理解晓岩的苦心。这些年，凡是停薪留职出去闯荡的同学朋友，多数都有了自己的一片天地，静梅沉默片刻，深沉地道："是啊，你说的也有道理。我们科里的桑娟，前几年内退后，搞了一个化妆品代理，如今已经由原来的一节柜台，扩展到五六十平米的日化超市了。"说完这句话，静梅自己都有点儿惊诧，原来是想鼓励晓岩去跑职称，把工程师的本本拿到手，也好多点儿工资。没想到几句话下来，她却站在晓岩的一边，支持他辞职了。

"是啊，许超凡前两年辞职创业，开了一家建材超市。这两年搞得很火……"

静梅向来都认为晓岩是正确的，她总是能够体谅和理解晓岩所做的每一项决定，说："也许你是对的，出去试试也好。但要看准了再做决定。创业不易啊！会有许多意想不到的困难，你要有心理准备。无论怎样，我都会支持你。"

第三章 下海

那一日，吃早餐时，晓岩说："梅，今儿我就打算向单位辞职。"

静梅眉头微蹙，内心有些不安，说："这么快，你，决定了？"晓岩轻声道："嗯，昨晚就想给你说，又怕你失眠。"静梅轻轻点头，话语在唇齿间打转，却没有出声。

晓岩真的要辞职了，他要离开这个地方，出去闯天下。静梅心不在焉地工作着，脑际萦绕着陕北民歌《走西口》的画面，荒芜苍凉的西北黄土高原。天边一弯残月，背着行囊的男主角，凄婉悲怆的二胡伴奏，灰蒙蒙的天空，一只孤鹰，盘旋翱翔，飞向苍穹。宏阔深情，哀怨凄婉的歌声，透过耳膜，穿透五脏六腑，震撼着她的心魂：哥哥你走西口，小妹妹（呀）犯了愁；提起哥哥走西口哎，小妹妹泪长流……静梅眼里的泪花化作晶莹的水滴，顺着面颊滑落。她陷入沉思，手里拿着的记事本"啪"的一声掉在地上。她满脸通红地弯腰捡起，心里一阵慌乱。

晓岩向单位提交了辞职申请，接下来就是离开妻子、女儿，到绿藤市为自己今后的人生找出路。他究竟能不能为自己撑起一片蓝天，开垦一隅疆土？静梅认同晓岩的观点，可是她又担心真要付诸行动，放弃被人们看作铁饭碗的国企工作,去端一个毫无保障的泥胎碗,无疑是一次冒险。开辟一片天地,创立基业,想法自然是美妙。可是,静梅的心里总有一种漂着的感觉。她本来想说几句鼓励的话语,可话到嘴边,却又咽回了肚里。

有一句话说得好,"是金子放到哪里都发光"。走好人生之路,追求理想,少犯低级错误,是智慧人生的标志,更是时代赋予每个人的福缘。她希望晓岩这次的选择是智慧的,是他在人生奋斗之路上一次放弃之后的启程。她整理好心绪,暗自祝福:岩,只要看准了,就去尝试吧,人生命运是与时代紧密相连的,时代创造英雄。

晚上下班回家,晓岩已经在家里做好了饭菜,接回了格格。见静梅回家,他笑着说:"从今儿起,我就是无业者,我要为自己去创业,我还要为我的妻子和女儿甚至社会承担起一份责任。"

静梅望着自信满满的晓岩,一时间无话可说,只是深深地凝望。

"有专家分析二十世纪九十年代甚至顺延到二十一世纪,中国的前沿阵地是在'商'字上。'商'字,不纯粹是经商,不是那种买买、卖卖的商人。而是作为生存者,其行为和思维都要站在社会和市场的角度去思考。这也许就是现代人应该讲究的'商'字,它包含了更多做人的内涵,也是二十世纪末,乃至二十一世纪,甚至更加久远的时间段里,人们生存路上的一列最为豪华的列车,列车上,人人都在寻找自己的位子,寻找着自己向上天购买的那张车票上所标明的座位。如果有事先抢占了那个位子的乘客,只要你来了,你拿了这个位子的车票,这张车票的内涵就是所掌握的知识、文化、本领,以及处事的方式方法,你就会站在客观的立场,说一句对不起,请那人让位。尽管那人心有不甘,但也不得不理解地让位。我就是要购买这样一张车票,挤上这趟列车。"

静梅一时间说不出赞成还是反对,心里总有一种漂着的感觉。她不是不相信他的能力,更不是认为路子不对。只是觉得前路渺茫,一颗心忐忑着，总也放不下来，无法安稳。她说："不可否认，这些年在政策的支持下，那些先富起来的人中，有知识分子中头脑活络、思想敏锐者。他们率先走出了自己的路子，做买卖、开工厂、办公司，成了改革开放的最大受益者。老百姓，在几千年文明史的惠顾下，虽说也有过一些幸福安宁的稳定生活。然而，几千年的沉浮岁月，沧桑正道。百姓们吃尽了改朝换代、你争我夺的苦头，熬尽了人祸天灾、生灵涂炭、血腥残酷的艰难岁月。一路艰辛沧桑，饥寒交迫，风风雨雨，浮沉无序而来的中华民族，究竟该以怎样的姿态立于世界民族之林，生活在这片土地上的生灵，应该以怎样的姿势去创造未来，未来的生活、命运在时代的造势下，又会是怎样的一个存在？"

"每个不同的历史时期，总会有人站在历史潮头，引领时代风帆，占尽时代风流。你可知道，为什么我们这个有着令人骄傲和自豪的发明和创造的民族，变得那样的势利，那样的贪欲好吃吗？一些亲戚朋友、街坊四邻见了面，最常用的问候语就是'吃了吗'或者'吃饭了没'，因为在这有着辉煌历史的版图上，人们忍受过太多的饥荒，曾经历过饿殍遍野、骨为柴人为食的悲惨一幕。一朝被蛇咬十年怕井绳，因之老百姓对吃倾注了求生般的热忱，以至于那些富起来的人，变着法儿地、花样翻新地吃。咱们总不能让格格将来喝不起牛奶，吃不起馒头吧。下海，另谋出路，也是为了给自己寻找一条更为理想的生存之路，我只是想多赚些钱，来提高家里的生活质量，把日子过得宽松一些，舒适一些。不要一家三口挤在一间十几平米的小房子里熬日月，至于更长远的理想，我暂时还没有来得及去想。"

"社会的发展，穷穷富富，不平衡地向前推进，自古如此。否则，怎会有杜甫'朱门酒肉臭，路有冻死骨'的名句？千年光阴荏苒，朝代一次次更迭，秦皇汉武，唐宋元明清，一路走来的艰辛，贫富差距的加大，致使朝野不稳，人心不古。富豪们挥霍无度，歌舞升平，而更多穷人却在贫困线上挣扎，因为没钱而辍学，因为没钱而治不起病。穷人，这个生活在社会底层的群体，能够在这个全新的社会，改革开放的时代，寻找到一条富裕起来的路，有谁说不是出路。这次选择，也许能够走出一条成功之路。"

晓岩和静梅就像知己一般，促膝交谈，谈过去，谈现状，更谈未来。

静梅一次次在心理上给晓岩的新决定找位置、定基调，觉得无论怎样，自己都应该支持。不是有句古话叫"夫唱妇随"吗？她并不奢望妻以夫贵，只想晓岩这一下海，顺风顺水，别让风浪暗礁给伤着。

晓岩说他要下海，为的是挣回更多银子改善生活，静梅环顾这十几平米的小屋，根本不像一个家的样子。而晓岩也常常为此而愧疚，感到自己无能，对不起妻子和女儿格格。

"我们不能再这样日复一日地苦熬了。你看看人家有钱人的生活是怎么过的，再看看咱们，一家三口挤在这样一间小屋里。再过几年格格大了怎么办？总不能让女儿和我们挤在一间屋里吧？我毕业快十年了。这么多年，好像什么也没做。再这样泡下去，我这辈子就完了。"

"岩，我并不觉得这样的日子有多苦，只要我们在一起，粗茶淡饭胜似锦衣玉食。"静梅是在安慰晓岩，也是说的心里话。一个女人，只要和自己爱着的男人在一起，怎么会觉得日子苦呢？但晓岩说的也是实情，若真的两三年之后，他依然平平淡淡做一个企业最基层的技术人员，挣那么一点点工资，他们一家三口也只有蜗居在这斗室里度日。而格格一天天在长大。孩子大了，没有自己的空间，能行吗？他们结婚时做的书桌、衣柜，把小屋挤得满满的，格格在屋里玩的时候，不是碰着就是磕着，根本转不过身来。

然而，这样的小屋是静梅苦心经营的一家三口的温馨港湾。星期天，她会很认真地把小屋整理得井然有序，干干净净。这个小屋是她和晓岩疲累时赖以栖身的温暖小巢。就是在这里她成了晓岩美丽的新娘，每当他们结束一天的忙碌,小鸟归巢似的回到小屋时,疲累的心魂便满足于缠绵悱恻的夫妻恩爱。如今,晓岩却不满足于这样的宁静与温馨。他要做一只远航的船,无论前路有多少暗礁险滩!他都要去尝试了。她担忧地说:"岩,既然你决心已定,将来无论做得怎样,这个小屋都是你归来时的港湾,是你人生疲累、寒冷时的暖巢,在任何时候都不要太勉强自己,古人说得好,'谋事在人,成事在天',任何事情只要努力了,尽心了,无论结果怎样,都不要太在意。我不想让你活得太累,明白吗?"她望着晓岩,眼眸亮晶晶的,如明月照耀下的湖泊,溢满了粼粼波光,那是晶莹的、醉人的、慈祥的、母性般的温柔与体贴的泪水。

晓岩被妻子的柔情和善解人意感动得神思荡漾,又有点儿心酸怜惜。结婚五年了,他没有兑现自己在当初求婚时的承诺,让静梅过上令人羡慕的幸福生活。如今为了生存,他又要离开她,到一个陌生的城市去创建自己完全没有把握的所谓事业。这就意味着在今后的岁月里,他和她就要天各一方,过牛郎织女一样相思两地的生活。他甚至看不透这种生活的背后,究竟是酝酿了幸福、甜蜜,还是隐含着孤独寂寞、苦难艰辛,甚至不可预测的嬗变。想到这些,晓岩心里真是苦辣酸甜,难以分辨纠结于心头的滋味。他只是黯然地说:"我这一辞职,出去闯荡,只是辛苦你了。乖,其实,我真的不忍心离开你和格格。"晓岩的一双炯炯神目,一时间被泪水迷蒙。他情不自禁地握住静梅的手,拉她入怀,他们静静地拥抱着,泪水禁不住流了出来。

晓岩放着现成的皇粮不吃,要下海办公司,做私营老板。这在小小的宝仓城,也许还是一件新鲜事儿,或者被人们看作是另类。尤其是在父辈们眼里,一个大学生放着正式的公家人不做,不是有病,那也是有什么不可告人的隐忧。无论怎样,静梅依然觉得应该给晓岩提个醒,免得将来弄得两面都不是——那边创业不成,这边也丢了工作。她担忧地说:"这是件大事儿,你先不要慌着做决定,先做一番社会调查,好好权衡利弊，然后再决定。有必要的话，先请一段时间假，也未尝不可啊！你可倒好，这边还没出题目，你倒先给答案了。"

"我不是一时冲动，既然无法改变环境，那就改变自己。不然我有限的生命、激情和意志，都会被现实残酷地磨灭掉，到那时，也许企业破产，靠政府安排，我们人也老了，再想去创业，那才真正是一句空话。"晓岩表情严肃真诚，说到动情处，眼圈竟有些红了。

静梅不以为然，说："杞人忧天，企业怎么会破产？几万人的资源型企业，多少亿元的资产，百八十年内是不会的，咱这辈子是有保障的。"静梅嘴上这样说，可心里却有些虚，这几年破产的国有企业也时有耳闻，尤其是资源型企业，资源一旦枯竭，破产是自然的，上万名职工就得另谋出路。更有甚者，那些专吃破产饭的领导干部，几届领导辛辛苦苦开创的事业，在一任贪官污吏手中，一年，甚至几个月就能从内核掏空烂掉。有限的资源开采完了，破产更是情理之中的事情。

晓岩气愤地说："就凭那帮整天爱吹嘘的家伙，有便宜削尖脑袋，想方设法地钻营。有点儿小事，看谁滑滑溜溜地，泥鳅一样地跑开，前几年还发点儿奖金，这两年工资都是前账摞后账了。我是不敢再抱希望混下去了。"

晓岩铁定了心，要下海试水，打算另闯一番天地。在宝仓城没有多少空间，他思来想去，只有走出去，寻找一片可供理想腾飞的天空。历史在前进，风水也在轮流转。二十世纪六十年代，城市青年到农村广阔天地去，在那里大有作为。响应这一号召的，有初中生、高中生、大学生。一时间从十几岁的娃娃到二十几岁的青年，浩浩荡荡，开赴农村……一代人的青春岁月，学习、创业的大好时光，就这样在农村的广阔天地里，摸爬滚打。十年光阴流转，当年的风华少年，经历了下乡、返城，一个轮回过去，制造了多少场妻离子散的悲剧！

如今，一拨一拨的农村青壮年到城市讨生活，成千上万的打工族成了城市建设的生力军。然而农村却有一大批被称为"空巢"的爷爷奶奶辈儿们，留守的孙辈儿们，固守在荒芜的家园，他们的生活和学习不言而喻，将会存在一些无法弥补的现实缺憾。爷爷奶奶辈儿们需要赡养，孙辈儿们需要培育。培育子女本来就是父母的责任和义务，这中间也含着诸多的爱抚。但他们在进城与留守之间，造成一种巨大的缺失和遗憾，甚至使一些孩子在成长的过程中，沦落为"问题"儿童、"问题"少年。

晓岩明白静梅所有的担忧、所有的不安，说："梅，你放一百个心，为了这个家，我会努力做到最好，我也会保重自己，绝不会无端去做任何冒险的事情，智者要学会寻找机会，而不是一味地等待。"

静梅点点头，说："好男儿志在四方，相信你有这样的潜力。"

第四章 远航

静梅自小就听老祖母说男人天生是要出去闯荡的,男人是捞钱的耙子,女人是装钱的匣子。那意思是男主外,女主内,才能把日子过好。自古以来那些走西口、闯关东的汉子们所秉承的处世哲学,如今她在心底里默默地重温这些话,品出的却是一种酸涩、苍凉的味道。她不能够阻止晓岩出去闯一闯的决心和意志,也没有理由。讨生活本来就是向着未知的前方探险,寻找出路。晓岩辞职,去另外开拓一份事业,也未必不是件好事。但在心理上,她总是处在矛盾之中。

俗语说,船大好迎风浪,晓岩下了国有企业这条大船,自己办公司,有多少困难需要克服。她在心里想象着晓岩独自一人打天下,那种孤帆远影的寂寞、艰辛。耳畔再次回响着陕北民歌《走西口》中的歌词:走路要走那大路口,人马多来解忧愁……她忽然意识到,从前的日子过得是那样的淡然、安逸。自从与晓岩结婚以后,生活虽然清贫了些,日子精打细算地过,也算安然。如今,女儿格格已经一岁多了,平时除了给女儿买一点儿奶粉等辅助营养品,他们从来不多花一分钱,也从没买过稍微贵一点儿的衣服。她甚至习惯了晚上下班的时候,走到菜市场，专门买人家卖剩下的处理蔬菜。她从来就没有想过那样有什么不好，每当买到便宜一点儿的蔬菜，尤其是买了晓岩爱吃的西兰花菜回家，洗菜、炒菜的时候，她的脸上总是洋溢着笑，有时也哼上几句小调。她二十七岁生日，晓岩为她带回来一只包装好看的礼品盒。他双手捧着那只精致的小盒子，笑眯眯地说："梅，我给你的生日礼物。"

"礼物？你记得我的生日？"

她惊喜地笑着，那笑容是从内心散发出来的甜蜜和幸福簇拥而成的花朵。

晓岩神秘地把捧着的礼品盒换到另一只手里，背到身后，面颊微红，那神情似有几分羞怯，那羞怯很快又被他的另一个举动掩盖。他再次把礼品盒捧在手上，唱着生日歌："祝你生日快乐，祝你生日快乐……"围着她绕了好大一个圈，再绕一个圈，再绕一个圈。直到把生日歌唱完后，做了一个夸张而浪漫的动作，拉着她的手轻轻地、意味深长地吻了一下，把礼品盒放到了她的手里。

浪漫，温馨，雾霭似的，随着晓岩的走动和歌声缭绕，幸福涌满了整间小屋。她沉醉于其中，纯净得正如回到了童年，在母亲的怀抱里撒娇。不，她是迷醉于爱人怀抱的美少妇，她的脸上漫溢了幸福的光晕，面颊被笑容灿烂成一朵盛开着的莲花。她仔细地，一层一层打开精美的包装纸。终于看到了，是一对金灿灿，闪烁着耀眼光晕的合金耳环。粉色带花纹的包装纸，在她眼前热烈地舞蹈，她的心也在突突地跳着。那失去节律的心跳与沉醉，宛如他们第一次接吻。

"岩，你记得我的生日，我真的很高兴。无论你给不给我礼物，或者给我什么礼物，这都不重要。重要的是我们彼此牵挂，彼此重视，比什么都好。"她的激动和理解，让晓岩感到无比宽慰。刹那间，晓岩的脸上隐约漫过一丝尴尬，那一丝尴尬只是在他的脸上停留片刻，便被他有意掩饰过去。也许是不想拂了爱妻的兴致，他说："这件仅仅价值两元人民币的礼物，实在是寒酸了些，给你做个纪念，证明在贫困时期，我们的精神生活并不贫穷。知道我为什么要买耳环吗？"静梅这才想起自己没有耳洞，那耳环当然是无法佩戴的。她忽闪着一对明媚的凤目，茫然而迷离地看着晓岩，说："不管什么理由，只要是你送我的，我都会珍惜。它将是我永远的珍藏。"

"是的是的，正像你说的，我想把这份幸福用有形的东西珍藏起来，也记住咱们的爱情，记住在贫穷的时候，老夫是怎样为你过生日的。这礼物是为了让你珍藏，珍藏的东西永远是宝贵的。所以，我明知道你没有耳洞，却给你买了耳环。因为我不愿意让你戴假首饰，而我又买不起真的，只有买来一副'珍藏'版的耳环，让它永远记录我们贫穷而浪漫的生活。将来我会补偿今天的缺憾，让你过上好日子，成为世界上最幸福的女人。"

接到礼物的刹那，她无比欢欣，沉醉于浪漫的生日氛围中，根本没有在意那礼物的实用性。对于静梅，什么都不重要，重要的是晓岩对她的一腔情愫，一份挚爱。她深情款款，娇羞陶醉，说："岩，能够和你走到一起，我就掉进了蜜糖里，我现在就是幸福的化身。"

那一刻，小屋的空气都是沉醉的，幸福的；那年月，生活中充满着朝气蓬勃的活力和创造的动力；那些岁月，他们的生活沉浸在恩爱的甜蜜之中。晓岩不喜欢电视泡沫剧，但在周末的时候，他会尽量陪着她在电视机前消遣，因为静梅喜欢。他们两人挤在一张不太宽敞的沙发上，讨论《庭院深深》的剧情，哼唱《梅花三弄》的主题曲；他喜欢唱《一剪梅》："真情像梅花开过/冷冷冰雪不能淹没/就在最冷枝头绽放/看见春天走向你我……"深沉的男中音把真挚的歌词演绎成绕梁余音，每当此时，她就会沉浸在那浑厚而深情的歌声之中。她陶醉地依偎在他的怀里，享受爱情的滋润和慰藉。那种情思飞扬、沉醉其中的画面，常常令她心魂迷离，情思缥缈。这样的时候，他会注视着她的眼睛，然后深情地吻她的额头、吻她的眼睑、吻她的面颊、吻她的香唇……也许是为了兑现他的承诺,他要让她过上好日子,他才一意孤行地要丢下稳定的工作,只身尝试一次现代版的"走西口"。但他又怎能了解她矛盾重重的心思?

静梅的好姐妹——李珍,丈夫一年有三百四十天都在外面飞来飞去。儿子读幼儿园大班了,长得虎头虎脑,个头看上去比实际年龄要大上一两岁。那是一个周末的下午,偶尔遇到李珍,李珍略显憔悴的面容,平时水灵的大眼睛暗淡无神,静梅以为李珍身体有恙,便说:"珍姐,你,你是不是没休息好啊?"

"没,没有呀!我那儿子,见到爸爸回来,就像过年一样,疯到半夜都不睡,把我熬的呀……"李珍笑笑,那笑纹荡在脸上,不是喜悦,不是幸福,而是一圈圈无奈的涟漪。那印象至今几个月过去了,依然回荡在静梅心头。想到此,她好像对自己今后的生活,影印出了一个摹本,心便沉沉地徘徊在郁闷的沼泽中。

"晓岩,其实,我并不在乎你挣了多钱,钱多钱少,不是衡量幸福的标准。只要我们能够互相体贴、理解,比什么都好。钱那东西,是没有极限的,多便是多,少便是少。在国企干,虽然收入少了一些,可是稳定。只要兢兢业业干事,最起码不会承担倾家荡产的风险。若是自己办公司,什么事都得自己担着。"她似乎有些苦口婆心了,难道只为晓岩工作上的安逸稳定,或者没有风险地过日子,也或者是为了维系他们简单而有情调的恩爱?这些,就是静梅自己也说不明白。

"贫贱夫妻百事哀。"这是唐朝大诗人元稹说的,拿来用在千年之后,晓岩和静梅身上还会实用吗?是真的吗?

晓岩静静地沉默,沉默是他给爱妻的无言承诺。

静梅暗暗问自己:在这将近四年的婚姻中,你有过对金钱的渴望吗?答案是肯定的!但你从没有想过要丈夫辞职去创业,你向往的是

"夫挑水,妻浇园"的生活方式。丈夫远走他乡,妻子留守家园,是你从来没有想象过的海浪滩涂、戈壁荒丘。想到此,她只觉得一颗心在空中荡着,找不到避风的港口,她说:"我……我只是担心而已,怕你吃苦啊!辞职后前路有多少坎坷曲折,一切都是未知数。"

"我既然要出去,就有思想准备。现在私有企业纳税人和国有企业纳税人,地位同等,都受法律保护。你不该那样紧张兮兮,我又不是去做违法的事。"晓岩的话硬得能把脚下的水泥地砸出坑来。他的眸子如钉子一样盯着一个地方,似乎要凝望出一株结满了硕果的大树。

晓岩辞职以后,到绿藤市开创事业。一开始就碰到了难题,注册公司需要一定数量的资金垫底,更需要资金流转。一分钱难倒英雄汉,几十万元的注册资金,对于一穷二白的晓岩,简直是一笔天文数字。他们的家底全部拼上,也只有几千元。晓岩发愁上火,人都瘦了一大圈儿,原来白净的肤色也变成了暗沉的古铜色。但开弓没有回头箭,他只好在来回奔波中,寻找合作伙伴,拿他的技术入股,也拿出他们家里仅有的几千元,然后在亲戚朋友中借,凑够整数——一万元,作为公司第一批资金注入。他最终说服一位老乡合伙,注册了一家综合型的技术咨询公司。在绿藤市的一个偏僻街道租了一间小屋,勉强开张运营。

公司刚刚起步,技术咨询、设计服务几乎无人问津。其原因除了市场之外,当然是他们还没有闯出信誉。信誉打天下,是一个人、一个企业立足的根本。为了生存,他们只好什么都做,小超市、普通澡堂、建筑材料,多管齐下,综合开发,多种经营。在那段时间里,晓岩几乎是把自己当成了好几个人用,既做管理又当工人。从公司回家仅仅需要一个多小时的车程,但在那段时间,他几个星期,甚至是一两个月才抽空回一趟家,回家了也是匆匆来去。

那年的除夕夜,晓岩说好了回家吃年夜饭。年三十下午,静梅包好了饺子,等待晓岩回家。有的人家已经点燃了除夕的鞭炮,鞭炮时不时震响,告诉静梅有许多人家已经在迎接年神,一年一度的除旧迎新的年夜饭,大概都端上了桌,一家人也都围坐一起,其乐融融欢度除夕。夜幕降临,依然不见晓岩的身影。她带着女儿,到楼下路口接过两次,不见人影。在焦急的等待中,时间一分一秒地过去,眼看时针指向了夜里十一点,新年的钟声,马上就要敲响了,依然不见晓岩的影子,她一会儿看一眼墙上的钟,在心里默数着时间的进程。格格早已熟睡了,夜却没有安静下来,因为除夕的夜晚,总是热闹多过宁静。她屏住呼吸,静听楼道里的脚步声……那嘀嗒、嘀嗒……秒针走动的声音,就像晓岩在回家的路上与之赛跑,眼看就要十二点了,她心里慌乱,不知道究竟怎么了。晓岩,难道不回家过年?抑或是……她心里疑惑、担忧、牵挂,一时间汇聚成翻卷的浪,浪翻潮涌,打湿了她的心。她一遍遍地自问:怎么了?说好了回来,怎么了,难道……她不敢再往前想。

屋里小格格已经熟睡,她几次三番地站在窗口,隔了窗玻璃向外张望,她呼吸的哈气模糊了窗玻璃,挡住了视线,打开窗子,迎着北方腊月凛冽的寒风,探出身去,使视线更清晰、更遥远一些。这样三番五次下来,她的心似乎早已离身出窍,行走在了迎接晓岩的路上。她想到楼下的路口等待。转念,又怕女儿独自在屋里睡觉不安全,犹豫之时,她再次抬头看看墙上的挂钟。新年的钟声就要敲响的前一刻,晓岩终于气喘吁吁地上楼了。

望着晓岩疲累、憔悴的神情,她心里一阵酸楚,眼泪潮涌而出。本来攒了满腹怨气,要埋怨晓岩回家这么晚。望着晓岩的模样,心头一酸,怜惜和疼爱的泪水氤氲成一句温柔的安慰:"快歇会儿吧!咋累成这样啊!"

"没事儿,一会儿就好了。"晓岩笑笑,微微喘息着。

静梅小鸟一般扑入晓岩怀里,默默感受着晓岩怀抱的温馨,一双黑亮的眸子浸湿在晶莹的泪水里。晓岩歉意道:"亲爱的,委屈你了。"

静梅抚摸着晓岩的手掌，那手掌很粗糙，就像是老农布满老茧的手。静梅的心忍不住颤抖了一下，心痛地托住那双粗糙的手掌，手掌完全变了模样，不但布满了老茧，指甲缝里还残留着一些没有洗净的煤灰痕迹，细碎的裂纹、皱皮、死皮，布满煤灰。一股酸涩的泪水瞬息迷住了静梅的眼帘，她说："岩，你……你这手？"泪水决堤一般涌了出来，"你、你们公司在做什么啊？"她声音哽咽，泪流满面。晓岩平静而随意地笑笑，说："万事开头难嘛，春节期间放假，烧锅炉的工人回家过年了，我替几天班。没想到年三十了，那么多人洗澡。"

静梅惊诧地望着晓岩，心头酸涩，再次泪眼婆娑，万语千言被樱桃般的唇禁锢了，她暗自感叹、心痛。原来晓岩烧完大年三十最后一班锅炉，末班客车已经收车。无奈之下，他只好骑着自行车，赶一百多里路程，回家吃年夜饭，与爱人和女儿团聚。她抚摸着晓岩粗糙的手掌，手掌上新生的茧分明透着血泡的痕迹，她说不出一个字来，只是默默地流泪。

"看你，跟小孩儿似的。快煮饺子吧，饿死我了。"

她擦了把眼泪，笑笑，说："人家心疼你嘛！烧锅炉那样的粗活你也干。这都是'下海'逼出来的啊！"

晓岩却有几分骄傲，说："看你说的，为了你和格格，我什么苦都能吃，这是刚开始，以后慢慢会好的。请相信老夫一定能做好。"他伸出臂膀，再次揽她入怀，他们紧紧地拥抱在一起，他那被腊月的寒风吹得寒意未消的唇印在了静梅微微发烫的面颊上，进而是唇齿之间。

静梅收拾完厨房里的碗筷，轻轻来到卧室，见晓岩望着格格熟睡的小脸，神情陶醉得令人心生艳羡。一阵幸福的潮漫过思绪，洋溢在脸上。晓岩张开怀抱，静梅像归巢的小鸟一般依偎在晓岩怀里，他们彼此陶醉在爱的港湾，享受着爱的温馨、浪漫、暖意。时间的指针悠闲地画着固有的圆，他们夫妻在享受着人间天伦。

"只要把眼前的难关熬过去，明年公司就会发展壮大起来。再说了，搞技术咨询，眼下市场不是很好，公司也没有业绩，要想做得好，必须打出品牌，让人家相信你的实力。不过，困难只是暂时的。"晓岩自信地说着公司未来的发展前景。静梅也被深深感染了，她亮晶晶的眸子望着晓岩，眼里溢满了怜惜、柔情、爱意，她言语轻柔，爱意浓浓，说："只是苦了你了。"

晓岩心里暗自泛起酸涩，抚摸她柔软的发丝，说："不怕，乖，有你的理解和支持，老夫再苦再累心都是甜的，俺一定要给老婆孩子一张满意的答卷，给你和格格创造一个幸福的生活。"一股暖流涌上静梅心头，身心都被那暖流温润得醉了，她说："岩，其实我要的不是多少钱的幸福，而是执子之手、偕老相伴的幸福。你这样辛苦，把自己弄得这样憔悴，我……我哪儿来的幸福感啊？我的一颗心都为你操碎了。"

"哎呀！我的傻梅梅啊！男人一生一世，若没有一份事业作支撑，怎么可能得到真正的幸福啊！男人就是要创造一番事业，然后才能享受生活，创造是人生的一大乐趣啊，没有创造激情的人生，是不完美的人生。人生就应该在不断创造中享受生命的过程。乖，再过十年，不，也许三五年，再看老夫的成就，也请你再看看自己的生活，也许就是天翻地覆的变化，你就瞧好儿吧！到那时，你会发现，老夫是绝对的潜力股。"

未来在静梅思绪深处铺展开了憧憬的蓝图，又隐忍了无限的心痛和怜惜。她说："岩，你一定要保重啊！你的平安和健康才是我和格格的最大幸福，切记，切记啊！"

"嗯，一定，必须。"晓岩就像小学生，向老师保证道。

"有一位大家说过，人生的幸福无非四件事：一是睡在自家床上，二是吃父母做的饭菜，三是听爱人讲情话，四是跟孩子们做游戏。老夫现在正享受着第一、第三的幸福。"晓岩说着，一只手禁不住向静梅的身体摸去……

晓岩的事业在政策面支持下，一步一个脚印、一步一个台阶地发展起来。两年下来，公司的人数由原来的四五名增加到了二十几名，有了分期付款的——写字楼办公室、"桑塔纳"轿车等办公和代步设施。晓岩的手掌虽然还是那样有力，却退去老茧换上了细嫩的肌肤。不同的是，他的钱包也随之鼓了起来，就像当初那手掌上磨出的老茧，质感而厚实。他终于兑现了自己的诺言，将宝仓市的小屋，换成了绿藤市一百多平米的三居室。静梅也告别宝仓城，调进了绿藤市一家大型企业机关。不用为钱发愁的日子真好，她可以随意在菜市场买时鲜的蔬菜，买任何一样高价的水果，买任何一件自己喜欢的衣服或饰品。品牌的，大牌的，再也不用看了价签，因为囊中羞涩而快快离去。这样的幸福与满足，在一个思想敏感、个性浪漫者眼里，却是那样的短暂。金钱的诱惑与恩惠，远远不是一个有思想、有个性、有追求的女性所能够满足的。

人就是这样奇怪的动物，在生活富裕了以后，随之而来的不是腐化堕落，便是更加高标准的精神生活需求。精神面包的诱惑力，有时候会远远超过物质面包的魅力。人，不会让自己长时间空虚，或者空闲下来无所事事。否则，人们就会抱怨生活无聊。贫穷的日子没意思，歌舞升平没意思，大把烧钱的暴发户们看似潇洒的背后，也会长叹："唉——穷啊！穷得只剩下钱了。真没劲儿。"静梅忽然悟出一个小小的哲理：为什么古代钱的中间是一个四方的空洞，原来那空洞就是人们永远也不会满足的一个心灵深处的黑洞。迷失在金钱围城中的富翁们，侈靡于灯红酒绿、纸醉金迷的乐园，过着酒足饭饱的浮华生活。久而久之，空虚正如魔兽频频光顾，颓废沉迷的精神因子慢慢占领地盘，以致入心入肺，直到你原本渴望的幸福不知不觉间成为一只无头苍蝇处处碰壁，无处寻觅精神的家园。精神上的营养严重缺失，失去了锐意的精神，信仰的执着，心灵的愉悦，灵性的审美，生活的情趣。于是垒砌方寸之间的长城，或者圈养一只名贵的巴儿狗，津津乐道地消磨人生有限的岁月。这样的生活难道不是等同于自杀？静梅抛荒的思绪，一时间天南地北地扫描着一幅幅人间图谱，心情便也无法宁静。有了钱的日子浑然不是原来想象和向往的模样，迷茫、失落，不知从何时起常常占据她闲暇时的思绪。

晓岩忙于公司的事务，每月拿回家足够过日子甚至有些奢侈的金钱，然后心安理得地追逐新一轮的利润。他关注的焦点，不知从何时开始转移到了公司与客户身上。对于妻子和女儿，金钱上的关照代替了一切。他的精力、爱好、情感，一切的一切，都被那些可以为公司创造盈利的客户给掳去了，不但失去了发挥的空间，更是没有了拓展的自由。

静梅的生日就要到了。晓岩好不容易回了一次家，他依然把时间安排得节奏鲜明，就像是一首歌，按照词曲家的编排，高音、低调、拖腔，都设置得一丝不苟。那一日，他回到家中，见静梅正在厨房忙饭菜，便不声不响坐在客厅沙发上歇息。从前这样的时候，他会兴高采烈地来到厨房，从后腰环住妻子，说："亲爱的，辛苦了。"然后，就像大男孩似的撒一下娇，逗静梅笑。而今天，他自顾自地往沙发上一坐，忙着接电话、打电话。忙过一阵子后，从包里掏出一个精美的首饰盒，放在客厅的茶几上，顺便向厨房喊了一声："梅！给你买的生日礼物，一会儿拆开看看啊！"

静梅听到晓岩的喊声，抽身从厨房移步客厅，见晓岩颇有几分骄傲、高贵、自豪，甚至是不可一世、傲视一切的神气。她看着自己深爱的丈夫，心中弥漫了层层陌生的雾霭，她迷茫了。迷茫中，她不知道自己该怎样伸手拿起那只"贵重"的礼品盒，她已经猜到那是一只价值不菲的钻戒，但她却不知道以怎样的动作套在自己的无名指上。她再次想起了几年前的那个生日，晓岩为她买的"合金耳环"，那金色辉光，再次熠熠生辉，萦绕在眼前。晓岩围着她，眼睛里盛满了爱抚、温馨、亲切的光晕，那生日歌再次回响在她耳畔，她静静地聆听着，聆听着。神智渐渐恍惚，幻觉把她带进了那个简陋到极致的十几平米的小屋……一种酸涩、失落、悲凉涌上心头，静梅好一会儿没有说话。那滋味儿像汹涌的海潮，涌上她心灵的沙滩。她无法遏制那悲凉的袭击，无法解脱那怨愤的轰鸣，无法逃避那酸涩泪液的侵蚀。那是一种怎样的滋味啊！缠绕、纠结，如藤，似蔓，荒草一般疯长，她迷茫、困惑、酸涩、刺痛。

她在心里自问：岩，究竟是你变了，还是我变了？也许我们都在变……

她用眼睛的余光瞄了一下那个被晓岩引为自豪和情感表达的首饰盒，淡淡地说："搁那儿吧！"

晓岩前段时间曾说过欠她一枚象征求婚的钻戒，要在这个生日的时候买给她。她当时还小兴奋了一阵子，为晓岩的细心而感动。可是，可是，今天晓岩送钻戒的态度，那种心不在焉，那种随意而为，实在令她心凉。面对一枚价值不菲的钻戒，静梅的漠视并没有引起晓岩的丝毫注意。如若晓岩细心，定然能从静梅冷漠的态度中悟出点儿什么，也许他会一笑了之，也许会说几句好听的话语，哄一哄妻子娇嗔的小心事。可是晓岩却自顾自地坐在沙发上忙着打电话，电话交谈的全是业务往来的事情，根本就没有注意到静梅是欢喜或是惆怅。

泪水在静梅眼里打转，她极力克制着，不让那冰凉的泪水溢出眼眶。晓岩好长时间没有回家了，怎么也不能拂了格格的心愿，要让孩子好好享受一下父爱，享受和爸爸妈妈在一起的快乐。她的心情短暂的激愤、委屈过后，渐渐平静了。但对于放在茶几上的钻戒，她依然是一种不屑的态度。晓岩好心给她买回的礼物，反而使她在心里产生了无法言说的隔阂。她暗自惋惜：唉！再也找不回当年他送我两元钱礼物时的那份激动、幸福和浪漫了。

晓岩已不是当年唱着生日歌给她生日礼物的晓岩了。岁月的磨砺、工作的忙碌、生存的压力，耗去了他原有的浪漫情趣。也许他已经完全变成了一个市侩商人，只知道追逐利润的企业主。与那些暴发户们一样，挥霍金钱，张扬金钱的魅力，玩弄金钱的魔方。

是，又不是。

静梅似乎听见一个清晰的声音：晓岩是个有理想、有抱负、有思想的青年。他不可能只是满足和陶醉于自我成功的花园，局限于自我垒砌的金钱城堡。他应该是放眼于苍茫寰宇的雄鹰，坚硬的翅膀应该翱翔于蓝天。

不知从何时起，他们散多聚少的生活中，磨折了交流的眼神、温柔的话语。那富有灵犀的情缘和恩爱，如今已经变得麻木了。若不是女儿格格一天到晚念叨爸爸，勾起她一丝寂寞和想念，她似乎都有些健忘了，忘记了想念老公的滋味儿。那相思，那牵挂，那种才下眉梢却上心头的相思，也许只是恋爱时期的专利。如今，她一天到晚，忙完女儿，忙工作，忙完工作，忙家务。也许自己就应该是心里只惦记油盐酱醋茶的主妇。诸如上班会不会迟到，刚上幼儿园的格格哭闹了没有，孩子适应不适应幼儿园里的生活，晓岩的创业顺不顺利，今天要买多少菜，买哪些菜，营养怎样搭配，等等。一切繁杂的琐事，纠缠在她的脑海里，理都理不清。一天到晚三点一线的生活，机械般地运转——洗衣、做饭、买菜、送孩子、接孩子，不经意间，已经成为她生活的主旋律。

晓岩的忙碌似乎永远不会结束，而且一天天加码。创业的艰辛，每时每刻都在不同时间、不同地点伴随着他的身影，就像爬坡时滚动着的车轮，正处在不进则退的境地，他必须一鼓作气地往上爬。

第五章 日子

那天晓岩为公司的事情，顺便回了趟家。吃过晚饭，他带着格格到楼下玩了一会儿，回家的时候，静梅已经睡下了。其实，她不是睡了，而是躺在床上生气，气自己，更气晓岩。晓岩带着格格回家，见静梅已躺在床上，说："格格瞌睡了，你哄哄她。"说着，便把女儿往床上抱，静梅起身一句话不说，把女儿领进洗手间洗漱，晓岩站在那里看着静梅和女儿走出卧室的背影，轻声道："小孩子，哪儿有那么多讲究。"

静梅不接晓岩的话，给格格把牙膏、牙刷准备好，接上水，让格格刷牙，再接了水，帮格格洗脸、洗脚……当她打发格格睡下，心想，晓岩也该休息了，久别胜新婚，我们何止是久别啊？自从晓岩下了海，开了公司，整个人都被卖给了公司。公司的事成了他生活的全部。

格格睡熟后，静梅走出卧室，准备洗漱。晓岩正在聚精会神地看足球赛。他是特级球迷。看足球赛的时候一双剑眉下的星眸跟探照灯似的，前锋、后卫、中场……不停地扫描，情绪随着队员们在球场上的跑动，时而激昂，时而低沉，时而热烈，时而亢奋。尤其是他喜欢和崇拜的队员，在场中有了出色的表现，他就会兴奋地一跃而起，为那精彩的一瞬喝彩、点评。

静梅洗漱完毕，见晓岩依然坐在沙发上看球，一股无名之火上窜。她想发作，可又懒得发声，便默然回到卧室躺下。可是人躺在床上了，心却在客厅的沙发上。她翻来覆去地折腾，好像漫漫长夜专门跟她作对，烦躁得难以入睡。她想大声喊晓岩关掉电视，话在嘴巴里转了几转却又咽了回去。心好似被荒草藤蔓纠结着。搅扰得她难以安静，躺下也不过二十几分钟，便如三秋一般。她不知道自己在晓岩心目中到底还能占到多少空间，不知道从何时起，晓岩好像从没有注意过她的悲或喜，穿什么衣服，几点钟上班，几点钟下班，她究竟是哭过，还是笑过。对于生活中的一切，他是那样的冷漠，唯独在看足球赛的时候，他的目光才是亮闪闪的，闪着激情的火花，神情专注热烈，整个人都被一种青春的活力激荡着。

心烦意乱，不知是醋意，还是对于夫妻间那种柔曼缠绵之欢的渴望，她感觉怪怪的，总想对沉浸在足球赛事中的晓岩发火。对于足球比赛中那种令人振奋的顽强精神，她没有丝毫的欣赏和赞许。她在一遍遍自问：是晓岩的生活习惯变了，还是他的心另有所属了？他貌似冷漠的态度令她伤心落泪，在心里打着一个个问号：岩，你到底怎么了，为何如此冷漠，你真的不爱我了……她的心酸涩刺痛。难道真的是男人有钱，人就变了？恋爱时的殷勤体贴，新婚时的缠绵悱恻，都到哪里去了！

小别胜新婚。可是晓岩的心不在焉，令她失去了对晓岩的了解和把握，好像是风筝的线，在不懂得放飞者的手里，被障碍损伤，一下子断了。那风筝借自然的风力，在广阔的天空飘着，而她只能眼巴巴地仰望着失去了牵引的风筝，在蓝天白云清风浩渺中飘飘然，飞翔在苍茫的天穹，像一朵变幻莫测的云，又像一只凌空飞翔的鹰。静梅的眼睛模糊了。她迷蒙地看着那只飞向浩渺太空的鹰。疑惑那鹰望向大地的眼睛，难道只是在寻觅猎物？社会上流行的一些俗腔段子在她耳边回响："男人有钱就变坏……"她轻轻自问：难道，难道曾经视我为圣母、爱我如生命的岩，真的变了？她似乎在遥望着很久以前，那个曾经熟悉、热烈，而今又是如此陌生的晓岩，正如望着遥远的海市蜃楼。他近在咫尺，却又远在天涯。有人说距离产生美，那么距离会不会使人陌生？

她无法入睡，索性起身，来到客厅也坐到沙发上看足球赛。而她的看只是做做样子，她不时用眼睛的余光扫一下晓岩。晓岩依然专注地沉浸在电视屏幕上的足球赛事之中。此时此刻，她觉得两人之间像隔着一座高高的山，山上缥缈着朦胧的雾幔，总也无法看清那山、那人的真实模样。记得那年初相识，他总是有理由找她，给她说些可有可无、可讲可不讲的事情，她意识到了他的良苦用心。少女情怀，暗恋之意，青春之骚动，以及潜藏于心底的对于异性魅力的期许都被晓岩的激情诱惑得蠢蠢欲动。但她对自己的身体健康毫无信心，只是违心地与晓岩保持着飘忽不定的距离，时隐时现，若即若离，那颗怀春的、疾病纠缠着的小心脏，受尽了暗恋之苦。

那一日，晓岩终于直接破题，说："静梅，有件事一直想请教。只是，只是不知道……"

"不知道，就不要说吧！省得说出来，言不由衷，或者离题太远。"她半开玩笑地阻止晓岩说出她预想中的话题。晓岩突然脸红了，含羞带嗔，那一缕尴尬的气韵，被他不露痕迹地收于深深的思绪之中，在他心灵的底部环绕、升腾，升腾起更加强烈的火焰……他说："静梅，你看，我……我真是太笨了。什么事都做不好，有时候真的感到很失败。这尘世间的事情，我是越来越糊涂了。"晓岩这样说着，自嘲地笑笑。

静梅心里明白，晓岩指的是什么。但她只有随着晓岩说的糊涂而糊涂下去。然而他并不明白她为什么会若即若离，忽近忽远。她除了愧疚、怨恨，恨自己不争气的身体，真的不知道该怎样向晓岩表示那种矛盾的心理，以及才下眉梢又上心头的日日夜夜思恋。她不止一次地在心底里大声说：晓岩，你……你一直……一直都在我心里，我爱你！

那苦苦的思恋，那恋爱中的甜蜜，都一幕幕浮现在眼前。静梅禁不住暗自慨叹：婚姻之于爱情，难道只能是坟墓，只能是埋葬当初热恋中的情愫；婚姻的红丝线真的是一道枷锁，有情人遁入围城之后只能是困惑，而不能是爱情的一种升华！那个深爱着自己、温柔体贴的晓岩为何变得如此陌生，他真的变了，不爱我了吗？她的内心充满了怨恨和抗拒，但又心有不甘。她暗暗自问：是在晓岩冰冷的心灵的壁间添一把火，还是加一块冰，或者是一抹冬日暖阳，抑或是一缕温暖春风？晓岩究竟怎么了，他还能如当初的爱恋与体贴吗？

"人生若只如初见，何事西风悲画扇？等闲变却故人心，却道故人心易变……"难道真的是蓦然回首，海誓山盟，只落得一袭远去的背影；难道曾经的心有灵犀，真的已化为云烟；难道婚姻的围城只能是一座爱情的坟墓？

婚姻围城中的饮食男女，究竟怎样的生活才是幸福，怎样的恩爱才算甜蜜？人生究竟怎样才能够解开郁闷、无聊、苦恼的结节？一丈红尘，一丈烦忧，万丈尘埃，万缕牵挂，问世间，有谁能超越这红尘俗世的羁绊！谁又能弃绝俗世繁华的诱惑，放弃追逐了一生一世的爱恨情仇；谁又能够超越红尘，遁入淡然超脱不计较恩怨得失的境界。健康的情感，健康的生活，健康的心态，是何等的重要啊！然而，此时此刻，她矛盾、烦恼、浮躁的心态健康吗？她的心为晓岩的熟视无睹纷乱如麻，悲凉、无奈。她起身向晓岩的背影甩出一句："你这辈子没当足球队员，真是中国足球的一大损失啊！"说完，她起身进了卧室，"啪"的一声关了卧室的门，躺在床上，胡思乱想……客厅里，电视的噪声穿透墙壁，穿透木门，直往她的耳膜里钻。解说员的激情解说，球迷们的激烈欢呼、呐喊，都在骚扰着她难以宁静的心魂。她在心里一遍遍怒道：今晚，你就睡在沙发上好了，我不会去请你的。

那一刻，她画地为牢，心想：晓岩，你就在那儿待着吧！与你的足球为伴！我不会打扰你，你也别想来搅扰我。她反锁了卧室的门，赌气睡下，但心烦意乱，一段段思绪，搅扰成丝丝缕缕的乱麻，令她难以入眠。一个画面接着一个画面，热播的都是有关她和晓岩的点点滴滴。想到曾经的恩爱与浪漫，她的内心便泛滥着酸涩的滋味，泪水潮涌而出，千般愁绪万般委屈，在这婚姻的围城中都只能是一声万般无奈的叹息！

她与格格相拥而卧，心却在晓岩的周遭徘徊，设问着一个个没有答案的题目。

球赛结束了，她倾听着门外的动静。

晓岩起身，来开卧室的门。

他失败了，然后，是轻轻地敲，轻轻地喊……

她的心脏慌乱地扑腾扑腾地跳，如脱兔一般。她有些气愤，又有些恶作剧。她在心里一遍遍重复：不理你，看你怎么办！

他敲了几下门，没动静，再敲，再敲，依然没有动静。他怅然，叹了口气，缄默片刻，欲喊静梅的话涌向喉头，却又被他逼回肚里。

门外晓岩窸窣着，在外间找什么东西。静梅的心提到了嗓子眼，她蹑手蹑脚地起来，走到门口，贴着门静静地听，听晓岩在门外抓狂。他进到另一间屋子，后来又回到客厅，再后来，就没有了声息。他拿来一床被子，展开在沙发上。也许他是做做样子，根本就睡不着。而她，却铁了心不给他开门……她就站在那儿，贴着那漆得亮晶晶的牙白色门，静静地听着……她想伸手把门拉开。可是，自尊心却在阻止她：你不能轻易让步，他那样轻视你，你得给他点儿颜色看看。谁让他那样不解风情！

晓岩是很累了，他没有进卧室，躺在沙发上没多大会儿就进入了梦乡，而且睡得很香甜。她一夜没有合眼地看着天花板，想心事。到了天将黎明时，才迷迷糊糊想睡。早晨，晓岩在洗漱间洗漱完毕，见静梅依然没有动静，便默默地坐在客厅沙发上打开电视看早新闻。

静梅在黎明时分入睡，一觉醒来，看时间不早，匆匆起床准备早餐。晓岩跟到厨房，注视着静梅，说："昨晚你睡得那么沉啊？我敲门你都没听见。"静梅忙着手里的活儿，眼皮不抬地回了一声"嗯"。

早上的必修功课排得满满的：刷牙、洗脸、准备早餐，照顾女儿吃早餐，送女儿上幼儿园，自己上班，这一切的一切，都已是程序化的运行。在忙碌的间隙里，她不时地从眼睛的余光里一次次地扫描晓岩的表情，心想：他一定会很惋惜，也很在意地说：你害得我一夜都没睡……可是，可是他没有说。他什么也没说，却默不作声地开始收拾东西，准备回公司了。

静梅的心在颤抖，他怎么这样啊！哪怕他发一通脾气，或者埋怨她把门锁上，质问她是不是故意的。她越想越觉得晓岩态度冷淡，有点儿不可思议。她再次肯定了自己的猜测：他不爱我了，他变了，他不再是原来那个爱她、把她奉若女神的崔晓岩了。

她也在忙着收拾东西，分分秒秒地在赶时间。这是上班族的习惯，也是上班族的荣耀，更是上班族的不幸。无论你有多少不情愿，时间就是最大的规则，它是铁的纪律，约束着每一个人的行动自由。自从古人发明沙漏计时以来，时间已成为人们遵守的一道法则，工作、约会、竞赛、考试，等等。无论做任何事情，都是在时间的约束下进行着。时间也在每一个人的人生历程上镌刻下或深或浅的一道道印痕。这人生一道道印痕，便组成了一幕幕历史的悲喜剧，不管你适不适应，情不情愿。人的一生都在与时间赛跑，直到心怀安然或者心怀遗憾地离开尘世。静梅发自内心地慨叹：有谁不是在时间的束缚中，演绎着自己短暂而漫长的生命？

有人说：忙是成功者的标志。正如"富在深山有远亲"，一个个"远亲"的光临，做主人的自然是要忙碌的了。在这大学毕业就等于失业的年代，像她这样为上班忙碌的年轻母亲，有活儿干，是否可以说是幸运者？早上的时间更是要分秒必争，她没有时间和他说话，更没有心思跟他计较，时间紧，心情不好，二者兼有。她默默地做着早上必须要做的事情，然后带着格格出门。

晓岩穿好衣服，照例在镜子前照了一下，回头轻声说："走吧，我送你们娘儿俩。"

"不用了，你忙吧。"静梅淡淡地说。她一边说着一边面无表情地带格格出门。她心里在说：这个没心没肺的崔晓岩，竟然默认了。她带着酸涩和醋意的拒绝，大失所望地下楼，心一下子跌进了冰雪的深渊……她在心里千遍万遍地自问：晓岩，你到底怎么了？许多天不回家，回家了，又是那样冷冰冰的。难道我们之间的距离真是越来越远了吗？你不再如从前一样爱我，爱这个家了？晓岩，家是你永远的避风港，生命停歇的岸；晓岩，你曾经的恩爱缠绵、海誓山盟，你还记得吗！

寂寞深闺，柔肠一寸愁千缕，却道是此情无计可消除，才下眉头，却上心头。

晓岩回公司已经两个多星期了，静梅没有给他打过电话。日子过得有点儿逍遥，有点儿惆怅，有点儿无聊，更有点儿像暴风雨中的帆影，随时都有被心海中的汪洋浪涛吞噬的感觉。她无法形容那种失落，那种牵挂，那种茫茫海域、孤帆漂流的感觉，想抓住什么，又无从着手的迷茫。她寂寥到了极致。

习惯成自然。当一个人的行为成为一种习惯，也就成为一种自然而然的惯性，或者依赖。当这种习惯成为生活中那个圆的一部分，如若真的少了那么一点点，就成为一种缺憾，这种缺憾就像一个人脚下的路，正行走间,忽然脚下的路断了,身体一下子失去了平衡,茫然中不知所措——何去何从!

从前,静梅每天都要给晓岩打一个电话,如今信息短路了,是她自己狠心掐断了通信联络。她深深体会着这两个星期,就像漫漫的人生路,无比漫长、寂寥。她的整个心魂都在思念中烦躁无聊地煎熬着,夜深人静的时候,她会静静地坐在那里,看着格格睡觉,天南地北想象着,晓岩在做什么呢?这时候,一颗心就会无端地酸涩疼痛。一腔愁怨、担心和不解纠结成离别后纷乱繁杂的思绪。思念纠缠着她的心魂,往事一环一扣地连着,桩桩件件,都离不开她和晓岩的曾经。过去和现在,现在和未来,在她脑海里打仗,打到不分胜负,打到她神魂颠倒。格格的乖巧可爱,更增添了她对晓岩的思念,思念他们在一起的温馨、柔情、浪漫。

在一个周末的下午,她接格格回到家里,依旧是懒懒地坐在沙发上愣神。格格说:"妈妈,我想去公园玩,好不好?妈妈……"她回头看着格格,迟疑了一会儿,眼睛酸酸的,泪水酸酸涩涩地涌上眼帘。

"好啊!格格想去哪儿玩呢?"她应着格格的话,心想出去走走也好,正好趁着阳春天气,让孩子感受一下春天的气息,让春色和花香陪伴她和格格,消融她们憋闷了一个礼拜,醒觉在心里的浊气。清新一下耳目,舒爽一下心智。这样的时候,若是有晓岩陪伴,那该是一种怎样的幸福啊!可是……可是他现在已经不关心这个家和孩子了。静梅禁不住眼圈湿润、泪眼婆娑了。

周六早上,静梅通常是要晚起一会儿。起床后,她会收拾一下凌乱的房间,再弄一顿喜欢的早餐。她想让格格多睡会儿,孩子难得睡个自然醒。没想到格格在她起床不到半个时辰,就自己醒了,而且一反常态地自己穿衣服,兴奋地说:"妈妈,我们去公园吧?"

看着格格兴奋可爱的模样,静梅爱抚地摸着女儿柔软的发丝,说:

"等格格起床了，吃完了早餐就去……"

"妈妈怎么不早点儿叫我呢？"格格眼睛亮亮的，忽闪忽闪，溢满了童稚纯真，亮眸深处，是一腔深深的遗憾。

"因为格格平时每天都起得很早，太辛苦了，妈妈想让格格多睡会儿啊！"她亲昵地抚摸着女儿丝绸般柔滑的发丝，母爱顺着柔软的手指，传递给女儿。格格转身抱住她，在妈妈额头上亲了一口，说："妈妈真好！"静梅心头一酸，泪水盈眶，无声地抱住女儿到洗漱间去了。她照顾格格洗漱，然后给格格倒了一杯五谷豆浆，又把煎荷包蛋摆到餐桌上。格格乖乖地吃了起来，不再像往日那样要妈妈帮着、催着。

格格很快吃完早餐，乖巧地坐在那儿，等妈妈一声令下，出发呢。

"女人花，摇曳在红尘中；女人花，随风轻轻摆动；只盼望，有一双温柔手；能抚慰，我内心的寂寞……"这是她新下载的铃声，听着这样的歌词，柔曼略带忧伤的曲调，她的思绪沉浸在词曲的氛围之中，一时间，竟忘了接电话。格格拿着电话，小脸满是失望的神态，喊道："妈妈，电话。"格格一边说着，失望地把手机递给了妈妈。静梅按过手机按了接听键，是高中同学，也是闺中密友张颖打来的。张颖比她小一岁，由于人长得靓丽，素质超群，家庭条件优越，找对象自然是众里寻他千百度。但蓦然回首时，那人却不在灯火阑珊处，而自己也在那些不乏优秀人选的追求者中，挑三拣四，优中选优，却没有在灯火阑珊处遇到那位如意郎君。如今已是奔四的人了，她依然孑然一身。一个三十多岁的老姑娘，在经历了恋爱分手、分手恋爱的轮番挫折之后，恋爱结婚的心气儿，已经万念俱灰。张颖一个人日子过得优哉游哉，自称要做一辈子快乐女神。

"喂——女神，总算想起老姐了。"静梅笑着说。

张颖情绪十分低落，说："哎呀，天地良心，俺哪一刻也没忘了姐姐。姐姐忙啥呢，咋不接俺电话呢？"

静梅笑笑，说："没事儿，我还能干吗呀！带孩子，洗衣服，做饭。家庭主妇做的事儿，我一样不能少啊！另外，再加一个字'烦'。"说完了，她依然在笑。但那笑，分明有点儿勉强，有点儿心酸，有点儿世俗红尘的烦忧含着。

张颖也在笑。她笑着说："嗨，原以为只有我烦呢！真没劲儿，想找姐说说话儿。没想到我们的徐大美人也烦啊！女儿乖巧，丈夫体贴，你就别烦了嘛！"

"又怎么了？这可不是我颖妹妹的风格啊！我正要带孩子出去玩呢。一起吧？说说话，散散心。"

约好了地点、时间，她正要带着格格出门。电话铃声再次响起。

这次是晓岩打来的。

二十几天没联系了，今天怎么想起打电话了。静梅拿起电话，犹豫了片刻，按了接听键。晓岩的声音有一股匆匆忙忙、火烧火燎的味道，说："梅，你赶紧准备一下，回老家去。我母亲病了，二十分钟后下楼等我。"

晓岩母亲得的是心血管破裂症，病危，正在医院心血管科重症监护室抢救。他们赶到医院时，老人的脏腑已经完全衰竭，从血管输进身体里的药液，缓慢地流动着，母亲的呼吸时而微弱，时而急促。母亲游丝般的生命，正在生与死的夹缝里坚持。看见母亲的刹那，晓岩的眼圈立马红了。鼻子一酸，泪水随着眸子转动，他望向母亲的眼神，是痛惜，是哀怜，是心痛，是懊悔。

静梅知道晓岩是懊悔自己回来晚了。

晓岩轻轻地俯身下去，右手握住母亲的手，左手轻轻地梳理着母亲苍白的发丝，那动作柔软、轻缓。静梅看得心酸难忍。母亲已经没有力气说话，再也无法与自己最疼爱的儿子交流，只是微微睁开眼睛，眼神极亮、极柔、极深，嘴唇微微地嚅动，面带微笑地看着晓岩……晓岩看到母亲睁开眼睛，赶紧把格格拉到母亲身边，静梅也跟着站过去，站到婆婆床前，弯下腰身，抚摸着婆婆的手，轻轻叫了一声："妈——"婆婆微微地笑了，然后无力地闭上了眼睛，两颗晶莹的泪珠滑落下来。晓岩抽出一张纸巾，为母亲擦干了泪水。他没有说话，紧紧握住母亲的手，默默地看着母亲，眼里盈满了泪水。

静梅心里一阵酸楚，泪水潮一样涌上来模糊了视线。原来生命在弥留之际，是那样的脆弱，那样的令人怜惜，那样的慈爱与不舍。

晓岩轻轻把母亲的手放进被子里，盖好。眼睛却始终在凝视着母亲安详的模样。一会儿，又过了一会儿，母亲没有任何反应，安详地躺着。晓岩似乎觉察到有点儿不对劲了，他伸出手去，抚摸母亲的手，那手有些微凉，再试试呼吸，他惊得脸色惨白，惊慌地说："快，快叫医生。妈不好了。"

晓岩泪流满面，呼唤着"妈——妈妈……呜呜……"

母亲的后事，按照政府提倡的改土葬为火葬的制度安葬。安葬前做遗体告别，晓岩的父亲隐忍了几天的悲痛终于爆发，他扶着老伴儿的棺材声泪俱下，哭得肝肠寸断。任谁劝说，都撼不动他那如弯了枝丫的枯树般的身躯，哭诉这人生最后的一别。这一别即是永别了，生死相隔，茫茫人世再难觅爱人身影，再不能聆听那柔软的话语，那唠叨一般的关怀。老人泪水涟涟，边哭边叙说，叙说着老伴儿平时的好……

男儿有泪不轻弹，只是未到伤心处啊！父亲的悲泣，令在场的人都看得心酸，落泪，哀叹。

理解

第六章

母亲的尸体火化以后,按照乡村的习俗,举行了土葬仪式。对于故去的亲人,"入土为安"这是中华民族古老的习俗。办完了母亲的丧事,从墓地回家,晓岩径直走到母亲住过的上屋,坐在母亲生前睡过的床上,嘤嘤哭泣,哭得肝肠寸断。

在晓岩的记忆里,母亲就是家里的顶梁柱,她整天里里外外地忙活,没享过一天福,没过上一天轻松自在的日子。他从来没有见过母亲正儿八经地坐在饭桌前吃过一顿清闲饭。母亲总是为一家人的生活在忙,忙是母亲人生的主旋律。即使吃饭的时候,她也在忙着给老人添饭夹菜,照顾孩子们吃喝。而母亲总是草草地吃几口剩余的饭菜,一顿饭就凑合过去了。每次晓岩从外面回家,母亲总要抽出时间包顿饺子改善生活。这已经是母亲的习惯。晓岩上学的时候如此,毕业了,上班了,母亲依然如故。后来晓岩自己做了老板,工作忙忙碌碌,很少回家看望母亲,即使回家了,也是来去匆匆,有时候也顾不上吃母亲亲手包的饺子,为此母亲感到很失落。因为在母亲的观念里,饺子不单单是最好的饭食,还是举家团圆的象征。每次离家的时候,母亲那恋恋不舍的模样,那凝望,那目送,那神情,此时此刻,都一股脑儿地涌上心头,每一个画面都像荆棘、像钢针刺在晓岩的心上。

在晓岩的记忆里，自从长大以后，回家就成了他梦醒时分永恒的向往。吃母亲亲手包的饺子，就成为他人生最高层次的享受。然而，最近几年他总是来去匆匆，从来没有好好陪伴过母亲。从今以后，母亲的一切，都变成了他生命原色上的回忆，一缕冥冥中的梦幻和呓语，一种痛在心底的记忆。一个生命来时的根基就这样变成了一种酸涩和疼痛。回想母亲生前的艰辛，以及对他的牵挂与期望，晓岩哭得愈发伤心欲绝。

静梅望着伤心悲哀的晓岩，对婆婆的去世也是悲伤落泪。她虽然没有大悲痛，但晓岩的悲伤和哭泣，令她心痛、怜惜。她不知道怎样才能抚慰晓岩失去母亲的悲痛，只是陪着晓岩落泪。许久，许久，静梅打破沉默："岩，人谁都会有这一天的，她老人家临走总算见了我们一家三口。母亲是会理解的，你也不要太自责了，母亲已经去了，岩，母亲……母亲是希望我们好好生活，老人一直牵挂着我们……"她本来是要劝说晓岩节哀的，说着说着，自己却悲悲戚戚地哭了起来。哪有母亲不了解自己的儿子。母亲去的是那样安详，就是一个明证。

母亲的去世，晓岩触动很大。她才六十多岁，平时身体很健康，为生活不停地操劳奔波，为一家老小的生存，从来没有放慢过奔走的脚步。晓岩上次回家探望父母，是在母亲恋恋不舍的目送下离开村庄的，当他再次见到母亲时，母亲已经是奄奄一息，命若游丝般躺在医院的病床上。她只是勉强地睁开微弱的，隐含着无限希冀和欣慰的眼眸，看了儿子一家三口最后一眼，便欣慰地恋恋不舍地合上了她生命中那扇心灵的窗。晓岩在母亲微微的笑意中，痛惜母亲的病苦。他没有来得及和母亲说上一句话，母亲就匆匆地离去了。从此天上人间，生死两茫茫。

面对母亲去后空落落的屋子，他真正感悟了生离死别的滋味，失落的心魂，遥问：天堂，母亲可是去了天堂？那里的路远吗？那里有病痛吗？母亲，儿子何时才能再与您团聚？

晓岩在丧母之痛中告别父亲，带着妻子和女儿回绿藤市继续他人生奋斗的历程。丧母之痛，仍然在折磨他的身心，只是几天的时间，晓岩就消瘦了许多，面容憔悴，精神萎靡。回到绿藤市，静梅已经忘了之前和晓岩的冷战和不快，她温柔体贴地为晓岩准备泡澡的热水，准备他最喜欢的晚餐。

晓岩牵挂着公司的事情，不能够在家里久留。"公司事情太多，我得回公司看看。"第二天，晓岩就告诉静梅要回公司。

"嗯，那你可要注意休息，保重自己的身体呀！"她泪眼含情地嘱咐晓岩。

晓岩心里一阵酸楚，眼圈红了，眼眶盈满了泪水。他看着爱妻，深情地注视着，说："嗯，记住了。"然后在她额头上亲了一下，泪水刹那间涌了出来，他轻轻拍拍她的肩膀，"保重，乖。"她默默送他下楼，交代注意安全、慢点儿开车之类的话语。

晓岩去公司有两个多礼拜了。晓岩的行动举止如影随形，像藤蔓，像魔障，一刻也没有离开过静梅的心头眉梢。婆婆的葬礼，晓岩的哭泣、悲伤，不时在她脑际回旋，原来生命是那样的脆弱。她一次次设想：晓岩这段时间的生活，失去母亲的悲苦，忙碌的身影。这天晚饭后，她正把洗衣机里的衣服拿出来晾在阳台上，格格欢天喜地跑来，喊着："妈妈、妈妈，爸爸的电话。"

"爸爸……"格格说着自己先接了电话，甜甜地叫道。"格格，你知道是爸爸的电话？"

"老公就是爸爸。"格格稚嫩的声音，带水滴露，奶声奶气，小脸漾起几许骄傲的神态。她的心脏扑通扑通跳着，接住带着格格的欢笑，隐含了晓岩气息的手机，脱口问："你在哪儿啊？"

"哦，我在公司呢，最近有些忙，想念你和格格，只是这几天回不了家……"她强忍了泪水，说："你要注意休息啊！别太累了，保重身体要紧。"挂了电话，她心里的激动和甜蜜久久地驻留萦绕。她拉过格格的小手，甜甜地笑着问："格格，你怎么知道是爸爸的电话？"

格格甜润的声音像铜铃一般，奶声奶气，再次说："老公就是爸爸。"静梅亲昵地抱住格格，亲女儿的额头、面颊，说："好孩子，你爱死妈妈了。"

晚上，格格一定要妈妈给她讲故事才能入睡。安徒生的《丑小鸭》，格林的《小红帽》《白雪公主》，她一遍遍地讲，格格反反复复地听，她都讲烦了，格格却是听得有滋有味儿。故事的情节、主角的对话都在格格稚嫩的心里扎下了根。但她却依然津津有味地听着，听着。不容妈妈有半分解怠。每天晚上，格格就是这样入睡的，当静梅不小心讲错了一个字，或者一个小小的细节，格格会毫不犹豫地纠正："妈妈，错了。"

格格睡了，静梅却难以入眠，她想象着晓岩在忙呢，还是睡了？她想给晓岩打电话，拿起手机，看看已经是夜里十一点一刻，她犹豫了。这时候打过去，万一他睡了，电话声会惊醒他，打扰他的休息。她关了手机睡觉。一会儿一个翻身，只是精神亢奋。是谁说过，当你睡不着觉的时候，最好是起来看书，或者是工作，那样你就不至于浪费生命，更不至于为失眠而烦恼。她起来靠在床头，一页一页地翻阅床头柜上的书籍。书籍像是她钟爱的情侣，每天晚上，她都会捧起它们中的一本，阅读里面丰富的内核。它们慰藉了她的寂寞，也武装了她的大脑，填补了她的空虚。此时，她翻阅的是《李清照诗词集》，在台灯下，她一页一页地翻看。《如梦令》中："昨夜雨疏风骤，浓睡不消残酒……"词句停在她眼前。她盯着这首词反复地读着，读着。一份慵懒、一缕思念、一腔闲愁不期而至。

醉酒难解词人愁。李清照对丈夫赵明诚的思恋之苦，一千多年后在徐静梅这里获得强烈共鸣，泪水顺着她的面颊默默滑落，滑落。这样的夜晚，遥寄一份带着温暖、牵挂、渴望的祝福，一缕相思裹着的一腔愁怨。她轻声念着晓岩的名字,问询:"岩,这样的夜晚,你可在闲愁中?"

"红藕香残玉簟秋。轻解罗裳,独上兰舟。云中谁寄锦书来?雁字回时,月满西楼。花自飘零水自流。一种相思,两处闲愁。此情无计可消除,才下眉头,却上心头。"她默念着这首词,泪眼盈盈,遥思晓岩在母亲去后的悲戚与哀伤。千年前古人的惆怅就是她今日的惆怅,孤独、寂寞的心灵,牵挂相思的心魂,那日渐苦涩的思念,何止是眉梢心头的缠绕,那是流在血管里的血,萦绕在心头的念。她身体的每一个细胞都被那深入骨髓的思念感染、侵蚀、幻化。幻化成空气中生命所必需的微粒子,她的每一次呼吸都离不开它的营养,那是晓岩的身影,晓岩的声音,晓岩的爱抚,晓岩的理解,更有晓岩的忧愁与悲伤。

她盼望晓岩为她打开那道幸福之门,像新婚的时候,在她进门的刹那给她一个惊喜,给她一个他蓄谋中的甜甜的吻、甜美的笑,那种相濡以沫的恩爱与缠绵、浪漫与合欢。或者他去接了格格,正在回家的路上,而她却在忙他们三口人的晚餐。她的设想一个接着一个,赶着趟儿在眼前浮现,她陶醉地笑了,笑得迷离而沉醉。

从老家回城,两三个星期过去了,晓岩没有回家。静梅又开始胡思乱想了:晓岩是真的很忙,还是有别的原因?难道他真的不再爱我了?她眼里涌满了泪水。她对晓岩的态度再次回到不冷不热的状态,从不主动打电话给晓岩。他打电话来,她不再热情地接听,更不再是老公、老公地叫着,说出那些想念的话语。除非是格格在场,缠着她的时候,她才会勉强地接起晓岩的电话,给他说一句半句不冷不热的话。这样持续了一个多月。一个周末的下午,晓岩接了格格回家,然后打电话告诉静梅。

静梅的心头刹那间荡起喜悦的潮涌,幸福就随那潮涌漫溢了整个身心,她抬头看看办公桌对面墙上挂着的电子钟,距离下班还有四十五分钟,她已经浮躁得坐不住了,心里像是揣了只小兔,顶着她的胸膛,怦怦乱跳。她站起来,来到走廊绕了一圈,脸上荡漾着甜甜的笑。她微微笑着回到办公室拿起杯子,走到饮水机旁接了一杯水,心不在焉地抿了一口,放到办公桌上。她下意识地看看另一张办公桌,桌前的位子是空的。那是副科长的椅子。她是什么时候离开的?也许是她接电话那会儿。人家是副科,管着她这个资深科员呢,要提前退场,没必要跟她打招呼。可是她就不同了,早退了要扣分。扣分就不只是意味着罚钱,钱不在多少,更严重的是要公布被罚者的名单,那无疑是另一种形式的示众。静梅面子薄,见不得自己的名字排到被罚款之列。因此,她从来都是循规蹈矩,对公司所有制度规章,从不越雷池半步。

秒针滴答滴答,亦步亦趋,按照它原有的规律画着圆。静梅频繁地看那蜗牛一样爬行着的挂钟的指针,暗暗地给自己鼓劲:坚持,再坚持十五分钟、十分钟、五分钟。

她在一遍遍地设问:是婆婆的去世,改变了晓岩;还是自己的冷漠,引起了他的重视。晓岩,也许还是从前的晓岩,只是生存路上的压力、创业路上的艰辛,使他无暇呵护爱情,照顾亲情;也许晓岩对我的爱依然是那样纯洁真挚,从未有过半点儿懈怠和疏忽,只是尘世的烦嚣令他无暇顾及夫妻恩爱、女儿亲情。是啊,两情若是久长时,又岂在朝朝暮暮,她的耳畔再次回响着那个熟悉的声音:"你和格格永远是我奋斗的动力,精神的支柱。"她再次微笑了,暗暗埋怨自己多心,错怪了丈夫。

人的生命不仅依靠物质,更需要精神营养,她和格格就是晓岩的精神食粮。若不是为了让她和格格过上好日子,他怎会如此辛苦地去拼,去争。"一个成功的男人背后都有一个好女人,女人因征服男人而征服世界,男人因征服女人而征服世界。男人的成绩在很大程度上是做给女人看的。"这话是谁说的,静梅一时想不起来。但她觉得很有道理,又认为不全面,她在心里大声说:女人的成绩在某种程度上也是做给男人看的。女人虽然都希望自己貌美如花,但美貌终究难以抵御美丽的诱惑,美丽是综合素质的呈现,是附着于女人身心的真正的魅力。"成功的女人具有永恒的魅力,漂亮的女人却只能是一个摆放着的花瓶。"这虽然是晓岩无意间说出的一句闲话,但对于静梅,却是一句至理名言。她要让晓岩知道,她是一个可以做事,可以成功,能入得厨房,进得厅堂的女人。为此她在不断努力,努力成为晓岩心中美丽的女人。

可是,曾经的曾经,无论她做了什么,晓岩却不知道,他没有问过,也好像没有看到过。最初的热烈与激情,都被生存的压力、梦想的追逐、尘埃的烦嚣消耗殆尽了?曾经的恩爱缠绵,幸福甜蜜,桩桩件件,此时如影片中的大写意,映现于她的心头眉梢……晓岩真的没变,他依然是我深爱的那个晓岩。

终于熬到了五点十五分,快下班了,快下班了。她这样想着,拎起早已收拾好的挎包,急匆匆地往家赶。想到晓岩和格格在家里等着,她走路的脚步就像踏着一首优美抒情的音乐节拍,心中便有一曲浪漫之乐的旋律在回响。她抑制着怦怦心跳,气喘吁吁地冲出电梯,手里拿了早已备好的钥匙开门。当她把钥匙插入锁孔时,门却怎么也打不开。她喘着气,喊:"格格!妈妈回来了。格格——"

房门悠然敞开了。一大束玫瑰、百合……组成的鲜花映现在眼前,捧着鲜花的晓岩,带着七分幽默、三分诱惑的微笑,说:"慰劳夫人!"

心花怒放,静梅顿时心花怒放,是陶醉,是欢欣,是释然;是为花,是为人,是为爱。她的心一下子沉醉于这天上掉下来的幸福之中,她的心跳如这鲜花一般,带着欢悦,带着玫瑰的馨香,带着爱情的幸福。幸福映红了她的面颊,她陶醉地伸出双手,接过晓岩捧给她的花束。她抱着那束带着晓岩体温和爱意,代表百年好合的鲜花,娇媚地扑到晓岩的怀里。晓岩拥抱了爱妻,吻了她热辣辣、红扑扑的额头、面颊;她终于再次拥抱了爱情,爱情也再次进驻到她的心房。小格格在一旁拍着小手，笑着叫道："妈妈！妈咪——"

晓岩与她相拥着，说："梅，洗一洗，准备开饭了。"

她换上家居服，来到洗漱间，看着镜子里被幸福和甜蜜包裹着的美少妇，不由得羞红了面颊。她暗暗埋怨自己不该胡思乱想，为晓岩的善解人意而感动，而慨叹：原来是自己误解了一颗爱恋如初的心。这样想着，心中荡满了愧疚。她脱口喊道："岩——"

晓岩应声来到她身旁，看着站在梳妆镜前的爱妻，深情地喊了一个字："梅——"他环住她的腰身，注视着镜子里那刚刚洗过的略带羞红的面颊，爱惜地向那樱桃般嫣红鲜嫩的唇吻去。她转过身来，热烈地迎合晓岩火山般迸发的热烈激情……那一刻，真如云端漫游，如雾里缥缈，她和他都忘了红尘的烦恼，忘了人间还有一顿美味的家常饭在等待他们享用，更有一个伶俐乖巧的女儿——格格，在客厅里等着他们去爱抚。他们完全沉浸在了久别胜新婚的甜蜜之中，热烈地拥吻着。

格格焦急地叫喊："妈妈——妈妈，我饿了。"

晓岩熬了八宝粥，做了静梅和格格都喜欢吃的蔬菜沙拉。做这样琐碎的事情，晓岩是第一次，这令静梅感动得稀里哗啦，眼泪顺着面颊冲出两道哗哗流淌着的小溪。晓岩伸出他那双做了沙拉、熬了八宝粥的大手，再次环抱了静梅，捧起她梨花带雨的脸庞，照着那清凌凌的、瀑布一样涌流着泪水的美丽凤眼，深情而温柔地吻了一下。小格格眨着眼睛看着妈妈，叫道："妈妈？"静梅含泪笑了，那是幸福的微笑，如花笑颜，她说："格格乖，爸爸做的沙拉好吃吧！"格格很乖地点点头，小脸似乎有种失落感，她看见妈妈流泪了。静梅拭干了泪水，笑着为格格夹了一些沙拉在小碟子里，自己也品尝了一口，幸福地点点头，面带微笑，"嗯，真好吃，爸爸真会做饭！和妈妈做的一样哎，"她说着，又向晓岩道，"你真能干啊，老公——"

"呵呵，你这是夸我呢？"

"那是，不过也是夸我自己哦……"

晓岩望着静梅和格格，心中一阵欣慰：嗯，终于看到她开心地笑了。

静梅品尝了蔬菜沙拉，心中更是感佩于晓岩的细心。做蔬菜沙拉是一件细活儿，材料也很讲究。奶油、生菜、紫甘蓝、花叶生菜、水萝卜等，都要挑选新鲜优质无任何瑕疵的材料备用。调味料包括橄榄油、橙汁、盐、白酒、醋。制作过程虽然简单，但要细心配置，才能做出好吃的沙拉。其中最重要的一环就是沙拉汁的调配：在橙汁中加入橄榄油、少量盐、白酒、醋等配料，然后搅拌均匀。烦琐的制作过程考验一个人的爱心与诚意，晓岩能够精心做好这道菜，足见他用心良苦。做菜时用不用心，可以从菜的味道上品尝出来。这花花绿绿的一道沙拉，竟然和自己做的一个口味儿。晓岩的细心让静梅感动和叹服。他是什么时候学会了做这样的东西？她嚼着一块西红柿，慢慢地，慢到忘了似的，一双灵动清秀的凤目笑眯眯地、欣悦而温馨地沉浸在幸福之中。

以前每当静梅和格格津津有味地享用蔬菜沙拉时，晓岩含情脉脉地注视着娘俩的吃相，会说：这道菜花花绿绿的，女孩子气很浓啊！

今天晓岩亲自做了这道花花绿绿的沙拉时，看着妻子和女儿很香的吃相，笑着说："格格，妈妈真像个小孩子，和小格格比试着吃呢！"

静梅心里甜滋滋的，温暖的眼神凝望着晓岩，心底的湖面漾起层层幸福的涟漪。她在静默中体味着晓岩的温存和体贴。那种自然、温馨、浪漫、柔软的情愫，再次滋润着她爱恋的心灵。原来夫妻间的默契、婚姻中的幸福、爱情之花的美丽不需要多少钞票去换取，只需要彼此的一个眼神、一份体贴、一句温馨的话语，就足以使爱着的男女，身心温暖，激情飞扬。

这是一个阳光和春意都分外宜人的周末，晓岩开车，载着妻子和女儿驶向郊外，与那紫气蒸腾、濡染了山岚灵韵的大自然约会。一路之上，春阳温暖，新绿盎然，柳絮妖娆，油菜花黄，一道道怡人的景色交替登场，明艳了视线，愉悦了心房。静梅抱着格格，心情愉悦地欣赏春阳下的迷离景色。格格兴奋地问东问西："妈妈，我们要去哪儿玩啊？妈妈，我们去的地方有大海吗？"

"爸爸、妈妈要带格格到有山有水、有树有花儿的地方玩儿。在那里，格格可以看到在公园里没有见过的大树、石头、瀑布、花草……很多很多格格以前没有见过的风景。"静梅兴致勃勃地给女儿描绘着目的地的景色。格格兴奋得小手比画着，小脑瓜儿一刻不停地发挥着想象，描述着她的见解，小手频繁地指，小嘴不停地说。说着，说着，若有所思地停下来，片刻之后，她忽然问："妈妈，我们以前来过吗？"

"来过。是爸爸、妈妈带你一起来的，格格那时候还小，还不懂得欣赏美景啊！"静梅不由自主地朝晓岩深望过去，晓岩脸上掠过一丝歉意，说："是的，那时候格格好小哦，走路都要妈妈抱的。"

格格一阵迷茫，遗憾地说："哦，太可惜了。"

格格的神态十分严肃。

"只要格格喜欢，以后爸爸妈妈可以多带格格来玩啊。"晓岩歉疚地看着格格充满疑惑的小脸，许诺道。

格格拍着小手："好啊好啊，爸爸真乖。"

晓岩和静梅都笑了。他们相视而笑的刹那，似乎都被幸福的氛围给包围了，陶醉了。

"那就一言为定。格格，记住爸爸的话哦。到时候他不许耍赖的。"静梅望着晓岩笑眯眯地说。

四月，正是新绿渐浓、春花烂漫的季节。春的繁华从杏花谢桃花红，至樱花、牡丹……次第开放。公园里的景色因人为的制造，那种条条块块的各样模型，人工雕琢的痕迹，给人一种修饰后的娇柔之美、病态之美。尽管那里有骑马、跑步、按摩、举重等健身器材供人们选择，但毕竟少了春深不知处的幽远与浩渺,那种一眼就能看到尽头的景色,毕竟少了几分雅致与宏阔、淡远与空蒙之美。在公园里游玩,只是茶余饭后的小憩而已。在这到处都漫溢了生机和暖意的四月,与大自然赴一次约会,毕竟给生活增添了些许浪漫与欣悦的色彩。是人生的一次享受,生命的一次愉悦,更何况是带了爱人和女儿。女儿是爸爸的小棉袄,是五百年前的情人,这样想着,晓岩禁不住在开车的间隙,瞄一眼坐在后排的母女俩,说:"呵呵,乖女儿,爸爸记住了。"

乡村越变越小,城市越来越大,政府对城市公园的建设也越来越重视。绿化社区、扩建公园,一切都以健康、舒适、幸福为标准,越来越多的居民在早晨和傍晚有了休闲娱乐的场所。诸多新建小区都在向公园式的环境靠拢,百姓们的日常生活平添了些许玩的乐趣。到郊外漫游消遣,却是一年之中少有的机会。静梅在心里盘算着:正好借此之机,给格格补上亲近大自然、认识大自然的一课。

四月以它灵动的纤纤玉指,拨弄着春天的和弦,弹奏出天籁的鸣响,那是栖息于大自然的鸟类的奏鸣;生命的合奏与张扬,把大自然这块硕大的画布,浓墨重彩地渲染成一幅圣洁妖娆的图画;春花次第绽放,如烟翠柳在展示嫩绿的新装;白杨大概是植物中最积极的族类,它最先向大自然绽放出苍翠的绿,那圆圆的亮绿叶子,在春风中舞蹈,彰显着春天的朝气与生机。格格叽叽喳喳像只小喜鹊叫个不停,问个不停。有时候伸出小手,抚摸着一株小树,或者采摘一朵不知名的小花,摆一个可爱姿势,要妈妈给她拍照。静梅举着相机,一次次为女儿抓拍精彩的瞬间。

在大自然的怀抱里,他们一家三口,与山韵水色对话,与四月芳菲比美,与山岚紫气融为一体,融入苍茫浩瀚的大自然怀抱,享受春天的温情,浸染春色的朝气,沐浴春风的暖意。静梅忽然看见前方不远的地方围着许多人,大部分是些小青年,也有些是少年儿童。她好奇地说了一句:"那儿,好多人,在看什么呀?"晓岩向她手指的方向望去:"嗯,是的。不会是出事了吧?"

说话间,他们一家三口走到了看热闹的人群旁。当他们走到跟前时才发现,原来这里背靠高山,俯瞰峡谷,四周风景惹人陶醉,是一个不错的摄影平台。因此,个体经营者在这里制作了一个活灵活现的老虎标本,专供人们摄影留念,游者与那老虎标本合影一次,收两块钱。老虎是珍稀动物,不要说格格,就是晓岩和静梅,也没有在大山里见过真老虎,也许在大城市动物园的大铁笼子里有,观者只能远远地看看,饱一饱眼福。哪里有与老虎合影的福分?看到许多人在排队与"猛虎"做一次亲密接触,静梅心里也有点儿跃跃欲试。她说:"岩,我和格格也照一张,你照吗?"

晓岩摇摇头,说:"我就不照了,你和格格在那儿排着队,一会儿我帮你们照。"

等了半个多时辰,她和格格才在一个接一个的照相者中,轮到与那只"下山虎"合影。她和女儿站在老虎两侧,亲昵地抚摸着"虎背"上的花纹斑点,格格还调皮地揪住老虎的耳朵,晓岩轻按快门,留下了那样"惊心"的瞬间。晓岩笑着说:"哈哈,人家说'老虎屁股摸不得',你们娘儿俩可真厉害,竟敢抚摸老虎的脊背,揪它的耳朵。"

"哈哈,是啊!我们在和老虎商量点事儿。"静梅笑着转向女儿,"格格,告诉爸爸,我们说了什么。"

"爸爸,我们问老虎是从哪里来的。"稚嫩的童声让晓岩听得无比受用。

中午,他们在农家吃了腌制柑橘芽、凉拌荠菜,主食是山韭菜下面条。饭后稍做歇息,在潺潺溪水的伴奏声中,晓岩和静梅如园丁一般呵护格格,随着鸟语的伴唱踏春。春的幽深处,摇曳着知名的和不知名的花朵。无论是高的矮的,胖的瘦的,妖冶的淡雅的,粉紫姚黄,嫣红淡白，都赶着趟儿地放纵自身生长过程中的野性和柔韧，它们招摇着，怒放，妖娆，淡雅，悠然。那种纯朴、大度、宽容、繁盛、荣华，尽在这四月的芳菲里争奇斗艳。

在花前驻足，在林间聆听，在水间陶醉。格格小精灵似的，沉醉在大自然的怀抱里，有时候自己走路，有时候是晓岩抱着她。她一路走一路问，花草树木、奇石叠瀑，一路问过去，惊喜得如走进了"阿里巴巴的宝藏之门"，快乐得如一只林间小鸟，兴奋得一刻也不愿停下。小孩子的活泼与天真、可爱与乖巧，在大自然健硕、博大、宽厚的怀抱里尽显出人之初的善良与美丽。

晓岩望着格格兴奋的小脸，美滋滋地笑："呵呵……看把我闺女高兴的。宝贝儿，以后爸爸要多带你来这样的地方玩儿……"静梅笑笑，嗔道："你那么忙，别随便给孩子承诺，省得到时候不来，让孩子失望。"

"我想好了，再忙，周末也要把时间给你和格格留着，以免我脱离'群众'呀！人生实在是太短暂了，有很多时候我们来不及享受生活。生活也许就在不经意间背叛了我们。我们的人生也就在那不经意间留下诸多的遗憾，甚至悔恨、愧疚。"

静梅明白晓岩的所指，他是后悔母亲健在时没有多抽点儿时间陪陪母亲。哪怕是多回几次家，多看望老人几次。她体贴地望一眼晓岩，紧走几步，挽住他的胳膊，轻声道："岩，我像做梦一样。"

"今后我要努力改正自己的错误，坚决做到休息好、工作好，更重要的是要陪伴好老婆和女儿。"晓岩幽默，细心，真诚。

在静梅心存疑窦，或者陷入迷茫、无助郁闷的时候，他的一次精心策划的浪漫与呵护，感动了静梅。静梅笑着说："你舍得丢下公司的事情？"她轻柔却富有挑战意味地反问晓岩。

"呵呵，在这大自然的怀抱，有娇妻爱女陪伴，生命便因此而美丽，人生也因此而无憾了，这样的精神大餐，我要尽一切可能争取啊！'君子一言，驷马难追'，今后的日子里，还请领导看行动吧！"

晓岩故意把声音拉得悠然而漫长，幽默之中带着诱惑。他在心里酝酿着一个计划，他要用实际行动爱护静梅和格格，给她们一个温暖的家。

他孩子般自信、纯真、可爱地说笑着。

她在心灵的键盘上再次敲击出四个字：岩，我爱你！

搭伙

第七章

晓岩和静梅带着女儿格格度过了一个温馨浪漫的周末。他们放逐了积郁在心底的寂寥和郁闷，一家人带着山野里春花春草的气息，回到钢筋水泥培植的森林，回到那间氤氲着爱意和亲情气息的暖巢，就像飞倦了的鸟儿，身体虽然累了一些，但那心田里却是阳光一样明媚，春风化雨一般滋润，心儿迎着春风绽放成摇曳的花朵，开放在脸上。静梅照顾格格睡下，轻声对晓岩说："累了一天了，早点儿睡吧。"

"嗯，是有点儿累了……"他一边说着，眸子里释放出欣悦和诱惑的光晕，他张开双臂拥了妻的腰身，推着她往洗漱间里走，他要和静梅一起洗浴。这样的浪漫激情，只是在新婚的时候有过。晓岩的一时热烈，使静梅有点儿脸热心跳，有些心花怒放，更有几分羞涩。那羞红的面颊，更添了几分娇媚与妖娆……

第二日，晓岩早早地醒来，准备到公司上班，心却依然沉浸在与爱妻缠绵悱恻巫山云雨的余韵中。

静梅恋恋不舍地望着晓岩。晓岩轻轻地叹口气，说："唉，又要去忙了，这一周事儿很多。仔细想想，人这一生真是没意思，整天马不停蹄地忙。在国企干的时候，觉得没有施展的空间，自己开公司了，公司也有了一定的规模，在别人看来，已经是成功者了。老同学、旧相识见了面都是老板、老板地叫着，那目光羡慕得发亮。可是，可是谁又能体会到整天一大堆矛盾和事务在排着队，等待着自己去亲力亲为的艰辛。那些直管的、监管的上司、同僚，各路神仙接踵而来，大事小情，哪一头儿都怠慢不得，有时候忙得焦头烂额，真像一列失控的火车，都不知道走到哪儿是一站了。"

晓岩的慨叹让静梅有些怜悯，有些心痛，但又无计可施。

人的生存难道真是如此？对于生命，安逸与拼搏也许都是一种需要。在国企的时候，晓岩的最大苦恼就是没事做，一周下来的工作时间也就是两三个工作日，甚至更少。但你得守着那一亩三分地儿，坚守岗位是每一个工作者所必须保持的底线。一些有想法的人趁着闲暇看看书、练练字，还有一些人干脆就泡在电脑游戏中。或者几个人凑到一起，反锁上门，压抑着激越和亢奋，以澎湃的激情学习一下"54号文件（扑克牌）"。按点上班，看表下班，到点吃饭，工作也显得忙碌有序，日子也过得"充实"而有滋味。晓岩曾经感叹：单位给各科室配备电脑，简直就是给配备了一台游戏机，看着那些玩得津津有味的人们，真是无语。

在国企七八年下来，他终于"脱岗"了。他用自己的方式告别那段生命中最难忘的历程，那是他的思想成长、收获爱情的季节。如果说人生总有许多记忆是美好的，那么，他经历了；如果说人生总有许多道沟沟坎坎儿是要迈过去的，那么，晓岩也以他自己的努力走过了。在这新的一周，新的工作日开始的时候，面对妻子静梅、女儿格格，晓岩暗自感慨着生活的无奈，工作的压力，生存的紧迫。

静梅心痛地望着晓岩，满是疼爱的眼神抚摸着他消瘦的面容，心底泛起层层爱的涟漪。她说："岩，不要太拼命了。公司虽然是自己的，但毕竟是身外之物，身体才是真正的根本，要注意劳逸结合，保重身体才是最要紧的。"

"是啊，在国企的时候，抱的是不哭的孩子，只要听从领导安排，当一天和尚撞一天钟就行了。现在就是吃饭睡觉，也得想着公司几十号人的生存问题，公司的兴衰已不是我个人的私事了，尤其是公司的几个骨干，他们放弃在国企令人艳羡的职位，跟着我打拼，我不能让他们失望啊！"

"呵呵，崔总真是当企业家了，责任感很强呀！那些跟着你干的员工，有你这样的老板，可谓是一种幸运吧。不是有一句话叫'男怕入错行，女怕嫁错郎'嘛，我这辈子跟了你也是上辈子修来的福气呢。"

晓岩的眼圈竟然红了，泪光盈盈，表情也严肃起来。他叹了口气，说："受之有愧啊！不过我会努力的，请相信老夫有这个能力。刚毕业的时候，对同事、对工作都有百倍的热情，做事待人都怀着一腔热血。但那些高高在上者，有谁理睬你啊！只要不认为你多事、另有所图就足够了。那些官僚们一天到晚，兢兢业业经营的就是手中的权力，生怕别人抢了去。我们这些热血喷涌的小年轻，弄不好得罪了人，自己都不知道在哪儿穿的帮。现在不同了，老夫成熟了，做事不但热情，也学会了拿捏分寸……"

听了晓岩的一番话语，静梅心中充满了感动和钦佩，微笑着说："也是，要说都是老皇历了。你应该学学古人，就像唐朝的重臣魏征，一片诚心可对天！武则天一介女流，一个嫉妒心那么强的女皇都能够兼听逆耳忠言，公允地重用那些才华之士。何况今日？只要你的见解是有利、有理、有据，哪怕是天子也会被感动的。烹小鲜与做大餐的道理，大概是相通的吧。"

"只可惜啊！武则天是一千四百多年前的女帝王，而我只是二十世纪与二十一世纪之交的一介草民，我不是什么大臣，而我面对的也不是什么皇帝,人常说'阎王好见,小鬼难缠',我也只有做逃兵了。唉,不说这些了,辞职下海创业,现在想想也不是什么刀山火海,沟沟坎坎的总算走到了今天,我忙点儿没什么,只要你和格格都好,我就满足了。"

晓岩说的是有几分道理,但谁又能改变这一切?学习、工作、吃喝、玩乐、悲苦、惆怅、欢乐、幸福,人这一生好像都是这么过的,又好像有着诸多的不同。他不喝酒,不抽烟,不打麻将,一般男人的不良嗜好,似乎在他身上找不到影子。阅读是他最大的兴趣,他常常一头钻进文字的海洋,便不知今夕何夕。想起这些,静梅打心眼儿里自豪。她说:"可是,这几年企业改革,很重视专业人才,我们单位'科技拔尖人才'都评比两届了,凡是评上拔尖人才者,每月都有数目可观的津贴。你若在的话,也一定是其中之一啊!前几天公司还召开了大中专毕业生座谈会,鼓励他们建言献策。若有了用武之地,你肯定不会像今天这样,承受单独撑起一片天的艰辛。"

"我倒没什么,只是亏欠了你和格格。等有时间了,我会补偿你们的,放心吧,'豆豆',老夫记着呢。"

"你这样起早贪黑的忙,人家心痛嘛!"静梅娇嗔道。她看看依然熟睡的格格,轻轻地起身,说:"去给你们弄点儿早餐。"

静梅天生喜欢男人有棱角、有个性、有思想,为人处世有玉树临风的洒脱风范。自从晓岩走进她的生活,爱情和相思就成为她心头的一座营盘,无论她走到哪里,都会回到这座漫溢了暖意,有时也会被寒风侵袭的营地而兜兜转转,无论苦辣酸甜,风雨兼程,她都要回到这间小屋,为晓岩做一顿可口的饭菜。

晓岩辞职以后,忙忙碌碌,如赶海一般,在逐浪中捡拾他看中的每一枚贝壳。近来,他的身体愈发显得清癯消瘦了,一双有神的单眼皮有些凹陷,变成了双眼皮,更显出他精干洒脱、风流倜傥、帅气的男子汉风采,但在静梅眼里,却掩盖不住那藏在背后的疲惫。她心疼晓岩,又不能为他做什么,只能是说几句温暖的话语。

"要搞好一个企业,没有一班人的智慧和力量是很难实现的,你要学会任用贤能。要简能而任之,择善而从之……"她像一位絮叨的母亲,嘱咐儿子一样,不厌其烦。

晓岩静静地听着,面带欣慰地笑着,说:"真是士别三日,当刮目相看啊,老婆大人何时变得如此见多识广了。"

"呵呵,哪儿啊,做帝王是一国之主宰,需要纳贤任能,做老板同样要学会用人,择善而从哦!做人也是一样。这是老祖母教我的道理。"静梅笑笑,脸颊绯红,羞涩的云敷上了面颊。

静梅的话让晓岩深受感动,而且有点儿另眼相看。他以温馨加欣赏的眼神凝视着静梅,听得仔细而认真。他说:"理论上是如此,真正做起来是有许多难度的,中国在经历了风云动荡和前所未有的'浩劫'之后,很多人都学会了明哲保身、沉默是金的哲学,信仰的建立是一个漫长的过程,责任与义务还需要规范的法制与道德标准来约束。但我信奉那句:'面包会有的,一切都会有的。'"

当年正是他的自信、洒脱,甚至狂傲不羁打动了她。也许这些都不是做人最优秀的品格,但她就是喜欢。想到此,她的心又有些飘飘然了,脸上氤氲了得意和绯红,笑说:"哈哈,当初若不是俺慧眼识猪(珠),这么一位优秀郎君,还不知道便宜了谁家的灰姑娘呢!"

晓岩的眼睛笑成了一湾清澈的月亮湖,轻语道:"傻豆豆……"他深情地叫了她的乳名,然后下决心似的说,"好了,周末见。"他们一边说话,一边做好了上班的准备,晓岩从门口的衣帽柜上取下手包,伸手去拉门把手,就要出门时,回头深情地注视着静梅:"梅,注意安全。"

"嗯,你也要保重。"她目送晓岩走出视线。

五一长假,晓岩的同学易程到家里做客,带来一盒信阳"雨前毛尖"茶。老同学来访,晓岩乐呵呵地,高高举起拳头,轻轻地落在易程的肩上:"呵呵,你终于想起兄弟了。"

易程也乐得咧开大嘴呵呵地笑:"是啊是啊,天地良心,兄弟几时忘过咱同窗之谊。"说着,把手里拎着的茶叶递给了晓岩,"这不,还记着给老兄带了好茶来呢,不说声谢谢啊!"晓岩接过精美的纸质包装袋,边掏茶叶边说:"嗯,谢谢,谢谢兄弟。"

晓岩是个品茶行家。正宗的"雨前茶"是谷雨前后采摘的,此时茶树嫩芽初发,数量很少,人们称这种茶为"春茶",也叫"跑山尖"。尤其"雨前毛尖茶"被视为珍品中之极品。据说采茶的方法更有许多讲究。上等"雨前毛尖茶",只采嫩芽初展的一芽一叶,采回的嫩芽,用细软竹条扎成茶把,在锅内烘炒、焙制。因此,被爱茶者称为极品。易程和晓岩是同学,而且交往极深,深知晓岩的嗜好。假期拿了好茶上门拜访。晓岩又见老同学,又有好茶品,一时间话也多起来。他捏一小撮茶叶放在手心里,用另一手食指仔细拨弄着,沉稳认真,说:"嗯,好茶,是好茶。谢谢,谢谢兄弟!我要当场表演茶艺,感谢!"说着,便打开陈列柜拿茶具,"有这等好茶,一定要有相匹配的茶具才行。"

晓岩拿出平时不舍得用的宜兴紫砂茶具招待易程:"这紫砂茶具按说只有经常用着才能养出它的品质来,可是,可是我真舍不得,总觉得收藏着比用着放心,也显得格外珍贵些。"晓岩边说边拿出他珍藏的茶具,"泡茶有很多讲究,水温、手法,都有一定的路数。泡绿茶八十度水温泡出的茶香醇可口,水温高会把茶叶煮了,破坏了茶的色香和营养成分,尤其是雨前茶。茶是叫人静心思远凝神养性的东西。品茶,使人在氤氲芬芳清醇的茶香里,体味出一种宁静淡雅的气质。要想泡好雨前茶,茶具、水质、水温都极有讲究之外,更需要耐心、情趣、爱意。"

晓岩讲解着茶知识,接了纯净水,放在专用茶炉上,调好与茶叶相适应的温度,烧水泡茶。然后把茶叶放进备好的茶壶,娴熟地摇了数下,陶醉般地闻了闻,说:"嗯,好茶。"他聚精会神地泡茶,屋子里暂且静默。易程看着晓岩熟练的茶道功夫,浸茶具、洗茶、泡茶,详细而认真的模样,便投其所好,赞道:"晓岩,你现在真正是茶客了。"

晓岩笑笑,说:"茶客,兄弟还真不够格呢!在我国历史上有唐代的陆羽,那才叫真正的茶客。他骑着一头毛驴悠游天下,足迹遍布巴山蜀水。逢山采茶,遇泉饮水,向农夫问茶,随时笔录,写出了中国第一部《茶经》,《茶经》系统地总结了唐代以前的茶事。陆羽一生研究茶道,广采博品成就了一部《茶经》。宋代的陈师道曾经为《茶经》再版写序:'夫茶之著书,自羽始。其用于世,亦自羽始。羽诚有功于茶者也。'清朝的袁枚一生嗜茶,他追求的至高境界是'七碗生风,一杯忘世'。与他们相比,兄弟实属尘缘未了的凡夫俗子,充其量也不过'牛饮''茶罐'而已。"

"哈哈,兄弟谦虚了……"

晓岩和易程在客厅有一搭无一搭地聊茶道,聊"茶经",可谓集闲、静、雅于一室了。那氛围休闲得令人艳羡。

静梅向易程打完招呼,再没话说,便来到卧室,拿来一只靠背放在床头,斜倚在那儿,继续读一本叫作《等等灵魂》的小说。这是河南作家李佩甫的一部长篇,作者以独到的视角描写了现代都市中,商战、官场、人性的善与恶,人生的苦与悲。她一连看了好几个晚上。书中的主人公任秋风和上官云霓、江雪、陶小桃、苗青青等几个人物的感情纠葛和命运变迁,深深地吸引着她。她刚刚拿起书看了几页,正在玩芭比娃娃的格格跑过来,闹着要妈妈带她出去玩。静梅放低了声音,说:"格格乖,今天家里有客人,妈妈一会儿得给叔叔做饭呢。下午叔叔走了,爸爸妈妈一起带格格出去玩好吗?"

格格极不情愿地嘟起了小嘴儿,"嗯——那好吧。妈妈,我,我想看电视……"

"好，好吧！少看会儿。"

格格拿起遥控，熟练地打开电视，调到少儿频道，正在播出的是幼儿动画片《天线宝宝》，小格格很快被"四个宝宝"的憨态和可爱吸引住了。时间的沙漏不停不歇，静梅捧着书看了几个章节，合上书，再次来到客厅，晓岩和易程的茶正品至三泡。易程说："嫂子忙啥呢？过来喝茶啊！"

静梅笑笑，说："没事儿，陪孩子玩了一会儿。"

"嗯，真羡慕你们有个乖女儿。"

"哈哈，我们还羡慕你有个儿子呢，人就是这样，没什么想什么。"静梅说着坐到茶桌边的沙发上，晓岩把泡好的茶添入茶盅，说："易程带来的极品毛尖儿……"静梅轻轻端起茶盅，一股漫溢了清香的茶韵缭绕于鼻息，浸入肺腑，顿然神清气爽。她浅浅抿一口清茶，细细品味，回甘绵长，清香适口，口齿间有芳香气韵漫溢，身心霎时间遁入一种纯净怡然的境界……她想起在哪儿的绿茶包装盒上看到一段文字：绿茶香气袭人，馥郁若兰。饮之甘绵可口，品之余香悠长，满口生津；饮后满腹太和之气，弥漫于齿间胸膛，隽永淡雅，令人心旷神怡。她若有所思，说："以前我还真没注意过，好茶果然能够品出一种境界来。"

易程笑着说："呵呵，嫂子可真会说话，一听就是品茶高手。"

易程入神地听晓岩大侃茶道，加之喝了几盅浓茶，便有了些许醉意。不知道是心醉，还是神醉，也或者是激动，话匣子渐渐打开："晓岩，你是咱同学中最有主见，也是最有出息的成功者了，这么短的时间，在这硝烟味愈来愈浓的市场上打开了一条通道，撑起了一片天空，兄弟佩服啊！哪像我，替别人打工，端人家饭碗。若是顺风顺水，倒也罢了。可是……可是，想想这些，就觉得窝囊、憋屈……"易程是在诉苦，话似乎远没有说完，但他还是神情黯然地打住了话题，有些自嘲般地笑笑，"唉——不说了，提起来寒心，寒心呐！"

易程除了对晓岩的事业羡慕，对晓岩的为人处世更是钦佩，他不愿意让晓岩看到自己像个怨妇似的，唠叨，哀怨，惆怅。

晓岩见易程面色稍带尴尬的模样，似有诸多难言之隐，沉默片刻，道："这都哪儿跟哪儿啊，兄弟不过是这几年幸运罢了，要说成功，还为时过早呐。"说完这话，晓岩在心里暗道：这家伙，嘴还和从前一样甜。晓岩和易程是高中时的同窗好友，同一年考上不同的大学。易程学的是建筑设计专业，毕业后在绿藤市一家公司做设计师，十年苦挣苦熬，并没有得到公司实质上的重用。他一直苦熬着，并没像其他同学改行做行政，或者从事其他与自己所学专业不沾边的工作。

在技术部门做主任工程师、总工等带有职务名头的技术派领导人，是每一个学有专长者的志向和梦想。可是，十年下来，易程并没有坐到主任设计师的位置上，他感到憋屈、郁闷、无聊，觉得命运不公，上天就是专门为难他。他暗暗鼓劲，下决心，要改变自己的命运。他谋划着，准备着，有朝一日必须要拥有一间自己的工作室，自己做自己的主人。

然而，浮躁心胜、无法安下心来工作的易程，经过一段时间的市场调查，认真做了比较论证。在考量了土地政策、百姓需求、银行支持等环节的氛围因素之后，他看到了房地产行业的商机。接下来，他考察了周边几个城市的地产行情，最终把目光聚焦在宝仓城。

宝仓城是一个新兴的旅游城市，商业、餐饮、服务，等等，一切都有待智慧者来开发。开发地产，这样的大行动，易程实在是力不从心，从资金到人手，都是他难以解决的问题。他把同学、朋友像过筛子一样，全方位筛选了一遍，最终把目标锁定在晓岩这儿。他力劝晓岩改行，做地产开发。这次来，其重要使命就是想给晓岩谈谈合作开发房地产的事。他也要效仿晓岩下海的做法，给自己找一条出路。他试探着说："兄弟，以你的实力，改行做地产业，咱弟兄合伙打拼，不出几年，定能做出一番大事业……"易程自信而认真，眼眸中放射着坚定的信念之光，期望地望着晓岩，等待晓岩表态。他是在寻求经济上的合伙人，也是在寻求精神上的鼓励和肯定。

晓岩明白易程的意思。不可否认，经历了几年的商海磨炼，晓岩积蓄了一定的经济资本，也沉淀了一定的实践经验、社会基础，在同龄人和同样社会基础者当中可以说是出类拔萃了。虽然是毕业于名牌大学，没有在国企混上一把带"长"的椅子，但他辞职以后的成绩确实令人刮目相看。在家乡，有许多人把他往成功者队伍中扒拉，排在那些乡绅们中间，享受着令人仰慕和尊敬的待遇，在乡亲们中间也是一位无冕之王一般的主事人，受人爱戴和尊敬。老家的街坊邻居，有了什么难事儿，都要找晓岩出主意、当参谋；乡里要建厂、盖敬老院、修桥铺路什么的事情，乡长也要打电话与晓岩商讨方案；村里要修路，村主任也和他商量怎么做，才能符合老百姓的利益。这些活动项目，哪一样他都是亲自回家"过问"。"过问"的结果，就是拿出不至于使自己伤筋动骨，又不使自己面子上尴尬的善款，来资助那些造福子孙的好事。

几年下来，晓岩在不知不觉中，成了闻名乡里的人物。

那年乡里准备扩修通往各村的马路，改以往的土路为柏油路，这不仅仅是乡里的政绩工程，更是一条造福百姓的幸福工程。乡长电话邀请晓岩回乡一趟，商谈修路事宜。晓岩回到乡里那天，乡政府聚集了全乡十数名老板级的人物召开圆桌会议。书记、乡长、副乡长等班子都到会了。乡长是主抓经济建设的，他首先向与会人员致以问候："各位都辛苦了！今天能与大家聚在一起，商量咱们乡里为民造福的大事，是本人的荣幸，也是我们乡政府的荣幸，更是老百姓的福气。"接着，乡长向参加圆桌会议的乡绅们算了一笔账，"在财政极其困难的情况下，我们还是想尽办法为一方百姓造福，准备在最短的时间内，把乡里通往各自然村的泥土路扩修一下，铺成柏油路。虽然改革开放二十年了，老百姓的生活得到了相应的改善，但距离政府要求的小康水准，还有不小的距离。要为百姓办事，又要不增加群众负担，我们地方政府办事难啊！今天请来各位，主要是请求咱们乡的成功人士伸出援助之手，帮乡政府一把。路修通了，不只是帮了乡政府，更重要的是为百姓造福，是为子孙后代行善积德的大好事啊。"

乡长言之凿凿，令人感动。晓岩兴奋不已，心里顿时翻卷起希望的潮汐：一条宽广平整的柏油路，就延伸在眼前，那路面上往来赶集的乡亲，摩托车、自行车、农用三轮车，载着欢声笑语，各样土特产，由乡村到镇里，再到县城，乃至省城，以及全国。偶尔也有高级小轿车驶过，只是那车的后面，再也不见尘土飞扬。那喜气、那景象，令他由衷地赞叹。啊！这才是乡亲们梦寐中的生活——一条道路通向外面的世界，通向富裕，通向幸福。一个声音在他耳边回响：要致富先修路。六个响亮的字符，闪烁着金色光环，似一道幸福的霞光。他暗自欣慰：这正是照耀父老乡亲的福祉啊！一条车水马龙，载着富裕、载着幸福，载着希冀的道路，在晓岩的脑际慢慢成形。他微微地笑着，掏出水笔，把乡长说的要点记在随身带着的小本本上。

乡长讲完了这次聚会的重要意义，书记也不失时机地动员："俗话说得好，'要致富，先修路'。我们乡里穷啊！要造福一方百姓，没有一代人甘心做铺路石，怎么能行？今天请大家来，主要是请咱们这些有能力为乡亲出力，又有事业心和责任心的兄弟们商量一下，怎样才能办好修路这件事。改革开放二十年了，我们这里依然很穷，百姓们虽然解决了温饱，但距离政府提出的小康生活还有一定的差距。差距就在于我们至今没有一条像样的通往外面世界的道路，通往富裕的道路。我们这届班子，一定要让百姓过上好日子，要倾尽全力，为他们修一条致富路，奔小康的路……"

乡长、书记的化缘演讲结束了。会议室内暂时缄默，寂静。也许大家没有想好怎样表态，好像谁谁都在等待另一个发言者的声音，来打破这近于空旷又有点儿令人窒息的沉寂。来这里当听众的，全是地方上混场面事业有成的人物。有的是承包了乡里或者村里的企业，有的是在外地自己搞企业，办公司，都有一定的人脉和坚实的经济基础。他们在乡亲们，甚至乡政府那些坐着一二把交椅者的眼里，都是"财神"级别的人物，就像崔晓岩。

晓岩轻轻地咳了一声，咽了一下唾液，那一声咳，他压得极低，低得好像只有自己听得清楚。接下来，他开始了发言："刚才听了侯书记、李乡长的讲话，非常激动，一时间都不知道说啥好了。从乡镇到各自然村的路修成柏油路，这确确实实是一件造福百姓的大好事。说起道路，也许我们这些常在外面跑的人，更是深有体会，我们村通往镇里也不过十几里路，在我记事起，要出一次山，就得翻山越岭，靠一双脚板来丈量那十几里的山路。记得我念初中的时候，同村一个同学的父亲肚子痛，一直在家里熬着，不肯去医院诊治，痛到不行了，家里人才把他往镇医院送。不通车，就几个人用门板代替担架，往医院抬，结果到了医院，被诊断为阑尾炎，已经肠穿孔，医生回天无力，人就这样在本不该走的时候走了。若是有一条好走的道路，一个电话，120急救车到了，那位同学的父亲就得救了。"晓岩声音哽咽，泪水就在微红的眼眶里打转，"乡政府这次修路，我从内心里是一百个拥护和赞成。我掌出二十万作为修路的基础资金，支持乡政府造福百姓的修路过程。"

晓岩深深明白，易程来找他合作，绝不是希望他像支持乡政府修路那样拿出二十万修路款那么简单，这件事只要去做，无论做到哪种程度，也许都将是人生的又一次转折，成功或者失败。他都要为此承担他所该承担的一切后果。他必须研究这次合作的可行性。

做了几年老板，晓岩深深体会到了做一个成功企业家有多难。是天时地利人和才能成就的一番事业，拥有这样的机遇者，是上帝的宠儿。

易程这次专程来找他入伙，搞房地产开发，要做好这个项目，把几年积蓄起来的老本压进去，恐怕只是杯水车薪。既然是入伙，要看易程那儿有多少资源、人力、财力等，都要有一番考量。

"在宝仓城发展房地产，不失为一个前瞻性极好的点子。打江山易，守江山难；共患难易，共荣华难。这样的前车之鉴数不胜数。历史的，现实的，无论是政治上的合伙人，还是经济上的合伙人，都可以说是道路坎坷，前途曲折。弄不好就是硝烟弥漫，血泪相合。如果合作，咱们得好好议一议，起码得拿出一套可行的方案来，章程制度、股份权限等，都要立下制度，做私企最忌讳的就是糊涂账，制度不健全，大家都管，又大家都不管，在责任上你推我让，在权力和利益上你争我夺，直到把企业拖垮。哪怕是亲兄弟，也避免不了这样的矛盾，在利益面前，只有制度和法规才最有约束力。这是我交了'学费'得来的经验教训。"

晓岩语重心长，易程深刻体会到了晓岩的真诚。连连赞赏，说："那是那是，老兄说得极是。"

"我是先把话说在前头，免得将来有些事儿，弄得大家不开心。亲兄弟明算账嘛，是吧？"晓岩趁机解释自己的主张、想法的客观性。

"嗯，是的，应该是这样。你是成功的企业家了，我一切都听你的。就这样。我回去认真准备一下具体方案，咱们再商量。"易程说着，起身准备告辞。

"好久不在一起聚了，别急着走，中午一起吃个饭。合作的事儿，你先拿出一份草案，咱再讨论。好久都没有一起侃大山了，今天净说正事了。"晓岩缄默片刻，说，"高中时期，我们是那样的无所顾忌，没有任何羁绊，现在想来恍如昨日……这几年，唉，真是冷暖自知啊！"

静梅从卧室出来，正听到晓岩说的话，心想：晓岩辞职下海，几年风风雨雨，竟悟出这许多道理。做人做事，变得智慧果敢了许多。这样一番话，若是以前他是断然说不出口的，即使是心里想到了，碍于面子，他也许会放在心里不说，走一步看一步。现在，晓岩的书卷气依然墨香氤氲，他身上的男儿气概更能彰显出雄性的魅力，他胸怀的朝气缭绕于眉宇间，说出的话语，充满着智慧和锐气，能驱走与之交往者心灵深处的暮气，渲染奋发的精神。转念又觉得晓岩在同学面前，把话说得有点儿过了，便笑盈盈地招呼易程："你们多聊会儿，晓岩可是经常念叨你呢。"

易程走后，静梅忧虑地说："岩，你今天的话是不是说得太过了，也太早了？毕竟还没有合作呢，也只是说说而已，会不会让人家觉得你太敏感了？"

"呵呵，不会的。你不了解他，他今天主要是来说合作的事，我不把话说明白，反而不好。我觉得易程说的事可以考虑，房地产行业在各大城市都很火爆，在咱们这儿才刚有抬头的迹象，尤其是宝仓城很有发展空间。"

晓岩眉宇间溢满了自信，炯炯有神的眼睛放射着希冀的光。

困惑

第八章

晓岩、易程两人搭伙,搞房地产的事情很快就拍定了。他们把目标锁定在一个新兴的旅游小城——宝仓城。合作的第一步,是对宝仓城进行深入解析,进一步论证决策的含金量。

五月的天气,宝仓城的人脉也与自然界的万物一样,氤氲着晶莹的晨露,沐浴着初夏的阳光,茂盛而富有朝气。这是一座以山岳著称,佛、道、儒文化融会其中,千百年历史文化打造出的一方别具风韵与内涵、风土与人情,富有禅宗文化的山城,汇聚着名山古刹等历史文明资源。这是一个值得人们去打扮、去奋斗、去追梦的小城。这里的每一株小草、每一棵小树、每一朵小花、每一块泥土,都蕴含了华夏古老文明遗留下来的璀璨历史。历史文化,山岳文化,古寺名刹,人文古迹,都有着独特的记忆与价值。这里是中华民族的文明之根、文化之源。尽管如此,宝仓城的繁荣和发展依然需要力量去支撑:经济的力量,智慧的力量,爱的力量。它需要一代甚至几代人怀着一腔热忱去努力、去付出、去推动、去建设。

人类的发展与进步,有着同样的经历和类似的奋斗史。

旅游业的发展，已经使宝仓城显现出了小荷才露尖尖角的明艳。来自各地的游览观光者，如朝拜心中的圣母，潮水般从祖国乃至世界各地涌往这里，不同肤色、不同国度的朝圣者，源源不断地踏勘而来，拜谒这里的仁山智水，一睹山岳风光，古刹名寺真容，感受禅宗文化，武林之风的熏染。晓岩和易程怀着更为丰富的思想和探询的目光来到宝仓城。

宝仓城的人流车往熙攘人群，让他们意外和惊喜；景点排队，道路拥堵，这是一个不令人惬意的休息日。晓岩亲耳听到一辆车子被堵在距离古刹景点五里路之外的游客，在抱怨自己，也抱怨这过早地热起来的天气："唉，早知这样，何不坐在家里凉快呢，跑到这儿来遭罪……"这位三十岁左右的女子，带着常见的那种旅游太阳帽，臂弯里挂了一件春秋衫，和几个人一前一后，从被堵得暂时不能动弹的中巴上下来。一个中等身材的男子，大概是她丈夫，一开始走得与那女子靠前一步之遥，听到女子的抱怨，回过头来笑笑，说："这就叫作讨饭的拿块馒头——自找的。"那女子略带嗔怒，说："你还很有趣儿啊！人家都烦死了。"

"哈哈，是谁闹腾着要来的？一场电影就把你迷住了，非要步'牧羊女'后尘，看看山岳真面目。辛苦点儿吧，宝贝儿。回去再写一首新《牧羊曲》。那汽车把路堵了，牧羊女在马路上，一会儿哭，一会儿笑。哭她的羊都被吓跑了，笑今后再也不用举着牧羊的鞭子，满山遍野地跑了。"那女子伸出纤细的手掌，推了男子一把，笑得弯了腰身，说："笑，人家都烦死了，你还贫嘴。"

晓岩也推了易程一把，笑着朝那对男女看去，易程受了晓岩的启发，顺着他的视线寻去，也推了晓岩一下，做个鬼脸笑笑，似乎自言自语："嗯，这就对了。我们看到了宝仓城未来的商机，这是一个需要开发的小城，潜存着不小的商机。看来，我们这一步选对了。"

晓岩和易程击掌而笑。

宝仓城被爱着它的人们，打扮容颜，修正不足。这中间也有许许多多热心的人，以火样的心、痴恋的情，为宝仓城的成长和升华奉献着。奉献着称之为青春和生命的能量。晓岩和易程，选择合作开发宝仓城房地产的战略，融入宝仓城里程碑式的建设之中。这条道路对于他们而言，既充满了挑战，更是人生奋斗史上的一次机遇。

富于理想性格，气质优雅端庄，曾经赢得诸多男生暗恋的静梅，从内心佩服晓岩、易程这对合伙人的独到眼光、睿智之举。合作意向签订之后，他们正式注册了"兴源地产开发有限责任公司"，晓岩把他原来公司的流动资金基本上都拿出来注入"兴源"作为启动资金。在经营上他主动提出：地产开发的经营权，由易程独立管理。而他自己只是协助易程。

易程再三推让，说自己在管理上是一张白纸，管理要靠晓岩。

晓岩的理由是，易程是内行，要放手让他做，充分发挥他的专长。另一个原因是，晓岩原有的公司还要继续发展，感觉自己分身乏术，精力有限，说："我们各自分工，我以原来的公司为重点，我们分头行动，兄弟放心大胆去做，做得好了，就是两份成功。重大事情，我可以随叫随到，我们商量着来。"

易程对晓岩的信任十二分的感激，说："老同学放心，无论什么事情，有我盯着。但需要决策的事情，一定是共同的，我会随时请示，今后咱们弟兄同打虎、同吃肉。"

"哈哈，在房地产方面我是外行，资金上我们各出一半，技术、设计、具体操作，你要多费心了。以你为主经营，我派过去一人协助管理。资金的使用方案要公开透明，结算方法、运行模式、管理制度等，都要事先订好规矩。到时候照章办事就行了。"

晓岩把合作的有关事宜的犄角旮旯儿都考虑到了，要易程照章办事，放手去做。

"咱们弟兄合作各占一成，权利也不例外，有事共同协商，兄弟同坐一条船，同划一双桨，相信咱们的合作一定会成功。"易程说着伸出双手与晓岩的双手握在一起。四只大手紧紧地握着。两个人兴奋地发出同一个声音："合作愉快！"那声音铿锵有力、斩钉截铁，充满了自信和力量。

"兴源的事情说干就干，我这边还有一摊子事儿，也不好丢下不管，那边就劳烦你多照应，我只能是以参股的方式，以一个股东的身份参与管理，所以你必须是公司经营的绝对领导者和监督者，这是责任和原则问题。"晓岩一再强调公司要制度先行，易程独立管理，规范操作的重要意义。

易程自然是欣然应允。

合作一事，签订了协议，建立了章程，接下来就是实质性的操作。

跑地皮，办使用权，质押贷款，招标建筑公司。一切都是从零开始，在一个刚刚起步发展的小城，有步骤、有秩序地进行着。那段时间，晓岩和易程忙碌到不知今夕何夕，有熟悉易程的人摇头叹息：这两个人在人城市混不下去了，到小县城来做包工头了。也有人赞赏钦佩他们有眼光、有魄力，窃窃私语：看吧，要不了几年，他们就发了，现在有本事的人，谁不是自己做老板？各样言论时不时地吹进晓岩和易程的耳朵，艳羡的，钦佩的，嘲笑的，等等，各样眼神也都在盯着他们。他们的内心甘苦也只有自己知道。易程自己做老板，被父亲知道后，曾动员他重回省城公司上班。为此，他干脆就不跟老人见面。干了一辈子建筑工人的老父亲急了，专门到宝仓城面见儿子做动员："程儿呀，原先村里老少爷们都知道你在省城干事，我这老头子都被人家高看几分，出门走道儿，街坊邻里迎面打招呼，那眼神那语气都带着几分敬意，都说我养了个好儿子，你爸的脸上那个光彩啊！可如今呢？人家看我的眼神都变样了。有人干脆直接问：他大叔，听说你儿子不在省城了？问得你老爹没话可说啊，程儿……"老父亲说到动情处,居然眼眶湿润,声音哽咽。

面对老父亲的质疑,易程只有安慰老人家:"您老别理会他们,他们不懂,儿子是在做大事呢。要不了多久,定会让您在村子里扬眉吐气地走道儿,理直气壮地说话,您老就放一百个心好了。"

晓岩和易程正赶上了大学生包分配的末班车,又赶上了公职人员可以辞职自己创业的正点车。在求学、创业的道路上,他们也许是一代幸运儿。在工作难找、大学生"毕业等于失业"的时代背景下,晓岩辞职了,易程也辞了职。这样两位在现实生活中不服输,站在历史船头的弄潮儿,究竟能走出一条怎样的道儿来,晓岩心里十分明白自己所做的一切。

这天,晓岩和易程为抵押贷款的事请客,答谢银行官员。行长、信贷部主任、副主任赴宴。晓岩和易程轮番给行长、主任、副主任依次敬酒,说:"领导,小弟先干为敬……"酒是一杯一杯地敬,话也是一箩筐一箩筐地说,说的是恭维话,敬的是茅台酒,那种举起酒杯一饮而尽的爽快劲儿,俨然一杯杯矿泉水下肚。每当主任说一些随和的话语,端起酒杯回敬之时,易程就会受宠若惊一般道:"感谢的话就不多说了。各位领导,小弟干了。"

行长、主任大义凛然,端起酒杯,一气儿干了,说:"两位太客气了,应该的,应该的。都是为建设新宝仓城,你们也是为宝仓成做贡献嘛,应该感谢你们才对啊!"

他们彼此说着客气话,不觉间,酒过三巡。接下来,是晓岩和易程轮流过关,陪客人喝酒。酒宴结束后,送走客人。晓岩、易程一时轻松下来,两人虽然没有醉酒,但大脑中枢神经也多了几分亢奋、懵懂、晕乎,话题自然就多了起来。

晓岩说:"易程老弟,不管怎么说,这次你是走对棋了,自己做老板,虽然是辛苦了一些,可是能够体现自己的价值啊!在现实的大浪淘沙中,时代的步伐有时像一位龙钟老人,有时又像是充满蓬勃朝气的青少年。在发展着、前进着，同时也在不断淘汰着。淘汰一些背离规律、背离历史的事物。我们这一代应该是幸运儿了。如今的大学，在改革升格中不断地扩招，再扩招，越来越多的青年走进大学。上了大学不一定有出路，不上也许更没出路。尽管昂贵的学费使那些出身于农村的学子们、家长们为学费而煎熬，而借贷，而变卖'家资'。但他们还是巴望着念大学，通过读大学这道门槛，改变门庭，光宗耀祖。我崔晓岩就是万千学子中的一个，不过幸运的是那会儿上大学是不交学费的，毕业了，不管怎样，还有个工作。只是我们肩上的担子太重，以致我们不得不丢弃原有的职业，来闯市场。因为父母把光耀门庭的重任早已寄托于我们，我们不可以让他们失望。在外人看来也许我们已是成功者了。然而，在这条路上，走得苦与甜、乐与悲，只有自己心里明白。"

易程听得耳热眼明，一个劲儿地点头称：" 是的是的。自从浩瀚的汉语言词汇中，添丁加口，有了'个体户''个体老板''民营公司''民营企业家'等词汇，老兄，你先一步出发，竖旗招兵，为莘莘学子提供施展平台，成为向国家贡献税收的'法人'，你在老同学之中就是这个了。"易程伸出大拇指赞道。

晓岩笑着把易程竖起的大拇指按下去，说："别这样，咱以后的道路还长着呢，马虎不得，松懈不得。这人呀，自从通晓人性那天起就开始爬坡了，不是上去，就是下来。尤其到了我们这个年龄、这个份儿上。我们只有坚持，坚持到了山顶，才好领略大好风光啊！"

"嗯嗯，兄弟说得极是，创业难呀，我们必须迎难而上，否则……"易程没有说"否则"之后的结果，却是笑道，"咱兄弟齐心协力，相信会逢山开路，遇水行舟的。"

晓岩和易程以四位数的单位价（亩）[1]拿到土地使用权。

下一步该怎么走？到处都是用钱的地方，窟窿大，补丁小。准确地

---

1 地积单位。1亩≈666.7平方米。

说，易程只是以一种单一的思维模式，抑或说是从书本上搬来的经验，想当然地走进了这片处女地。他一厢情愿地认为：只要把地皮拿下，然后作抵押贷款，再然后开始建楼、卖楼……"竖起招兵旗"，就有"吃粮人"，一切都是顺理成章之事。只要搭起架子，销售楼花，不愁没有周转资金。

这样的房产销售模式，在一个发展初期的小城，人们觉得拿现钱买一个预期，不亚于拿着白花花的银子，向长江大海里扔，扔那些银子，不亚于是在打水漂玩游戏。在众多人的意识里，他们宁可把钱存进银行，或者投资做点儿小生意，也不愿把钱投到钢筋水泥构筑的框架上。那片散发着泥腥味、水泥味，更散发着钞票味的土地，向着它的主人晓岩、易程张着大口，一张一张、一沓一沓地吞噬着钞票。那是一只真正的"貔貅"。晓岩和易程为销售楼盘的事情，弄得身心疲惫，却看不到一丝曙光。

那天他们再次聚到一起，商量销售问题，当然也是商量解决资金断链的问题。晓岩沮丧道："唉，这样下去，怎么得了啊。尽管我们的图纸描画得清晰明白，沙盘模型制作得诱人驻足。但那些潜在的买主，他们看不到楼房，有银子也不会往外掏呀！这样一天天耗下去，可真要揭不开锅了。"

宝仓城的人口，绝大多数是农民进城做点儿小生意，维持生计，并没有要在城里落户扎根的思想准备。对于几百元一平方的房子，比起在农村的宅基地上建房，不知要多花几倍、甚至十几二十几倍的价钱。更何况又是让他们掏钱买一个预期，究竟能不能看到房子，谁说得准啊？他们不会冒这个险。这倒不是他们小气，或者不信任晓岩和易程的"兴源公司"，而是他们从来就没见过这样的事情。

楼花销售，成为预想中的盛宴，最心慌的是易程。原来他根本就没有垫底儿的资金，晓岩拿出的股金和贷款，已经是日渐清澈地见底了。

易程在心里诅咒：宝仓人太现实，都是些不见兔子不撒鹰的家伙。

这也难怪，他们一是穷，二是被那些社会上的混混、痞子们欺骗怕了，他们最怕的是把钱扔进去了，房子无限期地往后拖着，有理无处诉。晓岩和易程合作，开发房地产，靠的是易程对于楼房建筑技术上的把握以及所谓市场行情的了解。

易程所学习的是专业技术。社会经验、商业运营、市场策划等领域，于他来说几乎是盲点。资金实力上易程也不在服务区，正是因为如此，易程才决定拉上晓岩。晓岩陆陆续续把所有的积蓄都投进去了，仍然是捉襟见肘。楼花的价格尽管降了再降，依然无人问津。易程终于有些怀疑自己最初的决策是否正确了。他正愁得火烧上房一般和晓岩商量对策："晓岩，我们是不是决策失误啊？一个小小的宝仓城，百姓劳苦奔波，勤勤恳恳讨生活，刚刚摸到温饱线的边沿，也许他们短时间内根本不会在城里买房置业。"

晓岩心里也是没一点儿底数，说："是呀，这里还飘摇着诸多现实和不现实的东西，老百姓要的是实实在在、摸得着看得见的实惠。六百多元一平米的楼花价格，买一套房子要好几万，对于稍有节余的宝仓城人，无疑是一个吓人的天文数字。"

楼花销售成为想象中美丽的彩色泡影，泡影被现实的清风轻轻一吹，便破灭了。他们合作开发房地产的事业止经受着市场风云的考验，美好的憧憬在风雨侵袭、雷电击打中摇摇欲坠，前途缥缈茫然。再次贷款，能否打通银行这道"关隘"，是个未知数。最初想象中的高楼大厦只能是镜中花水中月。这样的危急关头，易程一天数道"虎符"催促，催促晓岩增援"粮草"。晓岩也是焦头烂额，说："我那儿就差没卖房子了……"晓岩原有的公司已经是米面罐子都搬出来亮底了。他急得团团转，上火发愁，心底一股怨气，直冲脑门。他原本是个做事有板有眼、不打无准备之仗的人。对于易程一开始隐瞒自己没有一点儿资金基础极为不满。事到如今,作为合伙人,他只有跟着易程临时抱佛脚。

"工地上揭不开锅,真要停工了。材料供应不上,工人工资也欠了几个月。晓岩,我真不知道该怎么办了。这一天到晚,走东家拜西家,求爷爷告奶奶,到处烧香拜佛,借贷无门,屡屡碰壁。那些工头们天天找上门来要钱。我都怀疑自己当初为什么会做出这样的决定,趟这潭子浑水,让生命如此遭受折磨。"易程说得可怜兮兮,是在向晓岩诉苦,也是在埋怨自己,更希望在晓岩这儿得到解决困难的法宝,或者得到晓岩在精神上的鼓励支持。他十分清楚现在的处境,这条路虽然艰难,如若不继续走下去,那将是一种怎样的结果。到时候不但败得一塌糊涂,那些工头们、材料商们、企业主们不把他砍了、煮了、吃了才怪呢!

易程不敢再往下想……

银行欠债、私人欠账、材料欠款,齐刷刷地涌来,排山倒海一般。而易程却还在风风光光地出入于酒楼饭庄,拉一帮人在那儿吃吃喝喝。这一日,易程陪同地方管事儿的刚从酒店吃饭出来,就碰上要账的材料商,那人一脸惊喜:"哈哈,易老板,可算找到您了。看您这风光无限的气派,真是令人羡慕呀!我那儿都揭不开锅了。咋样,那笔账?我可是急等着开火用啊!"

易程告别客人,悄悄把那位要账的拉到一边,满脸都是求饶相,说:"哎呀,老兄啊!我宁愿自己每天少吃一顿饭,节约度日,把每一分钱都用在刀刃上,可是……可是,我的贷款谁批?下一步的资金哪儿来?无奈呀,无奈!"易程摇头,眼睛亮晶晶的闪烁着水样的光泽,那是泪水在眼眶里打转呐!他又说,"兄弟只有厚了脸皮去请,去吃喝,去逢迎,去巴结。"他哭笑不得,只能在心里骂娘。却一脸热忱地拉着债主说好话。

不管易程是在埋怨,还是在自责。一切都无济于事,箭已在弦上,不得不发。

易程和那债主来到一个茶庄，进门服务生热情地迎上来，轻声慢语："欢迎二位光临。"

"给找一清净点儿的单间。"

易程和那个债主在服务生导引下，来到叫作"云雾庵"的单间，点了"云雾碧螺春"。服务生把泉水弄好，摆好茶具，一应准备妥帖。

"这儿我们自己来。"易程示意服务生下去。

"唉，老兄啊，咱这是对着真人不说假话，老弟这不就是为了弄钱，才出入于酒楼饭庄的吗？就要看到希望了，老兄再宽限几日，就算帮小弟了。小弟不会忘记老兄的恩德，今后我们合作的时候还多着呢，路还很长，通融一下嘛！"易程望着债主，巴结，期盼。

说着话，茶已泡好，易程倒上一小盅，双手捧了，恭敬道："这杯茶，就算小弟赔不是了。"

那债主接了易程奉上的茶水，暗自叹道，看来又是一场空了，叹气说："老弟啊，我也是难呀！行，既然老弟说到这儿了，那我就再等几日吧。唉——"摇头，债主那黝黑的面庞，整齐的三七分的脑袋，摇得像拨浪鼓。

易程在心里自叹，当初放弃稳定的工作，原本追求的是自由和开心，其中也不乏追求桃花源似的梦想，到头来却误入一汗浑水。至今预售房的事不见一丝希望，花钱的地方如溃堤的大坝，明流暗涌，逼得人焦头烂额。

晓岩和易程这对合伙人，在追求梦想的路上一不留神却成了难兄难弟。为了共渡难关，他们商量着再从银行弄出一笔贷款来维持公司的资金流转。那是一个周末，静梅很久没回娘家了，她和晓岩商量想回老家探望母亲，晓岩惭愧地告诉静梅："梅，这个周末我和易程有重要的事情要办，下个周末行吗？"

"我都几个月没回去了，我自己带格格回去吧，你忙你的。"静梅面上虽无多少怨怼,心里却在埋怨:崔晓岩,我算看透了,自从你开始创业,我和女儿见你一面,都是困难。哪还敢指望你陪我回母亲家去啊?

晓岩说的重要的任务,就是与银行信贷主任约好了出去玩,实际上是向主任套磁,希望主任能够开恩,解决他们的燃眉之急。

静梅通过乘车,转车,终于回到了母亲所在的乡镇,那是她出生和成长的地方,她明显感到了这里正悄然发生着变化。乡村氤氲了现代气息,也感染了诸多城市里的浮躁。稍有余钱的农民,都盼望自己的日子越过越好。在这二十世纪末期,初步走出贫寒、进入温饱的农民,最新的期望就是挣钱。因为吃饭的问题已经不再是问题,便一心想着富裕起来。如今,有了剩余价值的农民,是绝不会把钱锁在柜子里,或者像有些书上写的、电视上演的那样,把钱看成金疙瘩,觉得放在哪儿都不安全,就到处乱塞。结果被老鼠咬了,猫拉了,狗盗了,弄得自己求告无门。二十世纪末期的新型农民,懂得了什么是再生产,什么样的劳动最值钱,钱用得好可以升值。他们把自己家里不太富裕的资金,七凑八凑,甚至找亲戚邻居借钱,购买最便捷、赚钱最容易的劳动工具,为他们的新生活锦上添花。

清晨的故乡村镇,被一种朦胧的晨雾紫气般笼罩着。由窄变宽的马路上奔驰着小三轮、摩托车、拖拉机,更有一些超期服役的经过改制的运输车辆,蜗牛一样背着个大包,慢慢爬行于山道上。那是这山里特有的——煤炭、矿石或石子之类的资源型产品。偶尔一辆像样的小轿车驶过,总会引来路人追逐的目光。以前静梅回家探望父母,就是坐着让人眼前一亮的小轿车,一家三口,晓岩开车,她和女儿跟首长似的享受着专人驾驶的待遇。

这一次,她抱着小格格,乘坐公交车回娘家。她在镇车站下了公交,转乘很有地域特色的"小三轮",小三轮实际上就是摩托装上了一个两轮的小车厢,这样的小三轮车,一次最多能载六个人。这是有了些许余钱之后的乡村人挣钱糊口的新手段之一。然而,车多乘客少,他们排了好长的队,轮流坐庄,等载满了六个人这辆车走了,那辆车才能顶上。有时候第一个人坐上了车,还要等几十分钟甚至更长时间才能等来第六个乘客上车。开这种小三轮,早上早早地出工,十几里的路程,一天最多能跑三趟,甚至两趟。每人五角,一天下来最多会有十元左右的进项。除了开销,在这样一个闭塞的乡村,也算是有几个活钱了。因此大家都趋之若鹜,争先恐后地买三轮车。三轮车排成了长龙,一个乡镇有限的客流量,怎能满足这几十辆排起队来在那儿等"食"吃的小铁牛?

静梅坐上一辆小三轮,好大一会儿了,也没等到下一个人来和她"同车共济"。自从有了格格,都是晓岩陪着她回娘家的,特别是晓岩有车以后,他们三口不用在路途上折腾着等车了,回家探望父母都是晓岩开着车。他常说:回老家的路太难走了,再忙也得抽时间送你回去,不然你带着孩子一是太麻烦,二是我不放心。

晓岩的体贴让静梅确实感动了许多回。有时候他很忙,就像这次。

自从与易程合伙搞房地产开发,他就两头忙,好像两头都不顺利,两边的工作同样重要,同样永不放手地撕扯,他分身乏术。他宽厚的臂膀被撕扯得消瘦了许多。静梅真有些担心,担心那沉重的扣子,会把他的躯体压弯,意志压垮。她甚至怀疑,那前方是否有路可走?是否能在这困顿的暗夜找到黎明?早上她带着格格出门的时候,晓岩愧疚地说:"我实在是不能送你,你带着格格,一定要注意安全。"从他的眼神里,她读出了更多的是关怀、愧疚和不放心。

开小三轮的司机眼神焦灼逡巡,判断着一个个路人,有时候也会大声吆喝:坐车了,大徐庄,五毛……这种既热情,又有一种沉郁感的招呼,就像大街上小摊贩的叫卖声,一会儿高,一会儿低,时断时续,一遍,一遍,那声音,随着五月的清风,刺激着她的耳膜。对他们的敬业精神，她深感钦佩，转而又对他们望眼欲穿，期盼乘客早点儿满座，好挣到三元钱的出车费，倍感心酸。

不可否认这样的排队也是一种生存方式。但这种生存方式让人看着不舒服，甚至是难过。静梅望着那些排起长龙的小三轮和表情木然，且又略显生动的三轮司机，禁不住感慨万千：尘世间，有的人为衣食无忧而知足常乐，有的人为生存历尽艰辛，有的人为追求富贵荣华铤而走险；有的人重名，有的人重利，有的人穷困潦倒，有的人富贵荣华，有的人上班西装笔挺，看报喝茶，有的人上班一身污渍，一身汗水。自古至今，人类为了生存，耗尽了生命的每一个细胞，直至生命的最后一丝气息。晓岩和易程的生存之道是公司发展，公司发展才是他们所追求的生存，正是为了这生存，他们才陷入资金断链、四面楚歌的尴尬境地。开三轮车的农民兄弟同样是为了生存，他们冬冒严寒，夏顶酷暑，在这凹凸曲折的乡村土路上，一天到晚地颠簸，风雨无阻，等待四方乘客，为有限的几个铜板耗费生命。

这样的辛勤，只是为了过上自己想要的幸福生活：一日三餐的温饱，昼出夜宿的温馨。他们的精神生活呢？在他们的精神世界里，需要的理想生活是什么样的呢？不知道他们的潜意识里，是否想象过改变一下自己的劳动方式？不在这里扎堆为那三元、五元的钞票浪费大把的时间，不让心灵在无谓的等待中饱受煎熬；他们是否想到过改变一下生活方式？看一场制作精良、场面宏阔的大片，读一本富有哲理，有文化、有思想、有情趣的好书？是否想象过创造一个不用再开小三轮，不用再做毫无技术含量的体力劳动来维持生存，依靠智慧过上幸福健康、和谐美满的生活的社会？

在这等车的间隙，静梅的思维如慈母的手掌，一遍遍抚摸着路边那些三轮司机的生存空间，思想在天马行空中游弋。她坐上小三轮，已经有二十多分钟了，这会儿她也像三轮车司机那样，一双期盼的眼睛盯着来往行人的路口。路口的行人好像都是那么亲切，亲切到貌似亲人一般，都来与她同车共行。看到每一个朝三轮车方向走来的人，她都在心里暗暗地高兴：快上来吧，坐满了就可以出发了。时间一分一秒地过去，三十几分钟了。她乘坐的小三轮依然没有坐满乘客。小师傅没有要走的意思。她着急地问那位看上去只有十几岁的小弟弟："小师傅，非要等人坐满了才走啊？那得等多长时间呀？"

开三轮的男孩一脸无奈，说："大姐，我好不容易才轮到一次，排半天队了，您再稍等会儿……"男孩一脸无奈加执着，要等到他的小三轮载满乘客，才能起步。

静梅本来想问：你这么小就出来开三轮挣钱，怎么不读书呢？

但那开三轮车的男孩一门心思在招揽乘客，眼睛在不停地瞄着丁字路口的来往行人。害得她也跟着他判断谁是坐车的，谁是路过的。因为她归心似箭，期盼三轮车早点儿启程，她只想早一分钟看见母亲。母亲的微笑和慈祥始终在她脑海里萦绕，她与那男孩就在不同的期望中，解析了相同的课题——等齐六个乘客。他送她到目的地，挣他的"三个铜板"，她乘车回家见她的父亲母亲。

时间又过去了十多分钟，三轮车依然没有坐满，静梅十分焦急，说："小师傅，走吧。少的那三个人，我把钱给你掏出来，不计你吃亏。"

小司机很不好意思地看看静梅，腼腆地笑笑，脸上浮出一丝尴尬，没有说话。

静梅又催了一句："走吧？我现在就把钱给你。"

说着，她从皮夹里掏出了五元钱，递给小司机。

司机接过钱不好意思地说："大姐，我排一次队，真的很不容易，要不然我绝不会多收您的钱呐！"

静梅笑笑，很真诚地说："没事儿，我急着要回家，你也不容易，是我自愿多给你的。"

终于没有等来第四个乘客。静梅额外多出了三个人的车钱共一元五角。男孩收了她两元钱，开始踩下油门的时候，她舒心地抬起眼望：满目的青山，随着三轮车前进的速度，迎风扑面而来。远处一座山峰的腰间，有机器声隆隆，有人影绰绰，更有粉尘弥漫，山脚下是磨碎的石子儿，堆成了小小的山包，山包跟前零散地有几个民工在往一辆大卡车上装石子。那是用于建楼铺路的石子，也是从大自然母腹中脱胎而出的石子，这样的石子从大山之腹中分娩，正如那大山分娩的一个个孩子，孩子们正在奔赴自己的岗位。

静梅看山腰间烟尘弥漫。烟尘弥漫中影影绰绰看见一些劳动者，正在为这大山进行"剖腹产手术"，一辆辆运石子的车子，把从这里开挖出来的石子儿运往各地，做了铺路的基石，或以水泥为伍，做高楼大厦的肌肉。一袭忧虑漫过心头：这样毫无节制地掏挖，会不会造成"母体"无度分娩，失血过度而死亡？

在道路边沿，是一条干枯的河床。河床两侧零星地生长着一些杂树野草。她清楚地记得，多年前，这条小河溪流清澈，鱼儿翔底，是一条号称四十五里常年不枯的玉河……她似乎在朦胧中看到了童年的伙伴，在一泓清溪里游弋，似乎看见了母亲在清澈的溪流里漂洗心爱的花衣；在杨柳成行的河畔，有柳笛缭绕，有伙伴嬉戏；更有一双天真无邪的眼睛，在贪婪地寻觅，寻觅小溪奔流不回的足音；她似乎看到了老祖母单薄的肩膀，背着一个幼小的精灵，寻觅母亲的乳汁。那幼小的心儿只为那柳笛的缭绕而沉醉；祖母的一双尖尖小脚，只为人生诸多的无奈，生命的、社会的、家庭的、邻里的，人生众多的不能够幸免，必须要承担的重任，耗费着有限的生命，更为生存、为气节、为尊严，信仰般地执着求索；有多少艰难岁月，都被那双尖尖的小脚踏勘而过，渐行渐远；尽管那双小脚走起路来飘飘然然，给人的感觉是那样弱不禁风。但那身后的影子，那留给晚辈的印象却如山一样伟岸。

想起祖母，静梅的眼里含满了泪水。而祖母早已去了天堂，只有父亲和母亲依然住在那座老屋里。老屋是祖母留下的，在那间老屋里，祖母忍受了多少人间磨难？在这将要看见老屋和母亲的路上，静梅禁不住想起老祖母，她心头一阵酸涩、刺痛。

三轮车在沙石路上极尽颠簸，静梅极力环住格格，稳住女儿的身子，大约三十分钟后，她终于见到了日思夜想的母亲。母亲看她抱着格格，拎了大包小裹，匆匆而归。心痛地说："哎呀，你、你咋自己回来了呀？早知道我会去接接你，晓岩咋没回来呢？"

母亲疑惑的眼神满是怜爱和心痛，似乎在问女儿：你们闹别扭了，吵架了？

"晓岩一直很忙，他和同学搞的开发项目遇到了困难，整天忙得焦头烂额，等他是没戏了。这么多天了，我老是梦见您……"

静梅急忙给母亲解释，极力掩饰着心中的委屈。

"哦，男人总是要忙事业，妈知道了。"母亲一边把手里的包裹放到门外的石桌上，一边催促，"快带格格进屋歇着。"母亲把女儿和外孙女接到屋里，又是倒水，又是给外孙女拿吃的。一双慈爱的眼睛凝视着静梅，说："梅，你瘦了呀！"

"瘦了吗？那不正好嘛，我巴不得呢！"静梅娇憨地笑笑，摸住自己的面颊，望着母亲笑。

"晚上我给你做素馅饺子。你和格格先歇着。我给你打碗鸡蛋茶，补补。"

母亲说完，忙着要去给女儿弄鸡蛋茶，静梅急忙喊道："妈——不忙，您也歇会儿，我不饿。一会儿咱俩一起做。"

她拉着母亲坐下，一手抚摸着母亲手心里的老茧，说："妈，看您这手，茧子这么厚，以后地里的活儿少做点儿吧，忙的时候就找人帮着干干，我给您留一些钱，现在好多人在农忙季节，都是找人干活，也花不了几个钱。"

母亲笑笑,说:"那,妈不就成地主了呀?"

"哎呀,妈!都什么时候了,现在那叫种粮大户。人家都承包好多土地,咱村儿要是有那样的种粮户,就把咱的地也让出去算了,您也搬到城里住,省得您老在家,我们也不放心。"

母亲看着女儿:"不说了,我去叫金贵过来,摘点儿樱桃……"

金贵是静梅的小堂弟,人长得机灵,生就一副不安分的骨头架子,整天爬高上低的,早就惦记着伯母院里的樱桃。一听说要他摘樱桃,便笑嘻嘻地一溜烟跑了过来。一见到静梅,却是来了一个急刹车,站定后,腼腆地看着有些陌生的堂姐不说话。

静梅见堂弟怯生,急忙笑着打招呼:"呵呵,金贵长高了呀!"说着把她带回家的小点心拿给金贵吃,又说,"格格,叫舅舅。"格格扬起小脸,奶声奶气地叫道:"小舅舅好。"

格格的一句"小舅舅",惹得静梅和母亲都笑了。

金贵脸一红,说:"嗯,舅舅给你摘樱桃,好不好?"说着,仰脸看看那树上一嘟噜一疙瘩红玛瑙似的樱桃,接了静梅递过来的合梯,噌噌几下,爬到了顶端。先摘下几颗放到自己嘴里,然后再把那亮晶晶的红樱桃,一颗一颗小心地摘下来,放进堂姐递给他的小竹篮里。

金贵在树上手脚并用,不时往嘴里塞上几颗最红的樱桃。

静梅在县城读书的时候,每当樱桃红了,她总是惦记着这棵樱桃树。周末,回家的路上,就想着怎样饱餐一顿酸酸甜甜的樱桃。一想到这红彤彤、亮晶晶的樱桃果子,她的舌根儿就会冒出酸酸的口水。回到家里,母亲总是把樱桃洗好了,放在竹筐里。她一到家,就霸占了那筐子,端着放在自己面前,一颗连着一颗往嘴里送。这时,哥哥就会嗔怒地说:"是哥哥好心为你摘的,也不让哥吃点儿。"

"妈说专门给我摘的。"静梅娇嗔道。她说着,把竹筐推向哥哥:

"我给哥哥吃……"想起大学毕业,在外地工作,娶妻生子的哥哥,她心里就有种复杂的感慨:小时候,爸爸在外地教书,母亲带着两个孩子在农村生活,可是没少吃苦。现在母亲老了,依然不舍得丢下农村的老窝,好在父亲退休之后,回来和母亲一起守住老屋和一亩三分地。想到这些,她心里一阵酸楚,禁不住喊了一声:"妈——"

回城的时候,母亲一再叮嘱静梅:"上下车的时候,要带好孩子,注意安全。隔壁你张婶家老四也在开三轮车,你坐他车到镇里吧。"

"她家老四?他好像还很小呢,怎么就不念书了?"静梅疑惑地问母亲。

"那娃儿厌学,早就不念了。家家户户就那么一点点地,除了农忙季节,地里没多少活儿,现如今挣钱的门路多了,富人也越来越多。大家都想快点儿致富,村里有好多人家的孩子初中毕业就不念书了,都想着法儿地挣钱。不是出去打工,就是自己买了三轮车跑运输。有的娃不喜欢读书,就说读书是花冤枉钱,耽误工夫。"

静梅愣在那儿,傻了一样。好几十秒钟才反应过来:"哦,我记得他小时候很聪明的,真是可惜了。"

"那娃是聪明,可就是不爱读书。"

静梅深深地为张婶家老四惋惜,也为村里早早辍学的孩子们惋惜,再次想起了那个开三轮车的少年,禁不住在心里慨叹:什么时候乡亲们才能把学习知识看得比挣钱要紧?把孩子念书看作和生存一样重要,看成是人生最珍贵的黄金时段,最神圣的一种使命。"十年树木,百年树人。"树立人口良好的素质,发扬优秀的民族文化传统,建设和谐社会得靠几代人努力才能实现。只有农村人口素质普遍提高了,农民的真正富裕才指日可待,乡亲们才能真正过上物质和精神都不至于饥荒的日子。

静梅母亲并没有理会女儿说的可惜,只是麻利地为女儿收拾着要带的东西。

静梅每次回家，母亲总是要给她带一些吃的用的。一两双绣花鞋垫，一两把她自己种的青菜，不容置疑地装了这样装那样，一包一包地塞在车的后备厢里，还说："咱自己种的，新鲜。"这次静梅自己回家，母亲实在没法儿再给她带太多东西，便十分惋惜，说："梅，这次你带了格格，就不给你捎其他东西，路上照顾好孩子。"

静梅带着母亲的唠叨和嘱咐，一路颠簸地回到城里，进门坐在沙发上，一丝力气都没了。歇了一会儿，挣扎着起来，洗去一路奔波的疲累和灰尘，去给格格弄吃的，心中却牵挂晓岩这两天的忙碌，不知道是怎样的结果。

晓岩和易程找了工商银行、建设银行、农业银行等银行主管信贷部了解情况，结果不容乐观。晓岩决定把刚买不久的新奔驰车变卖，一部分解决伙食，另一部分用来跑贷款，专门用于"进庙门的经费"。

易程被感动得一塌糊涂。

"哎呀，老同学，若不是你支持，我想我早就跳楼了。更别说这公司的事儿，真没想到从开工到现在，主体就要封顶了，一套房子也没卖出去。这样下去可怎么得了啊！那些讨债的天天找我要钱，害得我就像躲瘟神一样，像个游击战士，打一枪换一个地方。"

"是呀，我们一开始就不应该铺这么大摊子，俗语说得好，'不打无准备之仗''兵马未动粮草先行'。我们这是在跟自己冒险，事到如今也只有孤注一掷，烧烧香，看能不能再搞来第二批贷款。不是这骑虎难下的局面，怎么着我也不会这样做。"

那晚，晓岩披一身尘埃风霜回家。静梅见晓岩整天为钱奔走呼号，忙碌得身心憔悴的模样，心中无比怜惜，加上自己带着格格乘车倒车，一路风尘劳累，一时间觉得委屈。自己委屈，也替晓岩委屈，泪水倏然涌上眼睑。

第九章 探路

晓岩当年办公司起步的时候,为了节约几个铜板,他一个人既当经理又当锅炉工,大年三十了,还在锅炉房里添煤炭,掏煤渣。为了公司的第一桶金,大年假一直拖到年三十晚上,他骑着一辆普通自行车,赶百十公里路程回家与妻儿团聚。他把"吃苦"二字当作创业的甜蜜来享受……静梅再次想起了那个年三十的晚上,新年的钟声就要敲响的时候,晓岩气喘吁吁地回到家里的情景……一个能够把书读烂在肚子里,再化为灵魂、化为人格、化为风范的男人,为了让公司的职工按时回家过年,宁愿自己掏煤渣当锅炉工,而且十得津津乐道。这样的男人在她心目中的形象就像巍峨的山、宽阔的海,唯独不像"掏钱买路",以维护一份尊严的世俗之辈。

为了弄到第二批贷款,也为暂时解决公司生存问题,晓岩把刚买不久的奔驰车紧急出售。一部分给公司开伙食,支出少量的工资;另一部分作为活动经费,向银行申请第二批贷款。

晓岩当初换上这辆近于奢华的轿车,大部分原因也是为了装门面,给公司壮威,增加影响力。现在为了缓解公司火烧眉毛的经济危机,只有暂且不装那个门面。面子固然重要，但解决生存问题更是迫在眉睫。这天易程来找晓岩商量贷款事宜，提起请信贷主任的事，晓岩心中又大不悦，但又无可奈何，他说："自己吃再多苦，总比进庙门拜见各路神仙；看那些阴阳脸色心气儿顺畅。若不是为了图自由、求气儿顺，在国企干不是更自在！大集体虽然婆婆多，但只要自己不太较真儿，跟着当官的感觉走，就不会有什么大错。何况这几年重视技术人才，不断推出名目繁多的评比和奖励政策，只要自己默默无闻地干活，不与那些钻营者争一日长短，混碗饭吃不成什么难事。可是，事到如今，只有进也得进，不进也得进了，谁叫咱命苦呢！"

易程知道这次房地产开发的事儿自己是牵头人，晓岩无论说什么，他都只管听，只管点头，以他对晓岩的了解，他知道晓岩在为贷款走主任门路的事心中不爽，便极力迎合晓岩所说的任何观点，晓岩说什么，他都一概认可。更何况晓岩说的都有道理，国有企业的"精英们"更多向往的是位子。他就是厌恶了那些为了位子而钻营拍马、钩心斗角、明里暗里耍花腔，才自己出来闯天下的。没想到逃出了那个圈子，却又跳进了这个圈子。这样想着，易程便好言安慰晓岩："人这一生啊，有许多事情也许都是安排好了的，不然我们也不会相遇，也许上天是在考验我们的耐力吧！"

晓岩摇头叹息，深邃的眼神背后，似隐藏着无数艰辛和无奈，他笑笑说："我们权且这样想吧，也许这是黎明前的黑暗。"晓岩对贷款的事，实在没有多少把握，还没有出征，就面有难色："我们已经贷了第一批款，是按资产抵押比例审批的额度。如果再申请第二批，我真的不知道从哪儿下手了。"易程也茫然疑惑，不知道如何下这步棋。

"不然，我们先把信贷部主任请出来吃顿饭，探探口风，再做决定？"易程犹疑着，盯着晓岩的眼睛，好像在询问：行吗？我们该怎么办？

"也只有如此了。那就摸着石头过河，走一步看一步吧！"

晓岩一脸茫然。如入弥漫的雾霭，他的视线朦胧、模糊，不知前路究竟是光明大道还是万丈深渊。

约见信贷部主任的事，晓岩和易程都重视到了迷信的程度。本来不怎么相信黄道吉日的晓岩，由于近来的一些事情总是不顺。因之，他也要仿效古人遇事占卜吉凶的做法，要挑选吉日与信贷主任见面。他说："为了一份诚意，我们要挑选个好日子请客，先混个脸熟，即所谓的朋友。然后再见机行事，只要有个好的开端，接下来再看风使舵，无论怎样，以搞到钱为最大目的吧！"

晓岩和易程专门到一个寺院问卜于一位高僧，挑选吉日，邀请信贷主任赴宴。

静梅听了晓岩说要去求僧拜佛、选定吉日，才去请那位大权在握的信贷主任。她先是感到好笑，笑过之后，心里便有一种酸楚和疼痛。她脸上在笑，眼里却隐含着一汪泪水，说："岩，你也信佛了？"

晓岩也笑，眼底飘出几分无余、几分愁绪、几分茫然，再加上几分自信。

"为什么不信？"晓岩顿了几秒钟，又说，"我专门查过资料，八卦配九宫方位之数早在上古《洛书》与《河图》传说中就有了。相传，到了夏朝，八卦符号就演进为'八八六四卦'。伏羲、文王、周公、孔子等圣哲们，原本就是把科学与哲学并重，运用于社会的教化之中。三国时的诸葛孔明也把占卜运用于克敌制胜。"

"嗯嗯，这些我都是在历史剧上看的，也许有一定的道理。"

"是的，我也有所耳闻。传言不一而足，无非是说占卜的合理性和科学性，以证明占卜存在的价值。据说此僧人是猜字占卜，问卜者只要写出一个字，他就能占卜出事情的因果来。这样的事不可不信，也不可全信，但有许多事情就是应验在了问卜吉凶上。这就证明了人的精神因素是做事成功的重要条件!"

"嗯,是的。办任何事情,信心是制胜最可靠的保证,通过问卜,挑选个吉日,无疑是给自己增添了一份必胜的信念。"

其实,晓岩明白静梅的用心良苦,才故意多说几句。

对于文字,静梅浮想联翩,有着无限的痴迷,也有着诸多的注解:自古以来,文字给予人类的悲喜哀乐数不胜数,从朝廷圣旨、地方文书,至现代社会各级政府的红头文件,在那迷幻般的色彩中,文人雅士、官宦士卒,有人享尽了一纸文书所给予的荣华与福贵,更有人吃尽了一纸文书带来的实难和苦痛,文字狱的苦头古已有之,自古至今,有多少文人雅士熬尽了一纸公文所赋予的悲苦和灾难,有谁能够数得清啊!文字,记载着前人的功过是非;文字,也记录了人类一路走来的身影;文字,更给予了我们这辈人信念和智慧;文字,所带给我们的审视空间,又是那样的广阔浩瀚。我们的路该怎样走?那些传统的方块字该由我们怎样排列?它应该表达怎样的内涵?我们从文字中学习和借鉴古人,评判古人。而我们的后代呢?他们会以怎样的心态来评判我们的现在,又会以怎样的姿势来组合那时的方块字?这些浮想联翩的意象,在静梅脑海里排列成一道道问答题、一个个风景线。她禁不住在心里感慨:时代创造英雄,时代也捉弄人、逼迫人啊!晓岩若不是遇上这样的时代,也许他会受一辈子穷,也许他会在温饱线上安稳度日,也许他会为今天,或者明天的柴米油盐发愁。但他绝对不会为了弄到百万甚至千万元的贷款,去违心地巴结逢迎。

记载着几千年文明史的汉字,其实在每一个书写者的手下,所呈现于读者眼前的感觉都是那样的不同,正如千人千面。同一个汉字不同的人写出,便传递了不一样的心境。心境好者,书写文字时,其信心和精气神儿自然会跃然于纸上,内行人可以从一笔一画中判断出来。一个人做事成功与否,是与生俱来的气质,气质是后天的教化与机会相结合的产物。寺院的僧人根据汉字的笔画,判断书写者的心境。心境好,当然是春风得意手下生风,写出的字自然是玉树临风,令人目中生辉。想到此,她说:"都什么时代了,你怎么还相信那些陈年旧俗啊?诸葛孔明不是也没有保住刘家江山吗?一个独裁、专制、唯我独尊的统治者,再怎么占卜问卦,还不是大业未就……算也没用,得符合事物的发展规律,天时、地利、人和,缺一不可。"

晓岩气恼。嗔怒道:"毕竟我和易程都不是刘阿斗。我们没有阿斗'乐不思蜀'的胸襟,也没有诸葛孔明那么执拗和不顾客观存在,更不会那么倒霉。凡事做到努力,剩下的就顺其自然吧!老天不会亏待我们的。"

晓岩心情浮躁,气不打一处来。看到晓岩恼怒和烦躁的模样,静梅后悔了。她暗暗埋怨自己:怎么会那样说话呢?我不该说出不吉利的话惹他不高兴。这样想着,便笑笑,改口道:"我只是说说而已。易程有你这座大山一样的岩石做后盾,你们的合作必须是成功的,祝你们马到成功!"

"会的。祝福我们吧,亲爱的!"晓岩脸上漾出了微笑的涟漪。

说到占卜。静梅想起很早以前看过的一出戏:《状元与乞丐》。兄弟两个在同年同月同日各自生了一个男孩,吃满月酒的时候,为了给孩子取名字,兄弟俩找来一位算命先生。算命先生算出一个孩子是状元命,一个孩子是乞丐命。乞丐命的孩子且有克死父亲的命相。在崇尚迷信的封建时代,两个孩子的父母自然是有忧有喜。喜的一家因为自己的儿子是状元命,将来要跟着儿子吃香喝辣,有享不尽的荣华富贵;忧的一家不用说,是为那乞丐命的孩子,孩子将来自己做乞丐不说,而且又有克死父亲的凶兆。从此两个孩子在享受父母之爱的历程中,就有了冰火两重天的差别。状元命的孩子,父母娇生惯养,养成好逸恶劳、骄奢淫逸的坏习惯,一身纨绔子弟、浪荡公子的习气,以致吃喝嫖赌,可谓是五毒俱全，最终败光了家业。而乞丐命的孩子，父亲因为怕被孩子克死，离家出走，撇下孩子和母亲。母亲独自承担起教养儿子的重担，母亲对其子严加管教，循循善诱，督促孩子不避严寒酷暑求学上进。二十年后，两个孩子，两个家庭，命运截然相反：状元命的孩子不但自己成了乞丐，且连累父母也以乞讨为生；乞丐命的孩子，由于刻苦努力，勤奋上进，考取了状元……"占卜只能作为参考，更重要的还是努力做事，诚恳做人。正像你说的，凡事做到尽心尽力。为你祝福！亲爱的。"

"这还差不多，为我祈祷祝福吧，宝贝儿。只要你能给我信心，什么困难也难不倒老夫……"晓岩说着，一双含情的星眸凝视着静梅。静梅羞涩地笑笑，随着那笑，一抹羞红涌上面颊。晓岩也笑了，那笑含着爽朗、带着开心。他张开臂膀，拥她入怀，一个轻轻的吻，印上她的额头，他轻轻地叫道："豆豆——"这是晓岩篡改过的静梅的乳名。

一袭温馨幸福的暖流，涌遍了她的身心，那心跳带着陶醉，那眼神含着迷离。

宝仓城没有像样的酒店可以请尊贵的客人——信贷主任。晓岩和易程细心策划，决定邀请李主任到一个景色宜人又可以玩得开心的城市度周末。晓岩心里闪过一个念头——带上秘书韩颖活跃一下气氛，转念又想不应该让韩颖涉足这样的事情。韩颖天生丽质，工作能力强，虽然只有二十五六岁，但她已是公司的一名元老级人物，她把公司看得如同自己赖以生存的家园，是晓岩工作上的左膀右臂。为晓岩的事业出了不少力。贷款的事儿，如果让韩颖参与其中，也许会有推波助澜的作用。但占卜时，那位僧人告诉他，这次活动不宜张扬，尽量少些人参与。

晓岩和易程通过认真分析，精心安排，决定把战线拉长了，再慢慢地，有计划、有步骤地靠近目标。易程说："不是有句话叫'放长线，钓大鱼'嘛！咱们请李主任到另一个旅游城市，先找一家宾馆安顿好，再去游山玩水，然后在闲聊中见机说事儿……"

"然后，咱们给他来个先友谊、后交情、再求助。"晓岩笑着说。

两个合作伙伴商量好了战略部署，易程感到惊讶："唉，是何时练就了这把刷子？跟个江湖老手似的。"

晓岩心里也莫名地酸楚："是啊，也只有这样了，虽然办法有了，我怎么一点儿高兴不起来呢！"

静梅知道晓岩卖了车，还要继续找人求助贷款的事情，内心禁不住一阵酸涩，更为晓岩担心：创业原本就是一把双刃剑，在这样一个浮华繁杂的社会，什么样的心态、什么样的人品雕琢不出来？造化弄人，时事逼人。真不知道是时代造就了英雄，还是英雄造就了时代？改革开放的东风吹生了多少暴发户？又造就了多少为了金钱而坐穿牢底的贪官污吏？人生的基本底线、最高境界到底是什么？地狱到底有多深，天堂到底有多高？幸福生活到底是小车洋房锦食玉衣，还是茅屋三间粗茶淡饭？晓岩与易程究竟在追求怎样的梦想？她自我安慰似的对晓岩道："岩，做任何事情，都要事先设好一个底线，超越了底线的事儿，再大的诱惑我们也不做。"

"知道，老夫绝对不是那种不讲原则，啥事都出手的人，社会上有些人在物欲的诱惑下，而不设任何底线。如今，在一些大城市小姐陪住早已不是新鲜事了。有些女孩子甚至推崇'笑贫不笑娼'。真不知道他们是怎样理解'娼'字的含义的。"

静梅惊愕地看着晓岩，心脏咚咚地跳着失去了节律。一股怒气随之涌上心头，冲向太阳穴，头嗡的一下回响，眼睛似乎冒出金星来。而晓岩好像心不在焉，只是在谈论一段过时的社会新闻。静梅整理了一下思绪，说："你，你遇到过？"

"嗯，那是肯定的。"他盯着她的眼睛，眼眸中放射出俏皮的问号。她却是羞红了脸，心脏怦怦跳得厉害，没有再说一句话，眼泪潮水般涌了出来……她泪水涟涟，忍着一腔怨气，默不作声。他心知肚明，看得一清二楚,心中涌起潮一样的情愫,怜惜地张开臂膀拥住她:"傻豆豆,没听我说完呢,遇上过。可是,可是我并没有动摇啊,不为自己的健康,还要为豆豆着想呢,我怎能上那样的贼船呢?"

她喜欢听他这样叫她的乳名,听到他叫她乳名,她整个人儿就会醉了,心魂便缥缈于云里雾里,欲醉欲仙,眼前迷离成云蒸霞蔚的朦胧,大脑一片空白,白痴一般沉入晓岩的温柔之乡。一切疑惑不快都化为乌有,她止住泪水,娇嗔地笑道:"人家不是担心你嘛!"

"担,担心我什么?"

"担心你的健康啊!不给你说了……"她起身,去卧室照顾女儿格格睡觉。

晓岩和易程,在那位僧人占卜的引领下,把吉日定在了周末,这是晓岩和易程两个郑重其事、千挑万选的黄道吉日。游玩的景点选好了,下榻的酒店也订好了,晓岩、易程、李主任一行三人,按照问卜定下的吉日良辰出发了。

公司里工人工资发不出,大家吃饭都成问题。晓岩和易程抱着"舍不得孩子套不着狼"的心理,订了四星级酒店。为了节约几个铜板,晓岩和易程合住一个标准间,请来的客人单独住一间豪华套房。

来到酒店,他们先安顿好住宿。之后陪李主任做了足疗,又去唱歌跳舞,专门请了舞小姐,接下来,戏怎么演,那是李主任自己的事了。晓岩、易程千叮咛万嘱咐:"李主任,千万别拘谨,出来了就是要玩得舒心。"李主任虽然有些大腹便便,舞姿也不怎么好看,但有专业舞伴,一场舞跳下来,却也眉开眼笑,连连夸赞那位姑娘舞跳得好,人也可爱。

从舞厅出来,晓岩和易程客客气气地送李主任回房安歇。

晓岩、易程,两个人并没有直接回房间休息。他们谁也没有说话,在电梯口,两人几乎同时按了那个箭头指向下的按钮。

在电梯里，晓岩和易程都觉得有些憋闷，他们需要旷野的风吹散一腔无法排解的郁闷，更需要在这夜景的迷彩中，寻觅一把能够打开贷款之门的金钥匙。为了这把金钥匙，他们煞费苦心地安排这次活动，又鬼使神差般地找了舞小姐蓝翎。蓝翎看起来单纯雅静，像极了一朵刚刚绽放的青莲，出水芙蓉般的纯净、淡雅、美丽。这使晓岩做了亏心事一般，心情无法宁静，像是自己犯了不可饶恕的罪过，心情忐忑，郁结烦闷，尴尬惆怅，脸色阴沉。又像被打劫了，罪犯就在他眼皮子底下逃跑了。

易程见晓岩如此，也深有同感，只是他们谁也无法表达，都羞于开口。

他们两个就这样，像蔫了的茄子，板着脸，走到大街上，任由这夏夜的风吹着，吹着。抬望眼，远远近近，都是闪烁迷离的霓虹，沉闷到极致的心跳声，重重而行的脚步声。他们走着，走着，不知走到哪里才是驿站。在晓岩和易程眼里，繁华的城市，闪烁的霓虹，漫溢着热烈，张扬着善良，又隐逸着邪恶。他们茫然地漫步在这夜色迷离、人声鼎沸的街道上，怀着一腔渴望，却满目渺茫地踟蹰于灯红酒绿的闹市。夜的城市，像一个巨大的染缸。霓虹闪烁，车流溢彩，是这染缸里舞出的五颜六色的彩练。在这条色彩斑斓的彩练上，究竟有几多求索、几多坎坷？钞票、名利、美色，等等。每一个坐标上都闪耀着足以让人迷失的诱惑。在这熙来攘往的城市街区，究竟引发过怎样的燎原之火？在这燎原之火的浓烟里，又有多少山区穷苦人家的孩子在父母艰辛的汗水里泡大，然后走进这灯火辉煌的城市。在世风俗念的熏染中，摔打生命中廉价的青春岁月，心灵的海洋是否依然萦绕着故乡斜阳下的那缕炊烟；有多少山村女孩为了完成学业，而走进这灯火辉映的海洋，依靠出卖色相挣来数额不菲的学费；甚至为了几千元钞票，而断送了纯洁而珍贵的女儿身。此中缘由，晓岩是早已明了，且痛在无奈，恨其不争。

城市的繁华，在乡下人心目中，充满了魔力和诱惑，当那些满怀梦想的农村姑娘、小伙们，背负着沉重的行囊，风尘仆仆地赶来，"蜗牛"一样爬行在这条星光灿烂、繁华多彩、魅力四射，且布满荆棘和沧桑的大道之上。要在这样的路途之上前行讨生活、求生存的时候，那霓虹灯影的背后，究竟隐含着多少令人心酸、叫人悲叹的故事！这一切的一切，晓岩早已了然于心。就在晓岩和易程走在霓虹闪烁的通衢，心海张扬起意象的风帆之时，易程忧虑道："晓岩，你说，你说李主任会不会买账？那个女孩能不能赢得李主任的英雄之心？咱们这一招管不管用？我心里总有点儿忐忑不安啊！"

空气就像凝固了一样，在这流光溢彩、穿梭着车流的街市上，晓岩的胸腔被憋闷得郁结、疼痛，他为自己混迹于尘世的无奈而伤感，为心灵的龌龊而悲哀，为生存而感到心力交瘁。他深深叹了口气，说："听天由命吧，这本来就是一招损棋嘛。"

晓岩一脸郁闷，满眼惆怅，望向五光十色、灯火辉映的夜幕深处。思绪被放射着光柱的彩灯，闪烁着晶莹之光的霓虹、缕缕荧光的车灯淹没。

李主任回到房间，打开电视，正在播着一个不知什么名字的电视剧，大概是琼瑶的言情剧，画面上正有男女主角蜂缠蝶恋地纠缠在一起。他有些不屑地瞄了一眼，脑际忽然飘过了总是跟着肥皂剧而喜怒而泪眼盈盈的妻子的面容。他自嘲地摇头笑笑，拿着遥控，咔嚓咔嚓地按，调到体育频道。看了没几分钟，心情无缘由地浮躁，他站起来给自己倒了一杯水，回坐在沙发上，若有所思地品着那杯子里的温水。脑海里却闪现出在舞厅陪着他跳舞的女孩——蓝翎的身影。她那飘逸、婀娜的舞姿，令他心魂荡漾，想入非非。

咚、咚咚……接连的敲门声，惊动了李主任。

一袭杨柳风吹过耳畔,一丝娇艳语缭绕于心田:"老板,您要的消夜……"

李主任循声望去:见一女子,莲花初绽似的容颜,身段婀娜丰盈,眉眼传情,气韵若兰,杨柳扶风一般飘了进来。一道亮丽的风景,一袭醉人的花香,他惊愕得瞠目结舌,不由得倒吸了一口温润之气。暗道:老天,天底下竟有如此美艳之色、绝美佳人儿!他忘记了足球比赛的热烈,完全被眼前亭亭玉立、丹唇皓齿、白皙明艳、清醇若兰的妖娆女子给镇住了。猎艳之心如蛹脱壳,倏忽间幻化成蝶,扑棱棱拍打着翅膀,萦绕着蓝翎这枝女人花,翩然翔舞。又如饥饿了很久的大灰狼,望着眼前的猎物馋涎欲滴,看着眼前这只小麋鹿一样的猎物,饥饿的火焰燃烧着。他下意识地吞咽了一下口水,欲火在身体里喷涌上升,上升。

几十秒钟过去了,他忽然愣过神儿来。甜蜜蜜地笑着,眼睛眯眯地聚集了肆虐的淫意,对着蓝翎放射出色眯眯的邪光,说:"嗯嗯,谢、谢谢……谢谢!原来是您啊!比在舞厅里更加光彩照人了。哈哈,像蓝姑娘这么美丽的女孩,真是天上人间绝色佳人啊!"李主任上下左右打量着蓝翎。

蓝翎二十一岁,在读大学生。她是通过本家姐姐介绍来兼职伴舞的。为的是挣点儿钱,解决学费养活自己。她是不忍心向年迈体弱的父母伸手要钱,才走上这条舞女之路的。她父亲已经六十岁了,下井挖煤是重体力活,父亲的年龄,若是国营矿的井下挖煤工,也该是退休好几年了。可惜父亲只是一个农民,没读过几天书,又没有什么技术特长,在这煤炭资源丰富的山村,小煤窑盛行,像蓝翎父亲这样的农民,除了下井挖煤挣钱养家,再没有其他出路了。为了减轻父母的负担,她决定挣钱养活自己。蓝翎是她在这个酒店的名字,来这里之前,她就苦思冥想,为自己取了这么一个不算大雅,也不算太俗的名字——蓝翎。

环境不同，给人的视觉冲击便是不一样的效果，眼前的蓝翎与在舞厅时的华丽带给李主任的感觉完全不同。在舞厅里，有五颜六色的灯光照耀，有翩翩舞姿伴随，处在灯红酒绿的世界，应接不暇的是闪烁、耀眼的霓虹，如群星般明媚争辉的美人。蓝翎的美色，在那光艳迷离的舞池之中，只是百花丛中一分子而已。李主任虽然与之共舞，眼前却摇曳着朵朵奇葩，耳边却回响着悠悠弦乐，对于蓝翎的欣赏也只是蜻蜓点水，一掠而过。哪里能够专心于和自己搂肩搭背的美人儿？

当他离开那绚丽的舞池，回到这间安静豪华的房间，房间氤氲了华美的氛围，漫溢着温馨的暖意，他的身心都被那陈设的温婉抚慰着，心儿魂儿都来了一次回归，与他略显臃肿的体态一起安享这温润之福了。李主任盯着蓝翎，一双猎豹般的眼睛，剥蚀掉蓝翎身上那件淡蓝色开衫，再穿透她身上低V领的短裙。淫醉的笑晕湮没了原本很薄的憨厚，说："蓝……蓝姑娘，快快、快坐呀！"

蓝翎矜持，羞涩，愤懑，心中一股怨恨之火，蹭蹭上窜，她弄不明白究竟是恨自己，还是恨眼前这个色眯眯的大灰狼。她只是暗暗地抚慰那颗滴血的心，忸怩地坐在床沿上……蓝翎原本是个心高气傲的女孩，在酒店舞厅伴舞，她最怕同学们知道了，误会她，把她看低了。每当周末出校门，进这家酒店舞厅开始伴舞，她都是瞒着室友们偷偷摸摸地来，说是到自己的姨母家里度周末。

蓝翎不希望同学们知道她家里穷，怕同学们看不起她。当然，还有另一个原因，更怕同学们知道她在酒店舞厅伴舞，想歪了，对她的人品造成影响。她希望赚钱养活自己，不再向父母伸手要钱。她深知在农村的父母供她和弟弟上学读书有多难。父亲年岁大了，下煤矿挖煤是苦力活，每当她想起已是花甲之年的父亲，因为繁重的体力劳动累弯了的腰身，常常被腰痛腿痛折磨，眼底就会溢出酸涩的泪水，更让蓝翎担心的是安全问题。有一次老家煤矿出事了。那次事故实在是太让人心惊胆战了。事故造成超过两位数人员的伤亡,惊动了国家安全局。相关部门组成了事故救援指挥小组,对事故展开全面救援和调查。

蓝翎得知事故的消息后,吓得魂魄出窍,打电话的手哆哆嗦嗦,心脏怦怦地跳着。第一次她拨错了号码,第二次打不通,一次,两次,三次……没人接,她断定出事了,因为蓝翎父亲就在那个矿上做采掘工。父亲疲惫的身影,沾满煤屑的工装、面颊,深邃的目光,原本泛黄的牙齿,在满面煤屑污渍的衬托下,显得格外耀眼。父亲的身影萦绕在蓝翎眼前,她泪眼模糊,泪流如注。她一遍遍打电话,时间一分一秒地过去,蓝领的心如在热锅上煎熬。一个上午过去了,又一个下午过去了,电话依然没有接通。她不顾一切地乘大巴、转三轮,一路颠簸,奔回家去,疯了一样找父亲。父亲是因为工友出事,忙于照顾伤者……各种猜测,当得知父亲没事儿的时候,她却发了好大一顿脾气。她对着父母大声吼道:"你们……你们怎么回事啊?电话也不接,一点儿消息也没有,吓死我了,都……"呜呜……她哭出了声。

她哭得那样伤心,悲悲切切,泣血一般,泪流如注,在她那青春美丽的面颊上,氤氲了层层伤感悲哀的印痕,她的心在刺痛。母亲心疼地说:"你看看、你看看,都说了,没事儿了。你倒是哭上了。好了,妈给你做顿好吃的,吃完了,上学去。"

"吃完了,上学去。"多么熟悉的一句话啊!从小到大,母亲总是这样催促她。蓝翎破涕为笑,说:"人家都担心死了。"

蓝翎恳求父亲:"爸,以后您不要再下井了,都干了大半辈子了,身体又不好,就在家歇着吧,我和弟弟都长大了,我现在就可以勤工俭学,再过一两年,只要我大学毕业,就可以供弟弟念书了。"

蓝翎到酒店舞厅伴舞以后,有许多事情是她始料不及的,住进这样酒店的,都是有钱人。有钱人,也跟所有的人群一样,鱼龙混杂,三教九流,什么角色都有。蓝翎清纯靓丽,就像初绽的藕荷,别有一番出水芙蓉般的清澈与明艳。在这样的场合自然受到不同程度的青睐、不同用意的夸奖，正像一株牡丹，有人说好看，是为了欣赏，有人说美丽，是为了采摘，更有那如花一样的使者，说这花好看，是因为嫉妒。

君子爱色，三分艳羡七分敬意；英雄爱美女，出于对人间美的呵护与怜惜；痞子爱美女，出于对美色的淫邪欲望。那么蓝翎在这样一家酒店舞厅伴舞，都遇到过怎样的爱色者呢？她冰清玉洁的少女情怀，在这样一个不是染缸却超越了染缸功能的环境下，她遇到过怎样的难堪与无奈、人格的侮辱、身心的蹂躏呢？反正现在的蓝翎，已经不是原来的纯情少女了。她把人生所谓的真情看得很淡很淡。她开始筹划怎样打开金钱这道"门"，怎样把自己从一文不名的灰姑娘，变成一个阔小姐。为了实现这个梦想，她把自己曾经看得比生命更珍贵的贞操，淡漠到了无所谓的境地。现实使她意识到，只要有了钱，就可以继续读大学，父亲就不用托着病体，冒着生命危险下井挖煤，供应她和弟弟读书了；只要有了钱，蓝翎就不会是现在这个灰头土脸的蓝翎。蓝翎把自己有了钱之后的生活想象得天花乱坠，憧憬得阳光灿烂。她为自己构筑了金钱铺就的通往幸福生活的大道，为了这个美景的实现，蓝翎终于孤注一掷了。

周六这天，晓岩和易程陪同李主任下榻宾馆以后，就动起了吃喝与游玩之外的念头。也许那是意料之中、计划之内的事情，在最初打算陪同李主任出来的项目中就计划了这个插曲。只是晓岩和易程两位都是君子之风颇浓的读书人，至于嫖赌淫邪之道，他们实在是有些小和尚下山的味道。对于靓丽明艳的女色，他们除了欣赏、怜惜之外，即使有那么一点儿非分之想，那也是有心无胆，只是在想象和意淫之中满足一下贼心。

这次，他们是背负了使命而来，意志和心愿却告诉他们，无论怎样，都要"对得起"李主任，要让李主任有"乐不思蜀"般的快慰与陶醉。为此，好久不进舞厅的晓岩和易程，陪着李主任来了。还叫了两个舞小姐，晓岩看着那旋舞的灯光，有些眼花缭乱，他说："你们两个跳吧，我喝高了，头晕得厉害，得休息一会儿。"

晓岩独自坐在舞池外面一个不起眼的角落，看易程、李主任与舞伴随着乐曲的节奏在舞蹈、旋转。李主任有些发福的身体，跳起舞来，摇摆得跟企鹅似的，笨拙卖力，却也不失成功男士的风雅。看得出，他是竭力展示自己最有魅力的一面。晓岩在细心观察李主任对舞小姐的心态，他是在为下一步的行动找依据。

李主任见进来的正是陪他跳舞的蓝翎，瞬息间，七情六欲中的一欲顿时被调动起来，眼睛在倏忽间放出亮光，燥热，亢奋，那双猎人般的眼睛，色眯眯地盯着蓝翎，这个能言善辩的李主任，一时间口拙，竟找不到要说的准确词语了，只是磕磕绊绊地说："谢谢、谢谢……辛、苦你了……哎……真、真是个美、美人儿，可人儿啊！"

李主任一边说着，手就不安分地扶住蓝翎柔弱、单薄的酥肩，口里娇人、美人地叫着。醉眼迷蒙地勾住蓝翎白皙光泽的玉臂，顺延至脱兔一般鬼魅、峰峦一样突兀的酥胸，昏昏然搂抱着蓝翎，垂涎的嘴巴低头欲吻蓝翎润红樱桃般的香唇。蓝翎脱兔似的乳峰、性感的乳沟，诱惑着李主任。李主任一双着魔一般的大手，像乞丐抢食主人施舍的馒头，馋涎欲滴，伸手就抢。蓝翎的身体瑟瑟地微颤发抖，头一阵眩晕，心里一股酸楚和疼痛潮水一样涌着。她想吐，想哭，想喊，喊救命。可是她握紧了拳头，那拳头本来是想打出去的，想一拳打死压在她身上，猪一样重、牛一样喘着粗气的男人……可是，可是理智告诉她，她就是来这里被他欺凌践踏的。

蓝翎几乎是疯子一般跑出这座豪华气派的大楼，华灯辉映着一张张陌生的脸庞，她的脚步在抬起放下的无序中，踏勘着人生一道道无奈、艰辛和坎坷！她步履蹒跚，思绪恍惚，眼神呆滞，她在心底的幽深处一遍遍遥问苍茫的夜空。那华灯深处，夜色的边沿，可是黎明将至？然而，这花灯摇曳的城市深处依然沉默、繁华、幽暗、残酷。

在这灯火辉映，繁华得令人目眩的城市街衢，蓝翎不知道哪里是自己可以栖身的巢穴。俗语说：金窝银窝，不如自家的草窝。可是，在这繁华的城市，抬望眼，高楼林立，人影幢幢，却没有她的一席容身之地，更没有她能够依靠和敬爱的亲人；灯火辉映，却没有一盏灯为她而点亮。蓝翎在心里一遍遍骂自己不争气，父母千辛万苦供她读书，从小学、初中、高中，一路艰辛地读出来。在乡亲们眼里，她是全村人的骄傲，全村老少爷们，都把她看成是金凤凰。可是，可是她的耳畔再次回响着家乡父老们的声音："闺女，你是咱深山里的金凤凰，要记住父母、记住故乡、记住乡亲们。以后走到哪儿都得记住呀！"

蓝翎的梦想伴随着泪水，迎着夏夜的清风飞舞，在霓虹闪烁的红尘中被跌得粉碎。她叹息、自语：这究竟是为什么？我为何会堕落到如此地步？这究竟是谁的错？到底是哪儿出了问题？是读书出了问题？是这城市出了问题？还是自己堕落了，变了？原来那个纯真的小姑娘哪里去了？

蓝翎把泪水大口大口地吞咽到肚里，再反刍成一连串的疑惑，一遍遍咀嚼成尘埃中的飞絮，迎风抛洒在飘扬着铜臭味的市井街衢……那唏嘘和哀叹，像是从另一个世界里飞来，衍变成一股寒风，吹熄了她心中仅存的一丝微弱的希望之光。

晓岩和易程在街上转悠了一会儿，觉得实在没什么意思，心绪老是在不着边际的款项上纠结。工头们的声音：再不给钱，工人连饭都吃不上了；材料商们的声音：欠账也该清了，资金周转不灵，生意没法做了……晓岩有些后悔与易程做这个房地产开发项目了。他说："这哪里是干事业啊！简直就是在做乞丐！唉——比乞丐都可恶，我们，我们简直就是犯罪了。"

这次的贷款行动，晓岩恨自己无能，更恨自己无德。此时的晓岩望着夜幕下的灯火无限感慨:在这灯火阑珊的城市,有谁会是这样,在千万资产的圈圈里举债无门。人生奋斗的历程中,究竟有多少未知的变数是自己可以主宰的?难道就这样倒下?那么投进去的钱、欠下的债怎么办?出路究竟在哪里?宝仓城,宝仓城,宝仓城的人们啊!何年何月才能掏出钱来,买六百多元一平米的楼房?我们能够坚持多久,能渡过这次难关吗?

易程看着晓岩沉思默想的神态,有些沉不住气,说:"晓岩,你也别太灰心了,走一步看一步吧。船到桥头自然直,总会有办法的,我们不会输的,你放心,老话说得好,苦尽甘来,也许我们就要柳暗花明了。"

本来易程是想说:"成功在向我们招手呢。"可是,在这样的时候,他还是含蓄了,还没有那样的底气。

"这我知道,可这眼前的困难我们实在难以克服了,你没看那李主任,一副心不在焉的样子,真以为咱们只是为原来的事而犒劳他了。他压根就……"

晓岩懊丧,怨愤,心烦。烦他自己,更烦的是这次和易程约李主任来这里……他觉得自己真的是堕落了,竟然堕落到了使用美人计,用金钱来葬送一个女孩的青春的地步。

责任

第十章

早上八多点钟,李主任从云端样的梦乡归来,懒洋洋地躺在松软的床上,看着天花板,回味昨晚巫山云雨、桃花盛开的一幕……那余韵犹存的妙境,依然在脑际回旋,他脸上掠过一丝英雄凯旋般的快乐,禁不住自我陶醉地笑了。笑过之后,拥着柔软的白色蚕丝被,轻轻闭上眼睛,享受那软绵绵的轻柔之美。那如火山喷发一般的激情燃烧,再次令他浑身燃起火来,使得他燥热难耐,一时间,恨不得将七尺男儿之躯,溺死在蓝翎那柔美的体香之泽。

"我在仰望月亮之上,有多少梦想在自由地飞翔……"手机响了。这是他最喜欢的一首歌,那热烈奔放的旋律,往往使他听得沉迷、陶醉,心中生出无限遐想。第一次听这首歌,他就从百度下载做了手机彩铃。电话是易程打来的:"李主任,昨晚休息得怎样?还好吧?"

易程的问话似乎蕴含了诸多的含意,更有问候之外的余韵。

但李主任并没有意会到易程话中的真正含意,只是随和地应了一句:"嗯,还好、还好……"

易程笑笑:"哈哈,好好好,主任说好,就一定是好。"

"你们两个有事的话先忙着,我再睡会儿。"李主任依然氤氲在春梦的迷醉之中,似乎大有接着做梦的意思。

"好好,那好,没事儿,主任休息吧……"易程忙附和道。

李主任接完电话,慵懒地抱着被子,在淫意的回味中,再次进入梦乡。

"看来李主任很满意啊,接下来我们要趁热打铁……"易程向晓岩说着,心里满是憧憬中的美好。

"但愿吧,我们不能失败,形势逼人啊!"晓岩是在接易程的话,也是在向自己鼓劲。

他们边聊边走,随意到酒店的后院转了一会儿。这是一楼一园式的建筑,气派的酒店后面是一座设计别致的人工花园,水、陆、山结合得浑然天成。他们两个在这九曲回廊、山水亭榭之间消磨着清晨美好的时光。

九点多钟,李主任慵懒地起床,洗漱完毕,来到大厅,已经在等着的晓岩和易程笑着迎上去,与李主任握手。

李主任握手的动作热情而有力。

晓岩似乎从这一握中感悟到了什么,他随口问候一句:"休息得可好?"

李主任客气地点头道:"很好很好。"

晓岩的眼神与李主任相遇,两个人不露声色地笑了。

晓岩意识到李主任的眼神中包含了无数玄机。他说:"咱们先去吃早餐,然后再玩点儿高雅的,下午回去,美美地休息一晚上,攒足了精神,周一上班。"

吃早餐的时候,晓岩和易程一再说着感谢的话,话外音一直是要向贷款上拉的。可是李主任一直都意会不到这两位慷慨的大神,还有另外一层意思:烧香,当然是为了求神"保佑"。

"李主任，下午还有一点儿时间，出来一回不容易，听说'人艺馆'正在举办一个画展，咱们去绕一圈，看看。"晓岩巧妙地邀请，不留一丝着意的痕迹。

"呵呵，两位老板太客气了，我这人就是爱惜朋友，有什么事千万别客气。"李主任感激晓岩和易程的安排，爽朗地笑着，客气道。

听完这几句话，晓岩和易程的情绪顿时兴奋而激昂了，好像眼前就是一大堆钞票，正等着他们一沓、一沓地捡，一张、一张地数；数给几个月没开过工资的民工兄弟，数给那些催债的建材商，管理员们又欣喜地拿钞票去集市上换回萝卜、青菜、猪肉、大米；工地上的头头们兴高采烈，布局下一步的施工方案，楼房就像春雨滋润着的竹笋，一天天拔节长高；买房的人们络绎不绝，售楼部的工作人员忙前忙后，一切问题都迎刃而解。

晓岩已了解到李主任热爱书画艺术，而且是一位颇具鉴赏力的玩家，于是才投其所好邀请李主任去看画展。他说："听说以画牡丹而得名的李女士在此办画展。李兄在这方面是行家，咱们一定得去看看，听听李兄的高见。"

"哦，还是我本家呢，得去看看。还是小弟懂我。其实，我不过喜欢附庸风雅罢了，也算不得什么内行。"李主任一边打趣，一边谦逊地夸奖晓岩体谅。言外之意，非常乐意去走走、看看。

他们说着话，出得酒店，一辆新款奥迪车已经在门口等候。

来到"人艺馆"展厅，李主任的眼球立时被各领风骚的牡丹图吸引、逡巡、品赏、驻足、研判。晓岩和易程也跟着附和："内行看门道，外行看热闹，今天跟着主任来真真地开了眼界。"易程三分赞叹，七分拍马，专门找李主任的痒痒挠。

李主任听了易程钦佩的话语，更是心旌荡漾、眉飞色舞，说："啊！你们快看，如此丰富多彩的'牡丹园'。我这位本家笔法细腻柔婉，创意独特，想象瑰丽，画风巧夺天工，真是妙笔神功啊！"

晓岩、易程、李主任，三个人精神亢奋，神魂迷离，徜徉于"牡丹盛开"的丽影之中，恍惚间，误以为闯入了四月天里，满园盛放，花香四溢的牡丹园。那千姿百态、争奇斗艳的工笔牡丹，活灵活现，让观赏者好似闻到了花的芬芳；那一缕缕幽香之花韵迎风摇曳，恍若牡丹仙子迈着轻盈的脚步，杨柳风一般扶摇而至；更有泼墨而成的国画，淡彩浓墨，令人意象横生，云里雾里都是灵动的画魂花魂。

他们信步闲庭，不时地点评、谈笑，气氛活跃，心情愉快。晓岩一时兴起，绘声绘色地讲了关于洛阳牡丹的故事："牡丹象征富贵，更象征傲骨。当年武则天在长安荣登皇位，自称'圣神皇帝'。那年冬天，她突然兴致大发，带着妃嫔、宫女到上苑饮酒赏雪。大雪刚停，只见那假山、凉亭、小桥、长廊，一切景物都穿上了洁白的素装；各种花草树木虽是枝叶凋零，但在银装素裹的妖娆中，犹如金玉琼花，分外妖娆；偶有一两只小鸟飞来，轻弹玉枝，撒下朵朵玉絮，犹如梨花乱颤，又好似一只只翩飞的蝴蝶，在空中乱舞，令观者眼花缭乱，思绪万千。武则天迷恋于雪景的壮丽玄妙。倏然间，她看见皑皑白雪丛中，似有燃烧跳跃的火苗。仔细观看，原来是一树红梅凌雪怒放。这白雪皑皑之中的一点嫣红，令女皇武则天突发奇想：若是百花都能凌雪怒放，那该是怎样一种奇观？

"于是，她趁着酒兴令宫女拿来文房四宝，当即手握狼毫，饱蘸浓墨，在白绢上录下一首五言诗：'明朝游上苑，火速报春知。花须连夜放，莫待晓风吹。'写罢，她叫宫女拿到上苑焚烧，以报花神。

"至拂晓，果然百花争奇斗艳竞相开放，唯独牡丹对女皇的命令不理不睬，结果被女皇一道圣旨，从长安贬至洛阳……"晓岩滔滔不绝地讲解，李主任听得津津有味，易程也觉得晓岩对洛阳牡丹了解透彻，是一位牡丹花痴。

晓岩讲完了牡丹的故事。李主任笑道:"呵呵,崔总对牡丹很有研究哦。"

"那是那是,我这位同学的知识很全面,不但对牡丹,天下所有的花啊草啊都情有独钟呢。"易程开玩笑,附会李主任。

晓岩对易程的"情有独钟"四个字,有些敏感。但又不好意思说什么,只说:"哪里哪里,只是喜欢班门弄斧而已。让李主任见笑了。李主任讲了许多鉴赏绘画的知识,我若不胡侃几句,活跃一下气氛,怪过不去的。"

李主任笑道:"哈哈,我也是胡乱调侃,大家出来玩,图个热闹罢了,哪里算得了什么知识呀!"

他们一边神侃说笑,一边参观画展,不觉间,在一幅题为《焦骨牡丹》的画前驻足,这幅画映入李主任的眼帘,他惊诧道:"啊!焦骨牡丹。"他若有所思地念叨了一句,似有无限疑问,因为那牡丹图,实在是太像盛开在园中,又比园中牡丹增添了诸多意象,真真是惹人心醉。

再看那牡丹花嫣红耀目,雍容华贵,栩栩如生,又意象横生。

讲解员介绍了何为"焦骨牡丹"。

这位看起来只有二十岁左右的姑娘,也是一位牡丹的酷爱者,说起"焦骨牡丹"的故事传说,口若悬河,出神入化。姑娘一口标准的普通话,绘声绘色地讲解道:"'焦骨牡丹'是因为当年抗旨不发,武则天一怒之下用烈火焚烧了牡丹,再连根拔出扔到洛阳邙山的沟壑。不料,在这恶劣的环境中,它竟然复活了。生根发芽,绽放美丽。复活于烈火中的牡丹,骨焦心刚,矢志不移,被洛阳人盛赞为'焦骨牡丹'。后来经过洛阳人的精心培育,花儿更红更艳了,他们又为它取名'洛阳红'。"

听完讲解员的介绍,晓岩与易程用眼神做了交流。

易程笑笑问道:"李主任,您认为这些展出的作品中,哪一幅最上乘?"

李主任迟延片刻，说："这还真让人难以取舍呢，如果硬要我评价的话……"

最后李主任指向那幅《焦骨牡丹》图。并略数一二，陈其要害，点其要领，说："这幅牡丹好在它的润笔细腻，色彩调配独特，尽情发挥了'焦骨牡丹'的传说内涵，既有牡丹家族的雍容之芳华，又有焦骨不死的坚贞之精神，画家把'焦骨牡丹'的芳魂傲骨表现得淋漓尽致。"

晓岩和易程会心地笑笑，赞赏李主任眼光独到，欣赏专业，说跟着主任学到了不少知识。李主任谦逊地笑笑，说："感谢两位兄弟美意。"

李主任度过了一个优雅、奢侈、浪漫、轻松、刺激，且富有迷幻色彩的周末。周日晚上回到家门口，下车时，易程递给他一只长型纸质圆筒包装盒。

李主任笑着看看易程和晓岩。

易程和晓岩都说："主任辛苦了。"

李主任笑笑："两位辛苦了。"他上楼急忙打开纸质圆筒型的盒子。一卷画轴映入眼帘，正是那幅他赞不绝口的《焦骨牡丹》图。

里面有一张小小的纸片儿，上面写着："朋友易得，知音难求，秀才人情纸半张，赠予老兄。望笑纳。"

李主任笑笑，自语："呵呵，哪里是纸一张啊，分明是一件宝贝嘛！"

李主任朝正在给儿子辅导作业的妻子张慧琴喊："慧琴、慧琴……快，快来！看看这张画怎样！"

李主任激动的时候，声音就特别高、亮，像对着山川沟壑喊话一样，生怕那墙壁阻挡了他的声波，影响那声音的穿透力，他几乎是在吼。

慧琴是一大家闺秀型的淑女，为李主任夸夸其谈、张扬浮躁的个性,他们没少争论过。这位堂堂的主任不知是有意抗拒,还是秉性难改,对于老婆的教诲和忠告,总是这耳朵进那耳朵出。

慧琴听见丈夫高八度的喊声,不耐烦地说:"别喊了,你自己看吧!"她厌烦地搪塞丈夫一句,继续给儿子辅导作业,并在心里埋怨:"儿子的事你向来不管不问,只会为你那点儿破事咋呼。"

李主任仔仔细细地品评着那幅《焦骨牡丹》图,觉得不过瘾,便轻轻地捧着画卷,就像捧着自己刚出生的婴儿,来到书房,小心翼翼地把"牡丹图"放到宽敞的书桌上,用放大镜照着,好一会儿赏玩,欣喜地微笑着自语:"不看,不看,收了啊!"他收拾起画卷。来到卧室换上家居服,去了洗手间,在洗漱间里,他打开莲花喷头,极其认真地再次冲洗,冲洗这次浪漫之旅所遗留下来的残渣余孽,生怕老婆那猎犬样的鼻子,嗅出什么蛛丝马迹来,又要引发一场不必要的审核战,以及自己嘴硬心虚的解释。

一朝做贼,十年心虚,李主任站在那哗哗流淌着热水的莲花喷头下,让那水流冲洗身上的秘密,思绪却再次抛锚到那家酒店,那个房间。蓝翎玉洁冰清的胴体,白皙之中透着羞红的面颊,芙蓉出浴样娇嫩美丽的容颜,再次缠绕着李主任难以安分的思绪。他浑身燥热,意乱心迷,与蓝翎在床上的一幕,再次萦绕于眉间心头。被哗哗的水流冲洗得身心舒畅的李主任,一时间气喘如牛,却在心里柔柔软软地叫着蓝翎的名字。

张慧琴收拾完家务,打发儿子睡了,时间已经到夜晚十点多,她见丈夫在洗漱间里一个多小时仍然没有出来,就不耐烦地来敲门,问:"哎,你怎么回事啊?好了没?"

李主任如惊弓之鸟,立马应道:"哦,好了好了,就好了。在蹲坑呢……"

晓岩把车卖了之后,打车到公司上班,这一细节最先被一直关注着这位年轻老板的秘书韩颖发现了。在韩颖眼里,晓岩讲究面子,却不喜欢摆阔。然而,生意场上却必须显示出自己的实力。在这样一个竞争激烈的时代,做一个老板,有时候不得不把"虚荣"看得比吃饱穿暖更重要。晓岩连续打车上班韩颖原本就有些奇怪,甚至发现一向乐观开朗的老板,脸上常常隐现着掩饰不住的惆怅。究竟出了什么事?时刻关注着老板的秘书韩颖自己也不清楚。作为一名员工,关心自己的企业,也许是分内的事,是责任心驱使,也是利益所驱使。可是,她为什么会对老板的情绪变化看得那样清楚,又是那样地在意和上心,韩颖自己都有些不知所以。像晓岩这样的私营公司,在这样一个时代,正如雨后春笋,一茬茬诞生了。正像大自然中的优胜劣汰,有一家接一家在惨淡经营,或者倒闭歇业。真正发展起来,壮大了的都是百里挑一,精英里的精英,是天时地利人和结出的硕果。

韩颖联想到老板有些不太符合常规的行为,便开始设想着一个个问号。但她没有答案,猜不出哪儿出了问题。这天下午,公司里员工都下班了,一层写字楼显得空荡荡的。晓岩心事重重,坐在小公室里没有要走的意思。贷款的事情,没有一点儿眉目,两边公司如两口放在灶台上烧着的大锅,里面的水沸腾着,米面罐子却是空的,他怎会不急呢!

晓岩沉思默想,心急上火,只是无计可施。

秘书韩颖也没有下班,她是故意留下来的。她想问问崔总,到底出了怎样的状况,严重到把车都卖了。韩颖来到经理室门前,轻轻敲了敲门,晓岩提提精神,说:"请进。"

韩颖进来后,迟疑了十几秒钟,看着一脸疲惫、强打精神的晓岩,心中有无数的疑问,但她又不知道怎样开口。她思绪纷乱,说出的话语,纠结得有些绕口:"老板……崔总,该下班了呀!"

晓岩"嗯"了一声,抬起头,眼睛有点儿茫然地看了韩颖一眼,说:"啊,没事了,你先走吧,我一会儿走。"说着,站起来,走到书柜前，伸手漫无目的地翻阅架上整齐排着的有关技术、文学、历史、地理等各样读物。

韩颖分明看出晓岩是在掩饰自己的心事，她顾不得再爱面子，直奔主题，问道："老板，最近怎么了？车也不见开了，总是见您心事重重的样子，出什么事了？"

晓岩极力装出轻松的模样笑了一笑，说："没事儿，只是烦了，想换一种方式。这样更自由一些。该下班了，辛苦了一天，赶紧回去吧！我还有点事儿，处理完了就走。"

韩颖听完晓岩的话，看着晓岩外表镇定内心烦躁焦虑且极力掩饰而做出来的笑颜，心里很不是滋味，说："老板，需要我做什么，千万别客气呀！"

晓岩轻轻地说："嗯，好、好的。你先下班吧。有事我会告诉你的。"

韩颖轻轻地带上了老板办公室的门，出去了。那脚步声有点儿像负重者，沉沉地踏在地板上，发出"嗒、嗒、嗒……"的声音。

听着渐行渐远的脚步声，晓岩心情更加沉重，似有一种难以形容的抑郁在胸臆间萦绕。他不明白，是韩颖的造访影响了他的思绪，还是韩颖远去的脚步声，扰乱了他的心境。

韩颖是一个招人喜欢和怜爱的女孩，工作起来，往往会忘记下班和饥饿，对于公司的事，也常常向晓岩提出自己的见解，她的报告请示，永远是创意迭出。这在工作上无疑给予晓岩莫大的帮助。是谁说过：一个得力的助手，不是领导要他们干什么、怎么干，而是他们先把创意提供给领导，促使领导拿出可行的正确的规划，或者策略。

韩颖是善于提出创意再向领导请示的助手。

最近晓岩在事业上百般不如意，好多事情的困扰，让他就像被困在冬眠的蛹壳里，手脚被金钱枷锁束缚了一样。自从与易程合作以来，有许多事情，他已无法掌控尺度了。这些秘书韩颖早有所察觉。在晓岩看来，有些事情，好像没有必要给秘书说，他不愿意让下属知道自己与易程合作开发房地产的事情陷入危局，起码现在还不是时机。

晓岩自己好像陷入了莽莽苍苍的沼泽，越挣扎，越深陷其中，四肢是那样无力。其实，晓岩是在心里翻来覆去斟酌怎样再次询问李主任贷款的事情。此事究竟有无希望，事情的成败直接关系到他和易程的命运，甚至是许多个家庭的生活。那么多农民兄弟在工地上干了一年，一分钱没有得到，他不知道该怎样向他们交代。下一步怎么办？想到这些，晓岩的心就隐隐地刺痛。一定要想办法解决，他告诫自己：这是只能成功、不能失败的一件大事。否则不但自己破产，农民兄弟们的血汗钱也将血本无归。

晓岩心头猛一激灵，冷汗涔涔，他不敢再往下想，就像站在万丈悬崖的边沿，稍不留神，就会向那万劫不复的深渊沉去。那样无疑将是粉身碎骨的下场，他的眼睛湿润了。他明显感觉到自己身后有无数双眼睛，无数个手指戳着他的脊梁骨，指着他的脑壳骂，甚至是拳头，攥得结结实实的拳头也向他挥舞着。还有泪水，泪水在那一张张愁苦的脸上流淌，一张张惆怅的脸庞，一双双愤怒的眼睛，都在向着他怒斥，就像一把把刀子，戳着他的心脏……眼前的困难怎样度过，希望究竟在哪里？能不能渡过眼前的难关，走向黎明的曙光？这时，晓岩是真的没有多少把握。

卖车的钱很快就被各种事务的欠账占用一空。

易程再次电告晓岩，商量决策："晓岩，崔总，咱们该怎么办呀！还得找对策，不能眼睁睁地向深渊里沉呀！"

"是呀，这个李主任如秋后的蝉，冬眠起来了，我们得想法子让他醒来。目前也只有继续找李主任这条路了……就看这步棋能不能走活了。"晓岩说话的声音低沉、郁闷、气虚，像个身体虚弱的病人，沉闷的呻吟声在易程的耳畔飘着。

晓岩终于忍不住给李主任打了个电话，曲线救国似的，问："老兄啊，哪天有空，一起坐坐？"

电话那边，李主任打着哼哈："老弟呀！哥倒是很想轻松一下，只是最近实在是忙得气儿都喘不匀了。改天吧，改天我们再联系。"

李主任明显是在打哑谜。挂断电话，晓岩懊丧、愤怒，脑子一片空白，不知道下一步该怎样走。他愣怔了好一会儿，才把消息告诉易程，易程听到这个消息，更是十二分不解。

"唉，这个擦边球打得真让人哭笑不得。那天我明明觉得蛮有把握的事。谁知如今，他，这人，他、他、他怎么这样呀？悲哀！"易程气结地说着，胸口被一股怨气顶得满满的，他狠狠地咬着牙齿，那语音是从牙缝间挤出来的，给人极强的穿透感。

"是呀，偷鸡不成蚀把米。难，难啊！看来，我们还得想想办法。"

"真是的，白花了银子，连个响儿都没听着，放个二踢脚，还会'咚啪'一声呢！唉，真是人心隔肚皮呀！都是我连累了你。唉！"易程懊丧地向晓岩表示歉意，暗自埋怨自己做事欠妥。

然而，这样的时刻，埋怨只是懦弱的代名词，要渡过难关，必须坚持，必须扩展思路，靠创意思维，找到一条可行的路径。

这天，韩颖正好来找老板，她见到晓岩正在通电话，就犹豫着停住了脚步，等晓岩挂断了电话，才走了进来，把手头的文件轻轻放在晓岩的办公桌上，说："崔总，这是您要的资料……"然后，轻轻走出老板的办公室。

秘书韩颖从晓岩的电话中，听出了个大概。虽然不知道事情的缘由，但她知道老板遇到了经济上的危机。几年来，韩颖做秘书，公司的发展虽然是一路风雨，但也是芝麻开花儿，节节攀升地绽放。创业那会儿，晓岩身兼数职，出外谈判是老板，回到公司是员工。在韩颖心目中，晓岩已是一位偶像级的人物，在她看来，晓岩不是一个通常意义上的公司老板，他是一种道德和文化、人格和魅力的综合体。晓岩善诗能文，在众多私营老板，或者从政者之中，是一位超凡脱俗的人物。在韩颖眼里，晓岩的高度是那些只懂得核算盈利的老板们永远无法企及的。

用一句传统的话说，晓岩是一位儒商，不但有文化，也是一位会做老板、懂得经营的作家。他的长篇小说《枯死的天空》、抒情长诗《爱的思索》，早已打动过韩颖傲视雄性世界的芳心。不，准确地说，韩颖是有些暗恋情结，她崇敬晓岩，在默默看着晓岩时，眼睛总是放射着亮晶晶的光芒，很容易让人联想到"含情脉脉"这样暧昧味儿十足的词儿。韩颖的心事晓岩未必一点儿不知，但在他的观念里，老板就是老板，下属就是下属。他们应该是泾渭分明，清清楚楚的上下级关系。他做人做事，都是有板有眼，丁是丁，卯是卯，绝不含混界限。他常常告诫自己，要想搞好企业，老板和下属之间，绝对不能有感情上的纠葛，否则就将是犯了大忌，必将"天下大乱"。

韩颖虽然猜不出晓岩究竟遇到了怎样的困难，困难到底有多大，以至于老板把车都卖了。也许真的是遇到了棘手的难事吧！韩颖这样想着，就暗下决心，她要帮助梦中情人走出困厄。无论自己是多么弱势，她都要尽最大的努力帮助晓岩。尽管她的帮助可能只是杯水车薪，但她坚信晓岩的能力，相信他不会被困难压倒。她暗暗鼓励自己：韩颖，你行，你必须，也一定能够为老板做些什么，哪怕微不足道的一个关怀，一声问候。不知道从哪一刻开始，韩颖已经在细微之处关注，甚至牵挂着晓岩了。

韩颖背着晓岩，私底下起草了致公司员工的一封秘密信。信中权衡利弊，开诚布公地讲明公司的强与衰，是与员工们息息相关的大事。信中阐明几年来公司给予大家的关照，明于事，晓于理，说明帮助公司就是惠及自己的道理。"覆巢之下，安有完卵？"在就业难、竞争激烈的现实条件下，找一份好工作，遇到一位好老板，不能不说是一份福气，也是人生的一份机缘。经过韩颖的发动，大家积极行动起来，倡议："支持公司，就是保护自己的利益。"

韩颖在公司员工中，成功地发动了一次秘密集资活动。

公司几十名员工，你几千，我一万，大家都慷慨解囊，把存款拿出来，交给韩颖。众人拾柴火焰高，很快凑了五十几万元。韩颖又把自己几年来积存的老底垫上，集成八十多万元。

这天，韩颖和往日一样，面带微笑，腰身挺拔，双手轻松自然地捧着文件夹，把文件夹放在胸前，走路的姿势给人以超凡脱俗、清新淡雅、纯净傲然的气质。韩颖走进晓岩办公室，拿出那张积聚了公司员工热情与爱心的银行卡，不露声色地放在晓岩办公桌上，说："崔总，这是同事们的一点儿心意，先拿去应应急吧……"

晓岩惊愕地看着韩颖，不敢相信自己的耳朵，瞪大了眼睛，看着韩颖，似乎在问：为什么？

韩颖极富青春活力的面颊，一双漫溢了无限神韵的丹凤眼，清纯得像一潭蓝天白云下的湖水。晓岩极力稳定了一下情绪，不敢相信，眼前这位纤柔得近于单薄、孱弱，清纯得几近透明，美丽得像天使的姑娘，不声不响地竟然做出如男子汉一般慷慨让人感动和敬佩的事情。

晓岩禁不住疑惑地问："韩颖，你怎么知道公司正缺钱用？"

"嗯——是从崔总眼睛里看到的呀！"韩颖莞尔一笑，那笑容如一缕熹微的阳光，照在晓岩惆怅的脸上。他回之以笑，点点头，说："好吧，大恩不言谢，这些钱虽然有价，但这心意是无价的。你和大家的情谊我会永远记住的。"

"您虽然是老板，但公司是大家赖以生存的饭碗，饭碗既然是大家的，那么大家就有保护它的义务啊！"韩颖亲切温润的话语，更是感动了晓岩，他竟然鼻腔酸酸的，有泪在眼底打转，他说："谢谢，谢谢你和大家！你先下班吧，我有点儿累了，想歇会儿。"

晓岩掩饰住内心的脆弱和激动，让韩颖离开了，他怕自己在下属面前流出泪来，显得尴尬，也不像是做老板的风范。

韩颖带上门，轻轻走出了老板办公室。

晓岩看着韩颖的背影，默默地看着，心里却翻卷起无限感慨：真是一位用心做事的姑娘啊！难为她如此用心，我将拿什么回报这一片丹心？

韩颖出了晓岩的办公室，长长地舒了一口气，总算了结一桩心事，思绪却并没有因为这桩心事的了结而轻松起来。因为她从晓岩勉强的笑容中看到的是一腔沉重的心绪。韩颖回到自己的办公室，坐在她每天都要坐的那张转椅上，胳膊肘支在桌面上，抚着下巴，脸颊红红的，默默地坐着，坐着。

这个时候公司静悄悄的。在忙碌了一天之后，大家都各自回到了可供栖身的小巢，温暖自己，休养生息，补充迎接新一轮阳光的微量元素。韩颖默默地坐了一会儿，调整了心脏跳动的节奏，羞怯地莞尔笑笑，觉得这屋里的一切，都显得那样的熟悉和温暖。也许，人们在完成了一次有意义的工作之后，就该是看花，花美，看云，云舒。此刻，韩颖轻轻地哼着《梁祝化蝶》的乐曲：碧草青青花盛开，彩蝶双双久徘徊，千古传颂生生爱，山伯永恋祝英台……收拾了办公桌上散乱的资料，拿起挎包走出办公室。

来到走廊，她不由自主地向晓岩办公室望了一眼，灯还亮着。她的平稳跳动的心脏，好像被什么东西绊了一下，接着就乱了阵脚，咚咚、咚咚咚地跳着，慌乱的心跳使她面颊绯红。她加快了脚步，要尽快离开这栋写字楼。

韩颖一口气跑到大街上，怅然地呼出一口茫然之气，望着已是华灯初放的街衢，心中涌起无数个问号：这是怎么了？难道自己做错了什么？为什么那颗心恍惚、茫然，不知所措地慌乱？这几年，她在晓岩公司做秘书，不知道从哪一刻起，晓岩这位各项指标都堪称优秀，又兼具义气大度、洒脱帅气、男人味十足的上司，在她的心底有了不一样的认知，她的脑海中常常会莫名地出现晓岩在不同场合的音容笑貌。每当此时，她的心就会悠然地毫无缘由地慌乱，心跳也会失去原有的节律。这次，她默默为公司，也是为晓岩筹款，本来是并未掺杂任何私心杂念的行动。可是，出了晓岩的办公室之后，韩颖却还是控制不住自己的慌乱和心跳。

此时此刻，她就像一个失去了罗盘的探险者，漫无目的地走在大街上，慢慢走着。那些远近胶着、明明暗暗、闪烁着迷离光辉的华灯，在她眼前变换着角度，照射出华彩炫丽的光晕，亮在她心里的那盏灯，也随着那霓虹闪烁的节奏明暗交错。不知过了多少时辰，她忽然觉得脚板酸痛，身体也有些困乏，看看大街上的建筑标志，却是有些眼生。韩颖禁不住自问：这是哪儿呀？

忽然间，有一种想回家的急迫感袭来，一个声音回响在耳畔：回家，回家，回家！她急切地想回到那间十几平米的小屋，歇息今晚走痛了的脚板，整理混乱了的思绪。明天，明天，还有很长的路要走呢。

第十一章 机遇

晓岩和易程商量，决定找李主任打探一下贷款的事情。但李主任只是打哈哈，说："两位老板，我也正着急呢！只要有争取的机会，咱绝不会放过，兄弟的事儿就是我自己的事。只是还需等待时机呀！"

晓岩和易程在心里不知道骂自己和李主任多少遍了，但又有什么用？日子还得往前奔，债主们追、堵、截，他们拖、躲、藏，像小孩子过家家、躲猫猫一样地过日子。他们想尽一切办法，在预售房子的事儿上做文章，但一百二十分的努力，却换不来百分之一二的效果，总也勾不起那些潜在业主们买房的兴致，两位难兄难弟只有犯愁上火。第一批工程主体落成之后，房子销售的事儿依然是死水一潭，晓岩抱怨："咱们的开工日期是不是没有在黄道吉日上啊！这无米下锅的日子，何年何月才能熬出头呢？"

易程虽然嘴上不抱怨，心里却在打鼓，他怕这样的日子继续下去，一直没有起色。不用债主来逼，愁也能把他愁死。这样想着，禁不住一声叹息。

"说归说，工作还得做。李主任那儿，还要盯得紧点儿，解决多少是多少吧。我们把自己当成化缘的和尚，讨饭的乞丐，任什么都行，只是要坚持。只要坚持，也许有一日，忽然就柳暗花明了，也未可知呢！"晓岩是激励易程，也是安慰自己。只是那语气，就连他自己，也觉得有点儿底气不足。

他们在暗淡的日子里盼着、奔着。现实使他们焦头烂额，期望使他们望眼欲穿。

二十一世纪初，绿藤市城经历了二十多年改革开放的春雨清风，经济建设连年刷新指标。随着惠农政策的实施，人口大省、农业大省、资源大省、文物大省、旅游大省的优势渐露峥嵘。农村城镇化的脚步在不断加快，农民进城打工、进城过日子的也在逐日增多。在这种大环境下，绿藤市政府"村村通"工程开始启动，这是贫穷山村老百姓的福音，也是偏僻山村走向富裕的初级工程。《人民日报》以《连通乡村的血脉 助推中原崛起》为题，概括地阐述"村村通"工程，是"民心路""环保路""安全路""致富路"。

在此期间一条高速公路的设计、修筑也紧锣密鼓地付诸实施。宝仓城作为绿藤市城市"家族"的后花园，理所当然在规划之中，更在政策惠及的范围之内。高速公路进入紧张的施工期，有点儿前瞻性眼光的人士都看中了这一潜在的商机，如严重失眠者辗转在看不到曙光的暗夜，终于熬到了东方泛起的一缕曙光。特别是宝仓城的地产商们，之前的徘徊与煎熬终于有了盼头。那些依靠煤炭资源富起来的暴发户们，都闻风而动，把目光投注在了宝仓城。宝仓城的房价就像清晨的潮汐，一浪高过一浪地上涨，淹没了海岸线上裸露着的礁石沙滩，引诱得一些刚刚走出贫困且并不富裕的人们也变着法儿地或借钱或贷款，一窝蜂似的涌到宝仓城，置办产业。

一条高速公路，为多少人带来福祉，真是无法用普通的加减法公式来计算。它就像一道曙光，那曙光正如熹微的朝阳，使人的身心为之暖融融、亮堂堂的。那曙光正如一个朝气十足的少年，借城乡村村通和高速公路建设的东风，打着滚儿地给人们带来好消息。像滚雪球，越来越丰盈，像春风春雨中的万物，每天都有成长中的惊喜。那种积极的、蒸蒸日上的效应正在到处渗透，蔓延。不知从哪一刻起，它推动了宝仓城发展的步伐和房地产业的火爆。更不知从哪一刻起，那些平时围追堵截，找易程要账的债主们，好像商量好了似的，不再找上门来讨债了。最多隔几天打电话问候一声：老板最近忙吗？老板多关照呀！那言外之意，无非是说，以后有了挣钱的机会，千万要记得我哦！

晓岩也来得勤了。不来行吗？易程兴奋得天天打电话报喜，天天催他过来，每天来一次。易程兴奋地说："没想到一条高速公路开始动工，对咱们竟有如此大的带动效应，买房的人就像天兵天将，一夜之间降临凡尘人间……"易程在话语中向晓岩传达着喜悦。

"是呀，这运气也转得忒快了点儿，还真有点儿不适应了。"晓岩接着易程的话道。

这天，张师傅和易程约好了，到工地的现场去走走看看。张师傅话很少，只是陪着易程在工地上巡视，偶尔介绍一些工地的情况。易程最近特别勤奋，几乎每天都要到怡馨园工地上或销售部走动。

买涨不买跌，这是人们消费意识的本性，不但表现在日常消费方面，在买房置业上也是无法更改的理念。理念这东西在人们的思想意识里，总是那样不可思议地存在着。自从高速公路开始破土动工，宝仓城的房价翻着跟头上涨，如阳春雨露滋润着的叶芽，一天一个样儿。楼盘由原来的一平米六百元，开始升温七百、八百、九百……在两三个月内涨到了一千五百多元，而且还有不断上升的空间。房价就像进入了伏天的庄稼，你若是隔了一两天再去看它，它疯涨起来的模样，准会令你惊诧不已，让你的心脏都为它的巨大变化而狂跳：啊！又涨了？你捂着钱袋子，想来个华丽转身，却又怕它再往上蹿，只好先下手为强，赶紧交了订金，攥到手再说。

看房子的人上一拨没走，下一拨又来了，下下一拨也来了。他们排着队，像是在荒乱年代抢购紧缺的吃食或生活必需品。晓岩和易程都被这当头红运给震晕了。他们开发的第一期商品房——怡馨园社区，在短短两个月内就销售一空。

"看来这房价，还要涨，周围大城市的房价都在那儿摆着呢，咱们这儿的地理位置、生存环境，都支持房子再涨价。"晓岩自信地说。他满脸笑容，张扬着朝气与掩饰不住的喜悦。

这天晓岩接到了一个意外的电话，是李主任打来的，说有个亲戚要买房子，看能不能在怡馨园挑个好位置，末了还说："兄弟，听说最近房子卖得不错，真是替你们高兴啊！我这个当哥的也帮不了什么忙，若有什么需要，别忘了老兄就好，我们这些公职人员，还真是羡慕你们呐！唉，不说了，不说了。"

易程，从原来的穷光蛋，且外债累累，摇身一变，成为坐拥千万资产的大老板，腰缠万贯的富翁。这在两三个月之前，他是万万想不到的。一条高速路的修筑竟然给他带来了这样大的转机，天上掉馅饼的美事儿，有时候他会躺在床上想一些不着边际的事情。为什么这样的美事不早来几年呢？那样的话……如果……如果……可是，这世间有多少个假设和如果，也无法预测政府的一个决策所带给民众的利益和实惠。晓岩和易程真的就赶上了，也抓住了政府决策所带来的机遇。

柳暗花明的时刻终于到来。晓岩、易程两个难兄难弟，忽然间撞开了头顶的乌云，拨云见日般的温暖与快乐鼓舞着他们的斗志，点燃着他们的激情。有一天，他们忽然决定，要为这时来运转庆贺一下，做一个里程碑式的总结。他们第一次为自己奢侈地订了包间，到宝仓城一家最高档的酒店消费。

"我们熬到今天，实在不易，应该庆祝一下。一条高速路成为我们公司起死回生的还魂丹，走向成功的通途。看来是菩萨保佑我们了！"

自从房产涨价,业主就像抢购大甩卖的商品,蜂拥而来。晓岩觉得和易程在一起,也没那么倒霉了,且是好运连连,便把这样的好运归功于菩萨保佑。

"是的是的,这就叫天无绝人之路,咱们这是红运当头呀,大运来了,谁也没办法拦着。真没想到咱从'负翁'到'富翁'的过程这么快。"易程附和着晓岩。这一刻,他觉得自己真的是一个具有远见卓识的幕僚了。

他们的兴奋之情溢于言表,易程端起酒杯,脸上现出了志得意满的笑,说:"晓岩,我要敬兄弟一杯,咱们能走到今天,多亏了兄弟的支持!"晓岩默许地笑笑,说:"总算可以睡个安稳觉了。无债一身轻的日子就是舒坦。"易程感慨着端起酒杯,一饮而尽。两人各自干了他们合作以来历史性的第一杯酒。

晓岩舒心地呼出一口温润之气,释然道:"嗯,现在想想,还是老天有眼啊!天不绝我,其奈我何?来,再干一杯!"晓岩边说边端起酒杯。他们干了具有里程碑意义的第二杯酒。

"趁着这条高速公路的东风,咱得好好计划一下今后的发展道路,我们终于看到曙光了。"易程豪情满怀,信心十足地说着,再次端起酒杯。

"嗯,是的,是得好好筹划一下未来的发展。就眼前看,尽管我们前期经历了很多困难,还是值了,总算走出来了。来,为更好的合作,为再展宏图干杯!"

"干杯!"

他们干了再谋发展的第三杯酒。

他们都不是等闲之辈,不会因为一次成功,就迷失在花团锦簇的花园;他们的思想始终在与时间赛跑,心胸总是与浩瀚的大世界接轨,视野里始终有一个更远的彼岸。似乎那准备了多年、追求了多年的美好梦想,就在那源源不断回流的资金链条上。只要他们努力地无休止地搞开发,有朝一日,他们定然会成为世界级的富豪。

人活在世上,前方永远有一个预期的目标,这是每一个正常人的思维惯性,也是人类之所以进步、社会之所以发展的必然要素。晓岩和易程的投入产出,到这时才算有了令人骄傲的回报,不说是事业通达,也算是可圈可点。

"我们的账户每天的流水怎样,下一步的工作怎么做,还真不可轻视。"晓岩是在询问易程,也是在给自己打预防针。

易程点点头:"是的,你说的对,有了钱之后,是要做好管理和规划。否则也许会再次陷于被动。"

他们达成一致,要继续做下一步房地产投入,把宝仓城的房地产事业做到让人称羡的地步。

这是一个清风习习、阳光娇媚的周末。傍晚,一周的工作终于结束,晓岩从公司回家。女儿格格一脸灿烂地迎接,欢快地叫着:"爸爸,爸爸……"小嘴不停地汇报着她的新鲜事儿,幼儿园的,妈妈的,等等,小格格的话匣子一旦打开,真真的像个雀儿,叽叽喳喳,兴奋地说个没完,说话走路都透着童真、稚气和乖巧,伶俐得惹人怜爱。

晓岩的心情正如沐浴着清风丽日,爽朗、清新,氤氲着无限的欣悦。在格格春花般的笑颜感染下,散发着温馨之韵。他像骄傲的园丁,爱抚自己辛勤浇灌的花朵,充满父爱的眼神,抚摸格格稚嫩的脸庞,亲昵地叫道:"乖——好闺女,格格好棒哦!有那么多新鲜事儿,爸爸都羡慕格格了。"

晓岩说着,抱起女儿,在那张粉嘟嘟的小脸儿上亲了一口:"嗯——乖女儿,真是爸爸的好宝贝儿。"

晓岩笑盈盈的脸上写满了幸福、甜蜜、满足、愉悦。静梅见父女俩如此幸福,欣慰地笑着,把拖鞋放在晓岩脚下,接过晓岩抱着的女儿,说:"格格下来,让爸爸换鞋。"

晓岩把格格放在地上,换上拖鞋,径直到洗手间。静梅到厨房准备晚饭,晓岩轻松愉悦地来到厨房,问:"老婆,我可以做什么?"

"嗯,你吗?看出来了,心情不错,你可以等着,陪孩子玩会儿。"

"嗯,有眼力。没想到一条高速公路,拯救了我们的公司,总算可以喘口匀实气儿了。"

看着晓岩轻松自如畅快愉悦,静梅不由自主地在心里感慨:阴霾过后总是晴天,彩虹总在风雨后啊!任何事情都是在不断变化之中,不是在变化中失败,就是在变化中成功。做任何事情都不能太苛求成功于一役,要有屡挫屡战的信念才行。这样想着,她深情地注视着晓岩,道:"岩,祝贺你!终于看到你欣慰的笑了。这是咱全家的福气。"

久违的欣喜终于光顾了晓岩,晓岩浑身从内到外洋溢着希望的光芒。他所说的起死回生对于他本人、对于他们一家人意义非凡。静梅在心里为晓岩的事业默默地祈祷、祝福!

又是一年春草绿的季节,这是一个风和日丽的天气,晓岩和静梅带着他们的宝贝女儿格格,一家三口到宝仓城度周末。春季的宝仓城,到处充满了蓬勃生机。一切都在昭示着春天的力量与坚韧,这是一个勃发的生命力旺盛的季节;一切生的希望,生的力量,生的机缘,只要有一丝春风,一滴春雨,一抹阳光,便能够创造出生命的奇迹。行走在这充满着春的气息,漫溢了春的生机的山道上,晓岩思绪万千,心潮澎湃。

在平缓的登山步道上,格格挣脱妈妈的怀抱,张扬着小生命的天真和稚气,蓬勃与生机,翩翩然前行在旷野上,徐徐暖暖的春风,正如这春季的嫩芽和花朵,惹人怜爱。格格兴奋地走着,对周围的一切都充满了好奇,小嘴儿咿咿呀呀说个不停。忽然脚下一个趔趄摔倒在青石铺成的路面上。晓岩紧张地"哎呀"了一声，随即紧跑几步要扶格格起来。静梅急忙制止了晓岩，说："没事儿，让她自己起来。要锻炼孩子的受挫能力，就得从现在开始。"

格格正想说一句"没事儿！"自己起来时，看到爸爸紧张的表情，却故意趴在步道的台阶上不动了，嘴一咧就要哭的模样。转瞬看到爸爸妈妈都无动于衷的时候，她就自己起来，小手朝腿上拍拍，奶声奶气地说："没事儿，格格可勇敢了。"然后继续兴高采烈地迈着小碎步行走在平缓的石板路上。有时候小脚还故意踢一下路边的小石子，摸一把石阶边的小草或者小花。有时候指着一朵不知名的粉色花问："妈妈、妈妈，你看呀！"

看着格格稚气可爱的模样，如一只翩然飞舞的蝶儿，又似一只可爱的小鹿，一会儿好奇地看，一会儿欢喜地跑。晓岩欣慰道："这丫头，越来越可爱了。"

"是呀，刚才你就不应该那么紧张地去扶她。她摔倒了自己爬起来，是走好人生道路的一门哲学课，要培养这样的意识，就得从现在做起。"静梅认真地说着，俨然一个教育家的姿态。

晓岩赞赏地点点头，说："嗯，是的是的，有道理。培养格格的事儿，你就多劳心吧，我除了忙，也实在是没有这方面的能力。"

"这我理解，你哪有时间研究管孩子的事呀！但我还是希望在周末的时候，你能抽出点儿时间，陪陪孩子。"静梅说着话，情不自禁地挽住晓岩的胳膊，悠闲而缓慢地走在步道上，格格在前面迈着细碎的脚步，一会儿走走，一会儿停停，有时会招着小手叫："爸爸，妈妈，走快点儿啊！"

他们相视而笑，担心地叫着格格："乖——宝贝儿，慢点儿跑。爸爸妈妈都追不上了！"

周末的郊游美好而浪漫，大自然的包容令人心胸旷达，迷人心魂的春色,鲜花的靓丽,幼果的生机,风光的旖旎,成了他们一家三口最美好的享受。这次郊游,在之后的日子里,如春风化雨滋润了静梅生活着的各个角落,她只有把这样装满了幸福的日子慢慢回味。

怡馨园一期工程基本结束,售房款陆续收拢。有了钱,还清了欠账,公司员工也发了奖金。工地上的气氛和秩序让人精神振奋。他们归还了银行贷款,接下来着手做二期工程的基础工作。房地产生意火爆起来,银行再不怕他们无偿还能力,信贷部再次发热,热心支持他们进一步拓展业务。再次得到银行方面的支持,万事齐备,二期工程顺利进入施工期。

宝仓城的房价犹如春雨催发了知时节的春草,一场春雨一场暖,春风春雨催生了万物繁盛。

二期工程在万事齐备的情况下进入轨道,楼层正如疯长的庄稼,一天天在拔节一样上窜着。几个月时间,主体已经接近尾声。房子的价格像有一股无形的力量拉着,直线上涨,与一期工程的房价相比,竟翻了三四倍,每平米已经是两千五百多元。即使这样,仍然有许多人都在忙着看房子、买房子。因为大家都认为房价将会不断攀升。一些有钱人家,更是把买房看成了一种投资,一种给子孙留下家业的手段。

晓岩找来易程商量下一步售房策略。他和易程近来都有点儿春风得意,快乐的生活总能给人兴奋激越的活力。活力直接激发了两个人说话的声调动感味十足。晓岩脸上洋溢着春风,说:"最近这房价真是牛气冲天啊!二期房已经销售了一部分,剩下的可以缓一缓再出售,我们可以先做三期工程的准备工作,反正运转资金不成问题。要抓紧时间做这项工作。这个小区干下来,咱们真的要翻身了。这为咱今后的事业做了一个很好的铺垫。"

"是呀,这样的好势头,要在一年前,咱想都不敢想。可现在,两千多元的房价,它愣是上去了,而且依然有飙升的空间。你说这人怪不怪,房价涨了三四倍,买家反而多起来了。人们的心思真是难以琢磨,房价涨得这么厉害,买房子的人就像天兵天将,一夜之间挤满了宝仓的房市。"易程说着,摇摇头,自嘲般地笑笑,表示不可理解。

晓岩继续分析道:"宝仓城是个新兴的旅游小城,又是地矿资源富裕的地区,矿石、煤炭等资源富足,古文物、古建筑、古刹庙院,佛道儒文化荟萃,历史悠久,底蕴丰厚,是这个城市今后发展的亮点,这些资源为宝仓城旅游业、居住环境都增添了一抹耀眼的亮色,这也是我们选宝仓城开发房地产的重要条件。这几年煤炭价格由原来的一吨几十元,翻到了五六百元,宝仓城的有钱人越来越多。更何况乡下人的天然秉性就是置业,老辈人哪怕自己省吃俭用也要修房盖屋,为子孙留下一个栖身之所。在这样的传统文化背景下,宝仓城人自然是跟着房产涨价风买房。买房到城里居住,为子孙念书、工作,找一条长长远远的出路。再就是,这几年乡下有钱人的置业观念变了,由原来在自家宅基地上修房盖屋,转向了在城里买房。"

晓岩说得有理有据,易程点头微笑,说:"嗯嗯,这是我们当初没有看透的。这世道真是变得太快了,就说我们这挣钱的速度吧,也确实有些不可思议啊!"

"宝仓城的旅游资源、煤炭资源、矿石资源在周边地区都是数一数二,交通便捷,一顿饭的工夫就能打个来回。这些是支持房价上升的首要条件。全国各大城市的房价都比本地高出一两倍,甚至几倍,这是支持房价猛涨的第二因素。在宝仓城开发房地产,赶上这样的好时候,是千载难逢的机遇,没想到让咱们给抓住了。这得感谢老弟当初的大胆设想啊!"晓岩这番话是实实在在的心里话。因为易程当初的规划和坚持,他的资产已经上升到九位数,这个龙门跳得实在是意外和惊喜。

易程笑笑:"呵呵,晓岩,你也客气上了。当初我只不过是听说一些大城市房价正在发烧,在单位工作一直不顺心,心想自己干能挣几个小钱儿糊口就行,但又苦于没有资金支持,就想到了向你求援。没想到后来会出现那么多困难。若不是老兄支撑着，我恐怕早就被那些讨债的逼得跳楼了。还好，老天不负有心人，总算让我们熬出来了。"

易程说到激动处，不由自主地站了起来，伸出右手与晓岩相握。他们不约而同地说了两个字："谢谢！"

怡馨园二期工地上，井然的秩序，给人以生机和希望。一期工程，楼体外观色调以淡灰和古铜般的暗红有机搭配，高雅大气。有许多业主开始装修房屋，地砖、水泥、油漆等，混合起来的味道散发着，有些刺鼻。刺鼻的味道更是张扬着建设中的繁忙与兴旺。

晓岩来到怡馨园，想看看工程进展情况，易程他们两个边走边谈。易程说："咱们得给几个公司的头儿们召开一次会议，你得讲几句，给几个正在施工的公司经理打打气儿。"

"哈哈，我只是过来看看就行了。我只做后盾，前台的事由你处理，我那边儿还有一摊子事儿呢。"晓岩推辞道。其实，他是不想插手太多怡馨园的事。在晓岩看来，外部的事情他们可以共同面对，内部经营的事，他只需对着易程说话就行。原来说好的内部的经营管理由易程独当一面，晓岩不想打破合作时的约定。

"不行。哪有老板不给中层干部照面的道理呀！咱这怡馨园可是今非昔比了，一期工程干下来，那些公司经理们看到了曙光，干活办事的方式都变了，他们的积极性很高，认为这一行很有干头，你总不能挫了他们的积极性啊！"

晓岩冷静地想想，易程说得也对，公司走出困境，正在红红火火地发展壮大，是得给他们多通通气，气可鼓不可泄。再说了，以前困难时期所欠的人情，也该还一还了。他再次想到了韩颖发动员工为公司集资的事情，心里便暖融融的，就像大冷天儿喝了一碗温热的老黄酒。工程上的骨干们要奖励，韩颖也要奖励，要让员工们体会到老板对他们的关心和感激之情。想到此，晓岩向易程说了自己的想法："易程，我们公司要建立中层干部档案,中层建立职工档案,要了解他们的家庭和个人情况,以便及时帮助他们解决困难。另外每个人的生日都要送出一份生日礼品,我们要设立这项基金,在公司推行人性化管理模式。"

"嗯,这主意不错。"易程点头赞许晓岩的建议。

"其实,我也是被他们感动了……"晓岩讲述了韩颖组织员工为公司筹款的事情。

易程深有感触,说:"原来是这样啊!这事确实感人。现在我们除还上他们的钱以外,一定要给予奖励,特别是韩颖,她这样一心为公司着想,是我们的福气。我们不能凉了人家的心啊!"

这天,他们召开了各分公司经理会议。会上,晓岩、易程两位集团老总给各分公司经理每人一个两千元的大红包。

易程说:"这次只是慰问一下大家。在公司困难的时候,兄弟们不遗余力地支持公司,我和崔总都非常感动,为了感谢各位,崔总和我商量,召开这次会议,一是和兄弟们见见面,再就是感谢大家的支持!我们兴源由小到大,可以说是走过了艰难困苦的历程,如今资金形势刚刚好转,咱们那点儿钱还得用于再生产。这公司也是咱们大家的,恳请兄弟们今后一如既往地支持。苦日子熬过来了,我们的形势一定会越来越好的,这都是我们心往一处想、劲往一处使的结果。希望在座各位继续努力,有钱我们大家挣。我和崔总始终信奉一句话:面包会有的,一切都会有的。因此,我们才能够克服重重困难,走到今天。相信我们的明天一定会更美好!"

易程讲话结束,与会经理们顿时热烈鼓掌。

晓岩说:"今天和兄弟们见面,我非常高兴。刚才易总讲得很好,在此,我有两句话向兄弟们说:第一句,前段时间苦了大家了,这都是我们太穷了的缘故,以致难以应对市场带来的压力,是大家的努力,才使我们渡过了难关;第二句,现在不同了,房子卖出去了,我们有了流动资金,只要施工进度赶上去,能够保证质量,二期工程结束,咱们要论功行赏，那红包一定是比这次大上好多倍，只要大家拧成一股绳好好干。我们两个说话一定算数。"

施工经理们拿到了红包，又高兴又意外。

"两位老总，谢谢了！"张师傅站起来，脸红着，向易程和晓岩鞠了一躬，说："在电视上看到在外地打工的农民兄弟，一年到头拿不到工资，被逼得走投无路。有的因为讨要工钱而发生意外事故。没想到在咱们这儿，农民工也有红包拿了。我们一定好好干，干出个样子来。"

张师傅的祖辈在宝仓城是出了名的泥瓦匠，也就是学名所说的土木建筑专业人才。传说少林寺的东西钟楼就是张师傅祖上设计建造的。只可惜，原建筑已在战乱中被一把火焚烧殆尽，同时烧毁的殿宇有二百九十多间，整个少林寺"圣灵出没"的地方，在军阀混战的动乱中，落得一片狼藉，余烬满目。

如今，张师傅是怡馨园建设中数一数二的技术骨干，他的为人和技术，大家都极为钦佩。易程前几天给晓岩提起过此人，想聘任张师傅为主管工程的副总。今天，晓岩见了张师傅，果然如易程所说，是个精明能干又朴实无华的人。

施工经理们拿了红包，笑容如春阳灿烂，一个个精神抖擞，信心倍增，有说有笑地走出办公室。

晓岩和易程看着他们走向工地深处的背影，都从内心感到欣喜。

"上次你说张师傅的事儿，我看可以跟他谈谈。有他这样的人盯着，咱也放心些。"晓岩从心里敬佩张师傅的质朴、厚道和为人。

易程点点头，说："嗯，好吧，回头我找他谈谈。"

中国的农民都穷怕了，世世代代都在盼望着苦日子能熬出头，在宝仓流传着一句很富有哲理的谚语："三十年媳妇熬成婆，千年古路熬成河。"看看工地上那些勤奋劳作的农民工兄弟，晓岩在心里祈祷，祈祷人民在通向和谐、小康之路的旅程上，一切顺心，愿景满满！

通途

第十二章

要致富先修路,路在不同行走者脚下,有着不同的内涵,亦彰显着不同的魅力。晓岩的故乡属于穷山恶水之地,他的祖祖辈辈都生活在山高水远多见石头少见人的山旮旯里,面朝黄土背朝天,在土里刨食,绵延生息,繁衍子孙。冬季凛冽的寒风,伏天火辣辣的日头,从来都阻挡不了他们一双素手讨生活,一副肩膀担当俗世人生的悲喜,一腔热血憧憬着祖祖辈辈人的信念。一年到头忙碌,一年四季受穷。在晓岩的祖辈人当中,也许他们有过不止一次的冲动:走出大山,体验外面的生活!但那只是一个梦。梦里不知山外境,他们只能是培植山中桃林,改造深山里的茅屋窑洞,建造山里人心中的大厦,克服自身固有的顽疾桎梏,打造千年梦想,建设美好家园。然而闭塞的山里人,毕竟见的世面有限,免不了目光短浅,思路狭隘,乡村人尽管双手的老茧增厚,腰板累弯,村容村貌千百年来依然是尘埃难以落定,面貌难以改变。渴望与外面交流的愿望,就那样一代代憧憬着、希望着,那是崔寨村乡亲们永恒的动力。

二十世纪八十年代中期,晓岩考上了大学。这也许就是晓岩立志要走的人生之路,他以令人羡慕和钦佩的方式,走出了山村那道标志着贫穷和落后的门槛儿。他考上大学,父亲在家门口连续放映了三场露天电影,庆贺晓岩高考夺魁,从此跳出农门,成为吃皇粮的公家人。公家人,晓岩是崔寨村的第一个,更是老崔家家谱上第一个考上大学的子孙。晓岩改写了他们家的门庭,也改写了崔寨村没有高中以上的文化人的历史。晓岩是崔寨村的光荣,更是老崔家的荣耀。按照崔老大的话说:我这儿子,可是为俺祖上长脸了。大学生,崔寨村头一个呀!哈哈……崔老大竖起大拇指,夸老伴儿为崔家生了个好儿子。晓岩母亲红光满面,朝老伴笑笑,说:"哈哈,他爹,看把你美的,以前咋就没见你这么高兴过呢?"

"咋没有啊?咱岩儿考上县城高中那会儿,我高兴得好几天夜里都睡不着觉……你都忘了呀!"

"那咋能忘呢?俺这一辈子都是为岩儿活了……"母亲精神焕发的笑脸,如绽放的九月菊,闪耀着光彩。自他接到通知书那一刻起,崔家一门上下老少,叔叔伯伯,堂兄堂弟,堂姐堂妹,都在传递享受晓岩这一成功的喜悦。最最欢喜者,当然是晓岩的父母,他们夸儿子带给崔家一门的荣耀,如日月一般光耀千秋。崔老大整天乐呵呵的,一改他那闷葫芦的脾气,逢人就打招呼,说:"他大叔,吃了吗?王大哥,下地去呢……"

一时间,崔老大觉得自己成了村儿里的名人、能人。他暗暗告诉自己,也告诉老伴:咱千万不能让人家觉得咱有架子。那年秋天,晓岩父亲崔老大走起路来平添了一股虎气,在晓岩考上大学那段时间里,可真是醉眼看花花更美呀!在崔老大心中,春风似乎专为老崔家吹来了生机,阳光似乎专为老崔家挥洒着温暖,春雨似乎专门滋润了老崔家的根苗。秋季的大田里好像长满了老崔家硕果累累的喜悦。

得知儿子考取的是全国一流的名牌大学,崔老大乐呵呵地对老伴儿说:"没想到吧,俺老崔家也出了个吃皇粮的娃儿。呵呵,人家都说当工人是铁饭碗,咱儿子考的可是国家一等一的大学,毕业了可是国家干部,儿子的饭碗该是镶了金,金灿灿的金饭碗了!"

"看把你美的,跟出门捡了狗头金似的,乐得合不拢嘴了。哈哈……"母亲也是乐呵呵地笑。

崔老大还是笑:"哈哈,老东西,你不是也在乐吗!我看你走路都跟以前不一样,脚步飘飘的,脚底跟儿生风呢!"

崔老大一想到儿子将来大学毕业,风风光光地在城里讨生活,坐在办公室里风不吹雨不淋地熬日月,该是老崔家多大的荣耀呀!崔家几辈人想没想过能有今天的荣耀?想到儿子的将来,崔老大心里美滋滋的,就忍不住唱上几句跑了调儿的梆子腔:"我这走啊了,一洼那个又、又啊又一洼呀——洼洼地里头好庄稼……"哼着梆子腔的时候,崔老大好像看到了村里的老少爷儿们都用赞赏的眼光看他。他似乎也感觉到了那眸子里还有另一种含意——眼红(嫉妒)。这时候,他那本土的梆子腔,就会不自觉地低落下来,那大声地唱、喊,就改成了小声地哼调调……

在接下来的许多天里,崔老大为儿子准备上大学所需的盘缠。这是他储藏了很久的原动力。他要不遗余力地释放多年积蓄的能量。崔老大开始忙着卖圈里的两头猪,卖猪回家的那个晚上,他再次点数着卖猪所得的三百多元钱。在心里把算盘珠子拨得啪啪响,算着两头猪三百六十九元二角,九元二角的零头拿出来,给儿子改善一下伙食,剩下的三百六十元让晓岩带上,不能亏待了为崔家争光的儿子。儿子上学每月有生活费,可也不能亏了孩子。崔老大信奉穷家富路的古训,晓岩是崔家的宝贝疙瘩,未来的希望。崔老大在心里一遍遍地盘算着:在家千日好,出门一时难,不能委屈了孩子。

崔老大一元一角地算完账,喜滋滋地躺在床上翻来覆去睡不着。睡不着的时候,便没话找话与老伴儿唠嗑:"哎,他娘,你说咱岩儿读了大学会是个啥样儿?"

"那不还是咱儿子嘛,"晓岩母亲张大嘴懒懒地打个哈欠,说,"都下半夜了,睡吧。"

第二天,崔老大早早起床洗漱得干干净净,再次赶集,集上花去两元多,买回来二斤三两猪肉,又破例在菜摊上买了时鲜的洋葱、土豆、西葫芦,这些都是家里平时舍不得吃的蔬菜。回家时,路过村里邻家门前,崔老大把手里的肉和蔬菜拎得高高的,见人就打招呼:"哈哈,老哥哥,忙呐?给儿子买的,哈哈……"

崔老大回到家里,把买回的肉和蔬菜交到老伴儿手上,自己却累得坐在院里抽起旱烟来。赶集回来,因为他精神处在亢奋中,一路走一路打招呼,不见熟人时,就唱梆子腔。一回到家里,嘴巴累得都不想张了,脸颊也笑得有点儿麻木了。进家后,崔老大松了一口气,只是不出声地向老伴儿笑了笑,把在集上买回的肉和蔬菜放到厨房,说:"给孩子改善改善。"

崔老大回上房拿出他听了许多年的收音机,拉了叠得整齐的被子,放在床头,舒舒服服地半倚在床上,开始收听单田芳说《三国演义》。

终于到了开学的时候,崔老大送儿子到县城,从县城再搭车去大学。他一遍遍嘱咐晓岩:"岩儿,到了大学要好好学,你比老爹强,赶上了好时候,总算有机会跳出农门了。钱,也别太省着了。没了,就说一声,出门在外的,别委屈着自己……"

晓岩都以"嗯"字一一作答,他觉得父亲突然变了,变得絮絮叨叨,话像山涧的流水,源源不断。这样想着,他禁不住望向话痨似的父亲。父亲满脸荡漾着涟漪般的希冀,眼角的笑纹也聚成了深秋的菊花,他似乎看到了那发自父亲内心的希望,涟漪似的波涌,涌满了父亲洋溢着幸福的脸庞，也看到了父亲眼里注满了不舍与惜别，更感受到了那眼底充满着的期待的光晕。

"嗯，嗯……您也要注意身体，岁数大了，干活别那么死劲……"晓岩看着父亲有些驼背的身板，心里涌起一股酸涩的滋味儿，眼睛有点儿湿润。他像一个做错了事的孩子，心里忐忑着，看着父亲，有许多话在喉咙口打结。他一遍一遍拆解着，不知道怎样解开那堵在喉咙口生疼的疙瘩。

晓岩望着站在路边的父亲，心底涌起万千话语。

"岩儿，快，快上车吧。"

车子开动了，崔老大还站在那里，凝望着车子远去的方向，一直在望着，望着。车子越走越远，他的视线也越来越模糊了，崔老大抬起手臂，在脸上擦了一把，手掌湿漉漉的，那是泪水。

晓岩趴在车窗上使劲地招手，慢慢地，他的视线也越来越模糊。他的眼前萦绕着父亲在酷暑的太阳底下躬耕的身影；田间金黄色的麦浪随着风儿起伏跌宕，父亲挥舞着镰刀，弯腰曲背收割熟透了的麦子；父亲在刮着西北风的寒冬里上山拾荒，卖得些许小钱，供他读书；父亲那永远都背负着重担的背影，在晓岩的眼里蔓延成一幅永恒的农耕图。图画里蕴含了家乡父老，特别是父母太多的期望，那期望是他永远追求不尽的过程；那期望使得晓岩的生命旅途，每一个驿站都成了人生的加油站。

自打晓岩记事儿起，父亲不是在外面干活，就是回家抱个收音机，收听单田芳的评书，抽旱烟。父亲，从来没有向他多说过一句话，哪怕是骂几句，打几下。最起码在晓岩心里，父亲是重视他的。可是，父亲从来都是只顾着吃饭，干活儿，听收音机，旱烟锅子不离手。家里的大事小情，永远都是母亲操劳，就是他这个儿子拿了奖状回家，夸他能干的也是母亲，做错了事情，骂他拖沓、不争气的还是母亲。在他的记忆里，无论是好事坏事，都是母亲为他撑着那片天空。有一次在学校，他与同学在值日时起了争执，那位同学的弟弟低他一个年级，为了给哥哥帮腔，与晓岩对骂。晓岩一个人应付不了兄弟两个，在言语上吃了亏，就追打同学的弟弟，在教室里追了几圈，同学在这边喊："晓岩，别跟他一般见识……"

听了同学的喊声，晓岩就放弃不追了。可那同学的弟弟不依不饶地叫阵："菜鸟，乌龟。追啊，追啊！"

晓岩气不过，再次追打起来，同学的弟弟闻风而逃，做着鬼脸儿，怪笑，冷笑，怪叫……晓岩捡起地上的一枚小石子打了过去，谁知正好打在同学弟弟的右眼角上，同学弟弟的眼角处立马起了青紫的肿包，肿包往外渗血。老师留下晓岩谈话、罚站，同学的家长也找来了，老师和家长带那同学的弟弟到村医处包扎处理伤口。母亲跑前跑后，跟人家赔不是，赔医药费，才算释解恩仇。晓岩真吓坏了，不敢回家，逃到离家三四里路的姑姑家里避难。当姑姑送他回家后，母亲并没有责骂他，反而好言好语地安慰他：回来就好，我都知道了，你也不是故意的，你错就错在拿石子儿打人，你应该给老师报告说清楚啊！以后做事情错了就是错了，没错就是没错，都要向老师说清楚，男子汉要敢做敢当。跑有什么用啊！

从来不多说话的崔老大，却意外地打了晓岩一巴掌，还瞪着眼睛呵斥："老子叫你长点儿记性！"如今，父亲完全变了一个人，那么的唠叨，那样的眼神，那样站在那里……晓岩一阵心酸，泪水禁不住溢出眼睑，顺腮而下。

在这周末的下午，街市上，陌生的、熟悉的人群，他们来去匆匆。有小富即安者，他们不图大富大贵，只求平安是福，在自己固有的一亩三分地儿里惨淡经营；也有大富不满者，他们的目标，是看不到尽头的金钱或者权力的万花筒似的魔幻之城。岁月正如一条千古江河，汪洋着人间沧桑,俗世浮沉,以及生命历程的流变。晓岩自从辞去公职,总是来去匆匆,家里的事,大大小小都落在静梅一人肩上。周末接格格回家的路上,格格向妈妈要求:"妈妈,明天不上学了,带我出去玩儿好吗?"

"好啊!乖,你想去哪儿玩呢?"她亲昵地抚摸着格格柔软的发丝,声音充满了怜爱与慈祥。

格格忽闪着明亮的眸子,想了一会儿,说:"嗯——到有山有水,有小马,还有小松鼠的地方,看小马过河,好吗?妈妈,好吗?妈妈?"格格伏在妈妈怀里,娇稚的童音,撒娇、求助,令她好笑,又无奈。

小马过河的故事让格格一心想着要到河边,亲眼看看河水深浅,看看小马是怎样过河的。

"嗯——格格说得对,可是我们去的时候不一定能看到小马过河哦!小马过河,是一个故事。那是很久以前的事了。现在,现在小马已经长成大马了。格格可以到小河边游玩,不一定要看小松鼠、小马啊!那儿有很多好玩的,到时候格格可以尽情享受大自然的美丽,还有……"她一路上与格格聊着小马、小松鼠、小河、游玩等话题。不觉间,已经回到了家门,她一只胳膊揽住格格,把女儿从摩托上抱下来,放好了摩托。牵着格格的小手上楼,进屋后,帮格格换上了拖鞋,带格格到洗漱间洗手。洗完手,格格仍然不忘在路上的话题,接着问:"妈妈,那……那咱们去哪儿玩呢?"

"格格乖,别着急,慢慢想,想好了告诉妈妈。妈妈先给格格做饭去了。"

静梅在女儿光洁润泽的额头上亲了一下,起身到厨房去了。

怡馨园建设一路高歌,走在了宝仓城居民住宅开发的前列。房子销售一路火爆,给他们带来经济利益的同时,转而又促进了怡馨园的建设。怡馨园就像伏天里喝饱了雨水的庄稼，一天一个样儿地成长着，后期建设，绿化比例也按照规划开始有序进行；正如一位爱打扮的姑娘，根据季节的不同，为自己更换着新装；更像一位丰盈雅致的美少妇，处处彰显着润泽与靓丽。

一个成熟的社区，就是一个小社会，随着楼房工程的竣工交房，业主们逐渐开始装修、搬家，给晓岩和易程他们带来的是更加繁重的管理任务和责任承担。好几天晓岩没有和易程见面了，他原来的公司出了一点儿状况，正在四处找支点呢。自从他把公司资金抽出来与易程合伙做怡馨园建设，资金链一度断裂，公司正如干旱中的禾苗，在市场激烈竞争的火焰炙烤下，真真地有点儿蔫了。若不是韩颖雪中送炭，若不是"村村通"和高速公路工程救驾，他真不知道会是怎样的后果，能不能应付到怡馨园形势好转？资金回流后，公司总如大病初愈的美少妇，有点儿楚楚凄凄，一副病西施模样。

易程希望晓岩多关注一下怡馨园的事情，专门打电话说："晓岩，你得多到工程上来几次，有好多事儿需要和你商量才能决定。"

"哈哈，你那儿我是一百个放心，现在有钱花，水肥苗壮的，该怎么决策，你只管干就是了。"晓岩笑着向易程道。

心如镜者世恒清，心如粪者世恒浊，"自净其意，是诸佛教"。晓岩对易程的信任度比对自己都要高。无论是能力还是人品，他都认为易程盯着的事儿，就该是一百个放心。

"你一定得过来，有些事情咱得共同决策。"

"好，好吧，听老弟调遣，这两天我抽时间过去。"晓岩在易程的一再坚持下，决定再次走访怡馨园。

怡馨园各种配套设施分头推进，生机勃勃，景象繁忙，晓岩看工程的进展，真有些激情满怀了。只是短短的二十几天，整个社区如初长成的少女，已是体态丰满，绰约迷人了。看着这一切，他心里荡漾起自豪和欣悦，走路便平添了几分生动和虎气。

易程迎着满面春风的晓岩，笑呵呵地说："哎呀，崔总啊，你总算大驾光临了呀！"说着，紧跑几步与晓岩握手。

晓岩笑着伸出右手，与易程相握，笑道："易总下了命令，怎敢违抗！"说笑之间，已到了易程的办公室，易程亲自给晓岩泡上茶，两人坐定后，易程说："这次主要是想请你过来商量解决人手不足的问题，尤其是技术管理方面急需要人才注入。最近工程上形势这么好，我们得抓住机会，眼看三期工程就要起架了，二期的内装部分也不能松懈，技术人员一定得跟上。这个问题不尽快解决，我们的工程进度就会受到严重影响。"

晓岩静静地听完易程的想法，端起茶几上的水杯，浅尝了一口易程刚刚为他泡的正秋铁观音茶。说："是的，你说得对，做事缩手缩脚，那不是咱弟兄的秉性，遇到这样的好时候是上天眷顾咱们，要趁着机会，把小区的规划层次再推上一个台阶，让业主们感受到开发商不是只图利益，而是在做事业。"

晓岩从内心钦佩易程，对易程的管理能力和工作热情非常赞赏，易程的提议他完全认可。两人一拍即合，达成共识。目标确定以后，策略就是成功的主要因素。究竟该怎样实施锁定的目标，还要做精细策划才能够步步实现。补充人才资源，尤其是管理人员，不是一件说要就能有的事情。人是第一因素，管理人员是企业站立的骨架，更是企业生命的主动脉，他们的素质和健康直接关系着企业的寿命。

晓岩自己做公司这些年，早已悟出了这层社会人生的道理，略有所思，对易程说："下一步，我们的工作很艰巨啊！主要在招人、用人方面，得慎重一些。那边公司也需要招聘管理人员。这件事，我们得马上行动起来。"

"我们商量一个方案，接下来就可以行动了。"易程点头赞道。

高速公路和"村村通"工程使得宝仓城的旅游、矿产等资源优势大放异彩，山村富甲一方的农民越来越多。这些依靠国家资源暴发的土财主们，不但要住高楼大厦，更要开高级轿车，有的还要金屋藏娇。他们对居住要求越来越高，尤其对生活环境的要求也更加讲究。他们祖祖辈辈居住在山村，守住大山过日子的习惯在发生着潜移默化的改变。乡村的生活设施、文化教育、医疗卫生条件相对落后，那些富裕起来的农民，大多都在城里买房置产，做了新型的城市居民。

另有一些暴发户们，买房炒房，有的循环贷款炒房，炒房一时间成了热门话题。这些不一而足的因素，使房价就像黎明的海岸潮汐一般涌来，一些习惯了计划经济模式的人们，便有点儿招架不住了，他们在房价市场调控无效且逐浪推高的境况下，有点儿找不到北的迷茫感。宝仓城房价的涨势，受益最大的晓岩和易程，有时候也觉得如梦境一般。偶尔，他们这对难兄难弟似的伙伴，也会聚在一起谈论：这是真的吗？是啊！若与两年前"断炊断粮"相比，确实正如梦境一般。

晓岩有时候也会自我慨叹，房价的迅猛涨势，也许是与贫富差距的拉大有关，地区资源优势加快了一些人富起来的步伐，同时促进了房价冲高的力度，成为房价膨胀的催化剂。晓岩是最早做矿业设计评估壮大了公司，煤矿的开采秩序怎样、利润怎样，他心里门儿清。这几年，政府意识到资源的珍贵，以及无序开采带来的将是灾难性后果。国家对煤矿、矿石等资源管理越来越规范了。事故处理的力度也越来越大，责任落实越来越人性化。而对于企业主，却是越来越不利。晓岩在心里早已有了公司发展的模板：随着时代的发展，公司转型是一项不可懈怠的战略决策。

晓岩公司做的是技术咨询，以矿业设计评估为主，逐渐转向以建筑设计和室内装潢设计为主。公司转型，自然需要招揽专业人才。招聘广告打出之后，晓岩的信箱每天都要被塞进大量信件，那些个人简历大部分做得比较专业,可是邀请了几位面试以后,却不是那么回事。

他找来秘书韩颖,问:"小韩,这几天,面试的人都是名不副实,怎么回事,看简历,不应该是那样啊!"

韩颖听了老板的问话,犹豫了好一阵子,叹了口气,说:"据说网上有专门替人做简历的,把简历做成让招聘方一看,就决定要录取的那种类型。"

晓岩听了韩颖如此说法,诧异地说:"还有这事儿啊?这年头,可真是做什么的都有,只听说过文章抄袭,学术剽窃的,怎么还有假简历呢!"

"是呀,据说还有假文凭、假证件呢。"

"唉,看看那些个人简历的水准,再对比一下面试结果,我真有些灰心了。再这样下去,得有多少时间浪费在面试上?公司人力资源方面急需有个人盯着,让其先把把关,然后再交到我这儿做最后定夺。小韩,这个事你得想办法,听说有个什么网,你查一下,可以的话,把咱们的招聘广告打上去,再打上'急聘'字样,要尽快招聘一位人事主管。"

韩颖领了老板旨意。一串轻盈的高跟鞋踏过地板——咔、咔、咔……一路清脆的脚步声,出了总经理室,渐渐远去。晓岩的目光聚焦在韩颖婀娜挺拔的背影上,数十秒钟后,他慢慢地收回那注满了思绪的目光,摇摇头,自嘲地笑笑。

工作是一种乐趣,劳动能够带给人们快乐和满足,更能带给人们成就感;工作是一种生存需要,能带给人们财富和荣耀,更能带给人们充实和享受。晓岩继承了父亲的质朴,更继承了父亲的固执,在国有企业打拼了近十年,他改变了性格中固执的一面,甚至学会了与时俱进。但他终归摆脱不了几分书卷气,并且兼具了高傲和一意孤行,以及父亲崔老大的执拗脾气。也正是这样的秉性,才使他坚决辞职,打算在改革开放政策为私营大开绿灯的天地里,营造一片属于自己的空间,走出一条靠实业求生存的路子。

晓岩把兴源建筑公司的事情全权交给易程，一方面是对老同学的信任，另一方面也是有他自己的一套理论：两个好朋友分开干两件事情，也许是留一条退路。他认为，"两条腿走路"，各自做好一个事业，将来就是两块田地，两个成功。那样会更稳妥一些。

也许这是人的一种天性，一次成功只是人生路上的一个里程碑，要一次接着一次，不断地收获成功，创造出累累硕果，才能使人生与成功相连接，才能步步走向辉煌。

近来一些事情的不尽如人意，使得晓岩深有感触：一天到晚的时间大都浪费在社会交往和打通关节上，整天弄得他身心交瘁，有时候几乎到了崩溃的边缘，实在是没意思。但为了生存他必须得做事，为了实现自身的价值，他必须积极认真地做事，为了适应社会，他必须学会跟许多人打交道，是工作性质的，并非思想和情感的。然而，为了正义和公理，为了不失去自我，他必须设好自己的底线。这也许就是所谓的做人低调、做事高调吧！这就是我所理解的人生之路。晓岩在心里这样给自己下着定义，禁不住面带微笑。他就像高明的调酒师，把萦绕于心的思绪反复勾兑，调制出一杯色彩晶莹、甘醇可口、香韵悠然、引人思辨、深沉中漫溢了涩涩余韵的鸡尾酒，他慢慢地品味着，心便有些热烈、飘然。

就在这时，易程却不邀而至。晓岩正在那把皮质老板椅上愣神。易程轻轻敲了几下半掩着的房门，笑道："呵呵，崔总想什么呢？"

晓岩惊诧地抬头，见是易程。随即站起身，笑道："呵呵，怎么，搞突然袭击啊！"他举起手掌，轻轻地拍在易程的肩上。

"呵呵，忘了预约了。"易程呵呵笑着，回晓岩道。

第十三章 里程

易程在沙发上坐下,轻松地聊一些无关紧要的事情。片刻,晓岩疑惑地问:"有事?"

易程慢悠悠地,笑笑说:"忽然想来看看你……"

易程煞有介事,却不说出来,只是悠然地坐在那儿,喝了一杯茶水,缄默无语地坐了好一会儿。晓岩见易程如此,便半开玩笑地问:"别玩深沉好吗?有事就说嘛,跟我还客气!"

"都是我给你添麻烦,有许多事情是因为我,才弄得老兄非常被动的,有时候真的感到愧疚得很呐!"

自从怡馨园住宅区开发,从困窘到大打翻身仗,天翻地覆的变化,易程真正领教了"跌宕起伏""一分钱难倒英雄汉"的内涵。人在江湖,有时候真的像打仗一样,弹尽粮绝之时,只能靠生命的韧性创造生存的极限,靠意志的力量架构崛起的支点,靠睿智和谋略赢取适时的战机。易程内心明白,若不是晓岩的帮助,若不是那条高速公路,若不是政府搞"村村通"工程,若不是……天知道,现在会是怎样一副惨状。是晓岩的支持才渡过了难关,才创造出这片湛蓝的天空!这些无不令易程感动。晓岩在他创业期间的功劳,易程心知肚明。可是如今,他却总觉得自己内心有许多话在晓岩面前有些难以开口,却又不得不说。他知道晓岩是发自内心想知道他的想法,便暗自整理了思绪,说:"要说也没什么,有些事往往是人随天缘,谋事在人,成事在天。这次搞地产开发,我真真是领教了。原来人间奇迹就是这样创造的。多亏了老兄的帮忙,才成就了今天的业绩。"

晓岩一时没弄明白,易程怎么忽然又扯起这些往事,就附和道:"咱这不也是摸着石头过河吗?今后的道路还很漫长,也许还有许多困难等待我们去解决,更有很多新问题需要我们去实践、去摸索。我觉得遇到事情还是冷处理比较好,太热烈了,容易出问题。"

易程欣然点头,说:"嗯,今后遇事,老兄得及时提醒着点儿啊,咱是一条船上的人啊!"

"呵呵,今儿你这是怎么了?婆婆妈妈的,自从上了房地产这条船,我们就搭在一起了。怎么,你今天才知道啊?"晓岩觉得易程在找话题,也许是心中有结,不知道怎样解开,所以来找他聊聊。

"是啊!我们是相濡以沫的难兄难弟,小弟到任何时候都不会忘记。我还是那个意思,这边的公司转型为以建筑装潢设计为主,不知道运作得怎样了?我过来,就是想跟你商量今后公司该怎样运作,若不然真会失去一些机会的。我真怕又绕回到三年前的老路,过怕了那种朝不保夕的生活,到处烧香求佛,弄得人身心交瘁、欲死无路、欲活无门的惨样儿。"易程说得有些激动,竟涨红了面颊。

其实,晓岩早有此想法,只是认为在转型之后,没有做出眉目之前,不愿张扬罢了。既然易程提起了,他忽然觉得之前没有向易程交流过此事,有点儿不好意思。晓岩顺势把公司转型之后的一些打算向易程说了。他说:"你的提议很好,这个世界每时每刻都在变化着、发展着,我们也要与时俱进,不断调整思路,以适应时代发展。之前我也曾想过这件事，只是还不成熟，所以也没和你深入交流。今天，经你一说，更坚定了我的信心。公司转型的事儿，我打算尽快步入状态。搞矿产资源技术设计评估，扯皮的事儿太多，最近都把我忙晕了。"

其实晓岩不过是做一顺水人情，他需要给易程鼓励，鼓励他放开思路多提建议。易程的建议正中晓岩的心思，客观上也符合市场规律。否则，晓岩看不上的事情，任谁说了也没用。晓岩趁势说了把公司业务向装饰设计方面转型的一些事务，也不免说了一些英雄所见略同之类的话语。

易程爽朗地笑着："哈哈，我也是忽然灵机一动，随意说说而已，原来兄弟早有此意啊！"在易程眼里，晓岩是一部实用的百科全书，任何事情只要晓岩赞许，他就觉得有奔头。凡大事小情跟晓岩商量，已成为他的处事习惯。

"矿业生意越来越不好做了，竞争激烈不说，而且责任重大，若哪个矿井出了事故，人命关天，那可是代价惨重啊！一个小公司是经不起折腾的。做矿井工程，一旦矿上发生事故，该担责任的主儿一个也别想逃。政府对用工制度和保护劳动者合法权益越来越重视了。职工的医疗、养老、失业等福利一项也少不了。私有公司的建制也越来越全面，从国家税收、账目考核等，各个都得在轨道以内运行，才能有久远的发展。公司今后的生存、发展，怎样才能够科学持续，安全稳妥。这些都是这次转型必须考虑到的。"说起这些根根源源的事情，晓岩立马就进入了角色，这是他近段时间一直在思考的问题。

易程是想在熟人当中找一个懂管理的技术人才，但他没有想好以怎样的方法实施，手头也确实没有这方面的合适人选。选拔管理人才，首先要从品德、智慧、能力等方面考察。这个人选对了，工作起来就事半功倍。否则，一把手就会当得很辛苦，搞不好还得为那人擦屁股。易程把认识的人排成队，一个不漏地在那儿扒拉筛选。但苦于找不到这样的人才。他说:"怡馨园那边管理人员太少,需要加强,最近老想这个事儿,熟人当中我都过滤好几遍了,但没有合适的人选。"

晓岩说:"有一个什么'英才网',招聘人可以在那儿发招聘帖,现在的人上网的比较多,方便快捷,成本又低。我看可以试试。"

一语提醒了梦中人。

易程说:"好呀,老兄倒是提醒我了,我们得招聘一个专门负责内装修的技术人员,要有一定的学历和实际工作经验,从人品和能力上咱们两个都要把把关。公司的摊子越来越大,在管理上难题也越来越多,以前是操心资金困难,现在是操心管理漏洞,造成不必要的浪费和质量上的问题。"

易程的担忧不无道理,公司确实面临着许多需要解决的问题,而且亟须有一个成熟的方案。否则将直接影响公司的发展。这一点,晓岩深有感触。他说:"正像儒家所说的,行'仁义'复'礼智'重'信义',教化与管理,智慧与信义,这是中华民族的传统文化品质,同样是做好一个企业必不可少的功课。"

易程笑着说:"是呀,这也正是我来看你的真正目的。只是在之前,我并没有明确的目标,只觉得怪怪的,想找你聊聊。听君一席话,胜读十年书。这下好了,我这心里一下子亮堂了。"

晓岩辞职以后,在自己铺设的路上沉浮跌宕,一波三折地走来,那沧海之后的桑田,究竟隐含了多少人生悲苦与酸甜苦辣,颠覆了波浪风雨之后,他才真正体会到:原来在国企时,那些头头们为人处世的圆通,甚至狡猾,也是事出无奈。一些国有企业的老总们因为管理上的漏洞,到头来承担法律责任,有些是活该,也有一些实属冤家路窄,造成遗恨终生的悲剧。人的个体素质千差万别,能力、品德、处事、为人,自然会有天壤之别。一个企业的领导者担当着教化与管理的天职。一届企业领导人,必然担负存天理、去人欲、正人心的重大责任。企业的领导者，同样也是造就一项系统工程的领袖人物。

这样想着，有几句话又在晓岩耳边回响："要搞好一个企业，需要几年，甚至几任企业领导者的努力。但要搞垮一个企业，只要有一个混蛋领导，不要几个月，就能使一个好端端的企业垮台、破产。"晓岩从心灵深处再一次重温了这几句话。他由衷地慨叹：原来在这尘世间，制造地狱的不一定都是魔鬼，只是在追求成功的旅途上走偏了方向；创建天堂者也不一定都是天使，只是他们可以时刻检点自己，修正那些披着各种华丽外衣而来的诱惑。这世间的事，莫衷一是，是是非非，真理和谬误，雾霭一样迷离了人们的眼眸。只是在尘埃落定的刹那，有谁能够真正超脱于万丈红尘之外？有多少人能够真正悟到六祖慧能的"菩提本无树，明镜亦非台，本来无一物，何处惹尘埃"的真谛？尘世中又有几人能够做到？如若这世间的人们都怀着'自净其身'的处世态度，那么人类是否能够真正地进入"乌托邦"之王国。也许那将是真正的小康生活、和谐社会!

晓岩的"鑫林"也许在转型之后，又有一个更加诗意和充满想象空间的名字，这一切都只在酝酿之中。"兴源地产"创造的怡馨园，这个倾注了晓岩心血的园地，从困难重重走到今天，终于柳暗花明。但他深深明白，不是自己的能力有多强，智谋如何广，而是机遇正好被他和易程撞上了，才造就了他们在短短几年之内那些令人惊叹的成绩。想到此，那条带给他们好运的高速公路就在晓岩的视野里无极限地延伸，延伸。

那是标志着福祉的道路，路在晓岩和易程脚下，之所以能够走成一道风景，一个显著的里程式的路标，其渊源不外是天时地利人和，望着川流不息的车辆，好像承载着无限的希望，更承载着无尽的沉甸甸的期许和责任。晓岩似乎从穿梭着的车流中，品出了一个男人的幸福与荣耀、艰辛与无奈，以及爱的源、恨的根：因为我爱妻子，所以我爱女人;因为我爱自己的孩子,所以我爱所有的儿童;因为我爱我的父母,所以我爱故乡,以及那里的乡亲和一草一木;因为我要生存,所以我要工作,更需要有自己的园地;因为这世间还存在着腐朽和奢华、丑陋和邪恶,所以我心中愤恨的火焰会燃烧。他由衷地感叹道:"易程,铺展在我们面前的是一条值得我们今生今世去探索的路。路带给我们的启示值得我们用一生的时间去琢磨。走下去,追逐流动着的风景,是生存的需要,更是生存的艺术。"

易程点头称赞道:"是的是的,有道理。经过这几年的打拼,你的思想境界愈发与众不同了。简直就是兄弟崇拜的偶像了,和你在一起,兄弟也会由虫变成龙的。呵呵……"

易程说完,很爽朗地笑了起来。

晓岩也笑了,笑声很有些沧桑与悲凉蕴含其中。他说:"哪里啊!只是我们在一起的时候,就想说说心里话,想探讨一下人生究竟要的是什么。"

"是啊,没钱的时候,我们整天焦头烂额地找钱,求爷爷拜奶奶,到处烧香磕头,孙子装了,手段耍了,该做的、不该做的都做了。你说,除了没有杀人放火,强奸越货,我们……"易程愤然道。他似乎有点儿情不自禁了,也许是想起了带李丰仟出去玩的事儿,那晚的艳妆舞池,那晚的蓝翎姑娘……

晓岩心里清楚易程的所指,但他并没有继续话语的铺展,只是缄默地端起茶杯,细细地品着毫无味觉的茶水,气氛有点儿郁闷。过了好一会儿,晓岩才说:"有些事情,也只有放在心里,让它腐朽,让它遗臭万年。"

他们拟订了下一步计划:原来的公司要尽快完成转型,待技术人员到位之后,打折向业主们承揽室内装修工程,凡是购买怡馨园房产的业主,可以享受本地区最低价格的设计和装修服务。并做出把保修期从一至三年，延长到三至五年的承诺。

晓岩说："在一期工程向业主交钥匙之前，我们必须把承接装修服务的广告打出去。要把咱们的实力显示出来，有许多工作要做，我们的设计人员必须马上到位，设计出精美的样板房和效果图供业主们参考选择。"

易程点点头，表示赞同。他没有说话。他在思考，思考晓岩的话，抑或是思考别的事情。易程这次来，目的就是要和晓岩商量怡馨园的发展大计。是，又不是。易程说想和他说说话，喝喝茶。

晓岩正在做公司转型的事情，忙中多少有些力不从心。经易程这次闲聊，条理清晰了，心里忽然敞亮了许多。他微笑着说："我们经历了那么多风雨，走到今天，怎么忽然感到没意思了？今儿个聊了这许多，我这心里如沐阳光，敞亮了许多啊！"

易程起身，伸出右手，向晓岩握手告辞，说："我也该回去了，多联系。"

自从宝仓城房价开始上涨，房子热销，工程做得极其顺利，晓岩和易程手头宽裕，心情愉快，日子过得如清风吹拂、晓阳初照一般，心情愉悦敞亮。转眼间，第二期房的主体即将收尾，房价依然翻着跟头上涨，看房买房的人流源源不断，尤其节假日，人们就像光顾星期天市场一样，看房子，签协议，付定金。房子销售日益火爆，钞票也如流水似的，源源不断流入兴源地产的账户。二期房的销售刚一打开闸门，不到一个月，两栋小高层住宅楼，销售已经接近尾声。三期工程开始紧锣密鼓地做着前期准备工作，这些都是晓岩和易程两三年前做梦也不会想到的好事儿。对于怡馨园下一步的策略方案，也许易程会比晓岩想得更具体。

晓岩正在计划把原来的矿业设计评估，转向建筑、装潢设计等领域。他把这段时间招聘人才的进展情况全面梳理了一下，再次调整了运作程序，决定增招一位人力资源专业人员，做公司人力资源管理，这样不至于耗费他无谓的精力。公司的事务越来越多，每一块都需要有人盯着。他打电话叫来秘书韩颖,再次安排了招聘事宜:"小韩,招聘的事,我们调整一下思路,若熟人当中有合适的人选最好。人力资源这一块,要尽快找到合适的人选。这件事办得越快越好。"

韩颖遵照老板的指示,把她多年没联系的同学熟人都排了队,挨个摸查。同时他们发在网上的招聘启事,也初见成效,有几个很有潜力的投档者闯入了韩颖的视线。

汲取以前招聘工作中的教训,韩颖千挑万选,选出几个自己认为值得面试者进行了初试,初试过关,再交到晓岩那儿最后把关。通过与应聘者交谈,韩颖敲定了两个重点人选:一个是毕业于河南大学土木工程专业的梁思忠,一个是大专毕业干了几年装潢设计的刘建业。另外她还挑选了几个技术人员。这样,工作就进行到了一个实质的阶段,只是有一个人选,令韩颖不安。晓岩说的人力资源管理的人选迟迟不能够定下来,这给韩颖的工作也增加了不少麻烦,作为公司秘书,原本就是两眼一睁,忙到点灯的工作,再加之招聘的事宜,韩颖真是天天加班加到头晕。那天,晓岩又问人力资源管理招聘的事,韩颖有些难为情地说:"看了几份档案,都不大合适,所以没给您回报。"

晓岩叹息一声,说:"那就慢慢来吧。这段时间你太忙,也太辛苦了。"韩颖脸微微红了,笑笑说:"也没什么。"

梁思忠说:"我与建筑之父梁思成是同宗,梁思成对建筑学的热爱,在我这里亦有所体现。对于建筑设计和研究,我就像珍爱自己的生命和眼睛一样,从记事那天起,最大的理想就是做一名建筑学家……"梁思忠的夸夸其谈,使韩颖多少有些反感。但看了他的资料,韩颖认为公司下一步正需要这样的人才。再三斟酌,她还是决定把梁思忠推荐给晓岩,进行复试。

刘建业是因为原来的公司效益差,想以跳槽来改善自己的生活现状。在他看来,是公司老板的思维逻辑出现了混乱,在用人之道上出了问题，且一味地强调客观原因。结果在市场这个严厉的裁判面前，他总是犯规，又怎能赢得了竞赛？刘建业，这位一心一意要干一番事业，处处以专业取胜的牛人，在这竞争激烈、工作难找的时代，一狠心，竟然炒了老板的鱿鱼。他来到韩颖办公室，接受面试。韩颖说："我们研究了你的资料，你在原来公司做得不错，而且是学有所用，怎么就想起跳槽了呢？"

刘建业的回答是："老话说：'道不同不相为谋。'我只是公司的一名普通员工，我认为工作虽然是为了生存，但生存也有个道的问题存在其中。所以，我就行动起来，寻找更适合自己的生存环境了，行走更适合自己脚板力度的道了。"刘建业在说话间，一种自信的气场，感染了韩颖。韩颖察言观色，想极力发现对方潜在的职业实力、为人品质、做事风格，或者有什么缺陷存在。然而，刘建业的回答无懈可击，且成就了韩颖把他推荐给老板进行复试的依据。

晓岩对韩颖的工作非常满意，梁思忠虽然不是他们急需的人才，考虑到未来的发展，晓岩决定把他留下来。成立建筑设计工作室，当然少不了梁思忠这样的人才储备，公司转型之后，不但为自己公司搞设计，还要走向市场。要承接大工程，正需要梁思忠这样的专业人才。在晓岩的思维模式中，人，凡是多少带一点儿傲气者，其才气和智慧大都无可挑剔。与刘建业交谈之后，他决定用实践验证一下自己的识人能力，聘用刘建业为首席设计师。但他还是保守地告诉刘建业："你先过来，干一段时间，先适应一下。下一步公司要实行首席制，我对你有信心。"

本来就具有装潢设计工作经验的刘建业，很快就进入了角色，做了晓岩"阳光设计装潢艺术公司"的第一任首席设计师。

晓岩在公司转型后，成立"阳光设计装潢艺术公司"。策略和方针既定之后，首先，要做的事情就是设计出一批不同风格、不同档次的文案，供不同消费档次的用户选择。他们把设计做成效果图制成短视频，在电视台做广告，把造价优势、施工优势、服务优势都一一展现出来。

那天有一份人力资源专业且有两年工作经验的求职者让韩颖眼前忽然一亮。她决定联系此人，约定时间面试。面试这天，她故意设置了好几道难度高的话题，试探面试者的为人品格。虽然是初试，但她每一侧面都提问到了。感觉这个人适合崔总的要求，便将面试者推荐给晓岩，晓岩听了韩颖的介绍，高兴道："但愿此人就是我们的诸葛，你通知一下，叫他后天过来复试吧！"

这个来应聘人力资源部负责人的，正是四年前晓岩在绿藤市曾经安排了与李主任伴舞的蓝翎。蓝翎虽然没有和晓岩跳舞，但她与李主任在舞池炫舞的整个过程，晓岩是见过的，也许心有愧色，那一幕幕的画面，真就像刻在了他脑海深处，任凭岁月的风霜雨雪，也难以淡化。蓝翎一进晓岩办公室，他的心里就忽闪出一个影子——是她？

不过那时的蓝翎，现在叫李秋平，秋平是她最早的也是父母给的名字。蓝翎——只属于那个特殊的时刻、特殊的地点、特殊的人来叫。原来，在那次与李主任伴舞的第二年她大学毕业，到一家国有企业劳动处工作，只是一年多时间，就被减员了。尽管减员不是好事，但人们通常都可以理解。因为那是国有企业的普遍减员。被减之后，李秋平再次投简历寻找工作，便不再是应届毕业生，她是有了两年工作经验的人力资源管理者了。复试的时候，是韩颖和晓岩两人一起与秋平谈。谈的话题秋平都答得恰到好处，韩颖坐在一旁，就像观看一场精彩的对白，不时地微笑，点头赞许。她暗自欣赏着晓岩与秋平对话的同时，更是对自己的识人眼光褒奖不已。

秋平出了晓岩办公室，背影袅娜，昂然离开了晓岩的视线。晓岩在心底里暗自念道："李秋平，秋平……"

秋平成功面试了晓岩的阳光公司，秋平到阳光公司上班，晓岩虽然有些疑惑，李秋平就是他们曾经在绿藤市雇用过的蓝翎，但那是一件龌靓到令他自己都不愿想起的往事，就在那记忆的印象一闪念的刹那，他就像躲避瘟神一样，自我保护的天然本性，使他否定了那印象的定格。识人，是他的一个特技，任何人只要让他见过面，那印象就刻印在心里了，就像是读过的一本书，只要打开那书页，曾经的过目，便一一映现于眼前。但这个秘密晓岩并不向任何人透露，他是暗自发誓要把这样一个秘密烂在肚子里的，他自己也不愿再想起。

一、二期工程装修的、入住的都不在少数，可是并没有人找他们装修房子。晓岩着急，这天，他再次打电话给易程，说："兄弟，我们这样等下去可不是办法，现在人们都很看重实际效果，毕竟我们在宝仓城没有像样的作品供大家参考。"

"是，是，是这个理儿啊。可是，要打开局面，也得有个过程。咱这样……"易程也十分明白，实景宣传和人们口口相传的广告效应，远比专题片来得更实际。

"我想在怡馨园先做两套样板房，向业主做做宣传，我们可以适当让利提供装修。先制造口碑，在业主中推广我们的产品。你看怎样？"

"嗯，行。这样很好，我们要全力以赴，从人力、物力上支持，想尽一切办法，把我们的产品推向怡馨园的业主们，给他们提供完整的配套服务，让他们认可我们的作品，体会到我们的服务是一流的、最好的。这是我们势在必得的事情，只能成功。否则……"

晓岩和易程沟通之后，两人达成了共识。

开弓没有回头箭，晓岩决心已定，公司转型，打开公司新的建设领域在此一举。

晓岩做好了各项准备，在公司召开了中层会议，讨论公司业务开展策略及促销方案。来公司上班不久的设计师刘建业也参加了会议。晓岩的促销方案的实施意见，他有点儿想不通，认为自己的设计简直是被贬值了。刘建业沉郁地说:"崔总说的策略虽然可行,只是给用户打折优惠的价格太低了,那样我们只能是赔钱赚吆喝了。"

晓岩却不这么认为。他说:"头三脚难踢,开场戏难做,就算是赔钱赚吆喝,也要干出名堂来,我们目前的任务主要是宣传自己,这是关键的一环。只要信誉有了,牌子打出去了,赢得了业主们的信任,大家对我们的作品满意了、认可了,公司前进的道路才能越走越宽,越走越远。现在,我们就是要赔钱赚吆喝。"

第十四章 情结

晓岩原来的公司转型之后，取名"阳光建筑设计装饰公司"，公司需要打造第二次创业辉煌，平地起高楼，开辟设计、建筑、装修等系统化工程，一条龙服务。打造公司形象是一个新课题，更是一个新挑战。他要与易程合力，把怡馨园打造成宝仓城的一流社区，一个居住、休闲、度假兼具的文化社区、科学社区、绿色社区。他总结了设计装修中发现的细节上的缺陷，把室内设计提前介入房型设计，室内装修与房型设计二者相结合，实际上是房型改良中一个事半功倍的好方法，此举必将带给业主实惠，为公司未来发展带来好口碑。

宝仓城的住宅房从一年前的均价每平方米650元，涨到了每平方米2600多。他们一不留神，成了宝仓城房地产业界的最大受惠者，怡馨园已为公司赚得盆满钵满。他们两家的生活都发生了相应的变化，贵气在他们哥俩身上、在两家人身上不知不觉地滋长着，吃穿住行也随着账户上钞票数字的增长而改变着。他们说话的气势也与之前有了大不同。财大气粗，腰包鼓了，说话走路都显得硬气。但共患难易，共富贵难。如今公司从楼花到现房，销售异常火爆，人民币像流水一样，真金白银，源源不断流向公司账户，账户上的数字像变魔法，转瞬之间竟然膨胀到了令他们惊诧的长度。晓岩和易程用钱的计划也在不断地修改，水涨船高，他们的欲念也在随波逐浪。逐浪的日子往往充满激情，而那激情又是一种很难把握的风浪中的航母。在这不断的修改和膨胀中，他们之间的距离也在不知不觉中拉大。易程认为开发怡馨园的成功是他策划的结果，是他首先提出在宝仓城搞商品房开发的，军功章上应该有他一大半功劳。他认为自己的思维具有非同一般的前瞻性，公司下一步的拓展计划，应该以他的意见为主。而晓岩则认为，这次成功很大程度上是机遇造就的，如果高速公路再推迟一两年修筑，甚至不会有这样的计划，如果政府不搞村村通工程，如果煤炭的价格不升得那么快，如果……晓岩在投资方面，不愿再次冒险，他的小心谨慎，令易程感到不快、不爽和纠结。

他们第一次因为拓展项目产生了分歧。两个人都各自坚持着，暗暗使劲，往自己努力的目标延伸、靠近。当自己的主张与对方达不成共识的时候，就觉得自己的付出与得到是失衡的，而那一切的欠账，都应该记在对方的账簿上。

那一日，晓岩到怡馨园实地勘察样板房装饰工程，顺便和易程商量怡馨园的资金和阳光公司的资金用度和账户管理中的责任划分事项。在怡馨园陷入困局的时候，两个公司的资金一度混淆运用，来回挪用，比较混乱。最近晓岩一直在琢磨，是该和易程商量，是到了把阳光公司的资金分离出局的时候了。晓岩说："怡馨园小区的开发成功，是咱哥们在患难中打造的一项标志性工程，为咱们的人生创造了令人骄傲的里程碑式的业绩，应该趁着房产的热度，把三期的工作彻底做好。然后，维护现状低调维持一段时间，借以休整，再根据市场形势蓄势待发。"

而易程却有一种想法，搞多种经营，把触角伸向地产之外。正好这天晓岩和他商量事，他趁机说："其实我们的思想应该再解放一些，搞多种经营,俗话说得好,东方不亮西方亮嘛。发展和机遇都是在冒险中求得的,风险大,相对利润就高……"易程说得在行在理,晓岩不想和易程争得面红耳热,就默默地听着,心想:反正只是说说,又不是马上行动,他要在思想上有个成熟的答案,再和易程交流。

而在易程心里,两个人意见不一致时,让步的应该是晓岩,理由是:自己的眼光独到,具有超越时代的前瞻性,能给公司带来可观的利润。

怡馨园建设到了后期,经济效益达到令人瞠目的阶段,腰包鼓起来之后的晓岩和易程,在新项目的拓展上,各执己见。经历了多年的打拼,晓岩觉得身心疲累,他的打算是:等怡馨园三期工程告一段落,拿出部分资金,为家乡做一些实事儿,以使那颗从山里走出的心灵得到些许慰藉。他觉得自己是时候多往老家跑跑,当是一种特别意义上的休息,也趁机给自己放一个小假,好好陪陪家人。他辛辛苦苦地打拼了这么多年,不就是为了更好地生活?若能够处理好工作与生活之间的矛盾,趁着休整的机会,与妻子女儿好好过一段团圆日子,这可是当初他决心辞职自己开公司的初衷啊!晓岩暗自筹划着怎样把愿望变成现实。这是有钱以后,晓岩的一个梦想,更是他必须要做好的第一件事情。

在静梅看来晓岩越来越忙,虽然日子过得衣食无忧,只是在无忧的背后,她的心灵总是在虚幻处,茫然无助。想到女儿格格常常把爸爸回家当作节日,她的心就会一阵酸楚,禁不住自问:难道生活就该是这种模样?爱情在落实到吃饭穿衣、生儿育女、过日子、求生存的时候,就应该是爱人之间的漠然,亲人之间渴望而不得?

晓岩确实是在忙碌中忽视了爱着的妻子,以及抚育女儿的责任。母亲的去世令他意识到人生短暂,当珍惜每一时刻的相聚相守,可是,那段时间怡馨园起步之后,步履维艰,他依然难以抽身。如今,他切切实实向往过一段宁静日子,报偿一下故乡父老,陪伴一下妻子女儿,也修养一下身心。

富在深山有远亲。有了钱以后，易程的社交活动也逐渐增多，过去不曾联络的同学、朋友，甚至老乡、亲戚，都有了新的交往。尤其是他的初恋林怡怡，这个曾经令易程魂牵梦绕的美人儿，昔日大学里的校花儿，过去曾经嫌他穷而分道扬镳。如今林怡怡虽然已为人妻、为人母，但岁月总是在追寻的路上，施展着层层迷雾，蛊惑人们的心智，诱人遁入万劫不复的迷途深渊。林怡怡在经历了职场、爱情、婚姻的洗礼之后，在人生的重要关口，与易程再次相逢，这相逢是生命的又一次怎样的嬗变？也许是一场波澜起伏的爱恨交织的悲喜剧，也许是我们谁都意想不到的彩色幻影。

男人深爱一个女人时，也许是理性多于感性。易程却是一个例外，就因为他曾经心有不甘，不甘心自己深爱的女人做了别人的娇妻。他要证明自己的能力，更要证明林怡怡弃他而去是一个多么愚蠢的错误。

在一次同学聚会上，姗姗来迟的林怡怡如蝴蝶般飘然而至，落座在易程对面，同学们预留的位置上。林怡怡如蝶儿恋花一般，翩然落座，一时间引来了一场小小的"蝴蝶效应"。自从林怡怡进场的刹那，所有人的目光都像是捕捉目标的探照灯，灯的光柱一下子探向林怡怡。怡怡一时间尴尬地笑笑，面颊绯红如上了胭脂。曾经追求林怡怡四年、恋爱两年多的易程，那一刻心跳急剧加速，呼吸急促到窒息，望着林怡怡，眼睛亮汪汪的如一汪阳光下的湖水。那湖水装进了一枚质量上乘的花洒，把林怡怡这位昔日的恋人全身上下清洗了一遍。

林怡怡美丽依然、风韵独具的美少妇形象，使易程原本寂灭了的爱情之火再次复燃。他曾经怨恨林怡怡弃他而去，但他更恨自己不能够给予林怡怡所要的幸福生活——物质上的满足。现在不一样了，他有钱了。他是一个能给得起的男子汉了。望着坐在对面的林怡怡，易程努力从林怡怡的容颜、坐姿、神态，探寻着一种秘密：她过得怎样，她的爱情，她的生活，她的丈夫，她的孩子？她……她幸福吗？

易程隐约觉得林怡怡还爱着自己。

聚会进行到联欢时,到了唱歌跳舞的环节,林怡怡唱了一曲《后来》,林怡怡浑厚的女中音:"后来,终于在眼泪中明白……"环绕的立体声,回响在易程耳畔,"终于在眼泪中明白……"怡怡,你……你明白了什么?你不明白,你不明白那些年我是怎么过来的。易程眼底的泪水几乎就要决堤了。谁说男人有泪不轻弹?

林怡怡似乎了解易程的心意,主动邀请他跳舞。易程在众多羡慕的目光注视下,牵了林怡怡的纤纤玉手,走进舞池。易程轻轻地、礼节性地,一只手扶住林怡怡的腰身,一只手牵着林怡怡滑润白皙的素手,随着乐曲的节拍,翩然起舞。舞姿掩盖了易程心底的波澜,也遮蔽了林怡怡内心深处的愧疚。他们一个婀娜多姿,一个风流倜傥,两人娴熟协调的舞姿,赢得了满堂彩。一曲舞罢,当林怡怡细汗满面、面颊绯红地退场,回到原来的座位时,易程从舞蹈的优美欢悦中醒过神来,姗姗回到座位上。

这次聚会之后,没过几天,林怡怡就找了理由,邀易程见面。见面的理由自然是林怡怡要找易程商谈房产购买事宜。易程自然有些明白林怡怡的用意,只是揣着明白愣是装糊涂。见面之后,他们略微寒暄,便推杯换盏,闲话人生沧桑,在酒精的催化中,易程举着酒杯,对林怡怡说:"有钱真好!来……怡——怡……我、我敬、敬……你一杯,喝。谢谢你!有钱真好!"

易程的话,使林怡怡脸上多少有些惭愧、羞赧、尴尬。

林怡怡是易程在大学读书时,追了四年、恋爱了两年多,爱得深沉、爱得苦涩、爱到痴迷的恋人。那是易程走进大学的第二学期,在一次校园活动中,他们相识了。男生对漂亮女生总是一见钟情的多,易程对林怡怡就属于此类吧!

易程,这个傲视裙钗的美男生,在高中时代就是众多女孩暗恋的对象,是白马王子级别的人物,尽管有不止两三个女生关心他,甚至暗送秋波,明写纸条。但从没有哪个女生令他动过凡念、有过野心。易程的父亲是绿藤市某建筑公司的普通建筑工人,母亲在农村种地。易程作为家里的独子,在父亲挣钱、母亲种地的环境中长大,养成了一身城里人的聪颖智慧、农村人的忠厚憨直的复杂个性。易程,这个出身于工人兼农民家庭的帅气男生,那一身成熟到复杂,甚至老练的气质,在大学校园里更是吸引了不少女生的眼球。然而任你风摆柳叶儿、凤朝梧桐,他愣是无动于衷,唯独对来自山区的林怡怡刮目相看。但林怡怡却不希望与易程这样的男生交往。帅气、潇洒,甚至才气,都不是林怡怡所向往的伊甸园。

也许是生长在贫困山区,对优越生活的向往,对物质的渴求,渴望富裕的迫切心情,使林怡怡始终摆脱不了物质高于精神生活的欲念。在她的心目中,尘世间只有面包才值得人生用最珍贵的东西去换取。结婚是女孩子的终身大事,在某种意义上,正是人生命运的一次重新整合,这整合正如赌博,运气好了,便可以终生无忧;否则,便是霉运的开始。

易程遇见林怡怡不久,就对其展开了爱情攻势。但出生于贫困山区,从小到大过怕了艰难日子,在吃不饱穿不暖的苦水里泡大的林怡怡,极其严肃地问易程:"当一个人在饥饿线上挣扎的时候,即使有爱情又有何用!"易程却是借来一句现成的台词,向林怡怡保证:"面包会有的,一切都会有的……"

尽管易程颇具幽默,又信誓旦旦,承诺要给予林怡怡幸福生活。但林怡怡不是三岁的小女孩,她是现实生活中曾经受尽了磨难,却不失美丽加势利,再添几分铜臭气的俗世女子。她不相信个人奋斗的力量能够改变现状,更不相信易程的那一套"面包理论"。在恋爱观上,她始终追求的是"财气"。在易程的爱情攻势下,林怡怡终于挥剑斩情丝,她说:"易程,给你说个事儿啊。"

易程听到自己心仪的女孩叫着自己的名字,一时间兴奋得手足无措:"嗯嗯,你说,你说。我听,我听。""哦,你听好了。你不要再这样了,我不可能把自己今后的十年,甚至更长的时间都戴上苦力的镣铐。我要的是享受生活。享受生活!你明白吗?你能给我什么呢?"

易程一时语塞,无话可说,一个正在念书的学子,能够保证什么,给予什么?他除了自己痴爱着的那颗心,倾其所有,也不过是一张可以开出的空头支票——山盟海誓。只是为爱情打了一张纯粹的白条而已。易程暗自感伤,扪心自问:爱的潜台词是给予,给予,你有吗?你,拿什么给予你的爱人!

林怡怡一心要找一位能够使自己"跳出穷门"的大款做恋人,"嫁汉嫁汉,穿衣吃饭"的观念不知何时已经扎根于她的灵魂深处。为实现这一理想,她拒绝了若干阳光型男孩的追求,当然也包括易程。

林怡怡拒绝了易程,处心积虑地与社会上一些所谓的成功人士交往。功夫不负有心人,那位"钻石"级的人物终于出现了。他比她年长十多岁,林怡怡与他虽然谈不上恩爱,可是他能够满足她在物质上的虚荣和享受。

他给林怡怡租了房子。准确地说,是他租了房子"金屋藏娇"。他给林怡怡购买了许多名牌的衣服、包包,当然也是为讨好林怡怡。林怡怡脸上有了明媚的阳光,自然也是他受用不尽的一道亮丽风景。

那一年,林怡怡刚刚读到大三,从此开始了人生路上,那条漫长的爱情跋涉,也开始打磨烙印在心上,永远无法复原的那道伤疤。

林怡怡就要毕业了,暗下决心,在毕业的时候,自己的爱情之花也该拨云见日,开得更加明艳动人了。毕竟好花能有几日红?她必须趁着花儿芬芳的季节,将自己的终身大事安排妥当。这是做女人最聪明的举措之一。干得好不如嫁得好啊!她厌倦了与男友不明不白的同居生活,虽然不是很爱那个钻石级别的男人，但那是她想要的生活方式。追求物质上的满足是林怡怡人生最大的理想：房子、车子、票子，这些都是她做梦都想拥有的东西。

找个有钱的男人，结婚过日子，是林怡怡自懂事起就建立起来的理想，是她在清醒时，在梦里都盼望的生活。为了这个理想，她忍受着家庭贫穷打在她身心上的深刻烙印，苦中作乐，拼命用功学习，从初中住校开始，她每天的伙食就是母亲腌制的咸菜，玉米面、红薯面掺和到一起烙的饼子。每周，她把从家里带的饼子分成六大份，每一大份再分成三小份。开饭的时候，她在从家里带来的玻璃瓶子里掏几根儿咸菜，就着饼子，一点儿一点儿地细嚼慢咽，往往是大半缸子开水喝完了，一块儿饼子还没有嚼完。后来她发现了一种特别科学的吃法，把饼子掰碎了，放在搪瓷缸里，再放一点儿咸菜，用开水冲泡一下，一顿美味的快餐即告成功。有时候，她会特别饿，每当这时，她就下意识地多冲一些开水在快餐杯里，那些混合面饼子的味道，母亲腌制的咸菜的味道，伴着那热腾腾的开水，常常使她吃得鼻尖、额头香汗微醺。

林怡怡又是一个传统型的女孩，她要做一位贤妻良母型的女子。无论她与那位所谓的成功男人之间，那种爱情有多少水分，是她自己的选择，她要义无反顾地履行自己的承诺。可是与她海誓山盟、同居了一年有余的钻石男，并不懂得林怡怡的良苦用心，与林怡怡同居在一起，根本不提结婚的事。林怡怡多次旁敲侧击，提示男人，想见见他的家人，把关系确定下来。但钻石男却只是装糊涂、打哑谜，把话题岔开。这让林怡怡的自尊心很受伤害。她甚至猜疑，猜疑男人有妻子，她多少次想摊牌了，明明白白地说出内心的猜测，敞开地谈谈，把心中的疑虑说出来。可是，她又怕伤了他们之间的感情。毕竟信任才是维护夫妻，或者恋人之间感情的纽带。

其实林怡怡并不是要逼婚，一个人总要有阶段性的重点问题解决，重点事情去做。她就要毕业了,毕业以后的去向问题,应该是她的重点了。她已有了和男友同居的生活,不得不把这段感情融进毕业之后的去留之中,因为她要和男人结婚过日子。林怡怡一厢情愿地认为,毕业之后的生活应该与那男人更加亲密,他和她应该是秤杆和秤砣的关系,是锅碗瓢盆一起伴奏生活的交响曲,更应该是鱼水之欢,相濡以沫,生死相许。

在林怡怡心目中,结婚过日子,是爱人间必须要面对的现实,有了恋人之后的人生,有许多事情的安排,总要与那人有着千丝万缕的关联。林怡怡暗自做着这一切的准备,在心里想象着自己穿上新娘礼服的模样,结婚过日子是个怎样的情景?然而,林怡怡憧憬的美好生活,却在不期然中破灭了。

她失恋了。

就在林怡怡脆弱的心滴血的时候,再次遇见了易程。那是在一个小雨霏霏的夜晚,那个夜晚,大地和天空都似故意和林怡怡作对一般。那个夜晚的天空,不管不顾地把哭泣的泪水细细密密、无情无义地洒在怡怡原本悲戚荒凉的身体上。那淅淅沥沥的小雨浇注着路面,路面结了一层薄薄的冰凌;那淅淅沥沥的小雨飘洒在林怡怡冰冷的空洞的千疮百孔的身体上,身体瑟瑟发抖真如一个流落街头的乞丐。雨不大,但林怡怡的身上头上都已被蒙蒙的细雨淋湿。她幽灵一般,毫无目的地踟躅在校园的小路上,瑟瑟颤抖的身体,嘤嘤哭泣的哽咽,伴随细雨的沙沙声,令她失去了方向,迷失在夜的空洞里。

早春的寒潮往往像一把无形的皮鞭,抽打着沉浸在春风暖意中的人们。头天是阳光明媚,暖意融融,春花渐欲迷人眼的景象。第二天,却是冰雨袭来风满楼。大街上行走的人们,都紧缩着身体,紧紧抱着膀子,急促地往家里赶。林怡怡就是在这样的下午,在寒气逼人的冰雨来袭之前,回家去取衣服,却遇到了令她身心都凉透、悲哀到极致的罪恶场面——在她与钻石男同居的出租屋里,大白天遇到了钻石男与一个女孩在床上云雨的一幕。

悔恨、恼羞、愤怒,林怡怡自语般地骂出两个字:"无耻!"摔门而出。

林怡怡从那个"家"里出来后,天地茫茫,不知道去哪里安身?她到酒吧里喝酒,喝到昏天黑地之时,条件反射一般,再次回到了校园,冰雨、路滑、天黑,飘摇着的林怡怡摔倒在校园结满了冰凌的花坛边。易程上完夜自习回宿舍,巧遇林怡怡——他追慕已久的女子,正在他的前方不远处,幽魂一般地晃悠着,踟蹰前行。

真是好事多磨啊!这次不期而遇,不久他们就成了恋人。

但好景不长,毕业分配的去向不容易程乐观。常言道:"怕处有鬼。"果然,易程和林怡怡这对恋人,在大学毕业之后,成为天各一方的牛郎织女。一对经历了一波三折,终于走到一起的恋人,正在情海的热浪里卿卿我我之时,生存的理由与压力无情地摆在了他们面前。他们只有服从生活,服从现实,服从命运的安排,鸳鸯天各一方,依靠鸿雁传书,传递甜美的相思,消解思念的苦楚。但那传递情感的信笺,是那样的苍白无力,写在纸上的甜言蜜语是那样的不经考验。正应了那句"毕业之后不再相恋",他们的书信往来,随着时间的延伸而散漫,而消失。易程寄出的信件如泥牛入海,到了深水区,便失去了行迹。再后来,林怡怡终于寄来了令易程此生难忘的宣言:

易程,还好吧?好久好久了,不知道从何说起。你对我的好,我终生感激不尽,是你的爱拯救了我枯死的魂灵,感谢你对我的关心,感谢……我一直在想,也许是上辈子积了德!让我这辈子遇上你这样的好人。然而,好人又能怎样!我们都太弱小了,弱小到不能够为自己所爱的人铺展一条通向幸福生活的道路。多少个夜里,我叹息命运的不公,伤心流泪,彻夜、彻夜无眠……易程,我真的不知道该怎样向你表达我此时此刻的心情。

易程,尽管此时的我,已被情感的波澜淹没,但我还是要无奈地说一句:咱们虽然有缘相识,但现实告诉我,这条路太艰难了,是走不通的。易程,对不起,原谅我!我无法兑现自己当初的诺言……我,我不是你想象中的坚强女孩,原谅我,对不起!

爱你,却无缘无奈:怡怡

接到这封信,易程的身体一下子虚脱了,不但脑壳子被掏空了,他的身体、他的整个人都一下子跌进了千丈冰窟、万丈深渊。原来,爱情就是这样的脆弱,就像好看的彩虹,它出现过,因为绚丽,就印在了你的心里,可是它又在天边。天边在哪儿,你追不到,更无缘触摸……易程大病了一场,连续几天不出房门,不吃不喝,不上班。单位同事以为他出了大事,便带了领导的慰问,破门而入,结果发现他躺在床上高烧昏迷。昏迷中,他在断断续续地叫着一个人的名字:"怡怡——怡——怡……林怡怡……"同事不管他的胡言乱语,也听不明白那语言的真正含义,只管紧急送往医院,打点滴、吃药,折腾了几天。高烧是退了,但从此他落下了病根儿。

易程恢复了几天之后回单位上班。和易程同处一个办公室的小张,诡异地问:"哎,易程哥,那天你高烧,嘴里好像叫着一个姑娘的名字哦,不会是失恋了吧?"

易程握起老拳道:"瞎说,没有的事,都是哪儿跟哪儿啊!"易程嘴里说着不相干的话,心里却是酸涩难忍,说不清的滋味涌上心头。

易程与林怡怡恋爱的路一波三折,却不改初衷,尽管他人长得帅气,才华也令人称赞,但他终是缺少林怡怡追求的金钱和地位。那次在校园相遇之后,两人走进恋爱的魔宫,易程曾经暗自欣喜,月老暗中在帮他。他怎么也没想到上天赐予他的幸福,却短暂到了在他转身的刹那,已是烟花散尽的苍凉。收到林怡怡的分手信,易程的身心受到了一次涅槃般的洗礼。但那洗礼却并没有使易程真正重生,他的感情生活从此跌入混乱的泥潭。自从林怡怡与他分手之后,易程经过一段死寂般的沉默,之后便是彻底放纵自己,女孩子只要对他稍有好感,他便展开攻势,穷追不舍,直到女孩芳心相许。而他自己却在一夜情之后,就像扔一张纸巾,淘汰一件看不顺眼的衣服,随便一扔,甩手走人。

他眼都不眨地玩着感情游戏,更伤害着那些爱着他的女孩。这就是易程。在经历了与林怡怡反反复复的恋爱,最终又被林怡怡好言决绝之后,他似乎悟出了爱情的真谛——恋爱,就是彼此在寂寞孤苦的时候,一起上床,一起疯狂。与林怡怡的恋爱,他透支了生命中对于异性的所有爱恋与珍惜;与林怡怡分手之后,他变成了一个歧视女性的大男子,玩弄女性的魔鬼,淫邪无度的色狼。这一切,在易程看来,都是那样的自然而然,理所应当。

易程在病态心理中消耗着自己的大好年华,更是糟蹋着那些把腔挚爱奉献给他的女孩儿们的青春。在大学毕业之后的几年里,工作、性爱、接受、抛弃……在感情的游戏厅里,他像陀螺一样旋转,一刻也没有停止过在男欢女爱中的奢华与淫逸。性生活泛滥,情感世界严重贫血。破罐破摔的心理,使他的精神世界像一个流浪汉一样空虚无聊,心灵世界始终在虚无缥缈中找不到停靠的港湾。茫然,浮躁,苦闷,彷徨,一颗飘荡着的心魂,始终找不到栖息的港湾。

他心里十分明白,在情感方面,自己不顾一切,像狗熊掰玉米一样,掰一个丢弃一个,在某种意义上是自我毁灭。但他宁愿在毁灭自己,更伤害爱着他的女孩的侈靡生活中,一路潇洒,一路浮华,一路荒淫地活着。然而,爱情和婚姻的事情,却是很奇妙的缘数。在易程三十二岁那年,一不留神他捏到了一块"烫手的山芋"。这块儿"山芋"就是他现在的妻子赵文雅。赵文雅生就一副美人坯子,从高中时代,就开始在追求者中,挑选如意郎君。但十年弹指间,岁月如白驹过隙,千帆过尽时,灯火阑珊处,她发现了一个引她心跳加速的男人——易程。赵文雅执着到近于死缠烂打的爱,使易程始终处于被动状态,他不但烦,有时候更是备感无奈。然而,男大当婚,易程也确实需要有个家,是那种有妻子做主妇的家,约束一下他放荡不羁的生活方式。这一点,易程从父母看他时那悲哀的眼神中,早已触摸到了一种无法言说的痛。但他就是没想过按照父母的愿望,朝着娶妻生子的道路向前走。

然而,令他措手不及的是,在与赵文雅相识不到半年,他们就举行了简单的婚礼,领证,请单位同事吃喜糖、喝喜酒。原因很简单,赵文雅不但怀孕了,而且还走了上层路线,直接找到了易程的父母,禀明了怀孕的事实。两位老人采取了非正常措施,软硬兼施,母亲声称要抱孙子,若不把怀了孕的儿媳娶回家,她决不再苟活。

易程摇头叹息,暗暗为自己的荒诞懊悔不已。与赵文雅的结合,使得易程决心浪子回头,与过去的放荡生活告别,老实做赵文雅的丈夫,并细心呵护未曾出生的宝宝。

这个世界真是太大了,茫茫人海,你想见到心中的那个人,都只能是在梦中相会;这个世界也确实太小了,天涯海角,不期然中,也许会遇到你毫无思想准备要见的那个人。对于林怡怡,自从那次分手的劫难之后,他就一直盼着再见她一面。然而,却是千帆过尽皆不是,望穿秋水不见月。他太了解她,她若不是找到了自己想要的,具有相当财气指数的幸福生活,绝不会放弃曾经拯救她于绝望之中的恋人。

山不转水转,十年之后,当同学聚会、校友聚会成为时尚,成为一种怀旧寻根的精神需求时,他与她再次相逢,他曾经爱得神魂颠倒,想得心醉神迷,恨得牙根痛的林怡怡,与之再次相见,他似乎理不清纠结于心头的思绪。他惊奇地发现,当初的怨恨,后来那淡漠的"忘情水"，却没有浇灭他最初爱恋的火焰。聚会期间，学友们相互祝酒，他和林怡怡就那么自然地走近了。

他问："你，你还好吧？"

她答："你呢，你好吗？"

他点点头，又摇摇头："嗯，还好吧。"

这样简短而省略的会话，似乎都有点儿人生的悲凉和无奈深含其中。谁也没有说出那十年辛苦、十年牵挂的滋味。至于后来，后来的一切，也许纯粹是意料之外的插曲。谁能说得清呢？

后来林怡怡向易程求助，求易程向她和丈夫李兆军开办的煤矿投资。易程再三掂量，终于向晓岩提出了公司未来发展的新思路——跨行业经营，投资煤矿。易程知道林怡怡与他分手的真正原因，是他不能够给她提供相应的物质生活。如今，他终于有能力在林怡怡面前一展英雄本色了，男人的虚荣和自尊促使他一定要在林怡怡面前挣回这个面子，他要让林怡怡高看几分，要让林怡怡有种悔不当初的遗恨。在要不要投资煤矿的问题上，易程与晓岩有了意见分歧。晓岩不愿再插足煤矿的事，而易程一心想为林怡怡做点儿什么，好让林怡怡见识一下他不是酒囊饭袋，更不是草包一个。他易程也可以给予她帮助，帮助她实现理想。

这天，易程铆足了劲儿，向晓岩建议："晓岩，咱们不应该就这样满足于一时一事的成功，公司要想发展，做成规模，就得有新思路，不断拓展新领域，才能做大做强。这几年煤炭形式不错，咱可以拆出部分资金，投建矿产资源，利润是非常可观的。"

只有赶过海的人才有资格评判惊涛拍岸、暗礁险滩的危险。晓岩对煤炭产业了解较多，知道里面的深浅。他说："国家一再限制地方小煤窑的发展，要求规模型经营矿产资源，有计划、有秩序地开采。咱们那点儿钱，若是搞煤矿，只是杯水车薪。更何况风险也太大，我不主张去冒那份险。"

晓岩在之前做过煤矿技术顾问，深知煤矿产业的风险，尤其是小煤窑，虽然利润可观，但风险也随时都会到来。他甚至有些谈煤矿开发色变。晓岩的态度使得易程感到要说服晓岩，并非易事。他说："是的，风险也许会有，但干煤矿利润实在是诱人，这几年乡下打煤窑的都在一两年内暴富，成为亿万资产的老板，有很多干煤矿发大财的例子。那些煤老板们，哪个不是一掷千金，过着荣华富贵的日子！"

晓岩一时不明白，上个月易程在公司的决策问题上一直是很客观的态度，从不像现在这样，想做什么，不容商量，一意孤行。想到此，晓岩语重心长，说："易程，咱们公司能有今天的成就，不是我们的决策多么英明，而是政府的政策支持，是天时地利人和的结果。在创业的时候，咱们担了多大风险，那些焦头烂额借贷无门的日子至今犹在眼前。"

"怎么会忘啊！但财在险中求，人都是在不断追求中进步和赢得生存空间的，哪能取得一点儿小小的成绩，就故步自封，停滞不前，不思进取呢？"易程的理由似乎很充分，说得很在理儿。

晓岩禁不住暗自思忖：究竟哪里出了问题，使易程变得如此固执己见，他想拿出更激烈一些的言辞与易程辩驳，可是看易程一副大义凛然的模样，还是作罢了。

晓岩本来是想跟易程说：三期工程走上轨道后，他想抽出点儿时间，给家乡办点儿实实在在的事情——圈上一片地，建一所像样的小学，给学校修建一个大操场，铺上塑胶跑道；盖一栋漂亮的教学楼，装上空调，配置电化教室，让乡村的孩子们也和城里的孩子一样接受现代电子教学形象化、科学化的教学方式，让山里的孩子也像城里的孩子一样，享受社会进步的文明成果，享受声、光、电等现代技术给教育带来的福音。他还打算建立优等生奖励基金，让山区那些有聪明才智的少年儿童充分享受到追求上进给他们带来的实惠，鼓励他们学好本领为家乡建设出力，为人类造福。这些都是他搁在心里很久的一个梦想。他本来想把建设学校的事和易程说说，接下来再把资金抽离的事安排一下。没想到易程提出投资煤矿的事，弄得两人心情都很糟。

晓岩托词说："今天就到这儿吧，回头我们都认真思考一下再商量吧！"

易程默然点头，说："也行，咱都好好考虑一下，你也可以做个调查。"

两个曾经共患难、亲如兄弟的合伙人，各怀心事，不欢而散。

晓岩的父亲崔老大是个老实得只知道干活的农民，种地过日子，把日头从东山背到西山，汗水摔八瓣从土里刨食吃。他从来不多言语，也不管家里的闲事。母亲是位有刚有刃，干活说话都透出一种干练爽快的农村妇女，她出生在贫穷落后的山村，二十岁那年嫁给晓岩的父亲崔老大，那是二十世纪六十年代中期。母亲是山里的一只金凤凰，人长得好看，又个性刚强，家里地里的活儿她都能搭得上手，尤其做得一手好茶饭、好女红，村里的姑娘媳妇们都常常找她描花样、裁衣服。她与晓岩父亲的婚姻是山里人所说的"换亲"。

"换亲"，就是她嫁过来给崔家做媳妇，崔家必须得嫁一个姑娘到她的娘家做媳妇。那年她的哥哥三十多岁了还没娶上媳妇，而她作为李家最小的女儿，也到了初长成的年龄。一个身段纺窕、肌肤丰盈白皙、柳眉杏眼、肤色细嫩润泽的姑娘，面颊上总是浸染着桃花红。三里五村众多少年郎的目光都盯着李家女的花容月貌，常有男大当婚者托媒人上门求亲，求亲的排了长队，村里爱说媒的婶子大娘们三天两头到她家里提亲。可是她的父母铁了心要拿老闺女给儿子换亲，换个媳妇回来。就这样，她嫁进了崔家，崔老大的妹妹嫁过去，做了李家的媳妇。

从晓岩懂得人情世故起，他就在心里为母亲鸣不平，觉得母亲是真正的鲜花插在了牛粪上。这样的念头一直纠结到他上大学离开家的时候。那时父亲送他到县城,在上车的时候,父亲叫住他,他回头看父亲,父亲似有很多要说的话,眼睛亮晶晶的,那是蓄满了的泪水。然而,父亲却笑着跟他说:"岩儿,路上小心,到了学校,记得来信跟家里报平安啊!"

"嗯,知道了,爹!你回吧。"晓岩跟着乘车的人流上了车。

他寻好了位子,把背包在行李架上放好,坐下来,舒了一口气,抬头望向窗外,看到父亲依然站在那里,两眼直直地凝望着车出神,像要望穿时空一般。他打开窗玻璃,把上半身倾到车窗外面使劲向父亲招手,父亲也使劲向车内的儿子招手。车子启动了,父亲朝前走了几步,再走几步……车子距离父亲越来越远了,父亲的身影在晓岩的视线里慢慢隐去,渐渐地被拂面的风景代替。然而,那身影却在晓岩的脑海中滋生、清晰,他的眼睛热辣辣地,一股酸涩涌上心头,泪水禁不住流了出来。

随着汽车行进中的颠簸,几年前的一幕再次涌上脑际,那年家里分了责任田,父亲、母亲、姐姐起早贪黑,耕种得非常精心,一年四季,只盼着一家人能够在辛勤的劳动中,日子一天天富裕起来。村里的干部宣传一种"优良麦种"。说是此品种麦穗大、颗粒重,是普通麦种的两倍产量。高产的诱惑,使村里有一半以上的农户都买了"优良麦种"。结果,在小麦扬花的时候,麦秆就开始渐渐地变黄了,看着密密实实长得很旺的麦子一点儿一点儿焦黄、干枯,眼见就要颗粒无收了。

父亲,一个老实硬朗的汉子,抚摸着干枯的麦秸秆儿,望着那大片大片的早夭的焦黄了的麦田,他伤心地哭了。哭声悲戚,像个受了委屈的孩子。母亲也哭了。母亲哭的时候,却是在数落着父亲:"你,你就是死心眼儿,非要把所有的地都种上那些该死的优良麦种,这下好了,全家人就喝西北风吧!"

父亲不为自己辩驳,只是像个做了错事的孩子,先是收住哭声,在那儿默默地流眼泪。哭过了，就坐在院子里抽旱烟。一两个时辰过去了，父亲像弹簧一样，腾地弹了起来，说："妈的，我日他八辈儿祖宗，这样坑害老百姓，老子告他去！"

那一年他家的麦子颗粒无收。崔老大告状告了一个夏天又一个秋天，他与村里那些假种子受害者一起，先是找村主任，再后来找到乡政府，状告黑心的"良种"贩卖者。他一趟一趟地跑路，啃黑窝头，喝凉水，嗓子哑了，腿跑细了，脚上也磨出了血泡。尽管他们都是皮糙肉厚的农民，在田里劳动，是他们的拿手活，让他们起早贪黑地找那些大大小小的官员们说理、讨公道，的确不是他们的强项。结果人家说是种子并不存在问题，是种植不科学，小麦才生了病。他们只有自认倒霉，结果当然是不了了之。

母亲到处借粮，向亲戚邻居拉饥荒，求帮助维持一家人的生活。当然也借到了晓岩舅舅家里。晓岩的舅妈就是崔老大的妹妹"换亲"过去的，那一年，晓岩舅舅家也确实帮了不少忙。晓岩的舅妈帮的正是她自己的娘家可可，因此那亲情似乎来得更贴切了一些。可是借来的粮食毕竟很金贵，父亲为了保证儿子上学带的干粮，总是在吃饭的时候，尽量俭省，常常装作吃饱的样子，给全家人看。但他的身体却是越来越瘦弱。一次，他正推着平头车往地里运肥，只觉得眼前一阵发黑，他终于支持不住，身子一斜，扑倒在小推车的一只把上。小车翻了下去，一车粪肥也从翻倒的车筐里撒在地上。

同是往地里运肥的邻居张来运推着小车走过来，看到崔老大的车子翻了，人也在地上倒着，紧走几步，喊道："大叔——"放下车把，就来扶他。这时候，崔老大已经清醒，但就是浑身没一点儿力气，身子软得站不起来。来运搀扶着崔老大送他回家，母亲看着老伴脸色煞白，一脸虚汗珠子，惊慌地颤声问道："来运，你叔，这是咋了啊？"

"大叔在路边晕倒了……"

崔老大无力地笑笑，气若游丝，只说："没事儿，给我弄点儿汤喝喝……"母亲的眼泪哗地涌了出来，她明白老伴是饿的。把老伴扶到屋里床上躺好，她心疼地说："你看你，咋就不知道爱惜自己呢！你要是倒下了，这个家该指望谁呀？"母亲泪流满面。

晓岩听说这件事情，是在他长大之后了。是母亲哭着告诉他的，那次因为家里困难，晓岩的学费一拖再拖交不上，他向母亲说不想再念书了。母亲一时气急，就告诉了他家里曾经的困难情景。她说："那样的困难我们都熬过来了。我们一家人苦心协力供你上学，不就是盼望有一天你出息了，为你爹娘争口气？在街坊邻里面前长长咱家的志气，也为咱村的街坊邻里做点好事儿。咱们家受乡亲们的恩情太多，那年我有病，你陈婶就像照顾自家孩子一样照顾你们姊妹吃喝……"

母亲边说边落泪。

听着母亲的诉说，晓岩情不自禁地哭了。他哭得很伤心，尽管那时距离父亲因饥饿而昏倒已经两三年了。想着当年父亲因为饥饿，晕倒在路边的情景，他哭得跟个泪人一般。

在晓岩身上，承载着乡亲们众多的爱心和帮助。他十岁那年，母亲有病住进了医院，父亲在医院里跑前跑后伺候生病的母亲。晓岩和大他两岁的姐姐、小他三岁的妹妹在家里苦熬。十三岁的姐姐从那次休学，后来再没有进学校读书。

那个冬天，似乎格外寒冷，冰天雪地的，零下十几、二十几度的大雪天，他的脚上挂着一双露出了乌龙爪的烂鞋子，脚趾和脚跟冻得红肿。在学校里，他不好意思往老师和同学面前站；走在冰天雪地的路上，小脚冻得由痛到麻木。但他依然乐呵呵地来回穿梭在上学的路上。是邻居陈婶主动到他家来，关照三个孩子的生活。这一看不当紧，晓岩的脚冻得红肿，陈婶儿盯着晓岩的脚看，两只冻得红萝卜似的小脚丫子不自在地交错后退。陈婶心疼地说："可怜的孩子啊！妈妈这一病，孩子可就遭殃了。"

陈婶看看晓岩的脚,想想自家箱子里那双棉鞋。棉鞋是她给儿子陈铸做的,准备过年穿。陈婶回到家里,掀开她用了几十年的老式大木箱,极其爱惜地摸了摸那双棉鞋,拿起来看看,她迟疑了一下,又放下了。她把箱子盖上,心事重重地离开箱子,走了几步。晓岩红肿的小脚丫再次映现在她的眼前。陈婶又走回来,再次掀开箱子,抚摸着那双新棉鞋。然后,她很坚决地拿起棉鞋,来到晓岩家里,亲自套在了晓岩的脚上。

棉鞋大了一点点,陈婶变戏法似的在鞋里面塞了一点儿旧棉絮,棉鞋就很服帖地穿在了晓岩的脚上。

陈婶笑了,笑得很甜蜜。她说:"晓岩,走几步,看看跟脚不?"

晓岩的眼里蓄满了泪花。然而,他脸上却满是温暖的笑,轻声喊了一声:"婶子——"然后,泪眼汪汪地向陈婶点点头,说,"真暖和。"

陈婶抚摸着他的头,说:"好孩子,婶子看你和我家柱子一样亲啊,好好读书,长大了和你柱子哥哥一起干大事儿,做个有本事的孩子。"

他一下扑进陈婶的怀里,泪流满面,哽咽着说:"婶子,会的,会的,您,您真好!"

多少年过去了,在晓岩心目中,陈婶给他穿上棉鞋的一幕,像是电影的慢镜头,时常在他眼前萦绕,每当这时,泪水就会情不自禁地在他眼里打转,甚至涌流。他不止一次地暗自保证:陈婶,您放心,我一定会争气,一定会报答您的。

世事艰辛,祸福难料,陈婶的丈夫过早病逝了。那年,陈婶的儿子拴柱还在念初中。陈婶把唯一的儿子看作生命一样珍贵,丈夫去世后,她更是把人生的全部希望寄托在儿子身上。

在晓岩的记忆里,年长他三岁的陈铸总是穿得整整齐齐。这让幼年时曾经有过艰难经历的晓岩羡慕不已,甚至把他当成心中的偶像,觉得陈铸样样都好。平日里只要有一点点时间，晓岩就会去找他玩。陈婶总是很亲热地嘘寒问暖，把好吃的东西拿出来，让晓岩和陈铸平分。晓岩看着陈婶慈祥的面容，露出一脸童真的笑。有时候，他也会感激地说："陈婶，您对俺真好！"

陈铸，小名叫拴柱，后来他嫌"拴柱"这名字不雅，就自己改了名字——"陈铸"。

那些年农村考大学复读成风，家庭条件好的孩子高中毕业，考试成绩不理想，就去复读。陈铸只想早一天走向独立，早一天替母亲撑起家里的一片天空，他报考了录取分数较低的教育学院，决心毕业后回乡做一名教师。自从父亲去世后，他就有两个心愿：一是教书育人，做一名受人尊敬的好老师；二是结婚成家，让妈妈抱上孙子，好好孝敬吃了大半辈子苦的母亲。在他回村当教师的十年里，村小学的教学成绩多次在全乡排在前列，许多乡亲、学生家长，都当着陈婶的面夸奖陈婶养育了一个好儿子。

听着乡亲们的夸赞，陈婶的心里就跟吹着清风、照着暖阳一般，清亮、温暖，心里跟喝了蜂蜜一般甜美。走起路来脚跟生风，做针线活儿的时候，常常哼唱《小二黑结婚》中小琴唱的那段："二黑哥哥县里去开英雄会呀，他说是，他说是今天要回家转，我前晌也等后晌也盼，站也站不定我坐也坐不安，背着俺的爹娘来洗衣裳……"每当这时候，陈婶的眼前眉梢都是过世老伴的影子，她相信丈夫在天堂能够看见她，也能看到儿子所做的一切。

陈婶小声哼着这段豫剧的时候，脸上就洋溢着甜蜜的微笑，这是她当姑娘的时候就喜欢哼的小调。哼小调的时候，那种陶醉般的幸福，如湖面微漾的涟漪，甜甜地荡漾在陈婶的脸上，陈婶心中的"二黑哥"，就是后来的陈铸的父亲。

陈铸父亲早逝，给陈婶的心灵造成了无法医治的伤痛，她几欲要随之而去，陈铸跪在父亲墓前悲伤哭泣的模样，燃起了她活下去的信念。一个农村妇女，她把唯一的希望都寄托在儿子陈铸身上。陈铸成了她活着的支柱。有陈铸在，陈婶就不会倒下，她的精神就不会垮。

怎奈天有不测风云，人有旦夕祸福。陈铸教书的学校条件十分简陋，简陋到令人看了心酸的程度。学校只有两间破瓦房，那是几经改朝换代的古物，窗子是那种老式的糊了窗户纸，挡了风，也阻挡了阳光。陈铸当老师的第二年，稍有积蓄，就自己拿出一部分，又挨家挨户动员那些条件稍好一点儿的家长出一部分，为教室换了玻璃窗，采光得到了改善，但那老式的门、年久失修的房顶，时刻都提醒着屋檐下的老师：快要支撑不住了，危险！他发誓要尽快改造危房，为学生创造一个安全的学习环境。

他爱护学生，是一位全面关心学生德智体教育的好老师，学校里没有操场，他就每天带着学生到村外那条不太宽敞的马路上去跑操。那是一个不祥的早晨，陈铸领着学生正在马路上跑操的时候不幸发生了。一辆从山里往外运石子的大卡车，车子超负荷接近一倍，在马路上负重运行，不知为何，卡车像是一个醉汉，横冲直撞地在马路上撒起了野。陈铸奋不顾身把几个学生推倒在路边，但他自己却没来得及躲避。那台野蛮的大卡车无情地轧在陈铸的七尺之躯上，隆隆而过。陈铸的生命就在瞬息间葬送于车轮之下，几个学生得救了。陈铸不幸身亡。

一位张扬着无限青春朝气的年轻教师，就这样离开了自己热爱着的职业，离开了他爱如亲子的学生，以及他还没有来得及报答和孝敬的母亲，就那样带着无尽的遗憾，去了天国。如果真的人死有灵魂存在的话，陈铸的灵魂会不会徘徊在那间危险而简陋的教室前，看着孩子们上课，关心孩子们的成长；他的灵魂能否回到他那苦命的母亲身边，满含泪水，喊一声："妈妈，儿子还在您身边，儿子不忍心把您一个人孤苦伶仃地抛弃在人世间。"他会不会说："妈妈，天国很美丽，求您不要再为儿子哭泣!"

晓岩回村,参加了陈铸老师的葬礼。乡里的、县上的有关领导都来了,全村男女老少都来为陈铸送行,那几个他救回了生命的学生和家长更是哭得伤心欲绝,肝肠寸断。

晓岩去看望陈婶,陈婶不认识他了。她接受不了失去儿子的打击,神志恍惚,见谁都问:"见到俺家柱子了没?这孩子,几天都不回家了……"

这天,晓岩回到村里,过来看陈婶,陈婶的眸子闪着亮光,拉住晓岩的手,惊喜地说:"柱子啊,你可回来了。妈想你了!"陈婶拉着晓岩的手,呜呜地哭了起来,边哭,边诉说对儿子的思念。

晓岩抚摸着陈婶的手臂,眼里涌满了泪水,对陈婶说:"妈,我回来了。您老别伤心,我会常常回家来看您的。"

陈铸的遭遇,陈婶的悲凉凄惨,深深刺痛了晓岩的心。陈婶年轻时的亲切、勤奋、干净利索,母亲般的慈祥,在晓岩心底的海洋翻卷着层层浪花,撕扯出缕缕思绪,烙印上道道痕迹。陈铸和学生遭遇车祸,那血淋淋的场景,就像一幕幕特写,一组组令人心痛的画面,接踵而来,在他眼前形成一种巨大的冲击力,使他无法停止对陈婶的怜惜。

晓岩暗下决心,一定要为陈铸的死做些什么,让村里不再有第二次像陈铸那样的悲惨事件发生,让陈铸的魂灵在九泉之下得以安息,让村里的孩子能够有一间宽敞明亮的教室;使农村的孩子也能像城里的孩子一样接受教育,使农村的孩子在成长的道路上,不再遭受类似的厄运,使他们在未来的人生路上少一点儿苍凉和悲惨的记忆,使生于斯长于斯的孩子们的人生路上多一些温暖和希冀。

故乡情结,就是在那一系列的惨剧之后,在晓岩的心里深深地扎下了根。作为儿子,无论是对故乡的爱,还是对父母的爱,抑或是对陈婶的感恩、怜悯,他总也难以释怀,那一腔情愫的纠结,必须付诸行动,为那片热土做些什么。否则,他的心难以安宁。

第十五章 那情

那年春节，晓岩带着妻子静梅回乡探望父母，也去看了陈婶。陈婶自从儿子陈铸去世后，精神总是恍恍惚惚的，一时清楚，一时糊涂，说话常常颠三倒四。晓岩提了年节礼物来看她，她再次想起了儿子陈铸，说．"晓岩啊！柱了再也没回来过，他是我儿，还没有你亲我，他变了，变得不孝顺了……"陈婶的眼里充满了痴痴的渴望，泪水在眼眶里闪着亮光，然而转瞬，却又拉住晓岩的手，说："柱子啊，这么长时间，你去哪儿了？咋才回来看妈，啊？呜呜……"陈婶呜呜咽咽地哭着，拉住晓岩的手臂，颤巍巍地摇着，眼睛呆滞地望着晓岩。晓岩心头一热，禁不住泪眼汪汪，叫道："妈——"泪水如泄洪一般涌出。陈婶更是激动，一张布满厚茧的手掌，拍打着晓岩的臂膀，哭得几乎气绝。

回家的路上，晓岩的心情悲凉，脸色沉郁，心里像堵了石头，他始终无法打开释然的心门。陈铸生前所在的学校，他不幸的遭遇，陈婶为失去儿子所遭受的打击。如狂风巨澜，排山倒海般压过来，压得他无法喘息。静梅明白，他是为从小玩到大的陈铸、为有恩于他的陈婶而难以释怀，她怯怯地，极其低声而怜惜地说："岩，陈婶，陈婶真可怜……"

"梅，想到陈铸的死，我心里就有一种难以形容的滋味儿，那样的事本来就不该发生，假如孩子们有一个正规的操场……我有个心愿，要为老家的孩子们建一所学校。"

晓岩的眼底有泪光在闪。

那一刻，静梅眼睛湿润，内心五味杂陈。是晓岩的善，感染了她？还是残酷的现实令她神伤、痛心？

晓岩没有详细描述他的计划，但她能够感受到那份不容置疑的决心，她从内心赞赏晓岩的主张。虽然这几年造就了一批富人，也造就了一批为公益事业不惜慷慨解囊、为一方百姓造福的有识之士，更何况中国自古就有贤士办教育的光荣传统，她说："是啊！农村的孩子太苦了，他们的学习条件看了令人心痛。"

晓岩的眼睛闪着亮光，看着静梅，一串晶莹的泪滴瞬间滑落，他说："梅，你真好！"他握住她柔软的素手，轻轻地抚摸。

她知道晓岩是感激她的理解和支持。若是在适当的场所，这个情感丰富到痴狂的汉子，也许会抱住她，给她一个深情的吻？这样想着，她的脸颊竟然有些燥热、羞红。近十年的夫妻了，锅碗瓢盆的交响，万丈红尘世俗繁华，却淹不了她最初为他怦然心动的少女情怀。

自从下海以来，晓岩常常忙得不亦乐乎，最近公司转型，晓岩再次进入连轴转的状态。他心中一直有个愿望：等忙过这阵子，要好好筹划一下村小学的事情，然后多陪陪妻子和女儿。想到这些，晓岩脸上洋溢着幸福的笑。他说："梅，我欠你们娘俩太多了，我说过，要让所有的女人羡慕你、嫉妒你。而我，这几年，只顾了忙公司、忙生存，却忽略了你的感受。"

晓岩望着静梅，抚摸着她柔软光滑的玉手，满眼的柔情熔化了她傲然的心魂。他的眼眸蓄满了爱的温馨和希冀的光晕。光晕的漫溢处，如阳光下的湖泊，荡漾着幸福的涟漪。那涟漪也感染了静梅，她深深懂得他心中期盼的是怎样的幸福。

　　幸福，也许就是如此简单。当你对某一事物有所憧憬的时候，你是幸福的；当你满怀信心，为自己的目标而实施行动的时候，你是幸福的；当你最最亲爱的人为你人生的一项追求，支持你、鼓励你，为你鼓掌、为你助威的时候，你更是幸福的。尤其是爱人、夫妻之间的欣赏和支持，是世间任何人、任何物质都无法代替，更是无法给予的力量。那是生命中永远的热情和动力。晓岩正在享受着这样的幸福。而静梅，正沉浸在他传递给她的希冀和幸福之中，那幸福是心有灵犀的爱人之间的理解与支持，也是分享人生的一道精神大餐。

　　这一刻，她想起了一句现成的话语：爱人，我拿什么奉献给你……她深有感触地说："应该的，是应该的。幸亏你当初选择了辞职下海，不然你拿什么去做啊？遇到这样的事儿，也只能是凭空感慨而已。"

　　"你终于开窍了，若不是下海经营这许多年，我们也只有在那儿看吧。'穷则独善其身，达则兼济天下'，是自古至今令人称道的处世哲学，即使不能够造福一方，最起码也要做一点儿力所能及的事情，这是我的心愿。尤其是看到陈婶痴呆悲戚的模样，我的心就会刺痛难忍，就会有泪水盈眶。"

　　晓岩说到动情处，眼圈红红的，眸子里泪光盈盈。他的善感、重情，对故乡、对帮助过自己的人知恩图报。她从内心感到欣慰和赞赏，这无形中增进了她对晓岩的爱慕。她暗自庆幸：找到晓岩这样心地善良的好丈夫，是她这一生最大的幸运，晓岩的人格魅力，在她仰慕的一个高度，而且不断升华。她以爱慕赞赏的眼眸凝视晓岩，说："看准了，就找机会做吧！你的努力不会白费，农村的孩子们需要一间宽敞明亮的教室，他们也该像城里的孩子那样接受教育。教育是未来的希望，大到一个国家，小至一个家庭，有什么样的教育就有什么样的未来。那里是生你养你的地方，你应该为她做一些事情。放手去做吧，岩……"

晓岩再次握住她的手，眼里满是温柔和感激，他们像一对促膝畅谈的知音，彼此交谈着生命的意义、人生的价值，又像是一对倾情的恋人，彼此慰藉着心灵，互拥着一份爱的温馨。

"这个世界上，有你支持我、温暖我，我多么多么的幸运啊！你对我的爱是上天赐给我的福气……"他抚摸着她的纤纤玉手，空气中漫溢着恩爱与温馨。举案齐眉的欣悦气息，如两尾比目鱼，在那流动的水一样的空气中游弋。

兴源筹建之初，晓岩和易程为资金的事到处奔走，忙得焦头烂额的情景已成为历史。如今，今非昔比了，他可以拿出钱来为故乡、为社会做点儿实事了。这是他事业上一个里程碑式的标志。在这个落后就要挨打的世界，为生存，为立足，全社会的每一分子都在选择，都在竞争，在竞争的轨道上不遗余力地奔跑追逐。在追逐中，也许会被无情地淘汰出局。她暗暗为晓岩自豪，又为他在事业上争先恐后的拼搏和辛劳心痛和怜惜。想到此，她深有感触地道："岩，这些年，辛苦你了。"

晓岩欣慰地笑笑，说："哪里啊？只要能做事，高兴还来不及呢，怎会觉得辛苦！人生一世，多做事则长，少做事则短，谁不想在短暂的人生历程中多做一些事情，来延长自己有限的生命。有事可做，又何尝不是一种幸运！"

那天，易程再次找晓岩商量投资煤矿的事情，晓岩依然感到意外，他想不通易程为什么会有这样的打算，对于煤矿领域，说心里话，易程并没有晓岩熟悉。

晓岩自信满满，处处张扬着喜悦，迸发着朝气。但他的头脑十分冷静，远没有自信到无所不能的地步。对于易程提出要拆资去搞煤矿的事，晓岩毫无思想准备，怎么也不能理解易程会有这样的想法。他对易程的提议满腹疑问，又不好把话说得太过，他还没弄明白易程有这样想法的根由，更不知道这件事情在易程的心目中，究竟会有怎样的影响？

他并不清楚易程究竟有多大决心、多少胜算要投资煤矿。

那天,晓岩本想和易程说说为故乡建学校的事。陈婵悲凉的、恍惚的神情时常出现在他无法宁静的心灵上,这使得他对建学校的事情,有一种紧迫感。他在心里叮嘱自己:你和易程是合作关系,虽然股权划分得很清楚,但资金链条是连着的。公司的发展虽然速度惊人,但根基还不是十分牢固,三期工程还在规划建设之中,它的支脉还经不起折腾,它需要一鼓作气,巩固和壮大。

易程拆资搞煤矿的提议没有得到晓岩的赞同,二人话不投机,再次不欢而散。晓岩遗憾自己没有提到建学校的计划,他不明白,易程忽然想到投资陌生的矿业领域。在易程没有完全说明白之前,晓岩不假思索一言否决了。他觉得在那样的时候,说自己需要抽出部分资金,好像不合时宜,他也没有心情说。就这样,他们各怀心事地散去。

他们两人一同走出办公室,不远处停着一辆新款轿车,晓岩和易程握手后,打开车门,坐在驾驶座上,起步离开。

出轨

第十六章

易程看着晓岩驾车远去，似乎感受到那消失在视野尽头的车影有点儿沉闷，脚下的柏油路，也被车子碾压得喘不过气来。他情绪低落地站在那儿，望着晓岩远去的方向，回想刚才说话的气氛，觉得建煤矿的方案很难得到晓岩的认可，心情愈发沉重。回办公室只会是更烦，索性出去走走。

公司这两年也确实是大踏步地前进了，晓岩和易程分管的两个公司变化都非常之大，尤其是怡馨园，简直是天翻地覆，让人惊诧不已。但今后的道路究竟该怎样走，似乎遇到了迷雾中的岔道口，让人看不到前进的方向。

也难怪啊！兴源地产起步时的困难局面，似乎才刚刚绝尘而去。今天又提出开辟新的领域，大把的资金用在一个风险系数很大的煤炭开采中去，对晓岩来说，也许是困难了些。晓岩对煤炭行业并不陌生，知道其中的利害。如今国家一而再地强调安全生产、整顿小煤窑，不是无端做法，而是为人身安全、为无序开采造成的恶劣后果而出手的一项措施。他最担心的是一步不慎，再次跌入举步维艰的困境，更何况干煤矿，一旦出点事儿，就不是磕着碰着那么简单，闹不好就是性命攸关倾家荡产的大事儿。这样想着，他禁不住有些后怕。

易程经过晓岩一再否定，对自己要拆资搞煤矿的想法，也产生了怀疑。他在游移不定中做着种种设想：难道我真的是在感情用事？我为什么要感情用事？我的立场呢，原则呢，责任呢？假如真的因为拆资建矿，使公司再次陷入困境……这样想着，他忽然感觉一阵冷风吹来，冷飕飕的，曾经的困厄与尴尬再次萦绕在脑际。他困惑地摇摇头，怅然地叹了口气，自嘲地笑笑，十多年前的一段恋情再次如无形的芒刺，刺痛了他曾经为此疼痛到麻木的心扉，林怡怡的一颦一笑再次萦绕在他的脑际。

易程原本是想散心的。可是走着走着，不由自主地踏上了正在繁忙建设中的怡馨园工地。这里的场景使易程有一种自豪般的成就感，他再次想到了两三年前，刚起步时的萧条和举步维艰、求助无门的艰难境况……那样的画面，一旦复活起来，正如一团燃烧的火焰，炙烤着因时间流逝而淡然了的心事。岁月磨砺出来的苦难，再次折磨着他的身心。

"有时候，有时候，我会相信一切有尽头，相聚离开都有时候……"手机响了。这是易程最近专为林怡怡设置的彩铃。他按了接听键，电话那端传来林怡怡富有韵味和磁性的声音："程，你在哪儿呢？我想见你。"

正在郁闷中的易程，犹豫了几秒钟，不知该怎样回答。与晓岩的一场不愉快的交流，使他预感到拆资建矿有一定的难度，这是林怡怡第一次求他帮忙的事情，办不成，他感到自己很失面子。易程接电话的声音有点儿虚弱，弱弱地说："嗯，我，我……我正在工地上，你在哪儿呢？亲爱的，我，我好郁闷……"

林怡怡轻轻叹一口气，说："啊，好的，我马上过去。"

挂了电话。易程自己也弄不清楚，怎么会如此纠结，又怎会说出

"亲爱的"那样的三个字。他尴尬地笑笑，那笑里似乎有无数的惆怅藏着，明里暗里都在挑战着他的意志。林怡怡说要来看他，他却丝毫没有愉悦感，他缓缓地依旧踏着沉闷的步子，走着，走着……似有万千心事，却不知向谁诉说，怎样诉说。

林怡怡居住的城市距离宝仓城几十公里路程，走高速四十分钟左右的车程。她已经启程朝着易程疾驰而来，易程的思绪依然沉浸在郁闷之中，那脚步似乎要在厚重的土地上踏出一串感叹号，走出一串遥问苍穹的问号，问人间何为情，何为义气，何为快乐，何为幸福？他忽然意识到，在他的生命历程中，林怡怡似乎处处都是他完美中的缺陷，赵文雅是他柴米油盐中缺陷的完美，而晓岩是他走进那"完美中的缺陷"和"缺陷中的完美"的助推器。没有与晓岩的合作，没有宝仓城房地产开发带来的财气指数，说不定他这一生也不会再和林怡怡相遇。这时候的易程，似乎对自己失去了信心，望着高高耸起的楼房框架，怅然叹息，在心里感慨：唉——真是，参不透的红尘，悟不透的人生啊！

易程心情郁闷地徘徊在怡馨园，林怡怡要来见他，他甚至后悔答应让林怡怡来，从理智上本该拒绝与林怡怡相见的。可是，他不知道该怎样给林怡怡说关于投资的事。他徘徊着，满脑子混乱如麻。最终他暗下决心：过几天，再做一次努力，征求晓岩的意见，有了基本眉目，再说吧。这样想着，易程有点儿后悔，他埋怨自己不该给林怡怡说那样暧昧的话，更不该让林怡怡来找他。他不知道为什么在接电话的刹那，却说出了"亲爱的"那样暧昧而又肉麻的三个字。这会儿，却又不忍心再告知林怡怡不要来。唉，怎么说呢？不想见她？自己相信吗？

美女爱英雄，在这英雄缺失、王老五升值的时代，像易程这样人品与财气兼具、帅气与性情上乘的男人，已成为众多女子仰慕的对象。现在的易程，即使要找一位妙龄女郎金屋藏娇，那也是他愿不愿意的事了。如今的林怡怡，已是为人妻、为人母，却又暗自嫌弃丈夫含金量不够高，相貌不够帅，才气更是不显山不露水，平常得令她蹙眉寒心。不甘心过平常日子的林怡怡，只有自己忍着一腔怨气，亲自抛头露面，为自己想要的富裕生活打拼。在同学聚会上，当她再次与易程四目相对时，那慌乱的心跳，使她再次确定了当初是自己错走了一步：不但失去了最爱，更是丢失了一座宝藏。

林怡怡的丈夫李兆军是一位干部子弟，父亲由于工作忙，对李兆军从小到大的成长很少过问，母亲在一家国企做工会主席，整天忙得顾不了家。他们家里的事情一直都是一个远房亲戚担了保姆的名义照顾着。李兆军从小到大都是随便花钱，随便交友，随便玩耍，养就了一身纨绔子弟的习气，在社会上混了一批酒肉朋友。原来父亲在台上的时候，可谓是山寨大王，没人敢对他说出一个"不"字。后来父亲牵扯到一桩公款纠纷案，由于他配合积极，积极退赔了名下赃款，受到了组织上的宽大处理。尽管没有上升到法律惩治的高度，但还是受到了党纪政纪处分，被撤销了党内外一切职务。

一个五十几岁的局级干部，因为经济问题被撤了下来，街坊四邻都拿别样的眼光看他。他们家由原来的门庭若市，一下子变得门前冷落。老爷子只好待在家里清净养老，林怡怡为公公的被撤，深感遗憾。李家的权势没了，她和丈夫李兆军拼了命地赚钱。在林怡怡看来，权和钱是人生幸福与否的必要筹码，公公的官做到头了。李兆军这辈子没有当官的命，林怡怡的官太太是当不上了，只剩下赚钱一条路，她要想尽一切办法，抓住一切机会，让自己富起来。

李兆军父亲在任时，林怡怡看着乡下许多煤老板们都发了大财，就千方百计鼓动李兆军也去开煤矿，谁知刚刚起步不久，李兆军父亲就卷进了经济案，官帽子一撸到底，回家做了百姓。

林怡怡哪里肯服这个输啊？她说："兆军，无论如何，煤矿的事情不能停下来，你爸爸既然被撤了，咱们以后就更得想法挣钱了。当今社会，没权、没钱，人家谁拿你当盘菜啊！"

林怡怡和老公李兆军走上了一条用人民币探险的道路。为此，林怡怡奔走呼号，忙碌到焦头烂额，向那些能为他们的矿井投入资金的老财们求救，像拜佛一样虔诚，像救火一样急切。

那次同学聚会，林怡怡与易程重逢，正好给了她一个可遇不可求的契机。在林怡怡眼里，易程潇洒帅气、风流倜傥的绅士派头，比在学校的时候不知要胜出多少倍。这让林怡怡在崇敬和仰慕之余，深悔自己当初的选择。易程现在是帅哥级别的王老五，是许多靓妹、少妇都喜欢与之交往的性情中人。同学聚会上易程与林怡怡互致问候语后，场面好一阵静默。这对昔日恋人，谁都被眼前的亮色震撼了。林怡怡的美丽仍不减当年，只是更增添了一种美少妇的韵致与魅力；易程身上更是散发着一种难以抗拒的成功男士的诱惑。

最终是林怡怡打破了沉寂。笑说："老同学混得不错啊，即使站在绅士堆里，依然是鹤立鸡群呀！"

"唉，哪里啊，是你偏心罢了。有时候，想想，人这一生，真是太短暂了，好多事情都还没弄明白呢，就过去了。"也许易程的话，是话赶话的套着，更是透着茫然和无奈。他面带微笑，笑得有些酸楚，说："你还好吧？"

"嗯，也许这就是命吧！忙得焦头烂额，而且是一事无成。总之，人生就是一场将错就错的劫，也许……"林怡怡说得有点儿心酸眼热，泪水在眼眶里打转。

"这似乎有点儿矛盾。但也正常，付出与得到有时候是一对矛盾体，有播种就有收获，往往指的是一般而言，不过努力一些终归还是有用，只要努力了，就会有一份希望在。'谋事在人，成事在天'，也许就是这个道理吧！"易程向林怡怡说着，是劝解，也是安慰。

易程与林怡怡的对话有点儿人生沧桑的味道，有点儿言出有因，有点儿言外之意，有点儿心灵的套餐被别人切走了一份的醋意与辛酸。大学里最后一年，热恋的甜蜜似乎依然在心头驻足，多少年的思念好像又在脑际萦绕，那思绪真是挥不去理还乱啊！

易程与林怡怡重逢以后，短信、电话，成为连接情感的桥梁，易程再次掉进了林怡怡美丽温柔的"陷阱"，不能自拔。

此刻，易程漫步在怡馨园工地，林怡怡的声音再次回响在他的耳畔，婀娜的身影萦绕于心头眉梢。他怅然地叹了口气，暗自问询：唉，为什么，为什么啊？

手机再次响起。易程按了接通键："喂——"

"易程，我已经下高速了。你在哪儿？"

易程对着手机十几秒钟没有说话，他已陷入矛盾之中。

手机里再次传来林怡怡的"喂、喂——"的声音。

他终于说："好，好，我到路口接你。"

挂断电话，易程顿时有了精神，走路的姿势挺拔洒脱，脚下生风，面带笑容地朝怡馨园门口走去。其实，他所在的位置到那条通往南环的大道口只需三五分钟，易程计算了一下时间，下高速到这里至少需要十五分钟。易程的脚步稍微慢了一点儿，不由自主地拉一拉衣角，用手指梳理着头发，镇定了一下情绪。从容地朝路口走去。

忽然想起没有给林怡怡说在哪个路口了，他掏出手机拨电话："怡怡，顺着大道直走，见红灯右拐，我在路口等你。"

易程来到南环路口，一双渴望的眼睛逡巡着林怡怡将要出现的方向，内心一阵焦灼、欣喜、期盼，此时此刻，他没有理清自己的心情究竟是怎样的滋味，见了林怡怡该说些什么，做些什么，或者怎样说关于投资的事情。一时间他如坠云里雾中，有点儿茫然，有点儿无措。那份思念沉淀到了一定的境界，便成了一份隐藏在心底的痛，持续了十年之久的思念一下子变得复杂、犹豫起来了。易程边走边想心事，来到路口不到两分钟，一辆奔驰轿车，倏然间停在了眼前。林怡怡微笑着从驾驶窗口探出头来，百灵鸟一样的声音，轻轻说出三个字："上来吧。"

那笑容就像融化了阳光一般灿烂，那声音如浸透清水一样润泽柔美清亮。易程徘徊在郁闷之国的身心，一下子跌进了阳光、清泉、娇媚包裹起来的温柔乡中。

他们心相拥，人相依，来到办公室。易程、林怡怡烈焰一般的四目对望着，谁也没有说话，只是紧紧地拥抱在一起，易程燥热的唇热烈地印在林怡怡文了唇线唇膏，棱角分明、色彩明艳的唇上，两人的心跳都在加速，都有点儿喘不过气儿来，温热迷离缥缈，火焰般的燃烧，使这对鸳鸯的心儿、魂儿都融化了。这一刻，易程的激情如火山崩裂，燃烧着自己，也燃烧着林怡怡，他们都体无完肤，欲死欲活，被燃烧于胸膛的纯青的炉火熔化在了一起。

林怡怡从那烈焰的炙烤中缓过神来，说："你，你吓死我了，这是办公室呀！"那声音似乎还在火苗的炙烤中，焦躁、绵软、热烈，又像是正融化着的冰块，滴着晶莹的水滴。

拥抱热吻过后，易程陷于身心的柔情蜜意中，转身把门反锁上。问道："喝点儿什么？"

"先歇会儿，说会儿话。"林怡怡说着，走到沙发前坐下。

易程看着林怡怡的眼睛，说："来点儿红酒吧？"

林怡怡点点头："嗯，也行。"

易程打开柜子，拿出一瓶陈年法国进口红酒，从消毒柜里，拿出两只喝茶用的玻璃杯，放在茶几上，他把两只杯子满到五分以上、六分以下的深度，端起酒杯递给林怡怡，缄默无语，与林怡怡碰杯。

也许易程有许多话要说，可是，他又不知道从何说起。

林怡怡也没有说话，接过酒杯，与易程的酒杯碰了一下，像饮水一样，不露声色地喝了下去。

易程也是一饮而尽。林怡怡拿起酒瓶，如易程倒酒的手法，把酒杯满上。她主动端起酒杯与易程碰了杯子，又是一口干了。易程亦是如此。

就这样往复，几轮下来，一瓶红酒没了。易程拉了林怡怡的手，他们相拥着，走进了套间，两人无言无语，再次拥吻在一起，火山一样迸发的激情，燃烧了所有的存在，天地间变成一种纯净的空无，只要拥住对方，便是一切，便是一种富有和幸福。

积蓄了多少年的相思，终于如洪水般暴发了。原来，一别十年，竟然有如此热望与销魂的相遇！

当初的放弃，现在的出轨，林怡怡、易程这对不该相逢的"鸳鸯"，究竟能走多远！

然而，就在跨越最后一道禁区的时候，易程却停了下来。也许是他的思想杂念太多，更也许是他过于激动。慌乱中，他的生理机能突然不支持了。易程懊恼地躺在林怡怡旁侧，曾经的失恋岁月，多少次的梦里相会，多少次暗夜里的呼唤，多少次思念中的意淫，多少次含恨中的诅咒，一股脑地浮现于眼前。他无法理解自己眼下的懦弱、无用，一阵暗淡的心潮涌来，一声悠长的叹息。一阵静默之后，他侧身抚摸着林怡怡柔软的发丝，内心有无数话语似翻卷的浪涛，而表面缄默平静得如了无微风的湖面。林怡怡静默地躺着，内心虽有涟漪涌动，表面却是水样温柔，微闭双目，不动一丝神色。

第十七章 慰藉

面对自己曾经爱得神魂颠倒的女人,在热吻中燃烧着的欲望之火却突然熄灭了。易程显得非常冷静。也许是他想起了十年前,林怡怡写给他的那封客客气气的分手信;也许是他觉得林怡怡另有所谋;也或者是林怡怡拜托他的事情没有一点儿眉目,他有点儿难为情。也许,也许什么都不是,他只是力不从心而已。他好像回到了处男状态,面对自己心仪的女子,他紧张了,心慌了。

而林怡怡则想起了十年前和易程的初次。那时,他的慌乱,他的不成功,也许在情理之中。而现在的他,是四十岁的成熟男子,为什么会这样?是想起了不愉快的事情,是在怨恨当初?林怡怡在心里埋怨自己,追求虚荣,贪图享乐,放弃了爱情。她禁不住暗自哀叹:人啊!一念之差,却是一生一世的遗憾。早知今日,何必当初啊!她在心底里抗拒着酸楚、苦涩、痛苦、懊悔的折磨。

易程静静地躺着,思绪却在不停地纠结,心竟有些酸涩、痛楚。"曾经沧海难为水,除却巫山不是云。"曾经的爱恨情仇,此时此刻,他真的分界不清,当初的思念,今日的心动,究竟是怎么回事?十年光阴似水，难道这是天意？

林怡怡也在默默地自问：相逢何必曾相识啊！与易程的重逢，有许许多多往事，如云烟，似雾霭，如理不清的麻团，缠绕在她心灵的幽深处。她希望和易程是一种纯粹的情感关系，宁愿和易程是初相逢、初相识、初相爱。可是自己又在寻求他的帮助。这是爱情吗？爱情如若掺杂了某些利益，还叫爱情吗？爱情假如是一张有形的合约书，早在十年前就被她那与生俱来的虚荣的手掌给撕毁了。她怅然自叹：唉——忘了吧，忘记过去的一切！

此时此刻，林怡怡宁愿失去从前的记忆，重新开始她和易程新的情感历程。

从少女时代懵懂的怀春情结，追求了二十多年的爱情和幸福，到如今只落得一颗疲惫的心灵在爱与恨的纠结中反复，在世俗红尘中浮沉。她身心交瘁，心如飘蓬，思绪纠结。人生，爱情，尘缘，情愫，世俗，人心。究竟是谁毁灭了最初的纯情和美丽、坚贞与信念！

易程把左手从林怡怡柔软的发丝上移开，与林怡怡的右手扣在一起，握着。他们静静地躺着，想一些不相干，却又千丝万缕，纠结在一起的心事，回首曾经沧海难为水的遗憾，十年前的遗恨在易程的心里沉渣泛起。林怡怡的懊悔，易程的不甘。各自的心事，就在这方寸之间，泛滥在各自的心海，浪花一般汹涌着，撞击着满是沧桑的心灵的岩礁。但他们谁也没有说话，就那么静静地躺着，各怀心思，却又心有灵犀地躺着。

易程终于打破寂静，说："对不起……"

就在那一瞬，林怡怡松开与易程握着的手，轻轻地把三个手指放在易程的唇上："不——都是我不好。"林怡怡一双灵动的美目含满了泪水，声音低沉、柔润、哀怨、凄美，是自责，也是自叹。

他们沉默地躺着。缄默代替了彼此的心声，他们静静地躺着。那是一种灵魂与灵魂的靠近，心灵与心灵的交汇，或者是爱和被爱之间的不等式交换。他们之间的爱情经历十多年的光阴磨砺，究竟还有几多当初的绵绵情思、不离不弃！这里不需要任何语言注释，更不需要甜言蜜语表白。有人说，时间是有情的，它让你忘记忧伤；也有人说，时间是无情的，它让爱着的一颗心陷入更深的沼泽。

　　林怡怡忽然睁开迷离的眼睛，看着这布置得简洁却不失品位的房间，顿然想起自己是来办正事的，怎么会这么容易就上了这张床呢？她拿起手机按一下任意键，手机屏幕上的数字显示已是下午五点多钟。时间，这个让人输不起，又赢不起的精灵，已从这里飞逝了两个多小时。林怡怡终于开口，说："易程，与你相识，是我的福分，上天把幸运毫不保留地给了我，这辈子欠你的，永远也还不清了。"

　　易程再次拥吻了林怡怡。林怡怡热切地迎合着易程那深入心灵交汇处的热吻。

　　他们起床，穿戴整齐，出了套间。坐在办公室的沙发上，开始了同学间的畅谈，或者说是合作者的洽商。易程觉得投资的事没有进展，有点儿对不住林怡怡，他歉疚地说："你说的事儿我给崔总提过两次，他对煤矿这一块比较熟悉，他的意思是：资金投入多，风险比较大，我们公司现有的实力，跨行业投入有点儿不现实。我想找机会再和他沟通沟通看怎样。其实我也很担心风险的事情，毕竟我们的家底儿有限，经不起大风大浪。"

　　"其实做任何事情风险都会存在，就看你怎样去规避风险了。我只是想让你投资一部分过去，将来只管跟着拿红利就行了。至于风险，不能说不存在，不过那都是意外之意外了。我们平时出门开车、坐车还有出车祸的可能呢，但只要我们小心谨慎，发生的比例几乎是可以忽略不计的。"

　　林怡怡说这些话的时候，始终盯着易程的眼睛，她是用眼睛和嘴巴同时在和这个她爱的，也是爱她爱到骨髓里的男人交流："你想啊，我能希望把你的钱拿去打水漂吗？"

易程点点头，表示理解，说："明白。这么多年来，我在国营干过，有时候觉得压抑憋闷，也不免有失落感。但没有紧迫感。自从自己开公司，尤其是刚开始的那段时间，整天东跑西颠的，弄得人身心交瘁不说。外债欠了一大堆，债主们天天找上门来逼债，那样的日子能够熬过来，现在想想都有点儿不寒而栗。"

易程强调他走过的艰难困境，但他并没有把老同学崔晓岩的帮助，以及怎样注册兴源，又怎样开发怡馨园的真实情况说给林怡怡。也许这主要是同学之间的叙旧，也或者是为了在林怡怡面前显示一下自己创业的艰辛，更也许是一种虚荣和自尊。易程深有感触地叹了口气："唉——能走到今天，也算是经历了'九九八十一'难了。也是上天眷顾，这房价噌噌地上涨，想想几年前的日子，有时候都觉得跟做梦一样。"

林怡怡默默地听易程讲述"革命史"，一双美丽的丹凤眼，放射着钦佩、喜悦，又隐含着一丝悔意，她注视着易程，间或点一点头，表示会意，间或又插上一句感佩的话语。直到易程拐了弯，说："说了这么多，无非是些陈年旧事，坎坷曲折，失望希望，成功失败交错盘旋，一路走来。做梦也想不到今天能够坐在这里，向你诉说曾经的酸甜苦辣。现在回想起来，依然心有余悸啊！那样的日子，简直不是人过的。"

林怡怡几乎是融进了易程含辛茹苦的讲述之中了。她说："我一直都很钦佩你的开拓精神，你的冷静、智慧、果敢，积极乐观的处世风格。这些都是你能够有所成就的基本条件。咱那一届同学，能够与你比肩的没有几人。"林怡怡感慨万千，禁不住有些黯然神伤，她接着叹口气，"当初……唉，不说也罢，这都是命啊！"

易程感受到了林怡怡的悔意，心里暗道：你终于看到了我的优势。可是，可是如今又有何用？一切都已错过。当初你有没有想过，放弃的是一生一世的恩爱与幸福。想到此，他暗自傲然道："上帝真是有眼，偏偏又让我们在十年之后再次相逢。相逢何必曾相识啊！当初你那样绝情，弃我而去。今天，你也有后悔的时候！"

易程的心又在刺痛了。他看着林怡怡黯然神伤的表情，当年失衡的心灵，好像得到了一丝慰藉。再看看林怡怡风韵不减当年，成熟女子的魅力，似乎又有一些不甘。心想："林怡怡，你本该是我易程的女人，可是你虚荣心太强了，除了贪图安逸，你根本不懂爱情，更不懂得爱一个人意味着什么。爱了就是付出，就是鱼与水的关系，就是在天比翼飞，在地连理枝，是相濡以沫，是同病相连啊！而你呢，你却一心想着追求心中所想象的荣耀、风光、金钱。以至于造成今日遗憾，你又能怪谁！"

此时此刻，易程又有些恨林怡怡了。但那恨却只是爱的一种翻版，爱情若在某个人心里扎了根，又岂止是时间的手掌能够拔起、磨平！

易程又一次握住林怡怡的手，一脸真诚地说："感谢上天让我们再次相逢。你的事，我会尽一切努力去做，为我爱着的女人做事，是上天赐予我的福气。"

林怡怡眼里涌满了泪水，感激地握着易程的手，哽咽道："大恩不言谢。我欠你太多了，只有来生再还吧！投资的事你也不要太勉强了，做到哪一步算哪一步吧！我等你的消息，无论结果怎样，下星期你给我回个话。我好有所打算。"林怡怡满眼的泪珠在打转，她情不自禁地倚在易程肩上，说，"人生若是可以回头……是我辜负了你，是我有眼无珠，葬送了一世的爱情。"说着，泪水涟涟，竟然轻声呜咽。

"怡怡，都过去了，不说这些了。往后的日子还长呢，我会帮你的，投资的事儿，我尽快给你消息。"易程深情款款地承诺道。

林怡怡连连点头，感激的泪水更是如伏天的阵雨，哗啦啦地落在娇媚的面颊上。易程体恤的话语说了一大堆，直到林怡怡止住了泪水。两人又是一番亲热，缠绵悱恻，难舍难分。

林怡怡终于站起来，主动与易程握手，说："那我回去了，保重！"

他们再次拥抱在一起，易程轻轻吻了林怡怡的额头。送林怡怡来到那辆富有男性味道的黑色奔驰轿车前，亲手为林怡怡打开车门。林怡怡留恋地上了自己的爱车。

易程关好了车门。

林怡怡打开车窗玻璃，前倾了上身与易程招手告别。

易程目送林怡怡的车远去，眼前却浮现出林怡怡在他办公室时的一幅幅画面。尤其在套间床上那即将发生，又没能发生的事，再次浮现眼前，他叹息一声，摇摇头，觉得匪夷所思。那画面一幅幅跌宕、倒叙、铺排而来，以至从十多年前的大学时代，与林怡怡的初相逢，到坠入爱情的瀚海，如电影的慢镜头，叠映而来。失望、绝望、缠绵悱恻、分道扬镳，他走了多长时间？他的脚步是怎样的蹒跚、跋涉？他的心又历经了怎样的涅槃、炼狱？这之间的苦辣酸甜只有他自己能够体会。林怡怡，那充满了爱意的婉言拒绝，以及那爱着的放弃……大学期间，最后一个学期的生活，再次浮现在易程的脑海：

那是大四的第二学期，大家都在忙毕业的事情。论文、实习、找工作，人人都把有可能走通的路，铺展在自己的眼前，就像主妇在菜市场买菜一样，扒拉着，细细挑拣挑拣，为人生路上的又一次转折，做着十二分的努力。面对同窗四年的同学好友，谁都有些不忍离去，却又在积极准备着各奔东西。他们就在这矛盾中，做着毕业生所应该做的，也必须做的一切——朋友就要远离，恋人也面临着不确定的未来，有的毕业之后不再相恋，有的依然是海誓山盟。

想留校工作，想找一个最适宜生活的城市，或者一个荣誉和实惠兼具的单位；想远走高飞，想守在父母身边，用心工作，恪守孝道；各种不同的想法，都在各自不同的心灵空间泛滥着、躁动着，或跃跃欲试，或迷幻成影。

谁都在这个节骨眼上，施展所有的能力，动用所有的关系，为自己铺展一条通向理想王国的大道！易程也不例外，他在准备毕业论文和毕业答辩，当然也在考虑自己毕业后的去向问题。

在绿藤市建筑公司做普通技工的父亲，没有为他铺展通往理想王国大道的能力，更没有位高权重的小叔大姑、舅舅小姨，可以为他的毕业分配助一臂之力。但在二十世纪九十年代初期，高校还没有大规模扩招，大学毕业生也是最后一批的统一分配，只是在某种程度上，多了所谓的双向选择一说。这样，一些有门路的毕业生，就多了几分自由选择的余地。改革开放的大政方针，经济建设的新风貌，文化建设的新篇章，都上了新台阶，大学毕业生在许多单位仍然属于香饽饽之流，依然是皇帝的女儿不愁嫁。但要找一个理想的单位，却要有诸多社会因素的加持才能实现，其中最重要的一条，大概就是社会基础。俗话说：熟人多吃四两豆腐，朝中有人好做官。就看你有没有那个命了。

易程在不断地为自己加油鼓劲。他觉得，既然没有社会基础为自己未来的道路做铺垫，那就让自己的成绩单说话，毕业论文和答辩词必须准备得万无一失，让它替自己找一个理想的出路。一想到毕业之后，有了自己喜欢的工作，大家都叫他"工程师"或者"设计师"，自己设计的图纸变成高楼大厦，变成真正的作品，屹立在令他骄傲的大地上，易程便禁不住会心地偷偷微笑。他只有向内挖潜，无论礼拜天，还是刮风下雨，他都不间断地拿着书，到教室自习。

早春的阴雨天气，寒风仍然凛冽袭人。晚上，易程照例来到教室，坐在他常常占领的位置上，为准备论文用功，同学们陆续进来，教室便不再空旷。一个小时以后，又陆续地走了，教室再次变得空旷了，寒风也格外凛冽，但易程没有走，他有自己的时间表，他的时间表定在十点。这时候回宿舍，正好熄灯睡觉。四年的校园生活，这是最后的告别式,很多同学都无法静下心来做学问了,浮躁溢满了整个毕业班学子们的心灵空间。但易程不为所动,一如既往地认真学习,他要充分利用知识来武装自己,使自己成为这届毕业生中的佼佼者。

大学四年里,对他人生的启迪,也许会受益一生。四年,那是一个烙印他的爱恋、他的人生航向的四年。这座古色古香的大学,仿古建筑的图书馆、现代化的教学楼、温暖的宿舍楼,各怀心事有时候也闹一点儿小矛盾的室友。这一切的一切,对于即将毕业的学子,在今后的岁月里,将会变成一个个生动的词组:我们的母校、我们的同学、我们的大学时代,等等。

人生的青春岁月里最珍贵的时间段,就要在这里画上一个休止符。易程要把这个休止符画好,然后作为一段最美好的记忆,在生命的幽深处珍藏。

晚上九点五十分左右,易程走出教室,淅淅沥沥的春雨,把倒春寒渲染到逼人的冷,这个春天似乎与往年大有不同,春风总也赶不走寒潮的影子。前几天下了一场桃花雪,雪的寒意才刚刚散去,细雨又卷着寒潮向人们示威了。

那是一个多雨的春天,春天的雨往往是热情到黏人,那些刚刚开放的桃花,似乎没见过几缕温暖的阳光,就因那无情的风雨侵袭而凋零为泥,蒙蒙细雨被倒春寒冻成了冰。易程把手里拿着的梁思成的《中国建筑史》放在夹克里面贴身的位置,拉上拉链,用他有力的胳膊夹住书本,不使其脱落在地上,加快了脚步往宿舍里赶。

校园静悄悄的,空旷寂静。是这春寒料峭中的冰雨隔断了学子们与春天的约会,还是他们都在自己的天地里,正忙着一场与春天相濡以沫的热恋?易程像一位归来的游子,匆匆地赶回宿舍楼那间小屋,那间仅有十几平米,摆放着八张高低床的房间。那里有八分之一是自己栖身的居所,他要赶回那里,暂避冰雨的侵袭。

沙沙的风雨声，清冷的寒意，易程在心里暗叹：这鬼天气，前几天还是春暖花开呢！他不由得抱紧了臂膀，脚步也紧凑起来。

正在易程匆匆赶路的时候，一个人影，就在易程前方不远的距离，飘忽不定地移动着。恍惚之间，易程似看见那个移动的影子晃晃悠悠，不像是正常的人影。他不由得仔细观察那人影晃动的方向，在心里念叨了一句："唉！风雨夜归人啊，原来有一位同命君子也在冒雨赶路！"

易程加快了脚步，睁大了眼睛盯住前方那人，那人是那样的眼熟。他便跟着那晃动的身影，凝视。他的心跳竟然有些异样地加快。这路上太静了，除了那冰雨落地的沙沙声，就是逼人的冷气。还有易程似乎听见了林荫道边，那些冬青乔木的叶子，以及那刚刚开放的花朵，在冰雨中纷飞，落地成泥的声音；刚刚沐浴了初春暖意的大地，再次被倒春寒冻得瑟瑟颤抖，被冰雨击打得零落无依。

易程的心魂似乎被这静寂的夜威胁着，就在那人影飘忽一闪的刹那，正孤单行走的易程，好像在冰窟之中，看到了一缕升腾着温润之气的暖意，他欣喜地想凑上去，享受那人间相互温暖的福祉。他循着那身影而去。无论那是谁，是陌生还是熟悉，在这天空飘着冰雨的夜晚，所有呼吸着宇宙之气韵的生灵，都将带给他一丝欣慰；无论是在温暖的室内熟睡，或者是因为寒潮侵袭而瑟瑟颤抖的同胞，只要相遇相识，都是上天赐予他的一份缘。

走近了，走近了。他一点点地走近了那晃动的身影。

易程惊诧了。啊！原来是个女生！那身影竟如此熟悉。

细看，易程简直不敢相信自己的眼睛了。这个非常熟悉的身影，竟然是缠绕在他梦中的尤物。多少个午夜，他的心灵，他的魂魄，都被这样一个尤物纠结成斩不断理还乱的思绪，被牵挂折磨成苦涩的相思、揪心的疼痛。万万没有想到，这个在冰雨中瑟瑟发抖，令人的心都为之刺痛的影儿，竟然是那尤物。那尤物，确确实实、真真切切地在他眼前出现了。她就是林怡怡!

林怡怡在酒后的醉醺中摇摇晃晃地走着,平时的自信和傲气,被这呼啸着的西北风,飘摇着的冰凌雨,抽打得支离破碎。

这是那个亭亭玉立的林怡怡吗?那摇摇晃晃走着的姿势,就像被冷雨侵袭而飘落的花瓣,毫无目的地在飘。易程紧走几步,靠近那飘着的身影,他要确认一下自己的判断。这么晚了,她怎么会在这冷雨霏霏中飘着?

林怡怡平时的自信,风姿绰约的模样再次萦绕于易程心头。那是易程青春年少的情怀,第一个为之动情的女孩,他始终难以忘怀的仙子。林怡怡的拒绝使他热烈到痴迷的心底,烙印上无法愈合的伤痕,更使他傲然临风的自尊,陷入无奈和难堪的沼泽。

易程将要走近林怡怡,只差几步之遥了,他忽然放慢了脚步,慢慢跟在后面。在那冻雨刺痛着面颊、寒风侵袭着肌肤的夜幕中,影影绰绰的光线映射着那尤物的距离,他不即不离,悄悄跟着。他不知道是迎上去说点儿什么,还是不声不响地走开,他在矛盾中急切切地搜索着适宜的词汇,把它们排列、组合成最恰当的话语,既表达自己对她的关切,又不太失男生的尊严。

就在易程的思绪纷乱如麻的时候,不知是什么绊了林怡怡一下,或者是她脚跟不稳所致,她一下子摔倒了。

易程本能地"啊"了一声,顺势扑过去,焦急地问:"怎么了?怡怡,你,你没事吧?"

林怡怡没有回答。喝酒喝得头重脚轻的她,摔倒以后,迷迷糊糊地躺在那里。她有些神志不清,有些伤心欲绝。正如掉进茫茫大海,浪涛层层叠叠地袭来,一颗孤独的心魂靠不到海岸,奋力的双手抓不到救命的稻草,一双绝望的眼睛望不到海浪的边际。她太累了,她需要休息,在倒向大地的那一刻,浑身陡然轻松,好像扑进了母亲的怀里,母亲那温暖的双手抚摸着她的发丝，安慰她："好孩子，不哭，有妈妈在，一切都会过去，会好起来的。怡怡，我的儿，我的孩子，你太任性了，孩子！"

幻觉在牵引着林怡怡的思绪，使她在大地母亲的怀抱，体味着丝丝暖意。而她的灵魂却在向着地狱一样的深渊沉去。

就在林怡怡倏然间跌倒的刹那，她感觉自己终于有了"归宿"，那圣洁的大地之母，总算给她的女儿一个贴身贴心的抚慰。林怡怡匍匐在大地母亲的怀里，好一会儿舒心。她终于哭了，眼泪像决堤的洪水一样涌流，涌流。她在心里骂："狗男人，一对狗男女。我，我，我恨、恨你们，恨——你——们——呜呜……"林怡怡像扑在母亲的怀里，嘤嘤悲泣，几乎不能够自抑。她哭得那样伤心，把委屈的泪水淋漓尽致地洒向大地之母的"衣襟"，在母亲温馨的怀里，她再也不需要掩饰自己：虚荣的、羞耻的、愤怒的、爱着的、恨着的一颗骄傲到倔强的心灵。一切的一切，都可以用泪水来替代、来倾诉。这包含了万物之灵，之悲，之善、之恶、之美、之丑的尘世，这大地之母。在这一刻，在这扑向母亲怀抱的一刻，她不需要任何遮羞的帷幔来掩饰自己脆弱、无奈、无助的心魂。女儿只有在母亲的怀抱，才会无拘无束地放纵自己，或哭，或笑，或喜，或闹。此时的林怡怡哭得何止是伤心，她甚至是欲死欲活地把自己脆弱到崩溃的心魂都揉碎了，捧给母亲看！她匍匐在母亲的怀里，肆意释放自己的任性，放纵自己的泪水。

在这冰雨凝结的大地，寒潮袭人的夜晚，除了如尖利的银针似的冰雨，没有了一丝灵动的活物，就是那昏暗的路灯，也失去了往日闪烁的光晕。尽管那嘤嘤饮泣的声息，正如一声呼啸般的悲鸣，震撼着易程的耳膜，它不亚于来自九天的惊雷。他的心被那哭泣震撼得酸涩、刺痛、怜惜，他只是俯下身去，抚摸着林怡怡的臂膀，再次急切地问："怡怡，怎么了？你、你没事吧？你……你说话啊！"

林怡怡仍然哭泣。

哭泣，是她此时的话语；哭泣，是她此时的心声；哭泣，是她此时的控诉。

易程蹲在林怡怡身边，默默地听着她的饮泣，等她开口说话，等她从大地之母的怀抱里站起来，继续行走。可是，好大一会儿过去了，冰雨仍然在肆虐般飘着，不停不歇地飘着。易程着急了，他怕林怡怡被这无情的冰雨冻坏了身体。他怎能容忍心中的玫瑰被冰雨击打得遍体鳞伤？他伸手去拉她起来，忽然闻到了刺鼻的酒精味儿。他说："怡怡，你，你怎么喝成了这样？喝了多少酒啊？你怎么了？你起来啊！"

林怡怡醉眼蒙眬地看着易程，说："你，你管我？你是谁呀？你以为你是谁呀？不起来。我愿意。你，你说什么，怎么了？你，你凭什么，管……管我？"

易程明白林怡怡醉得失去了理智。他忽然暴躁地对自己，也是对林怡怡吼道："我不管你，你不被冻死在这里才怪呢！起来，你起来！"说着，便弯腰，不容分辩地扶林怡怡起来，说，"走，我送你回宿舍。"

易程扶着醉得云里雾里、飘忽不定的林怡怡走了几步，忽然明白了什么，停止了脚步。他暗自叫苦："她醉成这样，我送她，别人会怎么想，怎么说呢？我和她本来没有什么，这要是传出去，她的男友会怎样想？"易程犹豫了。他问."怡怡，你住哪儿啊？我送你回去。"说出这句话，他心里依然是后悔，我怎么送她啊？

"我，我不用你管，你放开我，我，我不回去，狗男女，我瞎了眼了。呜……呜……你是谁啊？你来管我？呜……呜……"又是哭声。林怡怡说着挣脱易程的搀扶，疯跑几步，再次跌倒在地上。

易程紧追上去，一把拉起林怡怡，说："我可以不管你，你以为你是谁啊？你看看你现在的样子，我不，我不管你，你是不是要把自己冻死啊？"

易程思量再三,还是扶着林怡怡到学校招待所登记了房间,让林怡怡休息。进屋之后,他把晃晃悠悠的林怡怡扶到床上,本来是想说句告别的话,立马走人。但此时,也许是酒精的效力发挥到了极致,林怡怡往床上一倒,就呼吸均匀地进入了梦乡。易程看着林怡怡被酒精烧得微红的面颊,以及不省人事的睡态,有点儿不忍离去。他轻轻地推推林怡怡,说:"怡怡,你、你醒醒。"

易程想喊醒她,向她告别。怎奈,推了几下,没有一点儿反应,他只好轻轻替她盖好被子,再从茶几上拿起杯子,倒了一杯热水,扶她起来,喂着她喝了,再扶她躺下。

没想到喝完水,林怡怡却又哭了起来,她边哭边骂:"狗男人,我,我恨你,你葬送了我,我,我的……你……你会遭报应的。"

林怡怡嘤嘤悲泣,哭得十分伤心。

易程总算明白了几分,他猜测着林怡怡喝醉酒的原因,心情异常沉重。看着伤心欲绝的林怡怡,易程走也不是,不走也不是。他站在那里,看着这个醉酒的美人儿,心是痛的。他想劝她,可是又不知道从何说起。他在心里感叹:唉——怎样才能使这个醉得一塌糊涂的仙子清醒过来呢?

无可奈何,易程顺手拉过一把椅子,坐在床前,听林怡怡借酒浇愁之后的醉话,看林怡怡凄惨悲凉的哭泣。易程似乎明白林怡怡为什么如此痛心了。

终于,林怡怡哭得没有力气了,她不再说话,只几分钟,她再次呼吸均匀地进入了梦乡。她静静地睡了。

特有的体韵、特有的细致均匀的呼吸,散发出女子特有的馨香,如云、如雾,弥漫于温馨的房间。

易程站起来,本想走出这个房间。他再次向熟睡的林怡怡看看,那娇媚的睡姿,好像在梦里见过。

林怡怡香香甜甜地睡着，均匀细微的呼吸，酒后红润的面颊，更增添了一种女子的醉态之美。

易程深情地望着林怡怡潮红羞涩的脸颊，一种强烈的欲望和冲动就像干柴烈火一样燃烧，烧得他心烦气躁，按捺不住发乎于情的欲念。他想扑上去，抱住林怡怡，让这位静卧于温馨床榻的仙子，宁静如一潭碧水的伊人，抚慰他那颗烦躁难耐的心。他慢慢地、极其迟缓地朝林怡怡伸出手去，那双有力的处男之手，握了林怡怡的纤纤素手，轻轻地抚摸着她柔软的发丝，他的心脏如雷霆一般跳着，他的手轻微地抖着，从没有这样脸热心跳过，他极力平复自己的情绪，过了好一会儿，他缓缓地站了起来。那双欲火燃烧着的眼睛，始终凝视着林怡怡的脸庞。

那曾经萦绕于他醒时、梦里的丝丝牵挂，缕缕相思，就在这一刻，幻化成了一种心痛与柔情。林怡怡在冻雨里猝然跌倒时，那瑟瑟发抖的身体，那伤心欲绝的哭泣，再次呈现在易程眼前，他的心一阵刺痛。再看看林怡怡安静熟睡的模样，他站在那里，就像一尊雕塑，心脏跳动的节律再次猛然加快。不知过了多长时间，他把目光从林怡怡那儿移向了别处，怅然一声叹息，说："真是醉美人啊！"

易程自嘲地摇摇头，退到门口，坐在那张简易沙发上，整理纷乱如麻的思绪，心中如一团火焰燃烧，又如一块磐石压迫，他不知道林怡怡究竟遇到了怎样的困惑和打击，以致把自己喝得烂醉如泥？他再次把冰雨中，那个摇摇晃晃的身影，与平时婀娜多姿、亭亭玉立、傲然不凡的校花相比较，与嘤嘤悲泣，口不择言地谩骂，如今又安静入睡的睡美人相对照。易程禁不住长呼一口气，再次站立起来，来到林怡怡睡着的床前，凝视着那醉卧床榻的姿容。

茫然 | 第十八章

林怡怡从梦中醒来,睁开迷蒙的美眸,发现自己睡在一个陌生的环境里。她警觉地睁大眼睛环视了一下室内,明白是在校园的招待所里。她不知道自己是怎么来到这里的,便疑惑地看看床铺,再看看自己身上,衣服依然整齐,她使劲回忆昨晚发生的一切,只是想起了男友和那个女孩在床上的一幕,却并不知道自己是怎么进到这个房间的。

她警觉地坐起来,头晕沉沉的,胃也有些难受,心再次沉浸在痛楚、酸涩、悲哀之中。她正要挣扎着起来,却看见易程斜倚在沙发上,两条腿跷在沙发前的茶桌上,睡得正香。她惺忪的眼睛凝视了一会儿,默默,若有所思,坐在那里,看着易程沉稳的睡态,愣了一会儿神。她忽然惊愕:哦——她想起来了。昨天下午,天气忽然转凉,她回到自己那个所谓的家里,想加一件衣服,却意外地发现她同居了将近一年的男人,正在和另一个女孩亲热。她的头"嗡"的一下,一阵眩晕,眼前一片混沌,刹那间便升腾起火焰。她像个傻子一样站在那里,不知所措。那男人气急地问:"你,你怎么回来了?"然后,慢慢地开始穿衣服,那女孩先是瞪大眼睛,惊恐地看着她,再是慌乱地拉起毯子蒙住身体,包括头和脸,严严实实地把自己盖了起来。

　　林怡怡崩溃了。她本想扑上去,泼妇似的,扇那女孩耳光。可是,她怎么也没有力气抬起手掌,她的心被撕裂了,伤口在汩汩流血。她愣怔了一会儿,一股恶气堵在胸口,她想骂,骂那男人那女人,不由分说地抽他们嘴巴。然而,那口气只是在胸腔里憋着,她的喉咙剧烈地蠕动,只是发不出声音。她像机器人一样,打开柜子,随便拉出一件衣服,抱着,摔门跑了出去。她站在楼下,木头人一样,好一会儿,眼泪终于如开闸的堤坝,倾泻,倾泻。楼上下来一位中年女子惊诧地朝她看看,又走过去了;一个三十多岁的男子路过,也朝她看看,蹙眉凝视,没有停留;一个十几岁的男孩,大概是中学生吧?也朝她看看,好像犹豫了几秒钟,之后,悄没声息地走了。林怡怡不知道自己站了多久,站在那里要等什么?她不知道自己站在那里是希望那个男人追出来向她解释,他是一时糊涂,是逢场作戏?还是……她迷茫。

　　茫茫大地,她不知道自己究竟该往哪里走?

　　她站在那里,毫无目的,站着,站着。最终她落魄无助地走了。

　　她走在茫茫人海,一个个面无表情的人们投来嘲笑的目光,低着头,茫然地走着,没有目的地,只有泪水相伴。初春的寒潮被西北风裹挟着,刺激着她泪湿的脸庞,刺痛、麻木,她磕磕绊绊地踟蹰在人行道上,她的眼泪终于被寒风吻干了,也许是再流不出眼泪了。就在那个自己曾经称之为家的附近,她漫无目的地走着,走着。那个曾经爱她,叫她"亲爱的""心肝宝贝儿""乖""傻妞"的男人,却并没有出来找她。她摇摇晃晃地走着,不知走了多长时间,多远路程,她什么也不顾,只是往前走。在傍晚的时候,她走进了一家酒吧。她想用酒精消释内心的悲哀、苦恼与痛楚。但她哪里知道,借酒浇愁愁更愁。那酒,她越喝,心就越苦,越喝越觉得委屈。一颗被尖刀刺伤而滴血的心,怎能阻挡对酒当歌的悲凉,酒精燃烧起来的灼痛!

终于林怡怡醉得一塌糊涂，以至服务生不得不过来干涉她，说要送她回家。

"回家？呵呵，我，我不用你管。"家在哪里？她不知道，她坚决拒绝了服务生的好意。"我，我没有喝多，我，我可以，可以自己走。"林怡怡嘟囔着走出了酒吧。

不知道什么时候天空下起了小雨，那细雨落地的刹那，很快被早春的寒潮在路面上凝结成一层薄冰。当林怡怡来到街上，冷风冰雨的侵袭，使她模糊的神志一时间清醒了许多。她站在风雨中，任由冷风冰雨鞭笞着刺痛到麻木的心灵。她的心沉浸于疼痛之中，徘徊在绝望的深渊。她不知道如何走出这眼前的苦难。看着街道上的行人，就像是天上的星星，一会儿明亮，一会儿灰暗，她的思绪再次陷入混乱状态。后来她就像走进了雾霭朦胧的暮野，整个人陷入一片空蒙渺茫的沼泽，像一个虚脱的病人，深一脚，浅一脚，像踩着云彩飞扬，像踏入地狱，步步都是困惑茫然。她向着无底的深渊下沉，下沉。她想不起来，是怎样和易程相遇，又怎么会来到这个房间。她想问易程是怎么回事。但看到易程睡得那么香，她犹豫了。她轻轻地起床，来到卫生间。

卫生间的水声哗哗地流着，林怡怡想起来了。昨天，昨天下午……泪水再次涌了出来，她看看镜子里的那个泪人，不由得顾影自怜。她恨自己，也恨那个女孩，更恨那个花心的男人。她在心里骂那女孩无耻、下流、不要脸，骂男人狼心狗肺，她把自己的一切都献给了他。他，而他却和另一个女孩上床，并且是在她称之为家的房子里，在那张属于她和他的床上。

聪明的林怡怡，却犯了一个逻辑性的错误。一个四十几岁的成功男人，追求青年女学生，其诚信度本来就很低。他也许是因为婚姻受挫而加入单身一族，也或许就是花心，妄想金屋藏娇，更或者只是玩弄女性的流氓。男人属于哪种类型，怎能妄下定论？林怡怡的遭遇，或许就是绝佳的注释。

易程直到黎明时分才迷迷糊糊地睡着,他只是做了一个短暂的春宵之梦而已。林怡怡在洗漱间的响动,使他警觉地醒了。他掀开盖在身上的毯子,坐在沙发上,回想昨晚的事,他有点儿不好意思地笑笑,想到林怡怡喝醉酒的模样,摔倒在地上,哭得伤心凄楚的情景,以及骂人的泼辣,那令他心疼的场景,一幕幕浮现在眼前。他紧锁双眉,满脸的痛苦惆怅,满怀的怜惜心痛。在这有些尴尬的处境下,易程不知道怎样向林怡怡阐述昨晚的相遇,最后又是怎样送她来到这里。他不明白林怡怡记不记得昨晚的事情,他想问林怡怡昨晚怎么喝成那样,一时又不知道怎样开口。

林怡怡从卫生间出来,易程凝神看着她,问:"好一点儿了?"

林怡怡尴尬地笑笑,说:"不好意思,我昨晚喝多了。后来……"接着,她面带羞涩地摇摇头,轻声说,"谢谢!"

林怡怡说话的时候虽然面带微笑,但那一对深含忧伤的美眸,分明是含着悲凉的泪珠。

易程看着自己心仪已久的女子,有点儿傻傻地看,有点儿怜香惜玉,有点儿云里雾里。他说不清自己此刻的心情是喜是悲,只知道看见林怡怡,他心里很踏实,很轻松,很欣慰,也很心痛。对昨晚的事情他感到愤然不平,甚至有一种要拔刀相助的冲动,他认为林怡怡不该受人欺负,她应该是一个快乐的天使,他看着她,心中涌起一丝莫名的惆怅,一种说不清的担忧,他关切地说:"女孩子,不应该喝那么多酒,醉成那样,不安全的。"

林怡怡似乎被感动了,心中一丝酸楚涌来,泪水再次涌出,说:"都是自找的,那一刻,我死的心都有了。"她凄楚地笑笑,又说,"不好意思,让你见笑了。"

林怡怡的笑,却比哭还悲凉。这让易程心里一阵酸涩,他自己也说不清是心痛还是怜惜，他暗自整理了混乱的思绪，劝解道："不要后悔当初，更不要拿别人的错误来折磨自己。太阳每天都是新的，尤其不要让昨天的不愉快，影响今天的心情。"

红尘滚滚，沧海桑田，这世间，有些时候，祸与福，对与错，完全是因为时间、地点、人物，等不同因素、不同对象而定，真理总是相对而生。"祸兮福所倚，福兮祸所伏。"那位男子——林怡怡的男友，移情别恋，对于林怡怡，无疑是情感世界的一场灾难。而对于易程，却是实现他与心仪的女子相恋的契机。那一个个思念的夜晚，一次次无法遏制的心跳，恋着的痛，欲罢不能的心，难道说不是在一次次思念的炼狱中熬到了今天？但在看到林怡怡醉酒后，在冷雨中蹒跚、摔倒、痛哭的那一刻，易程的心完全为那凄楚和悲哀所感染，曾经淡漠的思恋，再次成为一种隐隐的痛，折磨着他疲累的心扉。

也许是上天垂怜，或者是对于易程一份痴情的报答。在那冻雨飘摇的夜晚，让易程遇到了他苦苦恋着的女子——林怡怡。林怡怡因为失恋而喝得烂醉不省人事的时候，易程以他的清醒和热情抚慰了她滴血的心灵。人在脆弱的时候最容易被感动，更何况易程本来就是众多女孩梦中的王子？他无微不至的体贴，触动了她的情感之弦，让她倍加感动，接着便弹奏出一曲《献给爱丽丝》一般美妙的弦音。

为自己所爱的人做事，是一种幸福。在那段时间，易程度过了一段甜美而幸福的恋爱时光。在那些日子里，他的生活空间散发着温馨和浪漫、热情和朝气。那林荫下的小路，那湖面的涟漪，那枝头的花朵，那纤细的小草，一棵大树，一块岩石，都向着他们点头微笑，都在为他们祝福。

人生就是不断地在受伤和疗伤中度过，生命的过程就在这样的重复中或精彩，或萎靡，或腐朽，或升华。林怡怡很快从失恋的痛苦中解脱出来。与易程的恋爱，她甚至觉得是因祸得福，她悔恨自己原先的拒绝,那是多么无知,感激易程不计前嫌。易程的一往情深,令林怡怡备感愧疚。为了这段失而复得的感情,林怡怡格外珍惜易程所给予她的疼爱与关怀。与易程的恋爱,使她真正陷入了爱情的温柔之乡,对于易程的爱情,林怡怡投桃报李呵护有加。

易程情场得意,考场顺心,爱情的滋润使他以百倍的精力投入毕业前的冲刺,顺利而优质地完成了毕业论文、毕业答辩,赢得了优等毕业生的好成绩。

易程与林怡怡的恋情从一个细雨霏霏、落地成冰的夜晚开始,又在一个秋雨绵绵的季节结束。那是他们毕业以后的第二年秋天。他们身处两地,正所谓一种相思两处闲愁,何以慰藉相思的心灵?唯有派殷勤的"信鸽"传情。那种甜甜的相思,苦苦的期盼,维持了一年六个月十二天之后,最终还是在甜美与苦涩,相思与期盼相交的缠绕、纠结中,画上了一个不等号。

十年弹指一挥间,那次同学聚会重逢,易程惊诧地发现,在他的潜意识里,一直就有林怡怡的影了存在。

送走林怡怡之后,易程记忆的银屏上开始了陈年旧事的回放:节奏鲜明,画面清晰,痛苦的、欢乐的,一组接着一组的画面,叠加、铺展、排比、环绕而来,纠结相生。或萦绕,或徘徊,或诱惑,搅扰得他心旌荡漾,幻影重重。他在潜意识里,呼唤着林怡怡的名字,思绪再次沉入儿女情长的瀚海,心底里激荡着情感的波涛,一次次地冲浪,一遍遍地沉浮。他在心灵的幽深处,再次轻轻呼唤:林怡怡……林怡怡,你这个尤物!

那些画面经历这许多年的磨砺、沉淀,为什么却依然那样的清晰,那恍然如昨的往事,刺激着他的泪腺,酸酸地、涩涩地、盈盈地溢满了眼眶;那丝丝缕缕的情愫,那波澜起伏的心痛的往事再次一一呈现。他真的有些累了。易程回到办公室,疲惫地躺在套间的床上,迷迷糊糊,感觉林怡怡依然在他旁边躺着,他侧了一下身子,张开臂膀深情而温柔地拥抱,喃喃自语,叫着林怡怡的名字,心头有一丝甜蜜与慰藉的气息蔓延。那是林怡怡留给他的余韵,就在那余韵缭绕中,他朦朦胧胧入睡。睡梦中,他正在与晓岩商量投资建矿的事:"晓岩,关于投资煤矿的事,其实,我们只是作为一个股东出现。"晓岩头也没抬,只是模糊地表示:"嗯,我考虑过,你说的也有道理,可以投部分资金过去。"

易程暗自欣喜:到底是兄弟啊!信任我,要不然,他不会这么快就同意了。待他正准备说下一步具体实施的话时,手机铃响了。他警觉地睁开眼睛,睡意犹存地按了接听键,"喂——"了一声,那低沉的男中音,有点儿绵软无力,朦胧缥缈,似在梦中的感觉。

电话是张师傅打来的:"易总,我有事要向你汇报。"

"嗯,好,好。我在办公室等你。"

张师傅是主管技术和工程质量的副总经理,是公司的第三把手。他对工地上的事情兢兢业业,一根钢筋、一袋水泥、一筐沙子,不管零碎到多么微小的事,从运料到施工,每一个环节他都严格要求,严把质量关,在工作和实践中经常发现问题和提出建议。他提出的"关于房子的内装修设计提前介入房产设计之中,以减少业主后期装修时的不必要浪费"的建议对于增加业主对房产的满意度,起到了不可小觑的作用。

张师傅的工作,晓岩和易程都非常满意。

易程挂断电话,才清醒了许多,赶紧起床,到洗手间,用清水洗了把脸,顿时心清气爽。他倒了一杯热水放在办公桌上,坐在桌前的老板椅上,顺手打开一张当天的晚报看了起来。

一篇题为《房价究竟能走多远》的文章,吸引了易程的眼球。文章从周边城市的房价漫谈开来,分析了经济形势、市场供给状况等因素之后,得出一个结论:绿藤市房价的攀升是一条漫漫长路。这样的话,宝仓城的房子也会水涨船高。

易程的脑神经再次为怡馨园的开发而兴奋。他在心里盘算着第三期工程结束以后的美好"钱景"，并在内心虔诚地祈祷，祈祷菩萨保佑。他在心里暗道："也许是上天赐予的灵感，让我有了开发这块处女地的想法。大慈大悲菩萨，继续赐我灵性和成功的福缘吧！我将终生感激您的慈悲，敬仰您！您是我的幸福之神，心中的太阳。"

易程在心中虔诚地祈求菩萨保佑，也在欣喜中享受着自己的奋斗果实。他从内心再次为自己曾经的决策感到骄傲。一时间确信是上苍眷顾他与林怡怡那段未了情缘，在给他们创造重逢的机会，冥冥之中，让他对林怡怡有所帮助，以弥补情感世界的缺憾。这样想着，他自我陶醉地笑了。

门"当当当"地被敲响了三下。易程朝虚掩着的门应了一句："请进。"

是张师傅。

张师傅满怀心事，脚步便有些重，进了易程的办公室，站在那儿，脸色沉重地看着易程，气儿还没喘匀实，也没来得及说话。张帅傅激愤的表情，易程有些疑惑，便示意张师傅坐在沙发上，然后倒了杯水，放在张师傅面前，转而轻声说："先歇会儿，喝杯水。"

易程随即坐在张师傅对面的沙发上，像朋友一样亲切随意·"张师傅，您说。"

只有他们两个的时候，易程依然习惯叫张师傅，他感觉这样很亲切。

张师傅虽然是一个拔尖的技术人才，可是他的交际能力却不太出众。尽管当业务经理有一段时间了，见了公司大老板，总是有一些紧张。

刚进门时心脏怦怦乱跳，他下意识地平静自己，见易程如此随意，他便不再紧张，情绪慢慢稳定下来，说："易总，有个事，得给你汇报。"

易程应了一声："嗯，您说吧，张师傅。"

"承接三期工程的宝源公司资质上存在问题，技术员看不懂图纸，已经影响了施工进度,他们的经理说'技术员临时有事,缺位',我判断不是这样的,他们的能力可能只够在农村建几间茅屋的水平。再就是材料上,他们使用的水泥存在质量问题,标号与咱们的要求不符,凝固度与合约上规定的差了劲儿了。还有钢筋有些是小厂的产品,外观上看好像没什么区别,实际上那种钢筋屈服强度很低……"张师傅汇报完后,心中暗暗舒了一口气,端起易程放在茶几上的水杯,轻轻喝了几口,心情顿时放松了许多。对于张师傅来说,汇报工作,比他在工地上东跑西颠、监督施工不知要累多少倍。

易程点点头:"质量是关乎生存的大事,一定得重视起来。"

"是的,没别的事了,这个事情?"

"幸亏你发现得早,不然真要出大事了。你先通知他们,让他们停止使用一切小厂生产的原材料,已经用了的,一律撤掉。在用料问题上必须按规定办事,半点儿也不能含糊,对现有的材料,要敦促他们限期调换,不能再出现在施工现场。随后我们要组织一次大检查。告诉他们,城建单位这一两天内要向我们派监理。我们的监理这一两天到位。不管他是什么背景,在材料质量问题上决不能迁就姑息。回头我和崔总商量一下,得理顺材料来源渠道,公司下一步要加强执行团购制度。这是非常重要的一环,我们一定要配合起来做好这项工作。你先说一下,随后我和崔总再进一步强调。下一步专职监理得随时跟踪做好质量检测,我们还要定期抽查,一定要保证质量。"

"中,我马上去办。"张师傅说着,起身向易程告辞。

"对了,你重点向宝源公司强调一下,如果他们不按照合同规定的材料、质量施工,我们将收回他们自己供料的权利。否则,我们有权单方面中断合同。"

"中。"张师傅赞赏地应承道。

易程礼貌地送张师傅出门,再次强调说:"这件事一定要办好。"

人心无私天地宽。易程是出于对工作负责的态度，推荐了张师傅做业务经理。张师傅的业务经理，是自己干出来的，而不是跑官跑出来的。张师傅的工作一直都做得很出色。这充分显示了易程知人善任的能力。

　　易程在心里检讨着宝源公司进入工地的过程。他明白，这是在决策上犯了一个低级错误，当时无论是谁说情，都不应该答应他们自己购进材料的要求，他们自己买材料，自己施工，这在某种程度上就削弱了监督机制，甚至是缺少了监督环节。自己监督自己的工作，在人们的思想意识上，就等于没有监督，在客观上为那些善于投机的人开了绿灯。这完全是决策造成的后果，若不是张师傅盯得紧，后果真不堪设想。想到此，易程禁不住出了一身冷汗。他从内心赞道："张师傅真是一个难得的人才啊！最重要的是他的为人品质，虽然在交际上略逊一筹，但他在技术质量上精益求精、认真负责、一丝不苟、积极而勤奋的态度让人心生敬畏。"

　　这段时间的工作证明，他选对了人。张师傅对工作的称职与勤奋，在某种程度上为易程撑起了台面。这时候，易程看张师傅，不免有种伯乐相千里马的愉悦，内心洋溢着一份光彩、明丽、温馨、自豪和慰藉。

迷雾

第十九章

易程蹙眉凝思张师傅汇报的宝源公司存在的问题，心情便有些沉重。工程上的事情，他深知其中的要害，在材料和施工的环节上，每一个步骤都是关乎生存的大事。他再次回忆和检讨了宝源公司进驻工地的过程。对于宝源公司的信誉、资质产生了一定的疑惑，在这一点上，他和晓岩好像都犯了一个既简单又复杂的错误。宝源公司进驻怡馨园是一位朋友介绍的，那人在当地有着非同一般的社会基础、运作能力，既是道场之师，又是江湖之人，晓岩和易程，都抱着委曲求全的心态，接受了宝源公司，并且答应了他们自己供料的请求。易程苦笑，摇头自叹：唉，对他人的姑息，就是对自己的不负责任，悔不当初啊！幸亏，他不敢再往远处想，假如不是张师傅及时发现问题，事情会是怎样的结果？

易程在心里赞赏和感激张师傅的认真负责，也暗自得意自己选对了人。转念又想：这件事关系到宝源公司，而宝源公司的背景复杂，解决起来不是那么简单，得给晓岩打电话商量一下。他随即拨通了晓岩的电话，把张师傅汇报的事情向晓岩说了大概。临了他说："咱得商量一个策略，这件事情非同小可，一定要妥善解决才是。"

"嗯嗯，明白。我尽快过去吧。"晓岩显然有些吃惊和气愤。

易程的用意很明白：一是先给晓岩通通气儿，说一下张师傅汇报的情况；二是需要与晓岩合计一下，怎样纠正错误，杜绝这件事情的蔓延；三是在今后的工作中该怎样避免此类事情发生，尤其在对待关系户、人情网方面，一定要汲取这次的教训。

给晓岩打完电话，易程沉默良久，再次想到了林怡怡，想到了她的邀请和拜托，投资煤矿的事像巨石压在易程心头。他觉得自己就要窒息了，胸腔莫名其妙的沉闷、郁结。他顺手拿起桌上的一盒红塔山香烟，抽出一支点燃，只是象征性地抽了一口，然后，右手食指与中指夹着那支点燃的香烟，表情沉郁地走到窗前，伸手把半掩着的窗帘拉得更开了一些。站在那里，凝视着窗外山坡上，蓬蓬簇簇惹人心醉的夏绿，心神便驰骋开来，和林怡怡在床上的一幕，以及那临阵妥协的尴尬，在他还是第一次。尤其是面对他朝思暮想的恋人林怡怡。现在回想起来，自己都感到不可思议，他才刚刚四十岁，不会是衰老的征兆吧？易程迷茫地摇摇头，在心灵的幽深处呼唤：怡怡。

易程再次摇摇头，无声地笑笑，那笑容富含了诸多的韵味：自嘲、无奈、尴尬。他翻来覆去地想，该怎样再次给晓岩提及投资矿井的事。沉思默想之中，他不免有些矛盾，有些心烦，有些担忧，有点儿前路渺茫的感觉。心便陷入怅然的迷惘中，好像四处都升腾着迷雾。他徘徊着步子沉重地走出办公室。他要出去走走，散去憋闷在心里的沉郁之气。

刚走出办公室，手机的短信响了，他打开手机，一段热烈得烤人、暧昧娇俏得撩人的词语映入眼帘："天不老，情难绝；心似双丝网，中有千千结。祝愉快、顺利！怡怡：于矿办。"

易程凝视着手机，心旌再次荡漾起儿女情长的幻影。

林怡怡的短信，一是表示她对易程的关心，二是告诉易程，她已经回到了矿上。她的短信引用了北宋词人张先《千秋岁》中最动人心弦的两句词。这是一首描写恋情和相思的艳词，表达一种强烈的相思之情，是那种夜以继日、永无绝灭之期的思恋。

林怡怡短信告诉易程她到家了，又说出了对易程的思念，更是让易程别忘了她的拜托和期望。

如若说她是爱着易程，倒不如说她是在利用易程。人性中的精明、势利，在林怡怡身上表现得淋漓尽致。她的青春、她的前半生都是在追逐利益、寻求享乐的路途上辗转、颠簸、流离，她的爱情观、择偶观都取决于那种根深蒂固的追求虚荣和物质上富足的心态和意识。她的爱恨，她的情仇，她的青春，都在为这样深埋于灵魂深处的意识形态买单。也许后半生，甚至于她的生命最终的结局也不会例外。那代价也许是惨重的，也许会是无法挽回的悲剧，就如她放弃与易程的爱情，将是她一生一世的遗憾一样；更也许她是幸运的。人生，无论追逐怎样的生活，又有谁不是在无休止的追逐中，承受着一场悲剧的到来，只不过那悲剧的时间、地点、剧情各有不同罢了。

读了几本书的人，要是算计起来，就会更加精明，更加逻辑严密，更加让人无从防备。那么，动起情来也会更加痴迷。林怡怡究竟是算计，还是痴迷？深陷于情海波澜之中的易程，自然是难以判断，常言道"当局者迷"，何况又是面对自己迷恋了十几年的红颜！接到这样的短信，除了在心里把林怡怡拥吻了无数遍，再就是坚定不移地要给晓岩做工作，坚决促成向煤矿投资的事。唯有这样，易程觉得才有勇气面对林怡怡那双令他销魂的眼睛。

心意已决，易程感到镇定、自如、释怀，而且有几分欣悦涌上心头。他觉得应该给林怡怡发个短信，便掏出手机，拇指轻点："情丝缕缕，原为谁结？阅尽沧桑，心意难绝！愉快，保重！"

易程回复了短信，顿感一阵轻松和愉悦，他用右手的拇指与食指轻轻一捏、一捻，打出一个清脆的响指。然后，潇洒、含情、满足，又蕴含了些许无奈地笑笑。

曾几何时，失恋的易程，阅尽了人间美色，却难绝对林怡怡的思念。在那苦恋的岁月里，他曾不止一次地骂自己："易程，你完蛋了。你站不起来了，瞧你那点儿出息！"他是决心要放弃的。然而，他越是决心要放弃，内心就更加痛苦和难以放弃。直到和赵文雅结了婚，生了子，易程的心才算有所收敛。对林怡怡阴魂一样的纠结，变成了他心灵深处一个秘密的符号，只是在更深人静夜不成寐的时候，他才轻轻地触动一下那久远的秘藏。

当他在十年后的同学聚会上，再次与林怡怡相逢的时候，他真真切切地告诉自己："易程，这次，这次你彻底完了。你被她俘虏了。"

走了十多年的人生之路。原来，他的心，一直就没有离开那个曾经禁锢他的窠臼；原来，在爱情这条路上，他的脚步依然还在那所校园里徘徊；原来，那颗心依然属于那个高傲、势利、美貌的校花——林怡怡。

尽管是沧海桑田，十度春秋寒暑，易程在这个多彩的社会中摸爬滚打，几度沧桑风雨侵袭，铸就了成熟老练、风流倜傥、洒脱不羁的气质和风范。面对万丈红尘，俗世风雨，他也许不会再如当初的尴尬、无措，但对于林怡怡，他却再次陷入迷雾——情感的迷雾，人生的迷雾，抉择的迷雾。

晓岩接完易程的电话，急忙安置了手头事务，从绿藤市赶往宝仓城，与易程共同解决宝源公司偷工减料的事情。宝源公司的社会背景不可小觑，怡馨园的质量与信誉更是他们生存的命脉、发展的根基。这两件事交织在一起，像一张纵横交错的网，纠结着晓岩的思绪。晓岩的思维陷入了重重的包围圈，他就像一只结网的蜘蛛，在自己结成的网里，左冲右突，寻找着突破这网的出口。

晓岩在国企的时候，就深恶那些依仗背后的势力，把组织原则、法律法规当儿戏，为谋得一己私利而不顾原则的冒险者。没想到如今自己办公司，也免不了为人情网开一面，为这张关系网而陷入怪圈。他暗暗告诫自己："对于宝源公司存在的问题，一定要按照原则解决好。否则，真害人害己，自己和易程今后的日子就永无安宁。"开着车，一路上思索关于宝源公司的材料、人员、技术，设想着下一步的解决方案。三四十公里的路程，转眼间就到了。他拨通了易程的手机："易总，我马上就到，你在哪儿？"

"我正在工地上，这就回办公室。"

"哦，不用了，你在那儿等我，我也去看看。"

晓岩开着车，直接到了怡馨园工地。

易程已经等候在大门口。两个人亲热地握手。

"正等你呢。"易程招呼晓岩。

"一起走走吧。"晓岩的心情有些沉重。

他们两个虽然是同窗好友，可是现在身份不同了，处事方法，说话风格，都与以前有了不小的改变。官场那些客套话，不知不觉也在两人之间衍生。握手的力度也和以前大不一样。以前是狠狠地握一下，似乎有说不尽的想念与欢喜；现在是落落大方，极有分寸地相握，表达着与对方的一份尊重、默契。

两个人握完手，晓岩说："给张经理打电话，让他也过来吧。"

易程拨了张师傅的手机，说："张经理，崔总我们在门口等你。"

挂了电话，五分钟左右，张师傅就过来了。他跟晓岩握手问好，"崔总好"三个字一出口，张师傅就再没话了。

"张经理辛苦了。"晓岩握住张师傅的手，发自内心地说道。

张师傅又和易程握手，说了两个字："易总——"

易程说："我们一起看看，了解一下工地的情况吧。"

怡馨园的高层管理者，三个人顺时针在怡馨园边走边看，边看边谈。主要检查了正在施工的几个地段，当然重点是三期工程的几个施工点，宝源公司的所在地，是他们重点要看的对象。

一圈转下来，除了看到各个工地的繁忙，所感受到的就是欣欣向荣的景象，蓬蓬勃勃的朝气，他们并没有发现什么不合规则，或者不安全因素存在。

最后他们交换了一下意见。晓岩说："我们到办公室开个小会吧，商量一下宝源公司的事情。虽然是他们做得不对，但我们也有责任，是我们把不合适的人安排到了不合适的位子上。因此，我们得好好研究一下解决的方案，不但要把这次的问题解决好，还要真正杜绝下次再发生类似的错误。"

易程和张师傅点头同意。易程说："是要好好总结一下这次的经验教训。"

晓岩、易程、张师傅，他们三个一起来到公司办公室，这是三个智者的一次会议。

晓岩先说了会议主题："今天，咱们聚到一起，主要是研究关于宝源公司存在的问题和解决措施，以及对下一步抓好工程质量的安排。"晓岩赞赏和肯定了张师傅的工作责任心，他看着张师傅道，"张经理先说说吧。这次多亏你发现得及时，不然的话，真不敢想象会出现怎样的后果呢。"

张师傅留板寸发型，国字脸，脸膛黝黑中透着微红的光泽，两眼炯炯有神，静静地听晓岩讲话。这是他的一个习惯，开会的时候，无论是谁讲话，他都仔细而认真地听着。

晓岩说让他讲几句，张师傅忽然腼腆起来，不好意思地欠了欠身子，极轻地咳了一声，清了一下嗓子，说："宝源公司的事，我是才发现，我承认我做得不够好，以致出现了材料上的问题。"

"这不怪你，你能够及时发现问题，就很不错了。从今天我们检查的结果看，工程质量问题有很大的隐蔽性，这与我们对制度执行不力有关，比如：建材使用上，统一标准，统一采购，这应该是铁的纪律。可是我们对宝源公司却是额外开了小灶。这是我们决策上的失误。有些问题根本不是我们走马观花就能够发现的。工程质量上虽然有张经理盯着，但范围那么大，他一个人远远不够。宝源公司的事情若不是张经理发现得及时，后果会是怎样？想想我都觉得后怕。在此我要郑重地对张经理提出表彰。"晓岩说着站起来，再次向张师傅致意。

易程也插话说了几句对张师傅感谢的话。张经理谦逊一番之后，汇报了对宝源公司在材料问题上采取的措施。他说："昨天给易总汇报后，我就按照易总的意思，跟他们的经理说了。材料他们已经做了调换处理，要求他们停工，对前期施工部分进行返工改进，还要进一步监督和督促，尽快解决，该返工的一定要返工。"

易程以征询的语气说："我们是不是组织各分公司经理开个会，说一下工程上的情况，以及下一步派驻监理的事情。市城建局还要不定期抽查，让他们把工作做细，不能抱任何侥幸心理。质量不但是公司的信誉，更是生命和命脉，是我们大家的生存保障。"

"派驻监理跟踪监督工程质量的事，已经十分紧迫，是应该尽快拿出具体措施，给各公司安排一下。"晓岩对易程和张师傅道，"这个事儿咱们今天就定下来，好吗？"

晓岩、易程、张师傅，这个三人组成的智囊团形成了一致意见。

散会以后，易程叫来办公室秘书小李，说："你去通知各分公司经理，下午三点到办公室开会。"

会后，他三个一起到一家酒店聚餐，特意要了红酒，共同为公司的发展举杯庆贺，更为今后的同舟共济干杯！晓岩和易程再次重述了对张经理的谢意，说是本来应该好好喝一顿的，但下午还有工作。说着，两人分别起身，向张师傅敬了酒。

张师傅立马红了脸，说："哎呀，干好工作是我的职责。两位放心，我会好好干的，两位的知遇之恩，俺姓张的即使报答不了，但也决不会忘记。再说了，咱也不是那种做事不负责任的人呀！"

三位怡馨园的高管，像"桃园三结义"的兄弟，信誓旦旦，决意共同努力，为建造一座质量上乘的怡馨园而竭尽全力。

张师傅豪爽地干了杯中酒，拿酒杯朝下倒着，说："两位兄弟，哥先干了。"

易程端着酒杯的右手慢悠悠地把杯子移到唇边，细细品味，然后一饮而尽，好像下了决心，要做一件事情。他正在默想如何说服晓岩，同意向煤矿投资的事情。在这件事上，易程深深感到自己的弱势，由于对行业的不了解，说出的话苍白无力。怎样才能说服晓岩给矿上投资，他最多给自己打三十分。但他却在心里对自己说："为了林怡怡，即使是零分，我也要试试。"

晓岩见张师傅的酒杯已经空了，不好意思再犹豫，把杯子送到唇边，轻轻吸一口气，张口灌了下去，把酒杯放到桌上，顺手拿起筷子，夹起一口凉拌肚丝送到嘴里，细嚼慢咽，边咀嚼边品味。暂时无话。

易程见平时不怎么沾酒的晓岩，今天喝得如此爽快，知道他心情不错，就在心里整理着说服晓岩向煤矿投资的底稿。此刻，林怡怡的音容娇姿再次映现在眼前，一颗原本宁静的心，慌乱地跳着，声音似乎很响，他自己都能听得到心脏咚咚跳动的声音。

聚餐后，张师傅回自己的办公室，易程本想瞅机会给晓岩说投资煤矿的事儿。回办公室的路上，他就一直在心里预备着怎样开口向晓岩说投资的话，现成的话语在嘴里打转，但就在一吐为快的刹那，晓岩说话了，他说："折腾了大半天，还真有点儿累了，我稍睡会儿。"

易程的话虽然已涌到唇齿间，但碍于晓岩有话在先，说要休息。易程一时不好开口，这样，易程就言不由衷地说："是啊，是有点儿累了。"

晓岩回到他那间办公兼休息室的房间午休，易程心事重重地回到自己办公室，没好气地关了门，坐在沙发上，脑子一片空白，闷闷地坐着，不知该干什么。他没好气地走进里间，懒懒地躺在那天他和林怡怡躺过的床上，拉开被子的一角盖在身上。以前午休，易程往往是躺下几分钟就会酣然入睡。可是这个中午，他躺在床上烦躁不安，反反复复折腾，毫无睡意。这张床模样未改，但实质上它的内涵和意义已经大不相同了。自从那次他和林怡怡在这床上一番要死要活的云雨之后，只要睡下，常常会有一种幻觉，好像林怡怡就躺在自己身边，那娇媚的明眸，玉润的肌肤，燕语娇俏，软语妩媚的模样，使他有种心醉神迷的思念和欣悦。这个中午，他躺在这张床上，先是烦闷得只想骂人，当他气呼呼地拉开毯子，盖住自己气闷而呼吸急促的身体时，好像林怡怡柔软的素手在抚摸着他健硕的肌肤，他再次感觉到了那馨香氤氲的气息，精神顿时亢奋起来。

下午，在各分公司经理会议上，张师傅讲了施工方面存在的问题，重点说了宝源公司的情况。当然，张师傅说得比较婉转，他说："比如有的公司自己供料，就更应该严把质量关。不要用自己的手抓灰往自己脸上抹。"

易程讲了公司面临的情况，从行业竞争，到把好质量关的重大意义，该注意的事项，都一一列举到了，还重点提及了城建系统的监管、监督检查的力度越来越大，尤其在使用材料、施工环节上，一定要按照规定，来不得半点儿虚假和含糊，更不能走捷径。这不但是上级监管的问题，质量更应该是我们生存的命脉。

晓岩针对公司存在的一些问题，讲了几点意见："希望大家不要存侥幸心理，觉得偷工减料，做一点儿手脚，不算什么，也未必就出问题了。但那都是自己给自己埋下的定时炸弹，我们不要这样的隐患。我们不能有丝毫含糊。否则，我们晚上会睡不着觉。我们要的是稳稳当当做事，安安心心过日子。我们建小区、盖楼房，不能把眼睛只盯在钱上，要对业主负责,对他们负责,也就是对我们自己负责。最近几天城建部门派给我们的监理就要上岗了,他们拿的不是我们的工资,是吃皇粮的检察官式的人物,是我们交给国家的税收养着的'官员'。他们不会迁就我们在任何环节上的漏洞。"

晓岩、易程、张师傅,他们都清楚,这些话是说给宝源公司的,大家都心照不宣。因为其他公司的用料都是统一供应,唯独宝源公司,是一位很有影响力的人物说他们与某建材集团有联系,在用料上可以特殊照顾,晓岩和易程就答应了他们的请求。

但这些晓岩和易程都无法明说,他们只能要求大家共同努力,做好工程上的事,做到尽善尽美,不留任何隐患,不给行业主管部门留下技术质量上的把柄,做到对业主负责,对公司的信誉负责。

至于其他的事情,还要个别谈。这是领导艺术,有时候,有些事,只有绕着弯子才能办得妥帖。这就叫该走的路,一步也不能少;该花的钱,一文也不能省。绕弯子,有时候也是一种生存艺术。

散会以后,张师傅回去继续他的监督检查工作,关乎工程质量的每一个环节,他都要毫不含糊地督促督察。

张师傅走后,晓岩对易程说:"事情就这样了,忙了一天,总算告一段落。我得回去,那边有许多事在等着呢。"

易程正想着怎样开口给晓岩说投资的事,就没有听清晓岩说的话,只听到最后几个字"在等着呢"。易程睁大了眼睛,疑惑地看着晓岩,似乎在问:谁等着呢?

晓岩补充一句:"我得回去。有什么事,我们电话联系吧。"

"你先别着急回去,我还有重要的事情没给你说呢。"易程终于开口。

"那好……"晓岩说着坐了下来,等易程详细说重要的事情。

易程泡了一杯铁观音茶,放在晓岩面前。然后给自己也泡了一杯。

坐下来，易程端起杯子细细地品了一口。

而晓岩并没有碰那杯茶水。看得出来，他是随时都准备起身走出这间办公室，回到绿藤市去。阳光新招的几个人员，还没有真正熟悉工作。为了半山华益工程的事，秘书韩颖最近忙里忙外，既是公司秘书，又是公关部主任。晓岩原本是要李秋平兼顾人力资源和公关部主任的，可是秋平刚刚进入阳光，有许多事情不是那么得心应手。不过经过这段时间的配合，韩颖与秋平非常默契，尤其是在项目公关上，搞个什么活动，两个美女像姊妹花一般，往那儿一站，十分养眼。加之她们训练有素的教养和谈吐，真真的是给晓岩挣足了面子和里子。要想拿到半山华益工程，有许多幕后工作，需要他亲力亲为，这是一个可以使公司翻身的大项目，他始终把心弦绷得紧紧的，每一个环节都要做到万无一失。

晓岩正在计划招募一批能够拿出精品的尖端设计人才，将来以作品说话，投标一些大的建设、装饰工程。他要花本钱去扶持设计人员，准备与吃皇粮的设计部门较劲，拿出更胜一筹的设计方案。这次阳光招聘人才，晓岩从战略目标出发，招募了几个建筑设计专业本科以上的学生，承诺给他们底薪加技术股份的模式，来提高阳光的凝聚力。针对新公司的业务范围，把规章制度进一步完善起来，公布于众，以使那些设计人员工作起来更有动力。

前天，晓岩安排韩颖起草了一个方案。他还没来得及仔细审阅，便被易程喊到宝仓城来了。他心里放不下这件事，想着赶快回去，仔细看看，斟酌一下。

易程在心里掂量再三，最终开口："还是上次我给你提过的，投资煤矿的事。我想咱还是再商量一下。""哦，这几天忙得晕头转向的。前公司遗留的事情，新公司的业务。唉，我把这事给忘了。"

晓岩如梦初醒，想起了上次刚谈了个开头，就各自散了。

易程反复思量，认为干脆挑明了说会好一些。他说："这是我一个同学搞的，其实我也是没法儿。想来想去，就是抹不下这个面子，再者我也觉得是有利可图的。你考虑一下，咱再议一议，不在多少，给个面子。再说了，他们按股份给红利，咱也不吃亏。"

"这件事从原则上，我是不大赞成，既然你有这个意向，也是同学的面子难驳，回去后我认真考虑一下。你也向他们要一个具体的方案，然后咱们再议这件事。不过，我听市里的朋友说，今年要对小煤窑进行整合，要关停一批小矿，那些无证开采、产量不达标的，都要关掉。这次的政策据说是'关、停、并、转'四个字。总之，我们要认真合计一下，别刚把钱投进去了，矿又被关闭了。"

听了晓岩的话，易程越发感到心里没底，他不知道究竟该怎样去帮助林怡怡。林怡怡说的煤矿具体情况究竟怎样？只是听了林怡怡的介绍，他不敢妄断。这些年私挖乱采的现象已然成风，如若真像晓岩说的，那他可就跟着倒霉了。晓岩这边更是没法交差。

林怡怡的话语再次萦绕在易程耳畔：放心吧。我不会舍得拿你的钱打水漂……

易程回想着林怡怡提出的丰厚条件，有许多疑虑涌上心头。他并没有看到林怡怡制定的具体字面材料，以及整个过程的可行方案。十多年没见过面的林怡怡，究竟有多大把握能保证投进去的资金升值？对于挖煤，一个姿色出众的女子，她究竟有多少技术上的保证？想到这一切，易程眼前一袭迷障蒸腾，雾霭层叠翻卷，扑朔迷离的前路，江南烟雨一般笼罩了易程的身心。

较量 | 第二十章

晓岩在投资煤矿的问题上顾虑重重，易程面有赧色，一时无语。

晓岩在心里暗自思忖："政府遏制不规范开采，支持有计划、规范开采矿产之源是大势所趋。一些小矿主们都在各自寻找出路，那位寻求投资的矿主也不会例外吧？若是符合新的开采政策倒也罢了，若不符合，那就是关停的对象，易程说的究竟是属于哪一类呢？从辞职下海开公司，到组建兴源创建怡馨园，从鑫林到阳光，一路走来，经历了多少艰辛坎坷？公司的日子才好过了几天，投资煤矿不是想象的那么简单，哪有听风就是雨，随便一说就行动的道理！"面对易程恳请的眼神，晓岩本来想从客观上与他摆明了理论一番，可转念又想："易程毕竟是和自己商量，还是以和为贵吧。"于是就婉转道："我回市里，再做一些调查，了解一下政策面上的东西。你再与那位同学联系一下，把情况吃透，我们再作打算。"

易程点点头，道："嗯，也行。"

晓岩说着起身准备离开。

两人都勉强笑着，预约好了似的，说："多联系。"

易程送走晓岩，回到办公室，想着刚才晓岩说的关于煤矿将要整顿的话，又想起林怡怡拜托他投资的事，想起那双可以融化他身心的眼神，原本怅然的心竟扫过一袭陶醉，接着便有些郁闷、烦躁、不安。他想到了和林怡怡的恋爱、分手，想到了同学聚会时的重逢，想到了那天与林怡怡的云雨之事……后来又想到了妻子赵文雅。当然，也想到了儿子斌斌。

易程自从与赵文雅结婚以后，放荡了一个阶段的雄心总算安定下来，再也不做无谓的奢想，只一心一意地对待赵文雅。赵文雅对于易程更是百般体贴、万般爱恋，小夫妻也算是恩恩爱爱地过日子。婚后不久，奉子成婚的赵文雅为他生了一个胖小子，易程也觉得与文雅结婚以后，日子过得相对顺心如意。特别是与晓岩合作，在经历了艰难困顿之后，取得了惊人的成功，家庭事业两顺意。正应了那句"阳光总在风雨后"。先苦后甜的日子，给予了他志得意满的快乐和幸福。

那次同学聚会之后，林怡怡却在他宁静的心湖投进了一颗不大不小的石子儿。那颗石子儿，在他心灵的湖面激起了层层涟漪，多年前沉寂的情感之海，再次翻卷起层层浪花，偃了的心旌，再次迎风飘扬，招展于心灵那片空旷的沃野。浮躁代替了往日的宁静，烦恼充斥着生活。不知从哪一刻起，他丢失了看赵文雅时那种发自内心的温情脉脉，温馨与柔曼；看儿子时，眸子依然是原来的神韵，却似乎失去了原有的那份骄傲。

易程在心里自问："我美丽的女神，我该怎么办、怎么办？"林怡怡、赵文雅；公司、晓岩、投资，都赶着趟儿地聚焦，正如高分贝噪音，在耳畔聒噪，在眼前缭绕；一双双无形的手掌，在他的脑海深处较劲、争夺、撕扯，他不知道自己心灵的舵究竟该转向何方？站在谁的一边？晓岩的态度，政策面的不确定，他的心情复杂、沉重。

晚上，易程无心回到在半山华益市的家里，就在办公室过夜，这已经成为他的习惯。公司困难时期，或者公司忙的时候，他常常这样好多天不登家门。也许这就是男人，男人做事业就该这样？早在几千年前，大禹治水，三过家门而不入。即使妻子分娩，婴儿的啼哭也不能唤回大禹治水过家门不入的雄心。人生就是这样，鱼与熊掌都是好东西，可对于个人，只能是二者择其一。自古如此。但这次的易程不是，而是他的心太乱，他想清静一下，一个人冷静地思考一些问题，也或者他根本就是大脑短路了，对于任何事物都失去了原有的判断。他找不到方向，却固执地认为自己应该、必须帮助林怡怡。他在潜意识里躲避着妻子赵文雅柔软的温存、妩媚的眼眸。是为了逃避，逃避生活中的现实。易程的心，除了纷乱，大概就是悲哀吧！

晚上，易程翻来覆去，毫无睡意。思绪的风筝满天飞舞，以致他想到要放弃手中的线，不再忍受牵挂着的折磨。

电话铃像霹雳一样震响了。易程吓得猛一激灵。几十秒钟过后，他拿起了电话。

赵文雅几乎是带着哭腔喊道："易程！出事了。"

"别……别着急。慢慢说。"

易程接了赵文雅的电话，似乎有点儿心有灵犀，他表面安慰赵文雅慢慢说，其实他的内心已经慌神了，隐约有些不祥的预感。虽然他并不知道究竟出了怎样的大事。

赵文雅干脆哭出了声，说："儿子失踪了……呜……呜……"

原来文雅带着孩子从外面回家，走到楼下时，斌斌见几个孩子在玩，就央求妈妈，也要在楼下玩一会儿。赵文雅犹豫再三，还是嘱咐儿子："斌斌听话，少玩一会儿好吗？"

斌斌点点头答应妈妈。

看着儿子眼巴巴的小模样，她可怜孩子就像笼中鸟一样被囚，很少有玩伴儿，就嘱咐道："斌斌乖，就在这儿少玩一会儿，妈妈回家办点儿事儿，再下来接你。"文雅是急着回家去卫生间，她看看已经欢喜地融入几个小孩子之中的斌斌，便若有所失地往家里赶去。

当赵文雅上到三楼的家里时，总感到心里惶惶不安，哪里不对劲儿似的，从卫生间出来，她赶紧下楼接儿子回家。可是几个孩子都不在了，左右找不到人影。赵文雅顿时急出了一身冷汗。她的腿直发软，急匆匆地到处找、到处叫、到处喊。一个小时，两个小时……几个小时过去了，小斌斌终是没有出现。赵文雅的心如坠了铅块，慢慢地下沉。她预感到不好，但又在潜意识里抱着一丝希望：斌斌不会有事的。说不定在下一秒钟，就会出现在自己的眼前。

直到晚上十点多钟，该找的地方都找遍了，该问的人家也问遍了，依然找不到斌斌的影子。她失魂落魄地给易程打电话，想到近段时间，易程似乎把这个家遗忘了。以前他总是会在周末，或者傍晚的闲暇里，带孩子出去玩儿，有时候还像个大孩子似的，蹲在地上，和斌斌玩游戏。可是最近他总是忙，忙得不回家，忙得顾不上看她一眼，忙得无暇顾及儿子是否想念爸爸，需要爸爸。

赵文雅想到易程近段时间的异常，气就不打一处来。打电话的时候，她隐约觉得儿子的失踪是易程的过失，也是对易程的惩罚，她几乎一字一顿地咬着牙说："儿子丢了。你该省心了。"

接下来，又是哭，带着报复性地哭。哭得易程毛骨悚然，他预感到事情的复杂。立马起床，开车回家。易程进到家里的刹那，赵文雅真如捞到了救命的稻草，扑到易程怀里，哭得一塌糊涂，好像易程带回了儿子的消息，她一下子就抓到了找回儿子的唯一希望，痛快淋漓地释放着积郁在心里的焦急和委屈。

一阵暴风雨般的泪水和悲泣过后，文雅冷静下来了。此时，距离斌斌失踪已将近二十个小时了。她再次意识到了事情的严重性，也再次想到了易程最近对家里事情不管不问的态度。

"孩子失踪了，我怎么觉得没那么简单！你最近可真是忙得吃紧呐，都多少天了，你问过我们娘俩吗？要不是儿子出事，你能这么快回家吗？"

赵文雅哭过之后，是一波暴躁、埋怨的声浪，激烈地冲击着易程的耳鼓。他的头剧烈地疼痛，轰隆隆，像爆炸的声音，雷霆般震着他的天灵骨，巨轮一样碾压而过，眼前顿然一片漆黑，深渊，迷障，雾霭，他不知道自己的灵魂到了一个怎样的去处。

过了十几分钟，也许更长时间，易程终于明白妻子赵文雅哭诉的真相。他整个身子像根压力过重的弹簧，那压力一下子错位了，他"腾"的一下，弹了起来走到窗前，隔着窗玻璃望出去。他在心里不知骂了多少遍，埋怨了多少遍，但他面对伤心欲绝的妻子赵文雅，终是没有说出半句埋怨的话语。

看着文雅哭红了的眼睛，易程沉闷地说："准备一下，去报案吧。"

赵文雅瞪大了眼睛看着丈夫。似在问："有必要吗？"

"去吧。我有预感，事情也许很复杂。我们要有思想准备。"

赵文雅的心顿时如针扎一般刺痛，眼泪再次哗哗地流了下来。

这个时候，易程的泪是在心里流淌，那种酸涩、心痛、着急，绝不亚于赵文雅。

晓岩扶着方向盘回忆与易程的谈话，一想到投资煤矿的事，他有点儿说不出的心烦气躁。一路上心里疙疙瘩瘩纠结着，回想与易程合作以来，坎坷曲折的经历，觉得易程最近似有微妙的变化，究竟变在哪儿，他一时也无法理清，只是在潜意识里，隐约觉得没有了共患难时期的默契。在讨论问题的时候，常常出现的沉闷气氛，时常有一种不和谐的氛围。晓岩暗自思忖："难道是在思想意识上有了分歧？果真这样，那么合作便有了潜在的危机。"

易程在他的主张得不到认可和支持的时候，内心的不悦难以掩藏地挂在脸上。这让晓岩感到担忧和不愉快。以前他们在公司的决策上，总是一拍即合。最近究竟是哪儿出了偏差,常常是话不投机,弄得面红耳赤,许多事情总是想不到一处,各自怀着小九九,又好像谁的心里都有点儿隔膜,或者委屈。晓岩始终不明白,公司发展了,资金充裕了,生活反而没有想象得轻松愉悦。两个人之间的关系好像也变得微妙和淡漠了。他在心里自问:究竟是自己变了,还是易程变了?

回绿藤市的路上,晓岩把车子开得极慢。四五十公里的高速,他行驶了一个多小时。想了一路,始终没弄明白他与易程之间究竟出了怎样的状况。下高速,进入市区,他差点儿闯了红灯,吓得他打了个激灵,浑身汗毛倒竖,出了一身冷汗,赶紧收回胡思乱想的念头,集中精力开车。

晓岩回到家的时候,妻子静梅和女儿格格都已经吃过晚饭,格格在看动画片,静梅斜倚在沙发上,手里捧着一本小说在看。她见晓岩回来,放下手里的小说,起身道:"没吃饭吧?"

"吃过了,帮我弄杯蜂蜜水吧。"

静梅到厨房为晓岩弄蜂蜜水了。

晓岩来到格格身旁,柔声道:"格格,乖女儿,看得那么入迷啊?"格格目不斜视地看着电视,说:"爸爸陪格格看电视。"

其实,晓岩是没心思吃晚饭,一路上的纷乱思绪,弄得他满腹郁闷。静梅把兑好的蜂蜜水递给晓岩:"怎么了,很累?"

晓岩端起杯子,咕嘟咕嘟,一气儿喝了,笑笑说:"没事了。刚在路上看到一起事故,心里难受。喝点儿水,好多了。我去洗洗。"

静梅的心像被锐器刺了一下,忽然间刺痛起来,脸色黯然。她心里的怕,无法用语言形容,每天,每天,她都在牵挂他,怕他工作太累,怕他心情不好,怕他压力太大,担心他开车不安全。也许这就是爱。爱人之间总是有着许许多多担忧和牵挂。有时候,会平白冒出许多不着边际的想象,或者假设的恐惧来。

晓岩见静梅面色忧郁,忽然缄默不语,安慰说,"别担心,没事儿。我洗洗早点儿休息,你和孩子也早点儿睡吧。"

晓岩起身去了洗漱间。静梅在客厅规整格格的玩具,然后又给房间的绿色植物喷水。搬到绿藤市之后,她新换的工作单位离家远了许多,在稍微大点儿的城市居住,上班就得赶路。赶路是城市上班族的一种自然生态,也是城市道路街衢的一道景观。像极了我们的人生,自从我们懂事的那天起,就开始了你追我赶:幼儿园、小学、初中、高中、大学、工作、社会。从儿童、少年、青年、中年……大家都在拥挤的道路上追逐。为成绩单上的数字,为一日三餐的柴米油盐,为栖息疲惫心魂的一间小屋,为一纸素笺上的功过是非,人人都在追逐,都在赶路。

晓岩的事业走上轨道之后,家里的房子大了,每个礼拜,她都要多花费一些时间来整理。晓岩不止一次地说过要静梅找一个钟点工,但她却依然坚持自己动手,她说整理自己的小窝,很富有成就感,是做女人爱家的一种方式,是生活的一种乐趣。她在整理房间的时候,心中总是播放着音乐,那乐声是她和他之间的秘密,也是藏在她心里的秘密,伴着那音乐的奏鸣,她快乐地浅吟低唱,宛如不知疲倦的精灵,张着幸福的翅膀,在房间里翔舞。

晓岩从洗漱间出来,来到卧室躺下,想休息会儿。可是他心里装着事情,哪里能够安静入眠。只是几分钟,他起身走出卧室,说:"梅,我有份材料得处理一下,你和格格先休息吧。"

静梅温柔地注视晓岩,说:"别太晚了,要注意身体。"晓岩一边答应一边进了书房。

"格格,该睡觉了。"静梅催促格格道。

打发格格躺下,她拿起一本童话故事,给格格念了一篇《维尼的新帽子》,格格很快睡熟了。之后,她拿起床头柜上的一本小说读了起来。这是陈忠实的长篇小说《白鹿原》。

《白鹿原》于一九九三年六月出版,出版后深受海内外读者推崇，为中国当代文学作品所罕见。一九九八年荣获中国长篇小说最高荣誉——第四届茅盾文学奖，后被改编成同名话剧、电影等多种艺术形式传播。这本书静梅读过不止一遍，书中对人类心灵史的追问和探讨，深深震撼着她。她前几天整理书柜，看到此书，再次勾起了她精读的念头。她每晚读几页或者一两个章节，闭目深思一会儿，觉得和前一次读的时候感受大为不同。也许这就是名家名作的魅力所在——百读不厌，时读时新。

静梅在一页一页地读着，格格在她身边均匀地呼吸，睡得很是安稳。忽然，格格说了一句什么，还笑出了声。她以为孩子醒了，便警觉地看看女儿，女儿依然很香地睡着，她微笑道："这孩子，梦到什么了？"看看表已是零时二十分了，她的眼睛也有些不听使唤，沉沉地睁不开。她放下书本，起身，来到书房门口，轻轻推开书房，见晓岩正在聚精会神地看资料，边看边拿笔在画。她想催促："岩，睡吧，夜深了。"可是她忍住了，回转身，向卧室走，走了两步，再次回转到书房门口，轻轻敲门道："岩，很晚了，睡吧。"

晓岩头也没抬应了一句："好，一会儿，你先睡吧。"她了解晓岩的脾气，手头的活儿不干完，哪怕是熬通宵，也不会休息。她还想说点儿什么，但嚅动了一下红润的唇，把话语咽了回去。

晓岩拿着自己头天晚上修改补充好的《关于公司设计人员底薪加奖励制度的暂行规定》上班了。一到办公室，他就叫来秘书韩颖，说："把这份文件打出来，通知各部门负责人开会。"

韩颖接了老板递给她的文件，见上面画得花里胡哨，拉得左一道、右一杠，圈圈点点，填满了蝇头小字，一股莫名的尴尬涌上心头。这是她起草的文件被老板修改最多的一次。前天下班的时候，她把起草好的文件交给了老板。昨天老板去了宝仓城。她不用想，就知道这份文件是老板熬夜修改的。韩颖的眼底有泪在涌,极力掩饰着自己的失态,小声说了一句:"不好意思。"

"这是一个很敏感的文件,牵涉到公司和个人的利益,要慎重对待。"晓岩严肃地说。

"嗯,明白。"韩颖点头赞许。

"哦,对了,以讨论稿下发,要充分征求大家的意见。下午的会议也要以座谈会的形式召开,要让大家轻松自在,畅所欲言,多说说自己的见解。"

韩颖领了老板旨意,带了使命,离开老板办公室,去准备下午的会议。

晓岩目送韩颖的背影,若有所思,好像韩颖从这里带走了一件重要的东西,究竟是什么?他一时间理不清那种纷乱,只是感到空落落的。韩颖走出这间宽敞的办公室,也许人已经开始忙上了工作。这边,晓岩才怅然收回凝神的视线,轻轻叹息一声,端起桌上的水杯,浅浅地,有意无意地抿了一口,再次想到了易程说的投资煤矿的事情。他的一个校友,在省煤炭管理局做安全处长,他决定瞅机会,找那位校友了解一下政策面对于小煤窑开采有没有具体的政策措施。说白了,也就是还有没有擦边球可打。他与安全处长通了电话,心里彻底明白了:这次政府是下了狠心,要整顿私挖乱采和一些不达标煤矿。

晓岩再次意识到易程说的投资煤矿是一个不大不小的难题。他再三思量,还是拿定了主意,不能盲目同意投资的事。他告诫自己,无论易程怎么说,一定要做好充分的调查研究才能决策。晓岩正在给那位当处长的校友通话,易程也打进了电话。

接了易程的电话,晓岩一下子蒙了。

易程告诉晓岩:"晓岩,斌斌失踪了。我的预感很不好啊!"

易程的话音满是悲凉、惊慌。

晓岩惊讶得张大了嘴巴,那一个"啊"字就哽在咽喉,过了几十秒钟，才缓过来神来。他说："咋回事啊？你先别急。稳住心气儿。有什么需要我做的？哦，我这就过去。"

易程没有多往下说，他觉得不宜在电话上给晓岩说得过细。

晓岩安慰了易程几句。但他自己的心情却顿时像被一块巨石压迫着，沉重、郁闷、担心，空气中的氰化物和一氧化碳好像顿时超标，毒害着他的躯体，令他窒息。

晓岩疾速在心里打着一个个问号。他决定先去看望易程。

易程和妻子赵文雅决定到公安局报案，无论他们有多么不情愿，有多少心痛和泪水，都要打起精神，把儿子失踪这件事追究下去。也许人们在遇到困难，或者灾难的时候，最容易想到的就是求助，求助强者，求助政府，求助法律，而不是自己盲目地自保。斌斌失踪的事，易程首先想到的就是求助公安的帮助。他们刚出了家门，启动车子，没走多远，就接了一个匿名电话。电话里传来陌生人的声音："易先生，听说您的儿子失踪了。很遗憾，恐怕您要破财了。您不能报案，否则……"

电话断了。易程握着电话的左手，依然放在耳边继续听着，可惜电话里传来的是"嘀、嘀、嘀"的蜂鸣音。十几秒钟过去了，又十几秒钟过去，易程拿着电话的手颤抖了一下，但他还是举着电话在耳边听着，简直是呆了。头"轰"的一下晕了，大脑空洞，思想呆滞。

赵文雅木讷地看着丈夫，易程几近绝望哀伤的眼神，那失去血色的脸庞，喷射着火焰的布满血丝的瞳孔，放射着悲哀到极致的愤怒。文雅早吓得魂飞魄散，眼泪再次哗啦啦涌了出来。她知道电话里传来的关于儿子的消息很不乐观，目不转睛地盯着丈夫，说不出话来，猛然间天旋地转，眼前的一切都变成了灰黑色。

易程木头人一样坐在驾驶座位上。黯然，颓废，沮丧，悲伤，焦急，五味杂陈。过了好一会儿，他说："回家。"

虽然易程心里已经有一种不祥的预感，但这个消息对易程和文雅夫妇可说是五雷轰顶、天塌地陷的噩耗,是哭天不应叫地不灵的灾难。易程和文雅坐在车里,好一会儿发呆。他们不知道该怎样应付这突如其来的信息。

冷静,冷静,冷静地想一想,究竟该怎样面对这祸从天降的变故。儿子,儿子是易程和赵文雅共同的生命!一双天真无邪的眼睛,泪花儿飞舞,一双无助的小手抚弄着衣襟,小嘴儿喃喃地叫着爸爸、妈妈,哭得伤心欲绝。那双罪恶的手掌,甚至还握着匕首,威胁、逼迫孩子。这样的画面似乎像约好的恐怖片,在易程和文雅的眼前萦绕。

不知过了多久,易程终于默默地开着车往家里奔。他决定先回家,冷一冷再说。他对文雅说:"别哭了。哭也没用。这个时候,我们急死也没用。等吧,只有等,等他们再来电话。"

"怎么办,怎么办啊?我们真的就这样等吗?你,你得赶紧拿主意啊!"赵文雅又是哭,那泪水像涌泉一样流淌,嘤嘤凄凄,悲悲切切。

易程更加六神无主。

"先回家,让我冷静想想再说。"易程的声音砸得赵文雅喘不上气来,脸阴沉得宛若酝酿着一场暴风雨的天空。赵文雅顿然无语。他们夫妇的心上如坠了铅块,压了巨石,又如迷失在云山雾海。然而,他们又不得不犹疑,不得不强作镇定,赶回家里等待那个神秘的电话。其实他们只是不知道究竟怎样驱逐内心郁结的痛楚和怨愤、着急和无奈。

回到家里,夫妇二人痴痴呆呆地坐在那里,不知该做什么,只是等待,等待,等待。他们是在准备着迎接一场战争,一场与不法分子较量的心理战,或者是智慧之战。但这场战争却是以他们的儿子做人质的战争。下一步,究竟该怎么办?有许多许多的设想,在易程的心里翻腾着,做着肯定——否定,否定——肯定,反反复复的设想,不停不休的较量。易程的心被那一个个设想折磨着,欲哭无泪,欲喊无声,心的屏障布满了悲情的阴影。

电话铃声突然间如一声霹雳般响了,震撼着易程夫妇的心魂。易程紧张地接起了电话。

电话中再次传来了陌生男人的声音,说:"要想看见儿子,就不要声张,拿一百万。"电话再次断了,发出嘀嘀嘀的忙音。

易程拿着手机,脸色苍白傻愣愣地举在耳边,听着,听着。几十秒钟过去了,他才怅然叹一口气,收回举着的手机。他本来想问儿子怎样,告诉他们,必须保证孩子安全,否则……可是陌生男人并没有等他发出一个音节,就挂断了电话。

易程啪地把手机摔在沙发上,站起来在屋子里踱步。屋子是那么小,他的步子是那么急促。他在心里不停地骂那男人不通人性,竟然绑架一个三四岁的孩子,孩子有什么罪啊?他忽然想起了什么似的,拿起手机,拨回刚才那个号码,回答却是:"您拨叫的号码无法接通。"

等。等。等。

除了等,易程没有想到更好的办法。

然而,"不识庐山真面目,只缘身在此山中"。人在事中迷啊!也就是在易程手足无措的时候,林怡怡打来了电话,易程接了电话,话语如迫击炮一般打出去:"喂,你怎么回事啊?你总得听我说……"那声音如吼出来的雷霆。其实,他是想说你总得让我听到儿子的声音吧?

易程反常的声音,林怡怡先是一愣,讽刺道:"哎呀,易总,火气这么大啊?"

易程黯然道:"对,对不起。"好一会儿沉默,接着说,"我这儿已经焦头烂额了,回头再说吧。"易程勉强说了一句。

林怡怡从话音里听到一种意外,一种非同小可的意外。她从易程那里回去以后,耐着性子等了几天,怎奈开煤矿,是一个高投入的差事,等米下锅的滋味容不得她沉默。有人计算过,煤矿主井巷道,就是用五十元面值的人民币一张连着一张铺出来的。然后,采掘面的乌金才能源源不断滚滚而来，亿万年前深埋于地下的资源，才能从那里完成再一次质的蜕变——从"十八层地狱"升到地平线上，为人类献出它应有的光和热。有那么一座像吃钞票一样的矿井在张着血盆大口，等着林怡怡弄钱来，即使她愿意沉下来等，矿井的建设也容不得她等待。

易程迟迟没有消息。林怡怡只好再次发短信问候，没有回音。她就打来电话。易程接电话的语气沉郁、苍凉、悲哀、愤怒，令林怡怡着实吃了一惊。

林怡怡思虑再三，还是给易程发来一条短信："出什么事了？要紧吗？我的事情不着急，你要保重啊！"易程看了林怡怡发来的短信，感动得几乎流出了眼泪，也许此时的他真的太脆弱了。男人和女人有一点是共同的，在自己爱着的人面前，永远像一个孩子，单纯、脆弱、容易激动，更容易受伤。但易程还没有想好怎样和林怡怡说斌斌的事情，顾不上跟她说，更没有心思。

林怡怡等了一会儿，不见回音，再次拨通了易程的电话，问易程到底怎么回事？在林怡怡的一再追问下，易程迟疑再三，只好如实相告。

"你是当事者迷啊。你坐在家里等，能解决问题吗？"林怡怡语重心长，那声音柔软而磁性味十足，给了易程几许心灵上的抚慰。

"那还能怎么办？又能怎么办啊？"

"也是啊，在这个时候，你要冷静。易程我要尽力帮助你。我帮你报案。我把情况如实给公安反映一下。他们可能在监视着你的行动，也或者是声东击西，故意诈你。总之，小心为上。但必须与公安配合，才会有好的结果。你就这样等着，不报案，听他们的。若是你给了他们钱，他们仍然不让你见儿子，怎么办？再说了，这样的坏人，决不能让他们得逞，否则下一次将会是张斌斌、李斌斌的事情发生。亏你还是个知识分子呢！"

林怡怡说得头头是道。这让易程觉得林怡怡与赵文雅相比，显得是那样的足智多谋，易程心里顿时有了底数。他说："好吧，就按你说的办。随时电话联系。"说完挂了电话，继续耐着性子，压抑着悲哀、愤怒，等待那陌生男人的声音再次出现。

晓岩来到易程家里的时候，易程的情绪刚刚有些平稳，正与赵文雅一起静静地坐着，等待。任何的动静，他都认为是关于儿子的消息，他们的情绪都会像压缩的弹簧，随着那声息而弹跳起来。晓岩刚按响了易程家的门铃，易程警觉地从沙发上弹了起来，颤声向门外道："谁？"

易程一边问一边大步向门口冲去。

"我，过来看看兄弟。"

一听是晓岩的声音，刹那间，易程的眼圈竟然红了。他伸手一把拉开房门，木然地站在那里，晓岩见易程如此颓废，一时间神情凝重，不知道说什么好。两个人都默然对望，像久别的亲人，继而拥抱在一起，眼泪立时涌了出来。

最终，晓岩打破沉寂，安慰易程道："孩子不会有事的，我们共同想办法，一定把儿子找回来。保重自己要紧，你需要振作精神。"

相持

第二十一章

晓岩安慰易程后,把话拉上正题。"斌斌的事,要尽快报案,依靠公安的力量帮助解决。"他说,"孩子暂时不会出什么事,他们主要是敲诈,我们需要稳住情绪,隐秘地采取措施。单凭我们自己的力量不行。你这儿不方便,我可以帮你报案。"晓岩说出自己的看法,心里也在暗暗计划着该怎样处理,才更加稳妥。

经过晓岩分析,易程的情绪稳定了许多,他说:"嗯,也许,也许你说的有道理。我同学电话联系了,她的意思也是报案,说帮助我。"

易程想到林怡怡的冷静和给予他的安慰,禁不住脸上有了一丝欣慰。

斌斌失踪之后的几天里,易程和赵文雅天天在一起,他们夫妻在焦急、忧愁、愤怒、压抑中等待。身心被时间煎熬着,每次有电话打来,易程都是既惊恐又激动,接电话时,心总不免紧张、颤抖、刺痛。赵文雅睁大了眼睛看着易程接电话的神态,黯然地听着,紧张地盯着易程的表情变化。她在察言观色。这次她似乎看到易程的脸上掠过一丝阳光,心情也有些许晴朗。赵文雅就像一位暗夜中的迷途者,看到了一缕亮光,眼睛顿时亮了。她急忙问易程:"是说斌斌的?"

易程"嗯"了一声，复又神色黯然，说："人家说在想办法。也只是说说而已，具体怎样，很难说啊！"

赵文雅再次泪水涟涟哭了起来，这让易程很不舒服。他不由得暗自拿赵文雅的唠叨和无节制的哭诉与林怡怡的冷静和智慧比较。赵文雅除了掉泪哭泣，便是埋怨。想到此，他不耐烦地说："文雅，事到如今，你不要再哭了好不好？本来就烦死了，还要看你那倒霉的哭相，听你丧气的哭腔。哭，能把斌儿哭回来吗？"

易程说完，强迫自己把泪水逼了回去。他来来回回，迈着沉闷的步子，在屋子里走着，似乎那不停的走动，能化解他内心所有的烦恼，消弭儿子被绑架的不幸。然而，他的心魂却始终被捆绑在那个陌生的打电话者虚拟的十字架上。他在脑海里对那人的声音描摹出无限的、清晰的、模糊的猜测与设想：绑匪的残虐，儿子绝望的呼喊，在易程的脑海里纠结、撕扯。模糊——清晰——清晰——模糊。那画面像一把锋利的钢刀直往他心底最敏感处刺。

在这小小的房间里，他走着，走着，走得累了，无力地坐下来。斌斌的模样在他眼前清清楚楚地映现，顽皮、聪慧、活泼、可爱。他不知道怎样才能够找到儿子。苍茫世界，一个小小的人儿，被几个黑影逼迫，几双黑手肆虐，那缩成小小一团的小精灵，不知道被虐待成什么模样了？斌斌，我的儿！你究竟在哪里？你在忍受着怎样的践踏？夜已经深了，孩子，你是睡了，是坐着，还是站着？你吃饭了吗，喝水了吗？可恶的、该死的绑匪，斌斌，你怎么了？一个个疑问，一个个画面潮水一样涌着，浪涛一样击打在他们夫妇的心上，易程几乎被那排山倒海一样的浪潮击打得窒息了。

"易程，他们会怎样对待孩子啊？"赵文雅泪水涟涟，忍不住问易程。

易程摇头哀叹："你问我，我问谁呢？这些该死的家伙，也不来电话了。"

赵文雅噤声。只是泪水在眼眶里涌，在脸颊上流。想起来易程说的倒霉的哭相，她极力把淹没了眼帘的泪水逼回去，强作镇定地坐着，默默地、沉闷地坐着。

易程的电话突然响了。他紧张、激动、战栗，他的心脏就要蹦出喉咙了，手指颤抖地按了接听键。赵文雅的神情马上警觉起来，两只眼睛像要喷出火来，死死地盯着易程接电话的神色，极其认真地听易程口中传出的每一个音节。极力辨别对方说话者态度和对象。

斌斌失踪，案是已经报了。公安已经布下了罗网，就等犯罪者出洞了。绑匪电话催要赎金的节奏紧迫而又缓慢，狡猾地绕弯子。易程在穷于应付，着急只是一厢情愿的事，过程是那么艰难漫长。

这天，晓岩忙完公司的日常事务，刚刚清静下来，再次打电话给易程，晓岩也是悬着一份心思，干着急，帮不上忙。他只能是问一问情况，叹息几声，安慰几句。

易程说："我这儿只有等他们打电话过来，其他的一切就有劳老兄了。我挂了。"他生怕说多了一个字，绑匪打电话的时候占线。匆匆挂了晓岩的电话，继续在焦急中等待。他不停地看表，而那表针却像蜗牛一样，背着重重的包裹，怎么也爬不动似的。已经是又一天的凌晨三点多了，易程和赵文雅都被困倦和揪心折磨得身心交瘁。但他们谁也没有睡意。

易程看看赵文雅哭得红肿的眼睛，关心地说："你睡会儿吧。"

"不知道斌斌怎样了，我哪里睡得着啊！"

"躺下养一会儿神也好，看来这帮家伙是跟我们耗上了。我们只有保持冷静，保持好体力，和他们斗智斗勇了。这个时候我们不能六神无主，让他们牵着鼻子走。"

易程说话的声音极其轻柔低沉，深情地望着赵文雅。不知道他是想念儿子,还是心疼赵文雅,说话的态度,令赵文雅十分感动,她鼻腔里酸酸的,泪水又要涌出了。她站起来,走到饮水机前,接了一杯温水端到易程面前的茶几上,然后自己再接一杯凉水,慢慢喝着。泪水就随那冰凉的矿泉水,被赵文雅一口一口咽了下去。

人的感情,也许只有在苦难来临的时候,才会显得更加耀目、珍贵、挚诚、美丽。灾难使易程和赵文雅之间的情感一下子拉近了许多,他们相互安慰,温情脉脉,体贴入微。文雅再次拉着易程的手温柔体贴地说:"我们就这样坐着,等斌斌回家。"

秒针一圈儿一圈儿地走着,斌斌失踪已经四十多小时了。又一个黎明将要从东方诞生,太阳跋山涉水而来,挥洒着耀人眼目的光辉,照亮山川河岳,为人类、为大地带来光明、温暖和希望,然而却不能够照亮易程和赵文雅在焦虑和恐惧中煎熬着的心扉。在这黑暗中煎熬着的他们,没有心情去迎接新一缕的阳光。他们的眼前只是昏暗,心中只是混沌,找不到任何方向。在这新一天开始的时候,却只是给了他们更加沉重的压抑和煎熬,撕扯和打击。因为孩子离开他们的时间又延长了二十几个小时,在这漫长的时间隧道里,不知道斌斌受了多少罪,孩子一定哭干了眼泪,哭哑了喉咙。他幼小的生命在遭受苦难,而他的爸爸妈妈却只能在灰暗的等待中,饱受煎熬。

赵文雅看着东方的黎明,发出一声怅然叹息:"怎么了。怎么还不来电话啊?是不是……"她欲言又止,生怕触痛了易程的伤口,尽管自己的心也一直在滴血。

晓岩在公司召开了中层管理者会议,散会之后,他再次驱车来到易程家里。一方面是安慰易程,再就是想帮助分析一下新动向,怎样与绑匪周旋,才能保证孩子的安全。晓岩说:"易程,根据绑匪的电话分析,他们很可能在暗处监视着这里,那么咱们只要进出这间房子,他们肯定知道得门儿清。这样我们的任何行动,都要考虑隐秘性和孩子安全问题。我的意思是，你说的同学可靠吗？这个一定得弄清楚。除了公安，我们不能再扩大消息范围。"

林怡怡听到易程说儿子失踪时，心房猛烈地被刺痛了。就像一位旅行者，正在兴冲冲地朝着前方的风景进发，忽然一脚踩空，跌进了深渊峡谷，直往下沉。那感觉是空洞、飘零、坠落、疼痛，是毫无着落的渺茫与无助。那种悬着的感觉，她说不清是怎样的滋味，是不堪，是牵挂，是思念，是折磨！她不知道自己是因为什么而揪心，而伤感。

自从那次同学聚会，与易程再次相逢那天起，林怡怡就无条件地认为易程的平安就是自己的平安，他的快乐就是自己的快乐，他那儿出了任何事情，好像都与自己有着千丝万缕的牵连。就像有一根无形的绳子绑架了她的思想和灵魂，她无法挣脱那纠结的束缚。不，那是一张无形的网，无论她怎样寻寻觅觅，都找不到突围的缺口。与易程通完电话，好长一阵子，她没有反应过来，究竟是在梦里，还是在残酷的现实中。当她明白了这是确凿的事实，是任何力量无法改变的人祸之后，一种无名的惊诧、郁闷、疼痛撕扯着她的心，是为易程的儿子无故失踪？为请求易程投资的事情暂且搁置？为自己心里那份无法摆脱的情结？好像都是，又好像都不是。

总之，林怡怡心里如打翻了五味瓶，那种苦辣酸涩的滋味混合起来，使她的生活变得郁闷、乏味、无聊、迷茫。

林怡怡就像变了一个人，原本美丽智慧的容颜，一下子憔悴了许多，满脸灰暗消沉，她几乎是哽咽着向丈夫李兆军说了斌斌的遭遇。李兆军沉郁片刻，说："这也许就是命吧！我们谈投资的事情八字还没有一撇，就出了这档子事儿，我们压根儿就不该卷进这开矿的漩涡。如今……"

林怡怡正气恼，无处发泄。见丈夫如此说，便气不打一处来，道："你除了吃喝玩乐，还会什么？安逸日子谁不会过？你，你有那命吗？"

人啊，真是一个不可理喻，可怜又可悲的动物，情绪的变化，有时候,自己也未必清楚。曾几何时,林怡怡不知不觉中,把自己的喜怒哀乐人为地与易程联系在了一起。她为自己编织了一张疏而不漏的网,在那张梦幻的网里,她幻想着一种优雅与浪漫。她为之而甜蜜,而挣扎,而煎熬;她又在丈夫李兆军的生活、现实、无奈的这张真实的网里苦苦地挣扎着。有时候,她真的分不清哪个对于自己更重要,哪个是自己最想要也最需要的。前者是她曾经爱过的恋人,现实却使她选择了逃离;后者是她为追求幸福生活选择的丈夫,现实却给予她生活的沧桑与无奈。

林怡怡整理思绪,强打精神。她告诉自己必须为斌斌失踪的事情做点儿什么,即使是无效劳动,她也要尽力,只为安慰自己的心灵。心灵的安宁,就是她最大的福气。事到如今她不求什么理解和回报,只求自己心理上的一份慰藉,易程的事情她不能够坐视不管。

在林怡怡眼里,丈夫李兆军的父亲——李成耀,始终是一个重量级的人物。李成耀曾经是一位红遍各个层面、外号"磨动天"的风云人物。他的威严与智慧都令林怡怡钦佩不已。不然,当初她不会嫁给各方面都十分平庸的李兆军。在林怡怡的思想意识里,始终把婚姻看作人生一次组阁自己的机会,或者是物质生活的一次跳板。在这一点上,最初的几年里,可以说林怡怡是圆满地完成了人生命运的一次嬗变。在李兆军的父亲还炙手可热的时候,婚姻可谓是林怡怡最得意的一笔人生大写意。自从和李兆军结婚之后,林怡怡无论大事小情,都要尊敬地找公公李成耀商量,这次斌斌失踪的事情,她说帮助易程。但要怎样帮助,她第一个想到的,就是找公公李成耀请教。

这些年,随着政府在各方面政策法律的完善,监督机制、社会环境、生存环境都在不断改善。特权在某些人那里已经不成其绝对的特权,富有和贫困的分水岭虽然有着一定的浮标效应,但在政策面的扶持下,有许多名不见经传的贫困书生、农家子弟,都创造出了自己的事业根基。老话说："三十年河东，三十年河西。"可谓一语中的，只三五年的工夫，易程就打了翻身仗，完成了一次由"负翁"到"富翁"的转变。

近几年，对于官员贪污腐败的惩治和打击力度越来越大，一些黑恶势力、腐败之风逐渐失去了市场，被端掉，被惩治。李成耀作为X市的政治核心人物，也受到了一些牵连。好在他为人向来低调，又保有一定的做事底线，并留有后路，才免去了锒铛入狱的灾难。

瘦死的骆驼比马大，李成耀虽然不在其位了，但威严没有倒。林怡怡始终看公公——李成耀为主事之人，有了什么大事，总是先找公公商量对策。斌斌失踪这件事，她虽然已经向易程说了，要帮他报案，主张公了。然而，挂了电话，冷静下来时，她又犹豫了。究竟是公了，还是私了？林怡怡首先想到的就是请教公公李成耀。

林怡怡先给公爹李成耀打了电话，喊得极其亲切，那嘴跟抹了蜜似的，叫得甜滋滋的："爸爸，您还好吧，早就要去看您的，可是……"林怡怡在电话中把公爹叫的比娘家亲爹还亲三分。给公爹通完电话，林怡怡立马驱车赶到公婆家里，给公爹汇报，商量如何帮助易程找回斌斌的事情。她一进门就亲昵地叫着爸、妈，一番嘘寒问暖之后，对公公李成耀说："爸爸，女儿有重要的事情向您请教。"李成耀听到这句话，知道这个精灵般的儿媳无事不登三宝殿，就站起身到书房去了。这是他多年来养成的习惯，只要有人在家里给他说事，就必定到书房去说。他觉得说事必须要有个保密安静的环境才对，有些事情不到一定时候是不该张扬的。

林怡怡始终都在公爹面前，自称女儿。这是她为人精明的一面，也是她出于对李成耀的崇敬。就像一些弟弟妹妹对着嫂子叫姐姐，对着姐夫叫哥哥一样，显得亲切，少了距离感。林怡怡向公爹汇报了易程家里出的事，并向公爹说易程是她的一个大学同学。多年未见，在同学聚会上相遇，就想到让他入伙煤矿，借他的经济实力，扩大煤矿建设。她说:"爸爸,我是不想让兆军创办的事业在这次资源整合中付诸东流啊!"说着,怡怡竟然眼泪汪汪了。

"本来我是想,尽快将投资的事定下来,心里也好有个谱,谁知昨天我打电话过去,却意外地听到了他儿子失踪的消息。爸爸,您说,我们要是在这个时候对人家的遭遇不管不问,就是您也不会答应的,您说呢?"

李成耀心里明白,在这个时候帮了易程,便是为儿子做了一份顺水人情,他在思索着怎样做,才能更恰当地处理此事。林怡怡见公爹犹豫不决,又说:"爸,我同学儿子的安全,关系到我那同学能不能给咱矿上投资的大事啊!咱若能在这件事情上帮他一把,他肯定是感激不尽的,您说呢?爸爸——"

林怡怡亲切地叫着"爸爸"。脑海里却映现出易程焦急、失落、无奈、悲愁的眼神。她无法摆脱那眼神的纠缠。那一双眼睛热烈地喷着火焰,她的身体、她的心魂都被那火焰炙烤得燥热难耐。即使在威严的公爹面前,林怡怡的脑海里也断不了这样的影像。她甚至怀疑自己多年来对于感情的定义是不是错了,对于易程的感情,究竟是怎样的?如果真是爱得绝无私情,那么,自己为什么在十年前会毅然决然和他分手?

李成耀冷冷地说了一句:"嗯,知道了。我考虑一下。"

"爸,那我先回去了?我,我回去再给您打电话。"林怡怡怀着万重心结,回到了自己的小家。李兆军见老婆回家,不紧不慢地问:"爸怎么说?"

"唉,你说,我们怎这么倒霉呢?我就是不甘心。"林怡怡没有正面回答丈夫的问话,接着说,"下一步,你去找钱吧。我是没辙了。"

斌斌出事以后,易程一直都陪着妻子赵文雅,在焦急、煎熬中等待。在斌斌失踪的第三天,近七十个小时的苦熬中,那个陌生男人再次打电话进来。易程内心的愤怒像火山一样,随时都会爆发。但出于对儿子的安全考虑,他又不得不压抑着情绪,接电话的声音沧桑得像个古稀老人，他说："我是。明白，明白，请您明示。"这是一位父亲对于儿子生命安全的担心而发出的哀音。

"明白就好。我说的数，准备好了，若想见到儿子，就照我说的办。"陌生男人霸道的语气，令易程愤怒、颤抖。

易程焦急地等不得陌生男人话音落下，说："已经好了。已经好了。我一直在等电话。可是？"

"那就照我说的去做。"

易程隐忍了就要燃烧的肝火，说："当然，当然。"

陌生男人小心翼翼地道："可别耍小聪明！你知道后果……"

易程简直有点儿唯唯诺诺了，说："不敢。不会的。也希望您遵守承诺。"

赵文雅在一旁暗示易程，要听到儿子的声音。

"不会的，一定、一定，我要听听儿子的声音。"易程胆战心惊地要求。

那边沉默了一会儿。斌斌的声音从电话中传出，他稚嫩的童音，奶声奶气，悲凉凄绝地哭喊："妈妈……爸爸……"易程想安慰儿子：斌斌听话，爸爸马上接你回家。可是，就在他喊出"斌斌"两个字的刹那，斌斌的声音消失了。电话里再次传出陌生男人的声音："只要收到东西，放心。"

接完电话，易程已经是汗湿衣衫了。这个电话就像是一道生死符，直接决定着斌斌的生死，接好这个电话，就是他找回儿子的法宝。可是，当他挂了电话后，心情却依然是被压在十八层地狱之下，沉重得难以喘息。整个房间的空气，都被沉闷窒息了。

没过多久，易程收到一条短信，那是一串数字，是要易程存款的账号。之后那个发出这串数字的号码就消失了。

赵文雅眼泪汪汪地问易程："斌斌不知道怎样了。我们把钱给他们了,他们会放儿子回家吗?"

是啊,他们能够守信用吗?他们会不会……易程真的不敢再往下想了。他看看手机,照着那个号码拨过去,已是无法接通。

这个城市,几年来出现过多起儿童失踪的无头案。人命关天的案子,虽然触动了社会,惊扰了公安。然而沸沸扬扬多日之后,小城恢复了静默。而那些失去了孩子的母亲、父亲们,只有以泪洗面,煎熬度日,却不能够找到孩子。

那两个读二年级的小男孩,在放学的路上失踪了。家长急得疯了似的到处找人。媒体、公安、小招贴,各种方法都用了,孩子依然下落不明。在两个孩子失踪将近一个月的时候,有人在护城河边的莲花池里发现了两个孩子的尸体。两家辨认了尸体,正是他们失踪了近一个月的孩子。那种悲痛欲绝的场面,令人潸然泪下。事情在社会上引起了一波唏嘘慨叹,公安侦查之后,慢慢恢复了平静。

自此,凡家里有孩子的年轻父母,甚至爷爷奶奶们,都在相当一段时间里,战战兢兢地呵护自己年幼的孩子,谆谆教诲孩子不要和陌生人说话。放学了,不要在路上玩儿。有许多家长干脆天天接送孩子上学,即使是四五年级的学生,即使是与学校比邻的家庭也要天天接送孩子。孩子进校门,家长就站在大门口,目送孩子的背影走进楼梯,才心有余悸地转身离开。尽管家长们小心翼翼,但后来,依然出现过一两次更小的儿童失踪案,任凭家长疯了一样地寻找、哭泣,最终逃不了骨肉分离、生死两茫茫的悲剧。

易程和赵文雅谁都怕重复那样的悲剧,都在无言中担心孩子会不会平安回家。可是他们谁都忌讳那个词——会出事吗?他们心里再怎么设想、担忧,都不会说出来,只会在心里默默祈祷。祈祷菩萨保佑孩子平安!

林怡怡在和公爹李成耀说了斌斌的事以后,李成耀斟酌再三,告诉林怡怡，叫你同学要做好保密工作，继续与那陌生人周旋。他给一位老部下，现在的政要人物打电话说了情况，让林怡怡帮助易程到公安机关备了案。他说这样双管齐下，会有利于孩子的安全。

市公安机关在此之前，接到过受害家属多次报案，案件最终因无头绪成为悬案。儿童失踪案、团伙犯罪案，已成公安部门最头痛的案子。斌斌失踪再次引起了公安部门的高度重视，他们采用通信科技手段，二十四小时监控易程的电话，以锁定嫌疑人呼入信号的位置。而这些，却都是在易程毫不知情的状态下进行着的。

易程与陌生人通完电话，首先想到要告诉林怡怡，互通一下情报。使其在外围做一些工作，向公安汇报一下，以便与绑匪周旋。他从内心赞赏林怡怡的见解——决不能助长绑匪的嚣张气焰。但他又担心儿子是否安全。

几天来，易程在矛盾中挣扎、徘徊。接过电话以后，他毫不犹豫地把陌生男人说的内容告诉了林怡怡。他希望林怡怡把信息明白无误地传递给公安机关，以取得他们的帮助和保护。但他却不知道，这一切已尽在公安的掌握之中。

易程家里出事以后，晓岩两边忙。宝仓城、绿藤市，两边的事情都需要他处理，一时间，晓岩更是忙得晕头转向，心里又牵挂着斌斌的事。斌斌的情况究竟怎样了，孩子吃了多少苦头？晓岩的心不时地在为斌斌而刺痛，为社会上存在的诸多不安全因素而扼腕长叹。心想：我也是一位父亲，我深深爱着自己的孩子；我也是一位儿子，我懂得父母养育子女的艰辛。失去了孩子的父母由满头青丝熬到鬓发染霜，念念不忘的依然是痛失爱子的悲苦。这么多年自己努力奋斗、辛苦拼搏，为的就是孝敬父母，培育儿女，对得起生养自己的父母，父母居住的村庄，那里的乡亲，那里的热土。自从明白世事沧桑的那一刻起，他便树立起了终身为之奋斗的目标——少有所育、老有所养、富裕健康、快乐幸福。

他要力所能及地为故乡、为社会承担一份责任。

　　故乡的画面，常常萦绕在晓岩脑际。土地村庄，父老乡亲，那一个个画面，在梦里，在心里，常常提醒他，他的根苗，他的希望，都是从那里开始的。他认为惩治犯罪分子固然重要，但缔造一个和谐的社会环境，似乎需要更多的因素促成。比如经济、文化，人口素质、道德修养。他时刻提醒自己：你有义务为营造一个平安宁静、健康和谐、富足完美的生活环境出一份力。

　　晓岩与易程通了电话，得知绑匪开出的条件。他说："我们还是做好两手准备。只是他们太狡猾了。开个网上银行，在任何一台电脑上都可以操作这笔钱，而且查起来如同大海捞针。只有与公安、银行等部门配合，采用高科技手段，也许能够捕捉到他们的行迹，掌握他们的行踪。但那只是一种设想，具体做起来，会有许多不可预知的情况发生，我们在明处，他们在暗处，斌斌还在他们手上。"晓岩蕴含着许多悲情的语言，他不想说出那句令自己也深感心痛的话语——斌斌的生命安全。

　　易程一时无语。

　　晓岩无计可施。

　　他们只是觉得这样很难牵制绑匪，使其落网的难度很大，压力更大。这件事确实需要多方营救，更需要官方帮助。

　　是啊，那些狡猾的绑匪怎会傻到立马去动那一百万呢？那不是自投罗网吗？他们所要的是一个"安全堡"，更是一个"聚宝盆"。使用这种方法，他们曾经不止一次地得手，又不止一次地撕票。几年来，这里的儿童失踪案，也许都与这次斌斌失踪案有关。尽管易程内心有着诸多猜想，但他怎么也不愿斌斌的失踪与前案有所关联，他不敢想那样的事会发生在斌斌身上。

　　失去了孩子的年轻父母往往泪水涟涟地把自己的血汗钱拱手相送。然而，当绑匪在得意的奸笑过后，瓜分那带着血泪的钞票时，是否有过瞬间的不安？他们也曾胆战心惊，但那只是天边的一声惊雷，瞬息便消失了。代之而来的，是他们冠冕堂皇的理由——我们太穷了，应该打点儿"牙祭"。匪气、霸气、强奸、杀戮，在他们心里形成一种普通的生存手段。久而久之，劫富心理使得他们心安。这个地区在发生过几起儿童失踪的无头案后，畏惧心理，邪恶之气如雾霭一样笼罩了人们的心上。那些绑匪可以把婴儿贩卖到外地，以得到所谓的利润，也可以把奸淫过的少女杀掉，以毁灭罪证和口实……

斌斌失踪，已经是他们在这条道上所做的轻车熟路的一件事了。但怎样"销赃"，却成了一件要命的难事。因为近来的大环境在不断变化，打匪的风声愈来愈紧，越来越不利于他们的活动。在政府，对犯罪分子的打击力度不断加大，而且在防范与监控方面介入了高科技手段；在百姓心目中，生命和血泪的牺牲和代价使他们提高了警惕；在地方，公安已下了死命令，破不了案，公安系统全体人员要向全市百万父老请罪。

多少天来，公安刑侦人员私访、排查、蹲坑、守候，守候罪犯出洞，更守候一方百姓平安。

这是智慧与狡猾的抗衡与僵持，更是正义与邪恶的较量与斗争！

第二十二章 真相

滴答，滴答，墙上的挂钟不紧不慢地走着。每一声响动，都像是一根钢针刺在易程和赵文雅的心上，那刺痛每时每刻都在折磨他们。他们盼望有电话铃声，同时也惧怕电话铃声响起，他们盼望得到斌斌的消息，又惧怕得到的是不好的信息。每一次电话铃声响起的刹那，他们都会像陡然听到了惊雷一样，心怦怦直跳，高度恐惧，又满怀希望。一个多星期了。易程和赵文雅心急如焚地等待儿子的消息。易程看着赵文雅憔悴的面容，心疼地说："你要保重自己啊！振作起来，为了找回儿子，我们要忍受，要坚强。"

赵文雅含泪点头，默认易程的劝慰，心上却如扎了无形的匕首。

灾难是可怕的，但灾难也是考验亲情、友情的一道标准试题，人们往往会从灾难的磨砺中感悟到生命的另一层意义。易程和妻子赵文雅的夫妻情、亲人意，也许在这样的时候最真挚，他们在儿子失踪的苦痛中，相互鼓励、安慰，度日如年地煎熬着，等待命运的判决。易程终于接受了儿子失踪的不幸，在天塌地陷的灾难中站了起来，于精神崩溃的边缘重新振作，疗治被撕裂般疼痛的心伤，直面生活的残酷。

在晓岩、林怡怡的劝说和帮助下,易程在心理上做好了接受各种结果的准备。他开始了儿子失踪后的第一个工作日。晓岩见易程开始工作,尽管精神依然萎靡,但总算有了新开始。这天晓岩向易程说了怡馨园的一些事情,顺便问了斌斌的消息。易程沮丧地说:"唉——这么多天了,我不能总坐在家里等啊!公司这么多事,都靠在你身上。"

晓岩趁机劝说易程:"振作起来吧,无论怎样,我们不能任人宰割。想办法周旋,配合公安部门抓获他们,否则,今后不知有多少个'斌斌'会遭遇这样的不幸。"

斌斌失踪以后,易程第一次像没事人一样,走出家门,重新回到他辛苦创建起来的"兴源地产公司",开始了他痛苦"度假"后的工作。怡馨园三期建设进程比较顺利。休息了几天,各方面工作都是晓岩和副总经理张师傅担着。晓岩在绿藤市与宝仓城之间两边跑,公司的事情只有打电话向易程沟通。张师傅更是请示汇报,频繁打扰本来就心烦意乱、烦闷到极致的易程。

易程终于回公司上班,张师傅过来汇报工作,他见易程憔悴的面容,担心地说:"易总,几天不见,你,你怎么像大病了一场啊!"

易程一直都把张师傅当大哥。只是斌斌的事他不想让更多人知道,怕影响孩子的安全。除了晓岩、林怡怡,他没有跟任何人提及。当他回到公司,看见张师傅的刹那,心中有说不出的酸楚与委屈。听了张师傅的话,易程莫名地感动,眼睛一阵潮湿,泪水潮一样在眼底涌动。他叫了一声"张师傅",停顿了一下,说:"这几天家里有事,心情不好。公司的事儿多亏您和崔总照应着。"

说着,他便伸出右手,与张师傅相握。

张师傅急忙伸出双手,易程也伸出双手,两个事业上的同路人——兄弟情,四只手紧紧地握在一起。张师傅亲切慈祥地看着易程,易程疲惫失神的眼睛令他心痛,他说:"要注意身体,健康是福啊!"

张师傅的关心，在易程心里涌上一阵感激、愧疚。他暗自轻叹：多么亲切的大哥啊！也许我不该隐瞒真相。然而，张师傅善良正直的个性，知道了斌斌的事，无非是为他增加额外的伤感和精神负担。以他耿直率真的脾气，说不定会做出什么不可弥补的傻事。为了不扩大影响，为了斌斌的安全，还是不说为好。这样想着，他多少有些释怀，笑说："没事儿，我还年轻，会好的。只是辛苦您和崔总了。"

张师傅安慰道："没事儿就好，这我就放心了，有事尽管吩咐，我虽然能力有限，但我这人干任何事情都会用心去做。只要是兄弟的事情，老哥会两肋插刀的。"

易程点点头说："是的是的，兄弟明白。今后还得老哥多多支持啊！"

张师傅笑笑，说："看老弟说的，净是外气话。放心，老哥唯兄弟马首是瞻。"

张师傅给易程汇报了工作，再三交代易程，保重身体。

自从宝仓城房价涨起来以后，有了资金做砥柱，怡馨园的开发建设顺风顺水、风平浪静地进行着。原来的兼职会计已是无法应付越来越繁忙的业务，易程与晓岩商量，专门聘请了财务负责人。作为财务支出一支笔的易程，几天不到公司，虽然有晓岩帮着应付，但总有许多事情在悬着，等他亲自处理。

找易程说事儿的人，一拨接着一拨，各工程公司的经理都来汇报工作，最后进来的是财务主管蒋玲，蒋玲四十岁左右，做事说话，都透着一种精明和智慧。她原来是一家国企的财务副科长，干了七八年的副职，本以为老科长退休，财务科论资排辈，也该她是一把手了。她也曾为此向上司"表示"过意思，即通常所说的"跑官"。

"跑官"有多种跑法，有的用银子开道，有的以姿色取悦。可是蒋玲却偏偏不信这门邪。凭她的长相绝对配得上那个艳字，不过还要再加一个形容词——典雅。然而，她就是不懂得利用自身的有利资源，为自己搭台阶，攀登那带"长"字的天梯。总认为凭着自身一腔热血和老练的工作技能，能够抗衡那些裙带关系，以及钻营媚上的"精英"分子。蒋玲的所谓"跑官"，只不过是给领导拿出了一份本科室的工作建议企划书。

在老科长退休临近时，蒋玲在单位领导那里主动汇报科室工作，并郑重其事地交上了一份企划书，并申明自己还年轻，愿意多担当一些工作。领导称赞蒋玲有远见，业务能力也棒，并且说："不错，你这样的年龄，正是干工作的好时候。放心，老张就要退了，现如今他已产生临时思想，科里的工作你要多考虑一些，算来你也是老同志了，以后要好好表现。"

领导让蒋玲好好表现，表现什么，并没表达清楚。可是随后的一段时间里，领导也曾多次向蒋玲表示"猎艳"的意思。可这个蒋玲就是装糊涂，不领那份情。

蒋玲在心里对自己说："你红口白牙说过让我放心的，我做副职将近十年，论能力，论资历，哪样我也不差，老科长退了，难道不该是我上位？"

蒋玲暗暗攒足了劲儿，认为自己会在老科长退了之后，顺理成章地提升正科。但她哪里知道人生的道路最玄妙莫测的也许就是仕途，仕途之路不是我们通常所理解的坎坷和曲折，职场上的潜规则，也许蒋玲根本就没有弄懂，她按照做事的一般规则策划自己的政途，而且认为自己应该顺理成章地晋升正科。这一切，在这诚信被贬值，浮躁代替繁华，权利被关系奴化的时代，尤其是在提拔和职称评定上，游戏的潜规则往往吃掉了明规则。事物的发展，往往考验的就是你操作上的手段和能力。

时间如水般东流，人情世故也在不断转变着本来的面目——金钱、美色、权力，在较量、在斗智斗勇的时候，真的很难分出胜负。而蒋玲却纯粹是清淡入世,甚至有点儿傲然的姿态。三四个月过去了,老科长退休的文件已经传达过多日,期间蒋玲临时接替了老科长的工作。这在蒋玲看来也许已经是煮熟的鸭子了,就等着开锅盖了。单位的其他同事也都认为蒋玲就是未来的财务科长了。然而,令人意外的是,那一日召开中层以上干部会议,组织部专人来宣布了新任科长——是一"空降兵",年龄比蒋玲小了几岁,是一个三十岁出头的美丽女子,名叫马丽芸。

领导在科长见面会上郑重宣布:"我们单位财务科是一个对外联系较多的科室,马科长来了以后,蒋玲你们要好好配合,尤其在跑款、跑项目支援上,希望你们'马到成功'。"

会上,二十几个中层以上的干部,一齐为马科长鼓掌,欢迎马科长闪亮登场。

蒋玲一下子晕了,过了十几秒钟,或者更长吧,她才在别人的掌声中,如梦初醒,拍了几下手。她觉察到自己的失态,一阵尴尬袭来,使她面红耳赤,犹如劈头浇来一盆冷水,浑身冷飕飕地,如跌进了冰窟般的深渊,身心都冰凉到麻木的状态。

"一山不容二虎。"这两个漂亮女子在一个科室,又是那样的微妙关系,蒋玲的业务本来就是轻车熟路,打里、打外都是一把好手。而新科长到任一个多月了,却没有做出一件令人敬佩的事情。蒋玲越看,新科长越像是一张美丽的图画,一束带露的玫瑰,中看不中用。但有一条,在公司例会上,却是很会吹嘘自己。蒋玲虽然是个大事清楚、小事糊涂的女子,可眼里却揉不进沙子,马丽芸仗着自己是科长,不免有点儿摆谱,在蒋玲面前端科长架子。蒋玲哪里会吃她的一套!蒋玲本来就是一肚子火气没处撒呢,看马丽芸越来越不顺眼。不到两个月,蒋玲就请了病假,在家里休息,说身体不好,需要休养治疗。

其实,她是兼职做了好几家私有公司的会计,其中就包括"兴源地产"。向单位请长假之后,蒋玲就正式做了"兴源"的财务主管。

蒋玲向易程汇报了近几天财务收支情况，又说："崔总问了最近流动资金情况，说让把财务状况列个明细给他看看。"

易程点头说："是的，我知道这个事，最近我有点儿忙，公司的事情崔总会关照的多一些。"

蒋玲理解地点点头，说："嗯，明白，那就这样了，有事情再向您汇报。"蒋玲看着易程萎靡的精神状态，又说，"易总要注意保重身体啊。您要注意调养。"蒋玲说完，轻轻走出易程的办公室。

蒋玲走后，易程在那把气派的老板椅上坐着，随手翻了几下桌上的文件。心烦，又推到一边。耳畔再次萦绕着儿子斌斌的声音："爸爸、爸爸。"

林怡怡专程走了一趟禹阳市公安局，公安局综合分析了本市几年来出现的几起儿童失踪案案情，根据那些儿童大多都是五岁以下婴幼儿的特征，以及最近公安机关集中精力侦查的情况分析，认为斌斌的失踪，并非偶然事件，也许与前期的一些案件有着千丝万缕的联系。

为破获本市多年以来的无头案，他们采取钓鱼的方法，对易程的电话进行全程监控，从易程所接电话中寻找线索，锁定嫌疑人活动范围，以达到尽快截获案件信息的目的。

在以往的无头案中，那些陈年旧案的受害者家属，在申冤无望后，无奈含恨缄默。他们忍受不了十年八年的为寻找亲人所付出的代价，他们本不富裕的家境举债无门，身心交瘁；也有的人已经没命，冤情不得昭雪，死者灵魂依然呻吟在地府，更是鞭笞着生者的身心，死者的灵魂在九泉之下不得瞑目。人世间的龌龊与不公，荆棘一样刺穿在受害者伤痕累累的心上，他们只能在心伤的刺痛中无限期地等待。等待过后，更是无望与失落的折磨。

一位母亲，为了忍辱死去的女儿奔走了八九年，从青丝到白发，那一年，那一天，那位母亲迈着蹒跚的步子，来到女儿坟前哭诉。哭诉女儿走后,她为了给女儿申冤昭雪,奔走呼号,为了省钱,百里、千里她都可以走路,但就是忍受不了求告无门。她说:"孩子,不是娘不为你报仇,娘实在是老了,走不动了。"……悲鸣、呜咽、哭泣的声音,终被呼啸着寒潮的西北风吞噬,这位白发母亲,忍受不了别人把她当乞丐、当疯子一样看待的眼神。她在女儿坟头上哭诉之后,停止了为女儿申冤昭雪的跋涉。一位父亲为了给儿子申冤,遭遇黑恶势力毒打致残,成为一个永远的瘸子。这些对于易程,仅只是听说,道听途说过后,只是一阵唏嘘慨叹,以及几句同情的话语而已。之后依然过自己的日子,做自己的事情。可是,斌斌出事之后,他的心就像猛然间被一只黑手给掏空了,那是天塌地陷的灾难。疼痛之后,是难以忍受的精神折磨。也许是连锁反应,无意间,他联想到了前几年听说过的撕票案。

这两年,半山华益市公安建立了接待群众上访制度,在接待群众上访时,面对含冤的百姓,倾听他们申诉多年前的沉冤,局长唏嘘慨叹,泪流满面,愤愤不平:"党的干部,就是要为百姓做主,公安就是为百姓保平安的。"然而,就在这打黑破案的风声鹤唳中,斌斌却神秘失踪了。这让那位有着侠肝义胆精神的局长更加愧疚和上火。作为局长,听到这样的事情,无疑是听到了一声惊雷。保一方平安,是她就任局长的誓言,是作为公安系统领导人的天职。她拍案而起,命令下属:"就算是搭上性命,也要破案。"

斌斌也许是不幸之中的幸运者。赵文雅除了一遍遍自责、心痛、落泪,又暗自庆幸斌斌也许会是例外,他会平安回家。斌斌失踪,无疑增强了公安局竭尽全力破案的决心,也给犯罪者的门楣上张贴了一道新的催命符。公安局以监控易程的通信信息为手段,以锁定嫌疑人活动方位,掌握线索。经历了一两个星期的等待、折腾、煎熬,目标竟然是在易程所居住的小区。向易程索要一百万元赎金的陌生男人,是与易程对楼相望的"邻居"。

那人做梦也不会想到,是他自己给自己套上了枷锁,披上了血衣,送上了断头台。

公安机关决定让易程配合,共同牵制嫌疑人。经过银行工作人员排查,易程提供的"一串数字"(账号)上的身份证是外地的。他们很快通过当地公安机关的帮助,在那身份证的所在地,排查身份证持有者的真实身份。怎奈却如大海捞针一样渺茫,重名重姓者,在微机上查出一大串来,身份证上的数字却没有与之对号入座者,要找到真实的活人就更是难上加难。也许那些到处散发信息替人做假证者的手段太高明,以至于制造出以假乱真的身份证,既是实名制,那些犯罪者也能做到以虚就实的"真"来。天地之大,茫茫人海,要找出一个有意隐瞒身份,或者干脆子虚乌有的人来,谈何容易!

打电话的男人居住的方位地点已经确定,但要掌握其罪证,却必须等到嫌疑人再次有所行动。怎奈,那次电话以后,已是三四天了,再也没有动静。也许是他们太小心了,或者是知道了刑侦人员一直在追踪查询他们的蛛丝马迹。

易程和赵文雅,每天都在煎熬中度日,文雅已经哭得泪泉干枯,声音嘶哑。自打儿子失踪,赵文雅请了病假,在家里苦苦等待,整日以泪洗面,在诅咒、忏悔、思念中打发炼狱般的日子。易程虽然强打精神,到公司去了。但电话铃每次响起,都会使他如闻惊雷,每次接电话的时候,他的心跳都会失去节律,狂跳、惊悸、恐惧、期望……然而,一次次接听,却是一次次失望。高度警觉,极度悲伤,精神紧张,跌宕起伏的情绪使他茶饭不思,严重失眠。

一百万元,易程并没有按照陌生人说的去做——存入那一串数字账号中去。这是刑侦人员的安排,因为银行的账号是全国通兑,一旦存入,要控制其流通,就必须动用诸多方面的力量。易程在煎熬中等待着陌生人再次来电话,他已经做好了与陌生人周旋的准备,他把底稿写在纸上，一字一句地读了、背了。读得流利纯熟，背得滚瓜烂熟。他知道，就是在他们通话的同时，刑侦人员会把那张捕获者的网靠近目标，再靠近目标，然后稳稳地收起。

狡猾的狐狸会不会束手就擒？社会在进步，文明在发展的同时，犯罪者的反侦查手段也在不断提高。易程没有十分的信心，更没有多少把握能够做好这件事，他怕自己的情绪失控，更不知道在这之间，他的斌斌会不会有什么不测。他不敢往下想，想想在电视里看过的以人质换取自身安全的犯罪手段，易程的心就会猛然刺痛。他感到一阵嗡嗡耳鸣，头痛欲裂。这几天他严重地虚火上头，常常被耳鸣头痛折磨得不能自持，他的神经、心灵都被折磨到了崩溃的边沿。

终于，陌生人再次打电话给易程。易程接电话时，心脏紧张得就要跳到嗓子眼了。那陌生人蔑视的语气，说："易先生，怎么回事啊？是不是不想见到儿子了？"

电话里传出的声音冷飕飕的，令易程心悸，更使他怒从心生。但他必须忍耐，周旋。这是策略，更是斌斌的安全和生命所需。易程紧张、心慌、镇定。他说："一想到儿子，我恨不得长出翅膀，飞去见他，可是他在哪儿？我能见到他吗？你提供的信息，没法使用。我都急死了。您说怎么办吧？改变一下方式怎样？我提现给你，只要孩子安全回家……我绝不食言，绝对。"

对方沉默，沉默了几十秒钟之后，说了四个字："那你等吧。"

易程拿着电话的左手在颤抖，听着那嘀嘀、嘀嘀的忙音，愤怒直冲脑门。他布满血丝的双眼似要喷出火来。

在易程与陌生男人通电话的时候，刑侦队的技术人员通过定位，已经准确摸清了罪犯所在的具体位置。接下来就是找破绽，侦破案件了。

在过去，半山华益市曾出现过几起儿童失踪案，那些受害者家属在积年累月、多方寻找无果之后，只有在深渊一样的绝境中，祈盼奇迹出现。斌斌的失踪,更激发了半山华益市公安刑侦人员不破此案誓不为警的决心。确定了方位以后,号称神探的刑侦队长陈炳坤立即行动蹲坑摸查。陈炳坤,四十出头的年纪,除了成熟男人的智慧与魅力,生就一副铁腕刑警材料,做事果敢,说话干练,豪气霸道。他与科里的警花周君令搭档出警,曾经荣立过两次三等功,一次二等功。这次任务两个人自然是当仁不让。接到任务后,他们乔装成夫妻,多次到经过通信监控锁定的区域侦查。侦查中他们适时更新着自己的身份,调换工作姿态,就像打鱼人收网,网的面积越收越小,距离目标也越来越近。终于摸清了嫌疑人的确凿位置,这天陈炳坤、周君令和大队另一个青年警官陈剑,他们一行三人在看似宁静的氛围中,敲响了那扇关闭着罪恶和冤屈的房门,门里传出带着颤音的男子声音,问:"谁?"

凭多年的侦查经验,陈炳坤听得出男人的声音,隐蔽着惊恐,释放着疑惑。陈炳坤尽量放松声音,说:"例行检查。"

屋里的男子已经魂飞魄散,在陈炳坤的催促声中,门终于开了。

陈炳坤进屋后,出示了搜查证,说:"有犯罪嫌疑人逃到这个单元,我们例行搜查。"说着,神速地打开两个卧室的房门。男子傻了一般站在那里,木呆呆地看着三位刑警。

陈炳坤他们打开卧室门,一下子惊呆了。一个小卧室里关着一个三四岁的男孩,用一根打背包的帆布袋子反绑着双手,嘴里塞上了一条脏兮兮的毛巾,孩子精神萎靡地耷拉着头,似睡非睡的模样。而另一个房间却是一位中年女子在哄两个哭闹中的孩子,孩子年龄相仿,两岁左右。陈炳坤刀子一样的眼神注视着男人,男人的脸青一阵白一阵,一双鼠目在偷偷逡巡,欲从半掩着的房门冲出去。陈炳坤的脸色立马沉了下来,厉声道:"铐起来!"

那个被绑着的男孩正是斌斌。

经过审讯,给易程打电话的陌生男人,叫张周正。柳原市庄浪乡柳庄人。由于人长得黑，壮实，又游手好闲，不务正业，村里人背地里都叫他"黑头"。

黑头幼年时父母双亡，跟着本家叔叔长大。叔叔可怜他没有父母，就有意无意地放纵娇惯，以致养成了懒惰、好吃、贪玩、不求上进的惰性。黑头勉强读到初中毕业，再也赶不到学校里去了。一个十几岁的娃娃，参加劳动——力气还没长全，叔叔也不强求于他，就放任自流，到处流窜闲逛。后来年龄大了，看着社会上的一些成功人士，穿戴光鲜，吃喝无忧，生活过得有滋有味。他心里就不平衡，手指头就痒痒。在十里八乡之间来回晃荡，瞅准了机会，捎带着偷摸一点儿小钱，进城开开眼界，高消费几天，钱花光了就在家里厮混，在叔叔家里吃白饭。这时候他叔叔意识到了事情的严重性，常常苦口婆心地劝他，说："周正啊！知道你参为什么给你取名周正吗？就是想让你周周正正做人。你参临去时，把你托付给我，希望我好好把你抚养成人，成家立业，光耀门庭。你这个样子，怎对得起你九泉之下的爹娘啊！"

叔叔虽然语重心长，苦口婆心。但张周正这棵独苗，已经长成了一颗歪歪扭扭的歪脖子树。要想正其枝干，岂是件容易的事情？最早叔叔发现他偷拿家里的贵重东西出去卖钱挥霍，就曾经狠劲儿揍了他一顿。挨了打之后，周正跑出去，一两个月没回叔叔家。

周正第一次被判入狱，是因为和几个哥儿们在一起喝酒，他狂扫了在场所有脱了外套者的口袋，被人捉了赃，结果被判了两年。

刑满释放之后，他回到家里，更是遭到街坊邻里的"另眼相看"。大家都像躲瘟神一样，不拿正眼看他。这让他的叔叔心里就像压着一块大石头，他觉得周正成了这副德性，是他教育的极大失败，想到长眠于地下的哥哥，惭愧之感常常折磨着他。他就到处求人，张罗着，给周正找到一份工作，在张师傅的建筑公司做小工。后来又随张师傅到易程的怡馨园，工资待遇自然也是水涨船高，张周正有了几张钞票，一下班就换上行头，西装革履装扮起来，去泡舞厅。

外表有点儿小帅气的张周正在多次进出舞厅期间，认识了以伴舞为生的四流舞女桂兰。

桂兰见周正身材魁梧，人长得也过得去，出手阔绰，而且对自己又十分殷勤，就动了金盆洗手，跳出风尘圈的心思，盼着过上相夫教子的正常日子。

在张周正看来，桂兰简直就是世界上一流的大美女，是上帝专门为他派来的天使。

张周正对桂兰说的最顺溜的一句话就是："你的舞跳得可真棒，人长得也美，像杨贵妃转世。"说着这些话，张周正就会为自己的经典语言骄傲地笑，笑得桂兰有点儿不好意思，脸颊泛红，缄默过后，是一句自言自语般的嗔怒："你在讽刺我？"张周正急忙辩解："哪里哪里？俺说的可都是真话。"

张周正动起了追求桂兰的心思。他频繁而有节制地出入于桂兰所在的舞厅，有计划地向桂兰示爱。他们终于恋爱了。热恋中，他们的活动场所很快由舞厅扩延到野外，周边的景点。他带桂兰频繁外出游玩，在工地上赚来的薪水显然是捉襟见肘、入不敷出了。于是张周正就动起了歪脑筋。他再次旧病复发，心头痒痒，想着弄点儿外快来填补他越来越奢侈的花销。偷工地上的材料拿出去卖钱，钢筋、水泥，工友们的钱包，什么顺手，他就偷什么。一次、两次得手，胆子越来越大，那天夜里，他瞅了一个间隙，竟然叫了小三轮进到工地往外运"废料"。被张师傅拿赃后，自然联系到以往的旧案，张师傅觉得事关重大，最终汇报给易程。易程和张师傅正式找他谈话，新账旧账一起清算，最终给他两条出路：一是退赔所得赃款，走人；二是交由公安机关处理。

张周正自然是选择了前者，那牢狱之苦他是几辈子都不会忘的，怎会再次自动往里钻呢？就这样，张周正卷铺盖走人了。从此他就成了专业坑蒙拐骗者。他先是带着桂兰回家见了叔叔，说与桂兰结婚需要买房，请求叔叔帮助。叔叔听说侄儿要买房子结婚，激动得热泪盈眶，拿出五万元给周正，说："正儿啊，你终于要成家立业了，这是叔叔的心愿，更是你死去爹娘的心愿。从今后，一定要好好做事，正派为人，和人家姑娘好好过日子。你爹娘地下有知，也就瞑目了。"

张周正得了叔叔的喜钱，在易程住的小区附近租了一套房子，神速地和桂兰领了结婚证，过起了小夫妻的恩爱生活。但过日子毕竟要有物质资源，才能够衣食无忧。常言道，"坐吃山空"，五万元，就算是摇钱树，充其量也只是一棵并不算牢固的树干而已，并不足以使张周正两口子背靠大树乘凉，坐吃有限的资源，日子很快就捉襟见肘，维持生计已成为当务之急。他与桂兰经历了一番自省之后，这对天生的活宝，对一些有钱人，他们由羡慕到仇视，最终竟然同谋，做起了贩卖儿童、绑架勒索的营生，专门瞄准一些有钱人家，在未谙世事的孩子身上做文章。

张周正与易程对楼相望的目的，就是要看看易程这位大老板是怎样生活的。在他心里有一颗罪恶的种子，他认为那是易程播下的种子。终有一日，那种子要开花结果。这枚恶之果，他张周正要还给易程，至于怎么还，他要伺机而行。斌斌在家门口失踪，不但是张周正的谋生手段，也是他蓄意报复易程的阴谋。

灵犀

第二十三章

斌斌在张周正的魔掌下苦苦熬了十几天。他和另外两个孩子一起,被关在十多平米的小屋里。一开始,斌斌闹着要回家,桂兰就哄他:"妈妈有事要出去办,把你托付给阿姨照管,等妈妈回来了,就送你回去。"

斌斌要给妈妈打电话,桂兰不让。后来,斌斌哭闹,一定要回家。张周正吓唬、威胁他,见没用,就骗,推脱。后来,张周正与易程通电话,在易程要求下斌斌对着电话叫了两声"爸爸",之后孩子闹得更厉害了。闹得张周正心慌,就打,为了不暴露,他给斌斌嘴里塞上东西,不让孩子出声。活泼调皮的斌斌被绑起来,固定在那儿不准活动。孩子终于被他制服了,他凶神恶煞的模样,只要瞪着眼在孩子面前一站,被打怕的斌斌连大气儿都不敢喘。

张周正似乎预感到了不妙,家里三个孩子,一个也没能出手,他联络的下家左等右等不来,他真的有些心烦意乱了。好不容易钓到了一个可以榨出油来的大鱼,却是百般不顺。易程坚持要现款交换,张周正为此心烦意乱。他真的有点儿坐卧不宁了。他挖空心思,苦苦寻觅,找不到对付三个小"财神"的良方,钱没能到手,他是无论如何也不甘心。

就在前一天，他想着赶快把斌斌的事做个了结，以免夜长梦多。但苦于没有想到可行的办法。最近他老是觉得多年前的两个小阴魂，一直在跟着他，和他作对，以致他睁眼闭眼都会看见他们苦苦哀求的模样，那绝望、愤怒的眼神，那呜咽哭泣的童声，楚楚可怜的泪眼怨艾地注视着他，在他脑海里搅起一阵阵滔天巨澜。

是虚幻的梦境，还是良心发现？他默默祈祷上苍，不是他张周正狠心，那件事他只是个边缘的知情人而已。况且自那两个短命的孩子丧生之后，张周正也确实安分了一段时间。如今，看着斌斌哭闹哀求的可怜模样，他的心也不时遭受折磨。这个黑头，竟然对斌斌产生了怜悯之心，迟迟没有拿出解决方案。也正是张周正的犹豫，才使斌斌幸免于难。

斌斌终于回家了。斌斌是不幸中的幸运者，孩子终于从魔窟中回到了父母身边。

易程、赵文雅夫妇看到斌斌，夫妻二人喜极而泣，泪水潮涌。尤其是文雅，哭得令人心酸、落泪。而斌斌却像傻了一样，看着妈妈泪水涟涟的面颊，孩子的眼神呆滞，面色憔悴，不说话，不叫人，与从前那个活泼可爱的孩子完全换了一个人，他木呆呆地看着妈妈。这让赵文雅更加心疼。她流着眼泪紧紧地抱着儿子，一刻也不松手，生怕斌斌再次从她的怀抱里走脱、丢失。斌斌惊魂未定的小脸告诉她，在这十多天里孩子遭受了多少惊吓和虐待。易程怜惜地看着儿子和妻子，脸上是欣慰，心里是刺痛，眼里是泪水。

时间一分一秒地流逝，不知道过了多长时间。在这时间凝固了、思维凝固了的失而复得的团聚中，在经历了苦难之后，亲人相聚的喜悦，完全扰乱了他们内心关于时间的概念。他们一家三口就那样惊魂未定地拥抱在一起。儿子痴呆一样地看着妈妈，妈妈更是抱着儿子，不停地亲着孩子的额头、面颊，口里心肝宝贝、乖乖、乖儿子地叫着。

易程见妻子赵文雅抱着儿子又是哭，又是亲……他拥着妻子和儿子,一眼不眨地凝视着,眼泪禁不住涌流。一个多小时过去了,赵文雅始终没有放下抱着的斌斌,易程心疼地抚摸着儿子憔悴的小脸儿,思维停滞在妻儿身上,紧紧拥抱,久久凝视。

电话铃声忽然响起,易程猛然惊醒,他拿起手机,接听。是晓岩的电话,他先是问候了易程,然后说:"斌斌一定受了不少委屈,好好陪陪孩子,到外面玩玩放松一下。"

易程这才猛然想起了许多事情,说:"谢谢!谢谢!孩子总算回家了。这段时间辛苦兄弟了。"

"什么都别说了,孩子平安就好。"

晓岩安慰易程,自己心里却感到莫名的酸楚,是为斌斌的灾难,还是为这尘世间的罪恶,抑或是为这社会所隐含的污垢和悲哀?

易程与晓岩刚通完电话,电话铃再次响起,是林怡怡,她说:"你好,宝宝精神状态好吗?多给孩子制造一些欢乐气氛,多安抚孩子。"

"孩子受了惊吓,慢慢会好的。总算回来了,这要感谢朋友、感谢公安,尤其是你啊!"

"宝宝没事就好。一家人总算团聚了。"

易程从赵文雅怀里接过儿子,亲昵地说:"来,乖儿子,爸爸抱一会儿。"他对妻子道,"给孩子弄点儿吃的吧,我带孩子玩会儿。"

赵文雅诧异地看着易程,眼泪再次流了出来,说:"你终于有时间带孩子玩儿了。"她禁不住伤心地说。那言外之意,很是耐人寻味:若不是遭此不测,大难不死,你会这么体贴吗?

原来斌斌的失踪,是张周正因为前嫌,对易程怀恨在心,找机会报复。张周正本来就有前科,早在十几岁的青少年时期,就帮着别人绑架过两个小学生,最终没能捞到钞票,反而害了两条性命。后来,他在叔叔的开导和帮助下金盆洗手,到了张师傅的建筑公司干活。再后来跟随张师傅来到兴源。在兴源参与怡馨园建设,再次行窃被开除之后,他知道这个大老板口袋里有银子，便煞费苦心地策划跟踪，这一天终于来了。赵文雅把斌斌放在楼下的时候，张周正就在不远处窥视着。明枪易躲，暗箭难防。赵文雅一离开，他就上前与斌斌搭讪，并使用了邪道的"迷魂散"。那气息只要使人闻到，脑子就会混沌起来，就会随着任何人所指引的方向走去，无论那是深渊还是火海。

张周正轻轻地告诉斌斌：爸爸要带斌斌出去玩，派叔叔来接斌斌。斌斌乖乖地落入了张周正布下的陷阱。

斌斌回家以后，有点儿痴呆、抑郁，加上赵文雅喜极而泣的泪水，孩子简直是迷失了心魂一般，完全失去了往日的活泼可爱。易程觉得需要制造一点儿欢乐轻松的气氛，不能让斌斌就这么待在妈妈的怀里。当易程从赵文雅怀里接过斌斌、抱住儿子的刹那，孩子就像一只温顺的小鹿，乖乖地伏在爸爸宽厚的肩膀上，满眼的迷茫，刹那间被笑意浸润了一下，小脸有了一丝阳光的气息掠过。

易程默默来到斌斌那间并没有单独住过的小屋，拿出斌斌喜欢的玩具遥控车，放在大客厅的地板上，自己拿着遥控器，启动、旋转，前后左右，前进后退地玩了起来。斌斌看着看着脸上终于露出了一丝僵硬的笑。易程看到儿子脸上花朵般的神韵，心花便怒放开来，他欢喜地喊："文雅，儿子笑了，儿子笑了呀！"

赵文雅闻声从厨房跑了出来，抱起斌斌，温馨慈祥地凝视着儿子的小脸，把温润的唇印在了斌斌的额头："宝贝儿，亲亲宝贝儿，妈妈高兴死了，高兴死了。"泪水再次涌出，文雅抹一把面颊上的泪水，笑说，"宝贝儿，和爸爸玩，妈妈给你做好吃的去。"

眼泪从斌斌原本黑亮而今有些呆滞和沧桑的眼眶涌出，那两扇黑色的帘一样的眼睫毛，忽闪忽闪眨了几下，晶莹的露珠一样的泪水，从斌斌稚嫩的面颊上滑落下来。赵文雅吻着斌斌脸上的泪珠，喃喃地说："宝宝，宝宝……都是妈妈不好。"

母与子、父与子，在灵犀之间，总给人意想不到的感应。斌斌，一个四岁的孩子，在母子情、父子意的感召下，那泪珠，凛然落下的泪珠，有谁能说不是孩子心灵深处的灵犀与暖意！

晓岩正在忙投标半山华益工程。这是一家具有几十万职工的大型国有企业，机关干部职工数千人，他们要从郊县搬到市区办公，牵一发而动全身。几千名干部职工的大机关，要搬一次家，那得花费多少钞票？这笔账肯定不该是晓岩操心费神的事情，人家集团有领导班子研究决策，精密筹划，财务处的官员、计划处的要员，肯定有一系列的配套策略。搬家，也许是充分论证、多次调研后的行动。晓岩要做的工作，就是要在这次半山华益集团机关搬迁中，中标一项甚至多项工程，努力为自己公司和员工创造更多的财富，营造更高的信誉。

自从得知半山华益公司机关搬家的消息，晓岩立刻意识到，这是一个极大的商机。从那一刻起，晓岩就为半山华益办公楼的内装投标做工作。他先找业内人士了解情况，为打好这场公司转型之后的首场战役，做着外围的铺垫。他告诫自己：这次半山华益工程能否成功，关系到今后的生存空间是否能打开。他一开始就意识到，只是切怡馨园那一块儿蛋糕，不是长久之计，也不是他崔晓岩的做事风格。与易程的合作虽然取得了成功，但他在内心总是有点儿游离感，尤其近段时间，易程好像在变，变得越来越难以琢磨了。一想到易程，晓岩便如坠十里云雾，他始终弄不明白是哪里出了问题。

一个人在迷茫和游移不定的时候，最急切要办的事情，当然是给自己找一条出路，或者退路，以加固自己防御风浪的堤坝。这是一个强者的思维逻辑，这样的人从来不把自己置于绝境，即使真的前路险恶，心中依然会有一束光亮在黑暗中照耀，幻想那束光亮的存在。崔晓岩就是凭着这样的韧劲儿，在千帆竞渡中，开辟了一条航道，撑起了一片天空。

为了这次投标，晓岩在公司召开会议，在管理层吹风，听取专业人士建议,尤其给设计部主任兼首席设计师刘建业、工程建设部梁思忠吹风,让他们在心理上有所准备,行动上有所突破,接受这次挑战。他说:"这次我们如果能够顺利拿下半山华益工程,将为咱们'阳光'打下很好的人脉和口碑基础。这座办公大楼是今年一个引人瞩目的项目,半山华益集团下属有几十个主业单位和附属部门,机关搬迁以后,将有许多配套设施跟着上来,都需要投入和建设。比如医院、社区等,有的是机会。能不能挑战成功,就看我们能不能烧好第一把火,做出样子给人家看。"

刘建业、梁思忠来公司一年有余了,刘建业设计了一批住宅楼的效果图,其他就是做了一些事务性的工作,整天忙忙碌碌做了许多事情,但许多事情都是在飘着,没有一样落到实处。梁思忠更是感到憋屈,整天窝在办公室里,温习学习过的功课。虽然是描描画画设计一些结构性的东西,但最终没有遇到向社会展现的机会,那些襁褓中的方案,如若不拿到实践中去检验,终归是海市蜃楼、空中楼阁,有谁能够承认那是自己的作品?酒香也怕巷了深啊!曾经想着怎样找一个借口炒了老板鱿鱼的梁思忠,听了晓岩的远景规划,兴奋得站起来表态:"崔总说到我心坎上了。我们时刻准备着呢,是该好好干一场了,拿出我们的招牌作品来,干我们这一行的,就得拿作品说话。"

刘建业随即也跟着表态,企划部、财务部等科室负责人纷纷效仿,提建议,表决心。

晓岩爽朗地笑笑,说:"大家说得好,这次半山华益工程,从投标开始,我们都要抱着吃苦精神,出色地完成任务。到那时,我们再开庆功会,我给大家记功,给大家颁奖,发大红包。'阳光'的生命就在大家手掌里攥着呢!在座每位的工作成绩就是公司的前途,公司的明天。总之,一切都要拜托各位了。"

晓岩的话引起了大家的共鸣,他们热烈鼓掌,以掌声代替决心和赞同，表示对老板的支持！

散会以后，晓岩回到办公室，不停地打电话。凡是能够说上话的同学朋友，他几乎都想到了。古人说得好："人熟好说话。"设计院的总工是他的校友，好久没联系了，这次晓岩主动联络，同学接了电话，惊讶道："大老板好啊！"同学的说笑声感染了晓岩。

"好是好，就是想老同学了，"晓岩笑着向同学发出邀请，说，"好久不见了，想一起吃顿饭。"和同学讲完电话，转而又一个电话拨给史全林。史全林是省厅安全处处长，这位大神，是晓岩钓鱼认识的钓友，由于生意上的需要，多次主动联系，并且在年节到来的时候，主动来那么一点儿小意思。这样一来二去，就越来越熟悉。熟悉了，说起话来就自由自在、不拘礼节。有了什么事情，不管工作上是否归他管辖，总喜欢给他汇报汇报，听听意见。毕竟人家是主管矿业安全的处长，处长混了半辈子宦海江湖，待人处事，有诸多地方令晓岩钦佩。这样的人物，若是想帮你，可真如菩萨上天言好事，总会给凡尘人间带来一些难以预期的福祉。也许这就是老祖宗传下来的初一、十五拜菩萨，中秋夜里拜月神，小年拜灶神的期许吧！为了人生的平安、幸福、富裕、安康，人们不但要祭拜那些玉雕泥塑的神灵，更要对生活中一些重权在握的大神们或刮目相看，或"顶礼膜拜"。有事没事的混个脸熟，一旦有了什么用得着的事情，也好张口说话，讨个顺水人情。

晓岩原先做矿业资源技术评估时，史全林也着实没少帮忙。如今，晓岩的公司虽然转型了，但他在遇到攻坚战，或者有了新决策的时候，依然不忘请教史全林。这说不上是请他帮助，就是想听听他的意见，或者从他那沉稳的富有磁性的音节中感知出一点儿做事的底气或精气神儿。总之，这是晓岩的为人风格，也是一种习惯，在做一件事情之前，他总是和自己最尊重、最信得过的这位忘年交朋友有意无意地说说。

电话接通了。可是接电话的史全林声音有些异常，缺少了往日的沉稳和富有磁性的魅力。晓岩一时间感到担忧。担忧之余,是一份无法言说的牵挂:老兄是怎么了?出什么事儿了?他沉下心来,仔细倾听那震耳的声音,疑惑地问:"怎么了,老兄?"

晓岩只是听到电话里噪声很大,乱糟糟的,干扰了通话的效果。

原来史全林是在现场,矿井的事故现场,正在抢救困在井下的矿工的现场。

"回头再说吧,我在现场呢!"

史全林所说的"现场",是一个县级市的煤矿刚刚出了透水事故,三十几名矿工困于井下,生死不明。史全林接到事故报告后,急如星火地赶到现场,亲自坐镇,指挥救助被困在井下的矿工。时间就是生命,领导、工人、救护队员,都在援救秩序中忙着,声浪一阵紧似一阵,大家都为困在井下的矿工兄弟们担心。牵挂写在每个人的脸上,心中堆满了焦急和不安。

晓岩挂断电话,在记忆的屏幕上,快速搜索着相关信息。然而,在他每天关注的新闻页面上,并没有找到关于矿井事故的记忆。他急忙在手机的储存盘上找到一个名字,按了快捷键。他是晓岩的一位同学,这位同学是采煤专业硕士生,也是地方煤炭系统的一个小官员。电话接通后,他着急地问:"是不是哪个矿出事了?"

"是的。中午两点二十分左右……"同学的话惊到了晓岩。他下意识地看看时钟,是下午三点五十分。他的心脏跳动加速,节律失常,只觉得咯噔一下,好像一个大合唱的指挥者在关键的时候漏掉了节拍,在刹那的空当之后,接下来的音符便有些错乱,心便沉重得有些闷,有点儿慌。这是他前两年干矿业技术评估落下的毛病。对于事故、矿难,他有着一种特殊的敏感,这敏感使他的意志越来越脆弱。他的心血、汗水、责任,甚至是生命和身价都与那些矿井安全与否,有着千丝万缕一荣俱荣一损俱损的联系。

虽然这两年没有再和任何煤矿打交道了，但他从同学那里得知，出事故的矿井正是他两年前做过评估的矿。这时，晓岩条件反射似的，头顶有一块浓浓的乌云压了过来，这块乌云究竟会不会带着暴雨狂风，甚至是冰雹雷电，晓岩一时难以判断。通完电话，他无语沉思，在心灵的键盘上敲击出一个个"？"，究竟什么原因出了如此严重的事故？万一他们把事故往两年前的评估工作倾斜该怎么办？

重大矿难！三十多名矿工被困井下，井下水位不断上升，按照以前矿难事故经验，这次的死难人数肯定不下两位数，责任非同小可！省、市、国家安全部门的领导，在最短时间内，都到达了现场。现场指挥抢救就像战场一样"烽烟滚滚"。这样的事故，责任人将是倾家荡产，甚或是牢底坐穿的罪责。想到这里，晓岩拿定主意，无论怎样，必须先找人联络一下，问问情况，寻个安心。有时候，有些事儿，是鸡蛋里挑骨头，或者是盲人摸象，是很难说得清的。就看你运气如何，会遇上一个什么样的官儿，这比事物的本身意义更大。

韩颖把会议记录整理成一份会议纪要，打印装订，拿给晓岩看。她走到老板办公室门口，见晓岩凝神思索，神态严肃凝重，坐在老板桌前不动声色。她一时搞不清状况，就朝半开着的门上轻轻敲了两下。晓岩警觉地抬起头见韩颖拿着文件夹面带微笑站在门口，忙说："请进。"

韩颖微笑着，精神饱满地走到老板办公桌前，双手把文件递上去："崔总，这是昨天的会议纪要。"

晓岩接过来，一目十行浏览了一遍，点头道："好。作为存档可以，今天只是给大家吹吹风，先不要往科室发吧。"晓岩脸色沉郁地说。

韩颖见老板心情不好，先是愣怔了一下，意蕴悠长地凝视老板十几秒钟，应了一声："嗯，好的。崔总，您要注意身体，别太累了！"

晓岩的思绪已被史全林说的事故打乱，并没有听到韩颖说话，韩颖见晓岩手里拿着手机，在有意无意地翻看，她一时缄默，脸色绯红，心绪纠结地出了老板办公室。

张周正倒卖绑架儿童团伙案的破获，一些多年的陈案也得以昭雪，在半山华益市引起了一波议论热潮，整个市区，乃至乡村百万群众都为之澎湃，为之狂喜，为之奔走，为之相告。禹阳市公安局局长"当代包公""人民福星""人民公安"的名声在全市百姓中口口相传，祥和、平安的信息，在这片曾经隐患百出的土地上传播开来，一时间传遍千家万户。人民群众敲锣打鼓，送匾牌，送慰问，感谢公安为民除害的功绩。这样激烈的反响，感激与欢欣的局面，却使公安局长感到尴尬、不安、惭愧。她说："人民公安本来就是为一方百姓保平安的，是老百姓这汪洋般的水域，承载了我们的权力之舟，公安干部保不了百姓平安，让我们的百姓忍受了那么多委屈，遭受了那么多亲人离散的苦难。本来就是我们的失职。如今，我们只是做了应该做的事，老百姓反而感恩戴德，为我们送匾牌，树碑立传。这是怎样的反常啊！我们作为人民保卫者的一员，应该感到惭愧，而不是荣耀。"

多么有力的反思啊！公安局局长的态度更让老百姓体会到自己的家园和生命，被和谐、安宁的氛围保卫着，安居乐业的路上，放开手脚向前奔的时代真的来了。

斌斌的精神似乎还在恍惚与清醒之间徘徊。但孩子总算平安回家。这使易程夫妇濒临崩溃的精神，一卜子轻松起来，如涅槃重生，生命再次勃发出生机。在斌斌失踪的日子里，他们的生命之舟如遭遇海洋中的暗礁，一下子沉入了地狱般的海底，陷入了暗礁密布、鬼蜮猖獗的囹圄之中，他们的心魂分分秒秒都在血淋淋的恐怖中煎熬着。迷茫与恐惧，灾难与杀戮，时时刻刻都在吞噬着他们的五脏六腑，他们的脉息几近衰竭，呼吸在窒息的边缘徘徊。易程在迷茫无助的时刻，林怡怡给予了他心灵上的安慰，晓岩给了他力量的支持，公安干警给了他安全的保障，最终得以内外呼应，使得斌斌平安回家。

斌斌回家之后，易程与赵文雅夫妇给市公安局制作了一面金匾，镶嵌了金光闪闪的四个大字"人民公安"。做完这件事情，易程终于像完成了一次人生灵与肉的蜕变，洒脱帅气、干练果断的作风再次替代了颓废沮丧的神情，说话做事与前几天相比俨然换了一副模样。

易程恢复了以往的活力，说话办事依然神采飞扬，给人以奋发向上的鼓舞。怡馨园三期工程已进入正常有序的建设轨道。为此，易程特别向张师傅表示谢意。张师傅见易程脸上的阴云消散，一脸灿烂，向他招呼，张师傅高兴得不知道怎样表达自己的心情，只是很深情地喊道："易总……"便伸出手来，与易程相握，寒暄。

"张师傅，您辛苦了！"易程一边说着话，一边与张师傅的双手紧紧握在一起。

易程说的是心里话，斌斌遭遇绑匪的日子里，张师傅并不知道真实情况，只知道易程有事要忙，顾不到怡馨园的事情。这段时间，都是晓岩来来往往地奔波，绿藤市、宝仓城、马不停蹄地奔忙。张师傅每天请示汇报，处理业务，晓岩、张师傅，两边都照顾得精心周到，保证了公司业务没受影响。在这一点上，易程十分感激张师傅，当然晓岩也是他最要感谢的人。但在易程心理的天平上，张师傅是谁也无法替代的。晓岩是他的同学朋友，张师傅是他的忘年交，又是他提拔的副总经理，他是张师傅的伯乐，在张师傅身上，易程体验到的不单是信任感，更有成就感。

"前段时间我看你那样，心里很不好受。"张师傅望着基本恢复元气的易程，欣慰地笑着说。

易程的眼底一阵酸楚，泪水差点儿涌了出来，叹道："是斌斌的事情，孩子……"张师傅急忙插话："我都知道了。那帮无法无天的兔崽子，终于遭报应了。孩子还好吧？"

易程点点头："这两天好多了。你没见孩子刚回来时候的可怜样……"正说话间，晓岩如期赶到。晓岩的到来一方面是为宝源公司偷工减料的事情，另一方面，也是为了斌斌的事情，他赶着来为患过难的易程祝福，恭贺斌斌平安归来。晓岩进门，看到易程说得动情，眼里蓄满了泪水，安慰道："总算没事了，斌斌遭此一劫，想想都让人后怕。这段时间，多给孩子一些关照，重要的是帮助孩子恢复心理上的恐惧。"

易程深有感触，说："是的。文雅请了假，在家陪着孩子，我也得抽出点儿时间带孩子多出去玩玩。"

"这样更好。让孩子好好恢复一段。"张师傅赞道。

他们重点谈了宝源公司的事情。张师傅："上次的材料风波，我们配合处理得很好，那次会议之后，他们很快进行了返工，换了工程师和技术员。不合格的材料做了退换和调整。再加上我们的专业监理天天盯着，我们也不定时地到各个地段抽查，我想不会再有这样事情发生了。"

易程赞许道："那是，在这一点上，崔总和我都很放心，您不但技术好，更重要的是人品，人品好，才能更好地发挥自己的一技之长。"说着，他巡视了晓岩和张师傅两人的表情。

晓岩称赞地点头，说："是的。有张师傅这样的技术管理者盯着，我们真是省去了许多心思啊！"

张师傅详细汇报了怡馨园三期的有关事宜："二位老板，有我盯着，你们就放心吧。有事我会第一时间向你们汇报。"

"本来应该到家里去看看孩子的，这两天有点其他事儿，就拖了下来。"晓岩并没有说出煤矿事故的事，既然都没事了，就没必要再给易程添堵。

他们三个又谈论一会儿怡馨园三期的事情。张师傅告别了晓岩和易程，去工地上忙了。

易程再次向晓岩说："这段时间为了斌斌，公司的事情都是你和张师傅担着，我真的不知道说什么好，怎么才能表达我的感谢。"

"应该的，遇到这事儿，搁谁都会这样做的。好好让孩子轻松轻松，多带孩子到大自然中走走，给孩子调整一下心情。这段时间你和文雅也够辛苦了，不过总算过去了。"

"我会的。没事了。一切都过去了。我想抽出一两天时间，带孩子出去玩玩呢，工作上的事情你就多辛苦点儿。"易程歉意地说。

人在经历了大波折后，心也许会很脆弱，但那通常是在自己最熟悉、最亲近的人面前才有所表露。心灵的痛楚和悲伤，无论男人女人，都一样希望别人懂得。在与晓岩说话的时候，易程的心又是一阵酸涩，泪水在眼眶里打转。

晓岩他们两个又谈了一会儿公司的事情，晓岩准备回绿藤市了，说有许多事情在等着他处理。送走了晓岩，易程感到心情轻松了许多，这是斌斌出事之后，他的身心少有的轻松和愉快，他在心里为自己祝福，为儿子平安回家祝福，也为张师傅、晓岩两个生意上的伙伴的理解、支持而祝福！由此他再次想到林怡怡。林怡怡的帮助，他从内心万分感激。在他最无助、最迷茫的时候，是林怡怡给了他方向感，他再次默默地、虔诚地祝福林怡怡平安幸福！这是一个刚刚遭受过亲人离散之苦的男人的真诚心愿。

想到斌斌的遭遇，易程真实地感受到世间人心叵测，人生祸福难料的悲哀。他感慨于人间亲情、友情的珍贵，更感叹于世界之大，人生百态的无奈。与林怡怡的恋爱只是令他品尝了失恋的苦涩，而斌斌的事情，却让他品尝了生离死别、撕心裂肺般的疼痛。正在思绪万千之中，忽然一阵悠扬的笛声响起。

手机响了，易程拿起手机，瞄一眼来电显示，是林怡怡打来的，她说："斌斌终于平安回家！好好放松一下心情。尽量多陪陪孩子……"

易程拿着手机，凝视着一个方向，心中似有万千话语，但一时间只是缄默。

晓岩的一句话再次回响在耳畔：煤矿的事情，暂时先放一放，看看政府的新政策再说吧。总之，风险大于收获，我们要谨慎再谨慎才好。

忽然一袭惭愧涌上心头，易程的喉结嚅动了几下，没有发出声音。片刻之后，他说："怡怡，你的事情，我……"

"不着急，孩子的事要紧，斌斌有此一劫，好在有惊无险，孩子平安回家，其他的事什么都不重要。"

暖意

第二十四章

易程在电话中向林怡怡表达无尽的谢意，说："怡怡，在我精神将要崩溃的时候，是你帮我理清了思路，为了找回斌斌，你帮了大忙，这个情是我一辈子都还不了的。"

林怡怡惊诧道："俺这不是巴结大老板吗，老板做大了，咋跟谁都客气上了呀？再说了……"林怡怡欲言又止，那言外之意，颇有几分意蕴：我是一般同学吗！

林怡怡简直有些冷嘲热讽了。易程忽然有点儿尴尬，他干笑一声，说："不是啊，你可能理解不了我找回孩子的心情，我是真心的，真的感谢你。"易程忽然想起林怡怡拜托自己向煤矿投资的事，自从斌斌出事之后，林怡怡再没有提过，他在内心深深感叹：真是善解人意啊！易程发自内心的感动，变成一种莫名的思念。斌斌出事后，林怡怡里里外外帮忙，从精神上安慰他，为他出主意、跑外围，那份焦急与痴心真好像斌斌就是她的孩子。此时此刻，易程对林怡怡是佩服、感激，还是旧情复燃？与林怡怡通完电话，思绪便迷离于那个曾经令他痴缠、忘我的情影之中，盘盘绕绕，不知归路。

手机突然响起了音乐，易程拿着电话的手被微微震了一下，心也在猝不及防中战栗了，十几秒钟没有反应过来。那是汉语版《吉祥三宝》的片段："爸爸，哎！太阳出来月亮回家了吗？对啦！星星出来太阳去哪里啦？在天上！我怎么找也找不到它？它回家啦！太阳星星月亮就是吉祥的一家！"这是斌斌遭劫回家以后，易程专门设置的彩铃，以提醒自己回家的含义、心情、责任、义务。家，是人生永远也抹不去的情怀，更是生命中永远的向往。

几十秒钟后，易程才如梦初醒，他急忙接听电话——是赵文雅的电话。易程接了电话问："斌斌呢？"赵文雅宝贝心肝地叫着："宝贝儿，来，和爸爸说话。"斌斌接过妈妈的手机，稳稳地叫道："爸——爸——"接下来，再没了词。斌斌沉郁寡言，可怜楚楚的模样如在眼前，易程一阵心酸，心疼地说："宝贝儿，爸爸下了班就回家跟斌斌玩儿，好吗？"斌斌拿着电话，没有回话。

挂了电话，易程心中一阵怜惜、郁闷，他不知道怎样才能找回原来那个活泼可爱的儿子。一时间，他再次陷入愁苦。电话再次响了起来，是一阵悠扬的笛声——《春风》，是晓岩打来的。

晓岩问："斌斌精神怎么样？"

"好了些，但依然不怎么说话，郁郁寡欢的模样。"

"我想礼拜天，带着女儿和静梅来看斌斌，或者咱们带两个孩子出去玩玩，让孩子高兴高兴。"

"好啊好啊，我正在犯愁呢，正想着怎样才能让斌斌高兴呢！"易程兴奋地道。

一提到斌斌，易程心里就有点儿酸酸的、涩涩的、痛痛的，难以言说，也说不明白。斌斌回家之后，完全失去了一个三四岁孩子应有的活泼。一个星期过去了，孩子的神情总是恍惚沉郁。易程和赵文雅想尽办法逗孩子开心，而斌斌只是偶尔浅浅一笑，便不再出声。小脸总是绷得紧紧的，晚上睡觉，常常在睡梦中大声喊叫妈妈，梦中惊厥哭泣。易程的脑海里再次映现出妻子赵文雅和斌斌的画面：赵文雅泪流满面的模样，斌斌受伤的小鹿一般依偎在妈妈怀里，小脸满是惊恐；晚上文雅侧卧在斌斌身边，胳膊环住斌斌：乖，宝贝儿，不怕，妈妈在呢。宝贝儿不怕、不怕……斌斌惊魂未散的模样清晰分明，令易程顿然一阵心酸，泪水溢满了眼睑，他轻轻叹口气，来到洗手间，用湿毛巾擦了把脸。回到办公桌前，看看表，下午六点二十分，又是一天过去。日升日沉，一天一天流水一般东逝不返，孩子的精神状态成为他心中最大的隐痛。自从斌斌这次遭劫，在亲情的失而复得中，他经历了灵与肉的阵痛和洗礼。自此，他把每天回家，陪伴儿子，当成心灵满足和精神慰藉的手段。他拿起手包，下楼驾车赶往回家的路上。

易程回到家时，赵文雅正在陪斌斌看动画片，斌斌神情有些木然，不似从前灵动活泼。从前，斌斌每当看到易程回家，总会活泼亲昵地叫着"爸爸"；现在，斌斌这样令易程心痛不已。但他依然欣慰地笑着，轻声叫道："斌——斌——"亲昵地围坐在儿子身边。

赵文雅进到厨房，一刻钟后，把饭菜端上桌，微笑着说："嗨，两个宝宝，洗手，开饭了。"易程格外高兴，拉着斌斌到洗手间，为斌斌洗手，接受文雅的邀请。

晚上九点多钟，文雅安置斌斌睡觉，斌斌就像刚刚冲出狼群的羔羊，惊魂未定地依偎在妈妈怀里，文雅拥着儿子，轻轻哼起了舒伯特的《摇篮曲》，那轻缓柔曼的女低音环绕在温馨的卧室："睡吧，睡吧，我亲爱的宝贝，妈妈的双手轻轻摇着你，摇篮摇你快快安睡，睡吧，睡吧，被里多温暖，睡吧，睡吧，我亲爱的宝贝，爸爸的手臂永远保护你，世上一切幸福的祝愿，一切温暖全部属于你……"文雅哼唱着哼唱着，心头一酸，泪水禁不住涌出，她想起了儿子曾经遭遇绑匪的残忍现实，孩子遭受的磨难在文雅眼前，再次幻化成一幅残虐的画面，酸涩的泪水止不住地流着。那甜甜的、柔曼舒缓的《摇篮曲》在文雅带着几分伤感的情绪中变得有些沧桑。但斌斌还是在妈妈温暖的怀里慢慢地入睡了。

"睡了？"易程轻声问道。

"孩子心里总是有阴影。"文雅叹了口气，起身到洗漱间为易程准备热水，说："早点儿洗洗睡吧。"

易程心里为斌斌的事儿郁闷，但又不好在文雅面前流露，自己点了一支烟，到阳台上去抽。文雅从洗漱间出来，见易程不在房间，就到阳台上看，见易程正在抽烟，她说："少抽点儿吧，你咽炎那么重。"

易程灭了烟，说："好点儿了。想抽，慢慢戒吧。"

"水弄好了，去洗洗睡吧。"文雅柔软细腻的话语，令易程有些感动。

文雅近来变得温柔体贴了许多，尽管那阴郁的眼神隐含着诸多惆怅，脸色的暗淡和明亮随着斌斌的喜怒而变化，而演绎。但对于易程，却总是温婉而体贴，他们夫妻之间丢失多日的细心与呵护，浪漫与激情，再次回到了生活之中。易程从洗漱间出来时，文雅已换上了一件粉色睡衣，那粉嫩的色彩柔和的真丝绸质料，衬托得文雅的脸庞明丽白皙，又略带几分晕红羞涩。易程望着文雅美丽的身姿，粉白明丽的容颜，神情便有些飞扬，他含情地看了一眼在大床上刚刚睡熟的斌斌，轻声对文雅说："到那屋吧？"他并不等文雅回答，或者认可，已伸出胳膊，与妻子亲昵相拥，到了隔壁屋里。

他们如新婚小夫妻，相互拥抱，热烈拥吻，相互慰藉着对方的身体和心灵，在那灵与肉的燃烧中，他们合二为一，灵魂被一种原始的火焰熔化，幻化成一对翩翩起舞的蝶儿，曼舞，曼舞于超越红尘的寰宇……久别胜新婚，这是他们之间多少天来，不，是月，是年，多少个年月，他们的灵魂没有过这样燃烧、这样炫舞了？文雅望着易程，眼里晶莹着一汪泪水，抚摸着易程健硕的肌肤，深沉而温婉，说："这次斌斌的灾难，让我们涅槃重生了一回。"

易程似乎有些腼腆地红了脸庞，说："文雅，对不起。都是我不好，我把精力全放在公司上了……"文雅伸出右手食指中指，放在易程唇上，阻止易程说下去。

斌斌睁开惊恐的眼睛醒来的时候，看见爸爸妈妈一左一右地躺着，也许小家伙感到安全和温暖，用咿咿呀呀的童声叫道："妈妈，爸爸——"

文雅把儿子揽入怀中，易程也伸手抚摸着斌斌："好儿子，睡吧，乖——"

"晓岩打电话说，礼拜天我们两家带孩子出去玩。"易程轻声告诉文雅。

早上六点半钟，闹钟如约响了起来，

闹钟丁零零的噪声，叫醒了梦中的静梅。她慵懒地舒展了一下身体，迷迷糊糊地关了闹钟，睡意依然未消。礼拜天，她一般都是睡到自然醒的。每逢周六睡个懒觉，似乎已经形成了植物钟效应。可是今天必须早起了。她强打精神起床，推开窗子，让房间里流进晨曦里溶了朝阳气息的空气。昨晚刚刚下过一场小小的春雨，空气中散发着雨过天晴的清爽之气。春日的阳光刚刚从东方的地平线上缓缓升起，小区的绿化带青翠嫩绿，有了几分春日的蓬勃，那是经历了冬雪的亲吻，寒风侵袭，春风吹拂，春雨滋润，才勃发的盎然生机，真真是风霜雨雪锻造出来的色彩——生之盎然的绿。

几句古诗跃然在她意念的屏幕上："好雨知时节，当春乃发生。随风潜入夜，润物细无声。"她站在窗前，对着窗外的几株白玉兰，那苍翠欲滴的绿意，清新得令人目醉神怡，她深深地呼吸一口窗外飘进的一袭淡淡幽香，扩胸，压腿，活动四肢。脑海里梳理着今天要做的事情。斌斌的事，对她触动很大，她禁不住感叹：那么小的孩子，竟然遭受那样的恶事,那帮没有人性的混蛋,真是造孽啊!晓岩说今天两家人带孩子出去玩,她从内心欣赏晓岩做事周到。她开始准备出门要带的东西。她把给格格准备的饮品、零食装进旅行袋里,然后到卧室叫格格起床。三四岁的格格,依然赖着妈妈给她穿衣服。她一边给女儿穿衣服,一边催促晓岩起床准备出发。晓岩迷迷糊糊答应着,又说:"再睡会儿。"

"快八点了,不是说八点半出发吗?"

她最看不惯晓岩早上磨床,心里十二分反感,想多说几句,再想想,晓岩平时太辛苦了,人是在相隔一段时间必须要懒散一下,休整疲惫的身心,才能够继续奋搏前进的。这是休整身心所必需的环节,否则,身心俱疲,疲惫将酿成病态。人毕竟不是一台永动机。

给格格穿好了衣服,她把煮鸡蛋、稀粥、包子、两碟小菜摆到餐桌上,格格吃早餐。

过了十几分钟,晓岩咕噜一下起床。他麻利地穿衣、洗漱,不到五分钟就做好了一切。他来到餐桌前,屁股轻轻地挨在椅子上,草草吃了一个煮鸡蛋,喝了半碗稀粥,开始给易程打电话:"我们已出发,三十分钟后见。"

晓岩之所以相约易程一起游玩,主要原因:一是为了斌斌,二是为了易程。晓岩深深明白,这个时候,应该抽时间和易程在一起联络一下感情。斌斌的事情,使易程的身心都很受挫,只是一个大男人,总是把诸多的烦恼深藏在心里罢了。在某种程度上,晓岩是想让易程彻底放松一下,他觉得易程好像心事一直很重,因之,想找机会与他沟通一下。

晓岩把大包小包放到车上,格格看见爸爸提着包包下楼了,慌得无心吃饭。爸爸妈妈要带她出去玩,孩子的心早已飞出了这钢筋水泥浇筑的藩篱,小小的心灵也许已经在想象的广阔天地里遨游,那精灵一样的翅膀,正自由自在地飞翔。

格格高兴得简直就像一只刚出窝的小燕子,叽叽喳喳地扇动着稚嫩的翅膀迎接大自然的浩瀚与美丽。

静梅牵着格格的小手来到车旁的时候，晓岩已做好了准备，坐在他的奔驰座驾上，格格紧跑了几步打开前车门钻进车里，坐在副驾驶的位置上，笑吟吟地看看晓岩，说："爸爸，好爸爸，真乖。嘻嘻……"

晓岩会心地笑了，说："嗯，乖女儿，你还是要和妈妈坐在后面，小孩子是不能坐前面的。"

看着父女两个的高兴劲儿，静梅眼前亮堂堂暖融融，如一幅温馨柔美的画面，心里正如灌进了一杯甜丝丝的蜜糖水，甜美、养颜、养心、健体。她看看前面的车镜，镜里映现出一张笑眯眯的美少妇的脸庞。她照着车镜微笑，晓岩也笑笑，两人会心的眼神里透视着温馨。

这样的好天气，出门旅行，心情当然是阳光明媚了！

不到半个时辰，他们已抵达半山华益市，晓岩开车到易程住的小区接他们一家三口，两家合坐一辆商务车，这是晓岩的主意，这样一举两得。一是和易程沟通方便，二是两个孩子一起玩，三是两家拼车显得亲热、节约。当然好处多多。前段时间，他去探望舅舅，听表弟说起了他们到几十公里之外打工，"拼车"往返的好处。自从农村田地承包到户，农民们有百分之八十以上的时间都用在了外出打工挣钱上，越来越多的农民在打工中甩掉了在土地里刨食、鸡屁股里讨盐钱的贫困生活，成了种植专业户、养殖专业户、农民企业家，等等。规模种植，专业经营，在农民的意识里逐渐被认可，并实实在在地行动起来了。有许多农民和城里人一样，日常生活中养成了买鸡蛋、买菜、买水果的生活习惯。农民做工赚钱养活自己已成为一种惯常的生活状态。一个村里联络几个人乘坐一辆车到十里八乡的矿山，或者工厂上班，"拼车"为的是方便实惠。而晓岩和易程的拼车，却有另一种意蕴含在其中。晓岩是想借旅行，加强两家人的沟通，和易程多一些交流的机会，从思想上寻找一下契合点。最近，在冥冥中，他总是感到和易程之间，有了一些隐蔽的分歧。

易程和文雅十分热情，非要晓岩一家三口到家里坐坐，晓岩说："咱还是赶路吧，在路上好慢慢亲热。"易程和文雅带着儿子斌斌上了晓岩驾驶的奔驰商务车，易程坐在副驾驶上，文雅、静梅，带着两个孩子坐在后面。他们赶往距离半山华益市三百多公里以海滩为依托的自然风景区。格格和斌斌年龄虽然相仿，但一个活泼好动，一个沉稳中带着几分寂然落寞。静梅热情地招呼他们，说："斌斌好，今天和姐姐去看海了。"斌斌沉默着，小脸茫然地望着静梅。

文雅急忙搭话，说："斌斌，叫姐姐。"她虽然是开心地笑着和格格玩，但却难掩抑郁和憔悴的容颜。

静梅禁不住想起从前的赵文雅，美丽优雅，从骨子里散发着幸福女人的蓬勃与心悦，亲切与傲然。那是在一次聚会上，晓岩和易程他们同学聚会，大家各自带着另一半和孩子，同学聚会，变成了家人聚会。理由是：一辈同学三辈亲，应该让孩子老婆在一起认识认识。静梅就是在那次聚会上认识易程的妻子赵文雅，当她看到赵文雅的时候，眼前真是耀眼一亮，心里马上浮现出一个形容易程和赵文雅的词语：郎才女貌。

赵文雅不但长得漂亮且气质高雅，那挺直的鼻梁，丰润的面颊，柳眉杏眼，透视着一种高雅和智慧，蕴含着万般神韵，千种柔情，说话轻声慢语，举止端庄娴雅。聚会结束，回家的路上，她忍不住向晓岩道："你同学易程，还真有好妻命啊！"晓岩笑笑说："是啊，他们一个是梧桐树，一个是金凤凰，是真正的天造地设。"而今天的赵文雅，那脸庞，那神情，分明是大病初愈的模样。静梅这样想着，怜悯之情油然而生，她的心禁不住刺痛，禁不住暗自慨叹：从一个孩子出生的时辰算起，母亲的灾难日开始，孩子的每一次不幸遭遇，有谁能说不是母亲的灾难！

文雅羡慕地看着格格，说："乖女儿……"又说，"真羡慕你们，有这么乖巧的女儿……"

静梅笑着说:"格格,谢谢阿姨!"

高速公路两边的绿化带,稀稀疏疏的树木,大大小小,高高低低的花花草草排比而来,风驰而过,他们奔驰在平整宽阔的高速路面上。文雅和静梅谈论一些无聊的又不得不说的闲话。也许这就是生活。生活中我们见了熟人所说的话、所做的事,没有几句是实用的。可是,每天的每天,同事、上司、朋友、邻居,等等,一切的一切,都是这样应酬过来的。格格和斌斌,一个四岁多,一个三岁多,他们一开始都不说话,斌斌显得很拘谨,腼腆地依偎在妈妈怀里。格格坐了一会儿,主动给斌斌打招呼:"斌斌,你上幼儿园了吗?你们班里好玩吗?"

斌斌没有接腔,只是一味地倚在妈妈的怀里,睁着一双忧郁暗淡的眼睛,看着格格。文雅鼓励斌斌道:"斌斌,乖,告诉姐姐,你上幼儿园了。"

易程和晓岩,他们两个三口之家组成了六人旅行团,近中午时到达,他们先到预定好的宾馆安顿,简单洗漱,短暂休息,吃饭。然后,到距离宾馆较近的海边公园游玩。这是一个以樱花和红枫为主题的园林式公园,迎着公园的大门是一道大幅屏风,屏风是一幅工笔樱花,给人一种灵动的花枝乱颤的迷离之美;花海深处是嫩嫩的绿,苍翠的绿;绿的幽深处,又是一隅神秘的,几近于春花般渲染的红。红枫的枝叶,在阳光的透视下,如火一般炽烈,真如大自然的深秋,那红,那厚,那清,耀人眼目,催人奋发。这也许就是人们常说的巧夺天工吧!只可惜,这个时节,不是看红叶的时候。徐静梅在心里暗暗惋惜:唉,没有踩到时令的节拍,若是深秋,膜拜红叶的神采,该是怎样的一种震撼?在这春深不知处的缥缈之美中,想象着"霜叶红于二月花"的热烈与诗意……静梅稍显失落。

"这园里的樱花可真多!真是春花的海洋,令人赏心悦目的美景啊!"文雅一手牵着斌斌,兴奋地赞美着。静梅心不在焉地应了一句。心里想的却是：秋天的红叶那才真叫人激奋呢！她本想说不喜欢樱花，可是她把后面的话给省了。她不想说自己不喜欢樱花，也许是不想拂了文雅的兴致。樱花虽然在世界各地都有栽培，但以日本樱花最为著名。樱花还是日本的国花，樱花虽然美丽，但不知为何，"樱花"两个字，在静梅心里总是疙疙瘩瘩，有点儿解不开的感觉。其实樱花只是观赏植物中的千万种之一，仅仅是一个树种的一季花开花谢而已。关于樱花，关于美丽，关于丑恶，也许客观对待才最为重要。但"客观"两个简简单单的汉字，要形成一种思想意识，有多远的路要走？静梅禁不住暗自思忖。

樱花确实透着一种晶莹与繁华相间、华美与艳丽相融的春之蓬勃。一树树繁盛明艳，淡粉、纯白、玫红、粉紫，盛放着的樱花，似有淡淡清香拂面。

"咱们来的还真是时候，正好赶上'樱花节'。"文雅欣悦地说。

进门之后，遇见本市举办的影展，有一幅《秋色》作品吸引了静梅。那是秋阳高照、蓝天白云之下，景深处艳若春花般的红叶。"霜叶红于二月花"，令她想起一次与晓岩走进深秋的山寨，那漫山红叶烂漫的情景，正在举办的"樱花节"并没有引起她多少注意。这也许就是人们心理感应中的"远在咫尺，近在天涯"。心里没有的东西，即使是近在眼前，也会视而不见。

女孩天生是花的使者，更是爱花的精灵。格格在满园春花的诱惑下，小小人儿激动得手舞足蹈，小脸儿笑得堪与烂漫樱花比美，一双灵动明丽的大眼睛，闪耀着幸福的光晕，粉嘟嘟的小嘴，连连地说："好漂亮的花啊！"格格说着，迈着小小的轻盈的碎步，跑到一棵开粉色樱花的树前，伸出小手，轻轻触摸那粉嫩的、晶莹的小花瓣。静梅举起相机，按下快门，要为格格留下那精彩的瞬间。格格见妈妈举起相机，这个爱臭美的小精灵，立马摆姿弄眉，嘴里不失时机地说："再来一张，嘻嘻……"

晓岩在一边笑笑,说:"呵呵,格格真漂亮,格格,叫弟弟一起照。"

文雅急忙张罗,把斌斌拉到格格身边,格格拉了斌斌的小手,说:"弟弟。"

易程和文雅鼓励斌斌:"斌斌,和漂亮姐姐一起照相。"

斌斌腼腆,不言语。

格格俨然一小大人般莺莺细语,说:"弟弟,我们做朋友好吗?"

文雅俯下身子,小声说:"斌斌,乖,叫姐姐……"斌斌的小脸有些羞怯地望着妈妈。文雅亲昵地催促斌斌,斌斌望着格格,怯怯地叫了一声:"姐、姐姐——"文雅兴奋地夸儿子:"嗯,真乖,斌斌和姐姐玩,妈妈给你们拍照。"

两个孩子真如两只刚出窝的小麻雀,大一点儿的护着小的,叽叽喳喳表示着友谊、亲切与爱护。斌斌的小脸终于有了微微的笑意,花样的明艳,小嘴也开始软语盈盈地与格格说着什么。

静梅远远地站着,见两个孩子玩得开心,小手指指点点,如小将点兵悠然自如。

文雅高兴地说:"斌斌终于肯说话了,也会笑了。你看,姐弟俩玩得多开心。我……"她欲言又止。她是想起了斌斌的不幸,为儿子心痛。

看着两个孩子玩得开心的模样,晓岩、静梅、易程、文雅,四个大人的眼眸,无论远山近水,春花飞鸿地流连,目光始终都离不开两个小宝贝儿的身影。

公园里三三两两的人群,有全家福,有伉俪图,有老来伴侣,有老少搀扶,俨然一卷热闹非凡的闹春图,缓缓地铺开在他们眼前。人间的幸福,有时候就是这么简单,简单到了一次郊游,一次沟通,一个眼神,一份理解,一句温暖的话语;幸福只是一念之间的感觉,一种"弱水三千,只取一瓢饮"的超然与满足。然而,在这简单里,却蕴含了多少不易?人生一世,草木一秋,何不在市井百态、万丈红尘中给自己多一点幸福的知足感?就像今天,就像这样。

格格与斌斌玩得很开心,小姐姐时时处处都让着弟弟,弟弟看来也非常喜欢小姐姐童稚的照顾方式,斌斌的抑郁状态大有改观。为此,易程和文雅高兴得不知如何表达。晚上,他们夫妇一定要请晓岩和静梅一家人吃海鲜。盛情难却,晓岩和静梅只有从命。

次日,他们六人旅行团,早早起床,做好了"赶海"的准备。这是一个南北特色兼具的陆海城市,由于海洋风力的调节,气候湿润,四季分明,温度适宜。生长在北方的孩子,对于大海的容颜是那样的陌生,却又是那样的熟悉。这也许就是美学概念上的距离产生美吧。对于大海的向往,也许根植于电视画面上的影响,也许是某一篇童话的启迪。总之,如今的孩子,见识多,主意大。就比如这大海的画面吧,他们从来不曾见过。然而,在他们小小的心灵里却早已有了大海的行动举止、体格容颜。

早餐的时候,他们议论的话题是"赶海"。

"赶海去,"在格格和斌斌小小的心灵里蠢蠢欲动,"啊!我想看大海、捡贝壳……""我要看海鸥……"他们的问题充斥了餐桌所有的空间,两个小精灵连吃早餐的心思都没有了,眼巴巴地等着出发呢。

晓岩和易程都摆起了父亲的尊严,严令两个小人儿安分用餐,不然哪儿也不去了。

第二十五章 期盼

赶海归来，晓岩、易程他们四个大人都累得腰酸腿痛，只想洗个热水澡，好好休息。格格、斌斌却是兴奋异常，两个小人儿在地板上摆开龙门阵，把"赶海"的收获一件件，各为一方铺排调遣着他们的收获。他们把大小不等、颜色不同的贝壳们，分成"三六九等"，论"级别"排好，再审视一番，嘴里还嘟嘟囔囔："嗯，你，过来……好，就这样，好了……"一会儿，却又自我否定："不行，这个，这个，还有这个……"格格弄了一会儿，觉得很满意了，就兴奋地喊："斌斌，来，快来看啊，你看我的弄好了。"

"不，姐姐，先看我的，我的很多，很多……"格格闻声，抬头看着斌斌的贝壳阵："我的也好多呀！"

易程夫妇看着斌斌玩得那么开心，心中的阴云一时间消散开去，脸上荡漾着欣慰的笑，眼睛亮闪闪的，看着斌斌和格格两个孩子在抚弄他们赶海的收获。文雅看着斌斌的高兴劲儿，轻声对易程说："儿子回家后，还从来没这么高兴地玩过呢。"易程点点头，示意文雅："嘘——别打扰孩子。"

晓岩和静梅见两个孩子兴致勃勃，玩得童趣盎然，认真而又充满想象地摆弄着那些大大小小的贝壳。他们关注着，默默地凝视，生怕打扰到两个精灵样的宝贝。

这是一次令人忘忧的旅行，大海的辽阔，沙滩的柔软，他们度过了一个美好而难忘的周末，尤其是斌斌和格格玩得开心的模样，在他们的心海定格成一道美丽风景，酝酿成一种甜蜜和幸福。文雅看着儿子绽开了多天没有过的笑脸，她高兴地拉住静梅，几乎是热泪盈眶，说："斌斌终于笑了。看到儿子的笑脸，我这心花儿都要开了，你不知道，我有多担心，孩子若真是……"文雅欲言又止。她真的是怕斌斌的精神落下什么后遗症。

"没事儿，孩子小，慢慢会好起来的。孩子会健康成长的。"静梅安慰着文雅，心里却依然为那场祸事而恐惧。作为母亲，她同样为斌斌的遭遇痛心。社会安定与否，是关系到每个家庭幸福与否的大事，静梅在心里默默祈祷：愿斌斌健康成长，愿社会稳定，家家平安。

看着两个孩子，她在心里叹道：唉，孩子小小年纪，竟遭受如此不测，真是罪孽啊！

斌斌的精神依然有点儿恍惚，或者抑郁，神情依然有些呆滞。但易程和妻子文雅见自己宝贝儿子玩得开心，已经眉开眼笑了。可以想象，在斌斌失踪的日子里，文雅和易程夫妇是怎么熬过来的。想到此，静梅的心禁不住抽搐、刺痛，同为母亲的心在为孩子而怜悯，而心痛。孩子的成长需要温馨和谐、平安宁静的环境，更需要爱的付出。母亲的爱，父亲的爱，社会的爱……静梅看着斌斌稚嫩的小脸儿，内心五味杂陈。多么可爱的孩子啊！小精灵一样的智慧，天使般纯净的心灵，却被那罪恶的黑手蹂躏践踏，如受伤的羔羊。

斌斌和格格相熟之后，两个小人儿前后左右地在一起玩，玩得很开心。斌斌比前几天活泼了许多，精神不再那么恍惚抑郁了。这对于易程和赵文雅,无疑是巨大的安慰,易程夫妻说着感谢晓岩和静梅的话,心底荡起多少天来少有的轻松和愉悦。

"看着斌斌恢复了童真活泼的模样,我真不知道该怎样表达内心的感激。斌斌能这么开心,多亏了你们一家三口的帮助,小格格功不可没啊!"易程说着,从妻子文雅手里接过早已准备好的礼物,弯下腰身说:"格格,这是叔叔和阿姨给格格的礼物,也是给格格的奖励,谢谢格格陪弟弟玩。"

格格摇摇头,表示不能够接受礼物,说:"我是姐姐,和弟弟一起玩,我也很开心。"

易程笑着说:"嗯,那就不算奖励,算是给格格的旅游纪念好吗?乖女儿,要给叔叔一个面子哦!"

静梅在一边帮腔道:"叔叔给的,格格收下吧,快谢谢叔叔啊。"

格格略显腼腆地接了易程送的精灵娃娃,奶声奶气地道:"谢谢叔叔!"

晓岩把易程一家送到小区门口,易程夫妇执意要让晓岩一家三口歇歇脚再走。晓岩和静梅都不好推却,只好客随主便。易程从内心感谢晓岩的关照,在一家东北风味的餐馆请客,热情款待晓岩夫妇。然后邀请晓岩夫妇到家里小坐,说:"都到家门口了,一定要进去坐坐。"易程和文雅执意再三。

晓岩心想也是,路过人家门口,不进去,有点儿不好意思。再说了,前段时间斌斌刚回家的时候,本来就想着登门看望一次,结果总是被一些事务缠着,一拖再拖。想到此,心里还真有点儿歉意,便说:"好,那就少歇会儿。"

他们带格格来到易程家里,稍微歇息,便告辞说:"这两天实在是累了,想早点儿回家休息。明天一早又要开始为生存奔忙了,就不多打扰了,客走主家安嘛,你们也早点儿休息!"

易程拿出一盒特级明前碧螺春茶,说:"这儿有一盒新茶,你带回去品尝一下。"

"我那儿有茶,你留着喝吧。"晓岩推辞道。

"拿着,这是苏州一位朋友寄来的上等'洞庭山碧螺春',茶叶这东西假的太多,真正的好茶市面上不好淘得。在封建时代,这可是被作为贡品,供奉给皇帝的名茶。就是现在,也是国家礼品茶呢。"易程说着,便提着装茶的袋子,送晓岩一家三口下楼。

正像易程所说,茶叶是一种没有明显质地标识的东西,不懂行的人,看茶,喝茶,基本上喝不出品质高低来。再说了,茶叶商最容易以次充好。有一年晓岩去杭州出差,临走时,想到茶农家里购一些上好的龙井,带回来送朋友。他们一行受到茶农热情招待,免费品茶。

茶农操着江南普通话,像粤剧中的道白,情景交融,令人感喟。那吴侬软语,谈笑风生,谈茶道,论茶经,热情有加:"先生,您看这茶泡出来的茶汤,色清、香郁、味醇、形美,这可是古代的贡茶,市面上根本买不到。您到我们这儿来买茶,那可真是有眼光啊,是智慧之举呢!"

茶农沏茶续水,动作娴熟得令人惊艳。

晓岩他们一行五人,每人纷纷解囊,出了市场上最高的价钱,买了上好的茶叶。回到单位,一一赠送好友,并加上一句:"西湖龙井,在茶农家里买的珍品。"送到最后,剩下一盒,晓岩心想,既是珍品,总不能全部奉献出去啊,留下一盒自品,才是硬道理。也不枉去了一回杭州,走了一次茶园基地。晓岩小心翼翼地打开盒子,轻轻启封,用食指与拇指小心捏出一撮来,放入玻璃杯中,用八十度左右的矿泉水细心沏茶冲泡,那茶叶在杯中,像干枯夭折的小树叶一样飘着、飘着……看着茶杯,晓岩在心里责怪自己:唉,上好的茶,怎么会泡成这个样?是自己茶艺拙劣,还是……几分钟后,端起杯子,品一小口,细细回味,俨然不是在茶农家里品出的茶韵,到了此时,他才惊呼上当。

晓岩再次想起了早年那桩买茶的故事，心里暗自叹息：唉，物以稀为贵啊！好茶的产量很少，也难怪，他们……

回绿藤市的路上，晓岩在前面开车，静梅抱了格格坐在后排，享受着首长级的待遇。在一个十字路口，车子停下来等红灯。晓岩看看后面，说："格格睡了？"

其实这是一句废话，只是谈话的前奏。人们不知道在什么时候习惯了一种开场白，每每讲话开始，无论是重大场合，还是朋友闲聊，开口就要先说一句，或若干句废话，再说想要说的那句最想表达的意思。烘托，铺陈，早已成为人们的一种行为习惯。

"好开心的周末，你没看出来斌斌的精神有点儿异常？易程为了儿子的事，心里也是七上八下地郁闷不安，我们一块儿出来，格格他们两个在一起玩得很好，斌斌的精神好了许多。多少也算是为易程他们做了一点儿好事。易程最近的情绪很糟，我很担心啊。"

"这事搁谁身上都一样，斌斌总算是幸运的，没出什么大事儿。我都不敢想象，当初他们是怎么熬过来的。唉——"静梅说着，禁不住叹口气。

格格一觉醒来，惊奇地问："妈妈，什么是大事儿啊？"

格格的问题总是那么多，以至她这个大学毕业生有很多时候都不知道怎么回答。但又不能沉默，更不能盲目答题，她说："大事儿吗，就是很麻烦，又很重要的事啊！"

格格睁着一对灵动的大眼睛，闪着灵光与好奇，那神态大有接着问下去的可能。静梅转移话题，说："格格，喜欢大海吗？和弟弟玩得高兴吗？"

"嗯，高兴，非常非常高兴。下次我还要和弟弟玩。"格格说得很认真。

多日以来压在易程和赵文雅心头的灰暗和阴霾终于散去，那令人窒息的迷障,终于开启,拨云见日。文雅忙着给斌斌洗浴,让孩子睡觉。但斌斌在车上睡了一会儿,到家后,精神开始亢奋,没有一丝睡意,而且不断向妈妈提问:"妈妈,咱们捡回的贝壳,能放在鱼缸里养着吗?海星是天上的星星掉进海里了吗?"

斌斌的问题一连串地蹦出来,文雅有点儿应答不暇,但心里却是美滋滋的,便说:"斌斌好聪明啊!有这么多问题问妈妈,妈妈给宝宝讲大海的故事好吗?"斌斌一听是大海的故事,立马来了兴致。眼睛亮了,望着妈妈,说:"好,好,好啊!"

文雅在大脑的储存库里搜索有关大海的故事,俄罗斯文学语言的创造者普希金的《渔夫和金鱼的故事》映入她的脑海,回响在她的耳畔。于是她开始改编大师作品,边改边念给斌斌听:"从前有个老爷爷和老奶奶,住在蓝色的大海边;老爷爷撒网打鱼,老奶奶纺线织布。有一次老爷爷向大海撒下渔网捕鱼,收网后,网里只是一些水藻;接着他又撒了一次网,打上来的依然是一些海草;老爷爷第三次撒下渔网,终于捕到了一条鱼,那鱼不是平常的鱼,是一条小金鱼……"

斌斌眨着亮闪闪的眼睛听妈妈讲故事,慢慢地,那眼睫毛似乎有了黏合性,像一张沉沉的帘儿,尽管文雅还在讲着"渔夫与金鱼"的故事,但斌斌还是难以抵挡愈来愈浓的睡意,妈妈的声音似乎越来越遥远了。文雅看着儿子丰满喜悦的面颊,长长的睫毛微微关闭了那双灵动的黑葡萄似的眼睛,时而轻轻地翕动一下微微上翘的嘴唇,似在微笑。也许他是在做着关于大海的梦。文雅慈祥怜爱地望着斌斌甜甜的睡态,有一个声音从遥远的心音里发出,回响在她的耳边:"雾中花,心头月;天上星,地上影。多少事,几多情;笑谈间,已注定。"人生都在历史的必然中重复着一个个偶然的故事,有多少始料未及的意外,铸就了人生百年的悲剧?文雅在心里祈祷:祈祷斌斌的灾难从此画上句号,开启他的健康成长之路。

星期一上午晓岩刚走进办公室，秘书韩颖来汇报工作。韩颖穿着一身笔挺的职业装，走路的姿势挺拔高雅，气场非凡，女孩的清纯魅力，使目视者瞬间迷离。韩颖来到晓岩的办公桌前，身体稍微前倾，不卑不亢、恭敬地将文件摆放到晓岩的办公桌上，说："崔总，这是为下午办公会准备的材料。"

晓岩看着韩颖往桌上放文件夹的动作，一双神目既温婉又严肃，点点头，说："好好……"晓岩说着打开了文件……韩颖的目光落在晓岩专注看文件的表情上，十几秒，或许更长。然后，她优雅地转身，离开了晓岩的办公室。

韩颖刚走出经理室。在门外等着的刘建业进来了。刘建业是个工作起来忘记吃饭的狂人，在上个礼拜晓岩为半山华益工程吹风之后，他就开始托熟人、找朋友，了解半山华益工程具体概况，为他的设计找依据。即使周末大家都在休息，或者郊游的时候，他也是以出去走走为名，做市场调查。他把自己了解到的情况给晓岩汇报沟通，以做进一步探讨，做出更加可行的方案。

周一本来有一个工作的例会。这是晓岩立下的规矩，在周一例会上各个部门必须总结上周工作完成情况，并把本周要做的事情统筹安排，在办公会上通气。可是，很多时候他们总是喜欢提前给晓岩汇报。晓岩也曾不止一次说过，有什么事拿到办公会上说，大家共同出主意想办法。

烹小鲜和做大餐是一样的道理。麻雀虽小，五脏俱全，输戏，不输过场。晓岩之所以能够把公司做得越来越大，取得令人钦佩的成就，是他在管理上始终没拿公司小为理由，懒散行事。公司的规章制度、管理结构层层相接，环环相扣，都做得条理清晰、一丝不苟。从公司开张那天起，财务、人事、工商、税务，样样他都做到了规矩化、程序化。办事说话，对内对外，方圆有度。无论国有，或者私有，大公司或者小公司，拿公司当自己家后院，随意简化其运行程序，更改规则，或者自由散漫，哪怕只是一个环节上的涣散，都是做实业，或为人处事的致命伤。他对部下常强调规矩的重要性，不止一次地在会上讲这样的故事：知道古人发明钱币，为什么中间是方方正正的孔，外边是光光滑滑的圆吗？那是寓意内方外圆、财运亨通的意思。我们做任何事情，都要内外有别，对自己就要方方正正规矩办事，对外该圆的时候就要圆。圆是一种策略，圆是历史和现实的激流要求我们什么事情需要做到圆润有度，什么事情必须做到方正规矩。就如河床上的卵石，不是它要成为那个样子，而是河流长年累月的冲洗，洗去了它原有的不适应水流的部分——棱角。棱角没什么不好，但有的时候，有些场合，必须分清主次，方圆有度。这个度就是对外的交往，要做到圆润有度，要有理，还要有情，情商的高低，在对外的交往上是绝对的考场。有许多事情我们要学会换位思考，把自己摆到对方的位置，去思考问题，去决策问题，也许我们会得到更多的认可。但对内，我们绝对要方方正正做人。这是底线，底线就是"国境线"，越过底线，就会有危险，也许就是死路。

刘建业向晓岩汇报了前几天他所了解的一些有关半山华益工程的情况，并亲自到半山华益办公楼做了实地勘察，在心理上做了初步规划。就像打仗，刘建业心中首先有了那块高地的图纸，剩下的就是怎样布阵，怎样攻克。他向晓岩扼要陈述了关于半山华益办公大楼装饰设计的二三设想，以及工作步骤。他说："能拿到半山华益工程，是我们公司的荣耀。那是二十几层的两栋姊妹楼，够我们忙一阵了。"

晓岩被刘建业积极主动的工作热情感动了，心想："有这样的属下，是我崔晓岩的福气，更是公司的幸运。"他微微地笑了，那是发自内心的欣慰。他说："很好，开会的时候，把你的设想系统地阐述一下。下一步咱们要共同攻克半山华益工程的投标。你和思忠多沟通一下，争取把方案做到尽善尽美。"

刘建业听了晓岩的话，点头称是，内心却大不以为然，心想：什么建筑学硕士、高才生,来公司这么长时间了,也没见他做过一件漂亮的事,便不紧不慢地说:"好吧,我抽时间和他商量。"

刘建业出了晓岩办公室,回了设计部。内心暗暗叫板:"跟梁思忠沟通?我要叫他没有插足的余地。最重要的是,这次半山华益工程,一定要以我为主,并做出成绩,最终赢得主管的地位。一个剧目同一个角色可以有两个以上,但必须主次分明,A角就是A角,不然必将乱套,我和梁思忠只能是A、B角,我是A,他是B。"

刘建业刚出了晓岩的办公室,如此这般地想着,回到自己的办公室,准备下午在办公会的发言一举惊倒四座。他想,必须要使自己的发言客观完美,让崔总和其他科室的同事都为之震撼。尤其是那个平时有点儿傲气的梁思忠,什么梁思成的本家,八竿子打不着,也敢大言不惭。这次我一定要他知难而退。

晓岩正要理一理思路,准备开始运筹新一礼拜的工作步骤。第一步要做的就是先把半山华益工程的投标资格定下来,这边才有努力的方向。想到此,他的大脑高速旋转着,在记忆的档案里,寻找着最有说服力的人物,他要让实力加关系,齐头并进,争取拿下半山华益工程的投标资格,最终一举中标。经过搜索浏览,晓岩的目标再次定格在了钓友史全林。他是一位主管安全的副厅级领导,尽管是在不同的行业管事,但他是从集团升迁上去的领导干部,在集团依然留守了他的一帮子实力助手。官官相护,真正的友谊是保温杯,是一种相互间的感恩与帮助、欣赏与崇敬。人走了茶是不会凉的。他决定向史全林求援,让他先向半山华益的有关人员打听一下消息,然后再把公司的资质材料递过去,这样会多几分胜算。

主意拿定之后,晓岩立马行动。他拿起电话,拨出一串号码:"喂,老兄,最近怎样?哪天一起出去钓一次?好久没一起出去了。"史全林是个明白人,一听晓岩的口气,便知道肯定是有事要说,便问:"兄弟有事,尽管说……"最终晓岩把半山华益工程的事儿说给了史全林。

"老弟也学会客套了,咱们之间,说句话的事儿。你们把材料准备好,送过去,剩下的就是积极准备投标的事情。"史全林慷慨地道。

史全林之所以这样慷慨,这与他最近心情好有很大的关系。上次某矿透水事故,在经历了一个多星期营救之后,所有被困井下人员全部获救。没有发生死人的事,这对于安全责任人,对于这样的重大事故,可谓是奇迹了。因之,受到了国家安检系统的表彰,媒体上出现了"奇迹""喜讯"等字样。作为安全工作的主管领导,脸上的光彩,心中的欣慰当然是不言自明。晓岩与史全林通完电话,心底一阵春风吹过,脸上顿时如清风过处的湖面,荡漾起欣悦的涟漪。他欣欣然舒一口气,轻声自言道:有戏!

晓岩顺手拿起办公桌上的水杯看看,从老板桌下面的柜子里拿出一罐珍品信阳毛尖茶,捏了一小撮放进杯子,走到饮水机旁,接了一点点热水,然后拿着杯子晃晃,小心地把水滤出来。洗过茶后,再往杯子里添了七分满的热水,泡上茶,放到老板桌的一侧。他并没有坐下,只是在屋里来回走动……这是晓岩的一个习惯,无论遇到高兴的事,还是苦闷的事,他都会这样,泡上茶以后,不停地在屋里走动,大脑的神经系统也在不停地运转,他的许多脑细胞就是这样被他的走动消耗掉的。当然,有许许多多的愉快和不愉快也是在这样的走动中,找到了最恰当的解决方案。他不断地用这种方式抚平心灵的创痛,也整饬生命中固有的傲气。使本来浮躁的心灵得到宁静,以迎接世俗的挑战和人生的抉择。

人生旅途,每一个阶段都会有不同的岔道口横亘在前路,有许多时候,要想一想,再想一想,才能够迈出那决定性的一步。一步走错,百步难回。遇事三思而后行,也许正是这个道理。

半山华益工程的投标事宜,究竟以谁为主,挑起这次重任,晓岩不得不慎重选择。刘建业、梁思忠,两个人在他看来都是难得的人才,是公司未来发展的宝贵财富,他不愿在这件事情上挫伤谁的积极性。

晓岩深深明白:充分调动下属的积极性,是管理者必须深刻探求的一门艺术。

这是一个晴朗的早上,易程洗漱完毕,穿戴齐整在镜子前端详着自己的仪表,一股沧桑感涌上心头,人生旅途多坎坷啊!但正是那坎坎坷坷的历程造就了他的成熟与魅力,也在他心灵的版图画上了无法隐去的痕迹,无法忘怀的情愫。林怡怡便是他今生今世心底里永远映着的影子。想到近几年事业上历经磨难之后的成就和辉煌,一股强烈的优越感涌上心头。上班,这种几乎是程序化的活动,也变得那么富有诗意和创造力了。

也许自从女娲造人之时,创造与毁灭、善良与恶毒、坚韧与脆弱,等等,一切不确定的基因就在人们的体内潜伏着,一旦有了适宜的温床,它们必将发酵膨胀、生根发芽。不同的时代造就和改变着人们的生命主题,在人们的生命历程中,影响和造就了一个人的命运,以致同样的人生,不一样的命运。易程也不例外。几十年的人生历程奋斗经历告诉他:无论命运的交响乐怎样弹奏,坚韧的信念,是生命与生命之所以不同的根基。他想到了怡馨园,想到了与晓岩共渡难关的艰辛,想到了学生时代读书的寒苦,想到了干过几十年建筑工人的父亲,当了半辈子老师的母亲……自然也想到了林怡怡,想到了与她的恋情,想到了那封分手信,想到了……恋情对于少男少女而言,也许有多种版本。花前月下,缠绵悱恻,生死相依;寻寻觅觅,暗恋相思,风花雪月,无疾而终。他与林怡怡的恋爱,与这些关于爱情的形容词好像都沾点儿边,那段时光,既是他生命暗夜中的明月,又是他生命历程上的迷障瘴。五百年前,三生石上的故事,好像专门来折磨考验他的情商、他的韧性,为他制造了一个个否定之否定的定律。在他失去自信,一颗爱着的心已成死灰的时候,在那个冰冷的雨夜偶然跟林怡怡相遇……后来,后来的后来，那一切的一切，都在他的感情的天平上沉沉浮浮，称量着命运的砝码，考验着人性的自私。林怡怡终于离他而去。命运的脚步在他人生的历程上歪歪斜斜，曲曲折折，风雨兼程，度量着人生情愫的履历。那段恋情，始终在他的身心里烙印着，纠结着，如丝如蔓，直到一身的苦痛、一身的相思，化作血脉，化作骨髓，成为日里夜里的相随。

易程无奈地摇摇头，暗自叹息：真是世事难料，人生维艰，好事多磨啊！

林怡怡的音容笑貌再次萦绕在易程的眉宇间，真可谓：心头幻影乱重重，化作佳人绝代容啊！他看着镜子里自己成熟潇洒的映像，心中浮想联翩，幻影成像，百味儿难辨。

文雅准备好早餐，端到餐桌上，看看表，忍不住朝洗手间里喊："程，好了没？到点了。"

"好、好了。"

悠悠漫雾中，易程恍然来到餐桌前，草草用完早餐，起身说一声："我走了。"

他到门口的杂物柜前，换上皮鞋，拿起手包，再次回头说了一句："斌斌，爸爸上班了。"

文雅对斌斌极其轻柔地说："斌斌，跟爸爸再见……"

斌斌举起小手摇摇："爸爸再见！"

易程转身抱住斌斌："乖，乖儿子，来，跟爸爸亲一个……"说着，把脸庞朝儿子凑近，斌斌撮起小嘴，在爸爸面颊上亲了一口。易程满足道："嗯——真乖，爸爸上班去了。"

这是很久以来，易程最开心的日子。他在心里哼唱着梁祝化蝶的词曲："……雪无踪，情亦无踪。雪无形，情亦无形。冬来，雪倾城；爱来，情倾城。冬过，雪化水；爱过，情化泪……"这是林怡怡喜欢的一首曲子，易程是怎么喜欢上这首曲子的，他自己也说不清楚。反正他心里只要一想到林怡怡，眼前就会有一对美丽的蝴蝶，翩然飞翔，起起伏伏，那扇动着的翅膀，舞蹈着的清影，美丽浪漫，幻影重重。

易程已经有许多年头没有想起过这首曲子了。准确地说，是没有像今天这样陶醉于这歌词的凄美与浪漫了。上班的路上，三四十分钟的车程，他听着这首曲子，踏着它的节拍，舞着它的旋律，一路踏歌而行。心绪似乎回到了十几年前的大学时代，校园里的景色，林怡怡的温婉、妩媚……如江河之水倒流，冲击着他的心扉，又如清风徐来，吹拂着他身上每一个亢奋的细胞。

男人对于他真心爱过的女人，记忆也许是终生的、铭心刻骨的，尽管易程与林怡怡在校园里只是度过了短暂的几个月的恋爱生活。但那是易程从大一到大四，漫长的三年多时间的追求——失败——等待——再追求的结果。对于易程而言，那是一场漫长的爱情马拉松，更是一场柏拉图式的暗恋历程。

一路上思绪飞扬，海阔天空地漫忆着曾经的"只羡鸳鸯不羡仙"的情痴岁月，几十公里的路程不觉间已经甩在身后。他停稳车子，来到办公室。办公室主任李喜明将一只文件夹端端正正放到易程的办公桌上，夹子里面是几份打印好的材料。那上面除了简单的文字叙述，全是密密麻麻的数字，那是几个公司的汇报材料。材料大致分为两大类型：一是各工程监理汇总上来的工程质量情况汇报，一是主抓工程进度、质量等工作的副总经理张师傅把关、整理出来的工程进度汇报。易程拿起那些打印材料，一字一行，认真地看了起来。

放在桌上的手机忽然振动了一下，易程漫不经心地拿起手机，瞄了一眼，眼眸顿时闪出一缕亮光。短信是林怡怡发来的，内容是四个字："工作愉快！"这普普通通的四个字，却被易程柔软的心绪，读作一种温情，一阕情词，一份关怀与牵挂，一缕扯不断的情丝。他凝视着那四个字，几十秒钟后，脸上浮现出欣悦和难以捕捉的意蕴。那意蕴也许隐含着诸多的心愿，或者是更多的甜蜜、浪漫、缠绵。他忽然意识到，许多天都没有和林怡怡联系了，她还好吗？易程心里咯噔一下，犹如丢失了一件宝贝一般，顿时心跳加速，一阵燥热，面颊潮红，一股暖流顿时涌遍全身。他再次暗暗确认了林怡怡对自己始终没变的恋情，他甚至时时处处都能感觉到那一双哀怨的、含情的、凄迷的目光在注视着自己。他把林怡怡那封客客气气的分手信，再次从遥远的屏幕拉近，像一位高明的摄影师，来了一个大大的特写，细细地"阅读"那一字一话的表达，那字里行间的离愁别绪。他在心里暗自肯定：林怡怡没有错。错的是时间，是地点，是生活，是现实，是现实造成怡怡做出那样的选择。他甚至感受到怡怡抉择的心痛与无奈。一个女孩子，追求面包与物质享受并没有错，错的是彼时的自己，根本就是自顾不暇，哪还有面包供养爱情。是自己的无能，才把美好的爱情，饿得气息奄奄，当那忍受着饥饿的爱情，在享受到面包的滋养之后，恢复了原有的活力，爱情重又回到了怡怡秀色玲珑的体内，占据了她向往浪漫幸福爱情的心灵空间。这样的心理妄想症一时间填满了易程的思维空间。他得出一个不可置疑的结论：林怡怡爱他如初。

本性

第二十六章

十几年来岁月沧桑中度日，沧海桑田，那颗爱着的心依然如故。然而，易程却是忽略了时间的魔力，它既可以磨灭一个人的创伤，更可以淡化镌刻在心底的痴爱。他浑然不知那爱恋已经在岁月的磨砺中升华，升华成一种终极的关怀，知己般的亲切。在斌斌的事情上，林怡怡的作为便是准确的诠释。俗话说：路遥知马力，患难知人心。易程在自我认知的窠臼，审视着他与林怡怡之间的感情天平。

斌斌的事林怡怡是局外人，她可以冷静思考。因此，她对易程的帮助是从精神安慰到具体操作，可以说是无微不至，诚挚、果断。这给予了易程极大的安慰，也给了他第六感官上的错觉——怡怡始终是他易程的女人。她的音容笑貌、丽姿倩影，就在易程眼前萦绕。他拿着手机，不由自主地拨出一串数字，电话接通了。一时间，他不知道说点儿什么，在电话接通的一瞬间，他甚至觉得自己有点儿冒失和荒唐。

"喂——"怡怡接了电话，却停顿了几秒钟。在这几秒钟里，易程的心里却是万千言语涌上心头。然而，他却没有吐出一个字，发出一丝声音，他在等，等什么？也许他自己也没有一个准确的答案。

"喂，你，还好吗？"

"还好还好，你呢，最近忙什么呢？"

怡怡的问，弄得易程一时无话可答，只是简短地说："还好还好，谢谢！多联系啊！保重。"易程嘱咐道。

"嗯，你也是啊！"怡怡的五个字借助无线电波传递到易程耳畔，撞击着易程的听觉神经，瞬间传感到他的心灵幽深处。时间过去了十几秒钟，易程慢慢挂断了电话。怡怡的音容就在易程眼前耳畔绵绵缠绕，他站起身若有所思走到窗前，伸手把半掩着的窗帘拉得更开了一些，推开玻璃窗，窗外那片土地上种着麦子，麦苗绿油油地生长着，将要抽穗的麦苗把肥沃的土地装扮得葱郁葱茏。麦田的幽深处，似隐逸了朦胧的云烟。他站在那里凝神眺望。但他怎么也看不清那迷离云烟的深处，究竟有着怎样的玄机。他凝视着，叹出一口长气，然后做了几个扩胸动作，继续深深地凝望窗外的油绿葱茏的麦田。

再次回到老板桌前时，心情已经恢复了平静，他端起桌上的水杯，浅品了一口，再次打开那些打印资料，细细审阅，从各个小结中寻找可以挑剔的瑕疵，或者漏洞。他在心里盘算、琢磨有没有原则上的错误。其实，这些资料都是各个分管部门严格把关审核过的报表，送到这里让他最后审核把关，只不过是一道程序而已，如果错误一定要到了总经理这儿才被发现并纠正，那这个公司恐怕离破产倒闭也许只是隔着一张纸的距离了。清算也不会是他们自己的事情。尽管如此，易程总是详细地审核着每一个环节，然后再亲自实地查看一番。他这个建筑设计专业的高才生，经历了多年的实践和战地训练，练就了一双火眼金睛。他尤其喜欢在人们想象不到的时间、地点，进行抽查，询问那些分管经理们犄角旮旯容易忽视的问题，从中感知和考量他们的工作精度和责任心。

易程看完汇报材料，已经是十一点多了。那些枯燥的语言和数字，使他耗费了将近一个上午的时间。他只是觉得好像哪儿不大对劲，但问题究竟出在哪里,他一时无法肯定。他只是盯着那几页纸出神,脑海里不停地旋转着一个个问号,极力想找出突破口,找到那个令他感到别扭的环节。他若有所思地再次端起杯子,喝了口已经放凉了的茶水……正在易程冥想不得要领之时,张师傅打电话,说要来找他。

挂断电话,五分钟不到,张师傅就进门了。张师傅见易程的精神比前段时间大有好转,但似乎仍有心事,就关心地说:"易总,看你气色好多了,可还是心事很重啊!"说着,眼眸中盈满了父亲般的关怀与慈祥。易程呵呵笑笑,说:"双休日带儿子出去玩了,孩子玩得很开心。我也跟着高兴啊!"

"嗯,中、中,可中。孩子是受了惊吓,多带孩子出去走走,慢慢会好起来的。"张师傅安慰易程,然后又说,"最近工程上还算顺利,没啥特别的事情,有事我会及时向你汇报。过来就是想跟你说说话儿。"

易程点点头,说:"谢谢大哥!兄弟也想和大哥说话儿呢。"

张师傅问了一些斌斌近段时间的情况。易程也尊敬地问了张师傅和家里人的生活状况。他说:"经历了斌斌的事情,我才真正体会到了'平安是福'这四个字的分量。"

他们像朋友,又像是兄弟,聊了一会儿,张师傅说:"工程上,该汇报的事情,报表上都显示了,等你看完了,有什么想法,打电话叫我。我先回去了。"张师傅说起报表的事儿,易程恍然道:"哦,对了,我刚刚看完,好像有点儿什么,但一时还没有具体的想法儿。我再看看吧。"

易程说着,在脑海里再次过滤那些汇报材料,他忽然想到了要害,恍然大悟对张师傅道:"哦,我想起来了。我们下一步要改变一下方式,让每个公司把每个分项做好小结,再在总的项目下做大结,这样看上去更加一目了然些。至于细节上的事情,我会随机抽查。另外销售上,还得加大宣传力度,三期工程马上就要进入销售黄金阶段了,二期的扫尾工作,也要尽快做完。这要抽个时间,崔总咱们还要专门说一下。"

张师傅不时插上一句赞许的话语。

易程继续说着他对于公司下一步的设想:"下次例会上,我们要向各管理层阐述清楚,让大家始终保持目标明确,我们的工作才不会被动,这也算是给大家鼓劲儿的一种方式吧。"

"是的,应该这样。你先忙,我也该回去了。"张师傅一边说,一边向易程告别。

送走了张师傅。易程想给晓岩打电话说说公司下一步运作的一些想法。他拿起手机按了快捷键,本来是想给晓岩打电话,却无意间按了短信键,林怡怡的"工作愉快"四个字,再次跳入眼帘。四个字就像是带着光晕的闪电,易程的心房被那闪电击中了似的,心跳便乱了节拍,乱了旋律。他很不满意地摇了摇头,长长一声叹息,顿时想起了怡怡前段时间的拜托——投资的事。

投资的事一旦跳将出来,易程不免有点儿愧疚,心想:这么长时间了,也许她的困难早已解决。而自己家里出了斌斌的事情,不但没能够帮上她,她反而为自己操心费神。也许这是上天的旨意,我这一生就不该为她做事?

他轻轻翻过怡怡的短信,换页,找到晓岩的名字,按了拨出键。易程和晓岩商量:一期房子销售已近尾声,二期主体即将封顶。售房的宣传策略,他想征求晓岩的意见。他说:"老兄,这一两天你得抽空过来一趟,销售这一块儿,咱得商量一下。"

其实,晓岩心里也很着急,前段时间斌斌的事情,把好多事都耽误了。他本来打算抽出一些资金,为家乡盖一所像样的村小学。一开始是因为易程提到了投资煤矿一事,两个人有分歧,没有往深里说。再后来是斌斌出了事,易程焦头烂额,大家都跟着操心。一是没有心思,二是不好意思提起此事。晓岩接到易程的电话,连声说:"好好,中,我也正想给你说一些事儿呢,这边安排好了我就过去。最迟明天下午吧。"

晓岩这边正为投标半山华益工程的事情做准备,从外围的铺垫,到内部技术准备等一系列的工作,正如一根链条环环相扣,任何一个接点出错,都将是伤筋动骨的痛。半山华益工程投标,许多烦琐的事情要做到万无一失。比如:上级的,同行的,市场的,社会的,该送的,该请的,好像一样都不能少。这是一个人在生存与发展、事业与成功路上的必然。自晓岩下海以来,创业路上,千难万难,他都一步一个脚印走了过来。这次的半山华益工程是他的公司转型之后的第一把火,无论如何不能够失败。不做好半山华益工程的阶段性的铺展,他断不能放心地去做另一件事情。那天他给史全林通完电话后,对于拿下半山华益工程便充满了信心。接下来的工作就是向内挖潜,怎样在技术含量上、造价优势上压倒群雄,独占鳌头。在半山华益工程的问题上,他给公司企划部、设计部、市场部、财务部等业务部门下了死命令,必须集中一切力量做好前期准备工作,只等外围的一些消息进来,做好最后一道工序。一旦出手,就要做到百步穿杨、击中靶心、拿回捷报的把握。

晓岩把与半山华益工程相关的工作安排之后,赶来宝仓城怡馨园见易程。他在心里早已准备好了两件事要和易程商量:一是给故乡盖小学的事儿不能够再拖了。这段时间在他的潜意识里总是出现陈婶的幻影,陈婶为失去儿子哭得凄凄哀哀的眼神,陈婶拉着他的手询问陈铸,埋怨儿子不孝的情景,陈婶恍惚的痴呆的模样,常常使他感到酸涩,甚至泪泉潮涌。那个在事故中惨死的学生,无辜丧命的陈铸的身影时常在他脑海里萦绕,他不能够摆脱他们,更不能够漠视那些如今依然在简陋的、险情环生的教室里上课的孩子们。二是半山华益工程的事情也要向易程透漏一些情况。因为前期准备工作需要资金做后盾,他准备把怡馨园原来该剥离的资金抽离出来,用于半山华益工程的准备工作。这些都是早就应该做的事情,在他准备做的时候,斌斌出事了。事情就拖了下来。

晓岩早就有意把投进怡馨园的资金结算一下，把该提成的部分陆续抽出。用这部分资金了却他的一些心愿，比如建设家乡的学校。他已经和村主任协商过，村里为此向乡里作了汇报，乡政府在实行农村小学教育资源整合时，专门向他们村倾斜，尽管他们村小学在撤销的范畴。但因为晓岩打算投资建校，才把他们村作为重点小学保留了下来，但最终却是以晓岩投资建校为筹码，乡政府大力支持，并把建校地址最好选好，只等晓岩这边资金到位，即可开工建设。

村主任专门邀请晓岩与主管教育的副乡长会晤，乡政府非常重视。为此，书记、乡长等一干人，还在乡里最高档的饭店宴请了晓岩。晓岩当仁不让，"你请客，我掏钱"，作为个体企业的老板，在一级地方政府官员的饭桌上动筷子，最终掏腰包的自然是晓岩。乡政府做的只是顺水人情而已。晓岩早已做好了为家乡建校的前期技术准备工作。他论证了盖小学所需要的资金数额，包括教学设施等一揽子下来，所需的款项大概近百万元，前期投入最多不过四五十万元，即可先行运作起来。根据怡馨园一、二期楼房的销售情况，他抽出一百万资金，应该不会有问题。另外怡馨园一些服务设施的装修资金也要给易程打招呼，让财务上给划拨一下，这些都是晓岩这边急需要办理，也是必须给易程说清楚的事情。

当初晓岩之所以把怡馨园的经济支配权交由易程掌握，是有一定的想法：一项事业能否成功，管理是主干工程。具体细节上的经营以易程为主，这就是"家有千口，主事一人"的道理。他只是以一个投资者、一个股东的身份参与管理，在一些大项目上，他们共同决策。

然而，公司获得成功，资金积累越来越多的时候，好像有许多事情不是晓岩想象的那么简单了。困难时期相互谦逊、相互支持、相互欣赏和信任，两个人拧成一股绳，心往一处想，劲往一处使。但如今这一切似乎在起着微妙的变化，变得令他有点儿陌生了。

晓岩的心思被半山华益工程的框架，影子似的缠着，故乡小学的事儿也像长了手似的牵着他的心。时间正如大江东去，去而不返。这么多年了，为故乡建造一所小学，一直是他的一个梦，不能再拖了。再拖，他真的无颜再见"江东"父老了。尤其是陈铸的母亲陈婶儿。陈婶为儿子哭泣的泪眼，思念儿子变得痴傻的模样，都在时不时地折磨着他的心灵。他告诫自己：这一次，无论如何他要说服易程，抽出资金，把建设学校的事运作起来。

易程完全理解晓岩的心思，也支持他为故乡建校的行动，只是在他提出来的时候，正好他也提出了向煤矿投资的事，两两对照，好像两个人有意要开顶头车。晓岩畏惧开发煤矿的风险，对易程的提法很敏感。易程投资煤矿的想法，晓岩并不赞成，一时间又没有想好怎么说服易程。因此，他把自己的想法一拖再拖，两个人都太要面子，太争强好胜了，不允许对方有一丁点儿的意见分歧。人常说，同打虎易，同食肉难。晓岩和易程，也许不仅仅是同食肉那么简单的事情，他们都各自有一套需要关注的方案，有一个要强的个性，更有一腔似火的情怀。只不过那情愫的客观对象各异罢了。他们除了巩固自己的实业，一个是要为乡村办实事，一个是要为曾经的恋人投资建矿。

晓岩来到怡馨园的时候，销售部主任于水根也是刚刚来到易程办公室。这是易程有意让于主任先来，等着晓岩的。于主任进门刚说了开场白，易程说："一会儿崔总就到了，等他到了，我们一起谈论一下，定个售房宣传规划。"

易程敏感地意识到，自从第二期热销以后，地产销售似乎在慢慢降温。房价在每平方升到三千五六百元之后，就像加速到最高速度的车子，遇到了障碍物，一个急刹车，吱的一声停了下来。那惯性震得他打了一个激灵。然后，就是长久的停滞。二期房子还剩下几套，很多人来看过，但看了之后，不再有回音了。大家都在观望。

晓岩进门热情地和易程打招呼："易总好！"说着，伸出右手与易程亲热地握手，易程笑着说："崔总好……"这是晓岩与易程之间的默契，凡是有第三人在场，他们就会很客气地讲究礼仪，两人单独见面时，也许会是默默无语，或者一掌打在对方肩上，再或许……或许林林总总的可能性很多，但就是不会客客气气地称呼官称、握手之类的客套。

"路上车多，慢了一些。"晓岩说着转身和于水根主任握手，说，"于主任好。"

几句寒暄过后，谈话切入正题。易程说了他对后期楼市销售方面的顾虑，说："今天请崔总过来，商量一下销售方面的策略，三期工程基本走上了轨道，但销售上近段时间有点儿不尽如人意。"

晓岩也有同感，说："市场是不断变化的，我们作为经营者只能是适应市场，顺势而为。应该看到，地产业的轰动效应已经过去，接下来将是漫漫长路的沉寂。但沉寂，还不至于低迷。根据宝仓市的情况，地产业也许在沉寂中依然稳步上升。其优势有三个方面：一是宝仓市的地产业和周围城市的可比性空间；二是宝仓市的旅游发展对地产业的拓展性空间；三是宝仓市的地理位置给地产业带来的挑战空间。但综合这些优势，也仅仅是在沉寂之后的缓慢而有节制性地成长，绝不会是升温，甚至像前几年，简直是高烧的状态。因此，今后的市场，将需要智慧和实力的结合，来打造一个人性化的品牌。品牌效应，人文效应，将是今后相当一个时期内经营者所追逐的目标。暴利时代已经过去，产品的造价将越来越高，获取利润的空间将越来越小。时代的发展，会使一切失去规律和平衡的事物渐渐被淘汰，代之而来的将是和谐和平衡发展所营造的生存空间。"

晓岩和易程认知上基本达成一致。那么今后的合作会是怎样的？是默契、和谐，还是……晓岩心里总有一种惶惶然的感觉，怎么都理不清头绪。

他们解析了地产市场利弊关系,对于怡馨园下一步售房策略进行了调整,以购房送装修的手段促进销售,具体方案落实给于水根主任操作实施。

　　易程向于主任布置任务:"于主任,你这两天,集中精力按照今天的决议,把具体方案形成文件,具体操作由你负责。"

　　于主任走后,易程和晓岩说了一些关于怡馨园的话题。易程说:"近段时间除了销售方面不尽如人意,三期工程总体上还算顺利,下一步就是主要抓销售了。宝仓城的地理优势,以及与周边城市的房价相比,房子价格只会一路慢牛。"

　　"无论怎样,我们也算是幸运者了,任何事情都会是一波三折,螺旋式上升,波浪形发展,我们不妨做两手准备。"晓岩说着端起杯子,喝了两口茶水,接着道,"有一个重要的事情想和你商量,就是准备给老家盖一所村小学,这件事不能再拖下去了。那边的基础工作已经做好了,乡政府和村里都盼着早日实施这一计划,这次乡镇小学规划,乡政府专门把重点小学倾斜到了我们村。这样我思想上压力更大了,必须尽快把这件事情做好,否则将无颜面对村里的老少爷们儿了。"晓岩终于把酝酿已久的计划说了出来。

　　易程点头赞许晓岩的远见,说:"中,这是件好事,经过斌斌这次劫难,我明白了许多道理,农村的孩子实在太可怜了。不,这样说也不太准确,是农村的教育条件太落后了,只有办好农村的教育,普遍提高农村人口素质,才能保证社会和谐发展,百姓生活安稳,也是从根本上改变中国落后面貌的保证。晓岩,我非常钦佩你这种精神,我马上交代财务办理。别说用的是自己的钱,就是要我拿出一部分,我也心甘情愿。"

　　"还是咱兄弟好说话。这件事办好了,也有你一份功劳呢。"晓岩非常兴奋,接着又说,"还有一个好消息。我那边正在全力做这件事情……"晓岩把半山华益工程的事大致向易程做了说明。他满怀信心地说:"只要把这个工程拿下,做好了,就是我们公司这次转型成功的标志。总之,'革命尚未成功,同志仍需努力',道路曲折前途光明啊!做老板的滋味儿,就是苦辣酸甜百味杂陈。这几年,老兄也是深有体会的吧?"

易程接着说:"那是那是,我们不求其他,只愿一切顺利!"

为老家建学校的事,当场落实了资金。晓岩心里明白,怡馨园前两期的资金回笼已经差不多了,账面上有多少钱,虽然他和易程还没有坐下来详谈过,但财会报表都是明明白白的日清月结,他心里都有一本账。晓岩随口说道:"你给财务上安排一下,月底前把账面上的收支情况,汇总一下,列个平衡表,那边的工程也需要前期投入。"

"中,这没问题。弄出来后,我让财务上给你送一份。整个运转和流通不会有什么问题,再不会回到我们刚起步时候的困境了。那时候我们脑子里整天就是想着钱、钱,像个等米下锅的小媳妇,再就是怎样躲避那些讨债的。"易程说着自己呵呵笑了,那笑里分明含着沧桑,说,"真是不堪回首啊!"

晓岩也笑了,那笑正是当年的苦涩与尴尬的翻版。

半山华益工程和建校两项工作,晓岩都要兼顾。忙,又在意料之中。建校的事,他需要专门回老家,找村主任落实开工事宜。同时带了建筑公司经理李凯和梁思忠同去做实地考察,择日动工。图纸是晓岩公司的设计师梁思忠做的,这座占地上万平方米,建筑面积三千平方米左右,高三层的教学楼建筑构图,对自称为梁思成的近亲和崇拜者的梁思忠来说,虽然是凉拌豆芽,小菜一碟。但他却是非常重视,更是动了一番心思,严格根据日照分析理论,按照小学教学楼室内在冬至日,日照不少于两小时的要求,精心构造出来的蓝图。尽管这些年农村的许多孩子都到城里扎堆上学,有的父母在城里打工,把孩子带到城里,有的是把孩子送到县城周托。学生择校风已成为一种惯性和风气,而且是根据父母的经济收入而定:县城、省城乃至出国。乡村的学校由于招不满生源,师资力量薄弱,学校处于半死不活的状态。家里穷,家长负担不起择校费的孩子,只有在乡村半倒闭的学校,蹉跎大好的金色年华。然而,这样的学生在农村孩子中所占比例决不下适龄学子的六七成。办好乡村学校,是培养好下一代的重要环节,也是国富民强的重要策略。

十年树木,百年树人。晓岩一想到家乡的孩子们能够坐在窗明几净的教室里读书,他就激情满怀,精神百倍。他为自己能够为家乡父老教育后代出一点儿力,深感骄傲和自豪。

村主任张海发执意要请晓岩去乡镇大饭店吃一顿,说话间,大队支书李炳坤也赶到了。原来是村主任张海发提前请了支书,学校虽然是盖在他们村里,可这是个重点小学,是几个自然村孩子们共同的福音,张海发觉得晓岩是给他们整个崔寨大队,乃至玉庄乡办好事儿,是给后代子孙造福的大事,怎么能够怠慢了人家!

而晓岩却认为怠不怠慢,不在一餐饭食、一桌酒宴上,支持他的工作才是硬道理。在吃的方面,他对家里做的蒜汁拌面条情有独钟。这次回村,虽然是为建校的事,但他和往日一样,最想吃的依然是蒜汁拌面条,再放些山韭菜,那滋味真的是绝了。一想到蒜汁拌面条,想到山韭菜,晓岩就想起了去世两年多的母亲,他鼻腔和眼底一阵酸楚,泪水就涌上了眼眶,他极力克制着就要涌出的泪水给父亲说:"我得去看看陈婶儿。她最近咋样啊?"

"还是老样子,时常糊涂。不过也好,不然,她早就没命了。拴柱的事对她打击太大了。糊涂了也好。拴柱生前的学生在轮流照顾着她,生活过得还算安稳,只是老人的心苦啊!"

晓岩让梁思忠和李凯先在村里随意走走,他打开车的后备厢,带上从城里给陈婶买的礼物,去探望神智迷糊了多年的陈婶。陈婶正坐在院子里,面前放着一只秫秸做的小筐子,拿着剪刀一节一节地剪着香椿芽。

她看见晓岩走进院来,那双呆滞的眼睛立马明亮起来,放下手里的剪刀,站起来笑盈盈地说:"柱子,你咋才回来了啊?你看看娘给你弄的啥菜,你不是喜欢吃春芽菜吗?呵呵,你、你看看,看看,这么多……"

晓岩急忙把东西放下,拉着陈婶儿的手说:"婶子,我是晓岩呐,您不记得我了?那年,下大雪,棉鞋,是您给我穿的棉鞋……"晓岩的声音哽咽了,两眼含满了泪水。

陈婶仔细地看看晓岩,眼里涌满了泪花,狠狠地拍着放在眼前的秫秸筐子,筐子里的春芽都震了出来,说:"不孝子,不孝子,多久了,你、你都不回来看看娘,娘想你啊!呜……呜呜……"说着,一把鼻涕一把泪地哭了起来。

陈婶抱着晓岩,眼泪如决堤的洪水,在那沧桑堆叠出沟壑的脸上,冲出两道深深浅浅的沟渠。那是一位母亲对于逝去了多年的儿子思念的泪水,那泪水蕴含了多少母亲的艰辛与痛楚,思念与牵挂?陈铸,他在九泉之下,即使灵魂有知,也许只能做天上人间的探看,却无力抚慰伤痛到憔悴、痴呆的母亲。

陈婶心酸落泪,晓岩心里一阵阵酸涩、刺痛。泪水模糊了他望向陈婶的视线。

旧情

第二十七章

易程向财务主管任俊玲打过招呼,给晓岩办理转账的事。忽然觉得自己是这片土地的主人,应该好好看看自己的领地。他迟疑了一下,走向怡馨园的宣传专栏,专栏自装好后他还没有认真欣赏过。以前他总是匆匆地扫几眼,是那种入眼不入心的看。一是因为忙,二是因为有一个借口:反正专栏的内容都是自己审核过的,没必要再仔细端详那些熟悉的面孔。专栏的文化意味很浓,与怡馨园的主流意识匹配得非常紧密,易程由衷地钦佩办公室主管于水根的艺术审美才华,他也曾不止一次地在会上表扬过那位不善言语的小伙,说他干工作肯动脑筋,做事从不玩噱头。

"雪中观梅轩外,深秋采菊东篱",易程的眼球为这段文字所吸引。这是专栏横幅上用艺术体处理过的彩塑大字,也是专栏的主题。

易程顺着主题的导引继续欣赏:"怡馨园为您营造一个淡然、淳朴的'桃花源'世界……"他沿着这条幽雅中蕴含了质朴的风景线流连忘返,为怡馨园独辟曲径的构造与设计,心生一种自豪与骄傲。"嘀、嘀"两声短促的声音响过,是手机短信:"健康是一个空心玻璃球,掉下去就碎了；而工作是一个皮球，掉下去还会再弹起。工作忙碌时，别忘了珍惜自己，累了就歇歇，千万保重身体。祝愉快！"

易程凝视着手机屏幕十几秒。然后，慢慢地，他按了返回键，收起手机，抬起头，遥望远方，若有所思。怡怡。怡怡那清新脱俗，淡愁幽怨，芙蓉带露，让人生出诸多联想的玉容倩影，再次扰乱了易程的思绪。他忽然觉得怡怡始终都存留在他的脑海中，只是有时候大脑被外界琐事干扰，影像模糊了而已。那影像是被现实的一些东西无情地隔开了。每当此时，他就像个孩子，一不小心跌进了浪涛汹涌的大海，小小的生命被那浪花一次次击打，他拼命地呼救、挣扎。苍茫海域，汹涌浪涛，淹没了他微弱的游丝一般的声息。如今，时间过去了十多年，易程不清楚，是时间打开了他们之间相思的通道，还是那通道本来就是相通的？只是他们都误会了，都在追求人生的路上迷失了自己。

林怡怡把自己的爱情变成了追求物质享受的砝码，用终身作赌注，在繁华的岁月中挥霍着自己的青春；易程在跟着林怡怡狂舞爱情之和弦，临了只有在无奈而悲愁中嗟叹、唏嘘，以致五百年修来的情缘误入歧途，跌入深渊。

易程再次暗自断言：林怡怡爱他。这样想着，他微微地笑了。那笑容微妙得令人难以捉摸，继而鼻腔酸酸的，眼睛也湿润了。他仰望天宇，长长叹息："唉，命里有时终会有，命中无时枉思量。是上天再次眷顾了我对"怡怡"的爱啊！"他再次掏出手机，在屏幕上翻检着，找到了怡怡二字，按了呼出键。

"喂——程，你、你还好吧？"怡怡接了电话，问候易程，那声音像婉转的鸟啼。

"好，谢谢！怡怡……"他们没话找话地闲聊，神侃了一会儿。怡怡莺声燕语，在易程耳边，形成一种神秘的兴奋波，震撼着他的神经，使他爽朗地笑。笑过之后，他忽然想起什么，问道："你那儿的事情怎样了？我是说矿上，矿上的事情。"

怡怡叹口气，沉默了片刻，说："一言难尽啊。如果，如果时光可以倒流。唉——不说了不说了，改天吧，改天，改天我去找你。"

易程听到怡怡犹豫着，心里不免添了几分担忧。怡怡似乎不愿意说出自己的难处，又似乎想让易程知道她的心事。易程也曾多次自问：假如时光可以倒流能怎样？这个世界上有多少事情可以用假设来衡量呢？早知今日何必当初啊！

易程懵懵懂懂，不知道自己究竟是怎么了，怎会常常想起怡怡婀娜的身影、迷离的眼神、暧昧的话语。其实怡怡的话是跟着易程说话的语言环境，话赶话说出来的。易程问的是矿上的事，怡怡回答的自然也是煤矿的事情。她的本意是：假如时光倒流，她也许不会坚持接受煤矿这块烫手的山芋。可是，争强好胜的她不知道办矿的艰辛，着了迷似的鼓动老公，上下奔走，打通了各个关节，如愿拿到了承包权。如今，矿上改扩建需要大把的钞票铺垫，她找钱找到焦头烂额，却成效甚微。政府有了新规定，达不到一定规模，就要关停。办矿不但没挣到钱，还落得债务缠身。办矿权失去了原有的宝贵，成了一块烫手的山芋，诱人的鸡肋，老虎一般的座椅。有了这种种因素，怡怡只有在那儿扛着，耗着，熬着，挣扎着，东拼西搏，舍了脸皮，到处求助、乞讨、化缘，弄得自己心力交瘁。自少女时代开始，她就把自己的幸福生活定位在了物质基础上。就因为她受够那时的忍饥挨饿，衣衫褴褛。人生少年时代，犹如高楼大厦的地基，它直接影响着这个人一生的生活质量和生活态度，以及那成长的高度。怡怡第一次恋爱失败了，第二次与易程的相爱使她深深体会到了恋爱中的女人，是怎样的幸福美丽。可是好景不长，最终他们依然是在生活的基础因素——物质方面出了问题。他们到底走到了一条路的岔道口，一个向东，一个向西了。第三次？第三次，她终于满怀憧憬地走上了婚姻的红地毯。丈夫李兆军的父亲是一个在本市有一定影响力的权威人物，尽管新郎官儿的形象、智慧都在庸常之列。但怡怡坚信老子英雄儿好汉的祖训，虎父焉有犬子？她以飞蛾扑火的勇气，扑向了婚姻的殿堂。可是，人算不如天算……李兆军的父亲李成耀，却在"官员问责制"中，被一桩事故牵连进去，被罢官撤职，仕途被提前画上了句号。

也许在怡怡的潜意识里，那句"如若时光可以倒流"蕴含着诸多含意。然而，她是庐山中人，怎会清楚！她也知道易程有能力，只要他愿意，也许她就不会像乞丐一样乞讨，矿井的建设也许不会在困惑的沼泽里挣扎。可是，即使火烧眉毛了，她也不愿意在易程面前表现得太露，不愿意让易程看出她急需一个救火者。这是隐藏在怡怡心灵深处的一个秘密情结，是十几年前那场恋爱留下来的后遗症，她不愿意让易程低看她，哪怕是刹那间的一个念头，那颗虚荣的心也会为之刺痛，乃至滴血。

但生活总是让人无奈，就像一只在海面上远航的孤舟，始料不及的海浪总会制造一个又一个措手不及的惊险。人这一生，有很多时候也许你根本就不想见到的那个人，却真真切切地遇上了，而你日思夜想的那一个，却偏偏没有缘分。怡怡与易程分手以后，几经岁月蹉跎，日子过得极不如意，在她的潜意识里，对于易程的放弃，也许是她终生的遗憾、永远的痛楚。对于春风得意的易程，她在潜意识里有一种无颜面对的自卑感。为了不给自己找难堪，她赌咒发誓不再见他。然而，那次同学聚会，怡怡在心灵深处，最想看见的却是易程。重逢之后，易程便再次成为怡怡心底深处的一个结，她不知不觉地把自己的任何事情都和易程连在一起想，哪怕是一场灾难，有易程的影子在，她就会有无穷的力量去抵御、去克服。

成功男人对于女人，有着无法抗拒的魅力，易程在怡怡心里又何止是成功者的诱惑？他是怡怡这一生都无法忘记的曾经的恋人。她曾经多少次地哀叹：有眼不识金镶玉啊！这都是命。命，呵呵……有谁能够违抗！

怡怡忍不住拨了易程的电话。电话拨通了，她却犹豫了，只是举着话机，放在耳边听着，那悠扬的小提琴乐曲《梁祝》戛然而止，十几秒钟过去，才听到易程磕磕绊绊地说出六个字："怡怡，你、你好吗？"

那声音意犹未尽，余韵缭绕。

"嗯，还好……我，我想见你。"

易程与怡怡通完电话，心中的花儿刹那间便怒放了。那是一朵盛开的玫瑰，悠悠地，在招摇，在摇曳，在微笑，无限的诱惑之媚，使易程有些揶揄，有些亢奋，有点儿壮怀激烈。他像恋花的蝶儿，在姹紫嫣红中飞翔，飞翔的翅膀翩翩然然，起起落落，在闻风花影动的摇曳中，追逐梦幻中的花朵。虽然那梦幻早已破灭，只是在那心影的幽深处，总难以消除幻影悠悠的暧昧。

怡怡是镌刻在易程心灵底版上的图腾，只要有一点点光影烛照，即刻摇曳生辉，燃起炽烈的火焰。那火焰携带了怡怡的声音，再次回响在易程的耳畔：我想见你……易程站起来，走到办公室的套间，站在镜子前仔细地照照自己有点儿心魂迷离的模样，隐隐的笑容，在面颊上绕着，他整理了一下衣服，对着镜子看看，走出办公室。走廊里静悄悄的，这样的静，使得易程的思绪更加蔓延开来，不知从何起，他心底涌出了这样的句子：心有千千结，只与君相依；仙子悄悄问，欲语还羞时。

静静地，静静地，静静地。易程静听着自己的心跳声，似乎慢了半拍，然后是急促的跳动，赶路似的加快了步伐。他似乎听到了一个甜润的女声：哈哈，又在吟诗弄词！

是怡怡的声音。那声音曾经在他的幽魂深处萦绕，那声音曾经使他茶饭不香，也曾经使他失去了对于人间真情的信赖，玩弄情感于股掌之间。

易程循声望去，却只见楼道里静悄悄的，他正在疑惑那声音的出处，忽然有悠扬的笛声传来，是他的手机响了。电话是他妻子赵文雅打来的，问他中午怎么吃的饭，提醒他中午休息会儿。易程恍然：啊！是午休的时间了。便回道："嗯，知道了。斌斌玩得好吗？"

易程在电话里给斌斌亲热了几句，挂了电话，觉得文雅好像有意盯他的梢，心中一时不悦和怅然。自从斌斌失踪事件以后，文雅比从前更加关心易程。易程觉得妻子文雅无微不至的关怀背后，似乎别有一番余韵，是文雅没有自信？还是易程多心？也或者易程的言行有什么可疑？他与文雅的婚恋过程，可以说是一个意外。

林怡怡与易程分手之后，易程陷入严重的失恋迷茫症，他不负责任地玩弄情感，拈花惹草，颓废无聊，所谓的风花雪月过后，并没有弥补他心灵的空虚。在那万花丛中放纵自己。有段时间，他竟然周旋于多个女孩之间。结果那几个女孩先后都知道了彼此的存在，她们商量好了似的，在前后几天之内向他发出了决绝的信息。这使易程的自尊心再次惨遭打击。更不能容忍的是，那几个女孩当中他最喜欢的一个名叫"馨怡"的女孩，长得与林怡怡颇有几分相似，那身段，那脸盘，那一颦一笑间都有林怡怡的神韵和影子。馨怡在与易程分手二十多天时发现自己怀孕了，她决定拿掉孩子，但又没勇气自己到医院解决。一个女孩子，遇到这样的事情，总不能找个毫无关系的人陪着去医院拿掉孩子啊！馨怡没办法，电话约了易程。

易程接电话后，立马赶去见馨怡，好话说尽，想重修旧好。怎奈馨怡严正声明：无论怎样，她不能原谅他。做完手术，他们大路朝天，各走一边，从此不相往来。在进手术室之前，易程依然可怜巴巴地请求："馨怡，我……都是我不好，我对不起你，恳求你只给我一次机会。只此一次，好吗？"

馨怡泪水涟涟，心冷得连她自己的身体都在颤抖，她不知道易程说出的话，哪一句是真实的，他怎么可以同时周旋于几个女孩当中？面向不同的女孩发同样的海誓山盟！

馨怡手术后一直出血，身体很虚。易程每天下班都要去照顾她，她几次想说出拒绝的话，但由于自己身体确实虚弱，就一直忍着。心想一两周时间，很快就会过去的，到时候再说不迟。这样的男人是坚决不可以留恋的。可是，三四个礼拜过去了，馨怡的下身时多时少，淋淋漓漓，流血不止，身体一天天消瘦，脸色蜡黄。无奈之下，只有再一次咨询医生，医生诊断之后，脸色阴沉，单独和易程谈话：馨怡需要完全切除子宫。易程心里明白，这就意味着馨怡以后没有再做母亲的能力了。

易程的脑袋蒙了一下，神情木然地说："有别的办法吗？"

医生摇摇头："已无选择。"

其实易程并没有想到孩子的事，他还没有到想要孩子的年龄。不然，他也不会在感情上飘摇不定。他只是下意识地觉得一个器官在他喜欢的女人身上，就那样被一刀拿掉了，心里有点儿酸楚，有点儿刺痛。要和馨怡重新开始的决心，愈发地坚定了。从此他对馨怡的关怀与呵护更是细致、周全，无微不至。

馨怡知道自己的情况后，狠狠地哭了一场，只有暗恨自己命苦，与易程分手的事情也就不了了之。不过她严重警告易程，要他绝对专一，若再发现和别的女孩来往，她就死给他看。易程不但满口答应，而且信誓旦旦，写了一份保证书交给馨怡：亲爱的怡，本人保证三条：一服从命令听从指挥，做到言听计从；二坚决不多看雌性生物一眼，哪怕是一只母蚊子也休想吸引本人眼球；三与曾经的错误行为划清界限，对爱情专心专一。以上三条，敬请领导及时监督。

馨怡拿着那一页纸，稀里哗啦撕了个粉碎："我不看这个，我看你实际行动。你这根本就是瞎胡闹嘛，那蚊子你认得是公是母啊？"

易程和馨怡相安无事地度过了两个多月的美好生活。时间再次流转到了一个除旧迎新的时刻，大年除夕，他们在一起"熬年"。易程意外地接到了一个拜年电话，电话是他一个前女友打来的。易程接电话的时候,下意识地看了一眼馨怡,接着便欲盖弥彰地哼哈了几句。再下来,便是坐卧不安。十几分钟后,他终于说:"馨怡,家里来电话,叫我马上回去一趟,只说有急事。我听那口气有点儿不对,这年我们是不能在一起过了。等回来我再好好补偿你。"

易程说完匆匆出门。馨怡疑惑地看着易程的背影,内心问号迭出。那些问号中的疑惑驱使她定要探个究竟。馨怡披了一件外套,顺手拿起挎包,跟了出去。北方腊月,夜晚的风是那样的清冷,寒风像无数枚锋利的钢针,刺着她刚刚病愈的身体,她像一位二十世纪三四十年代活跃在敌占区的地下工作者,在这除夕之夜清冷的街衢,亦步亦趋跟踪着她的目标。易程穿过了好几条街巷,馨怡如影随形,追踪而来。

馨怡最终逮到了易程是去幽会女孩的罪证。

身体没有彻底恢复的馨怡,气得当场晕了过去,当她醒过来的时候,是在医院的病床上。易程多方解释,说:"和那女孩早已分手,是她打电话说得了重症。这个大年,也许这是她生命里的最后一个春节,她要和他一起度过除夕之夜。"

馨怡认为易程根本就无药可救,气急再加上体虚,馨怡在医院里度过了除夕,又度过了大年,出院之后,他们一直争吵,馨怡泪流不止。任凭易程百般安抚解释,她只是如林妹妹一般,使小性,流眼泪,生闷气。

易程真的是烦了,撂下几句绝情的话:反正我已经解释了,你爱信不信,该怎样,你看着办吧!说完摔门离开了。谁知这一走,就是他们的永诀。馨怡真的就以她弱小的生命践行了她两个多月前的谶言,走上了不归路。

馨怡爸妈得知女儿出事的消息,两个老人一夜之间苍老了十岁,憔悴得令人心痛。馨怡是他们唯一的女儿,两位老人告易程谋害女儿。刑警侦查,法医解剖,折腾得馨怡的尸体不安,魂灵受惊。两位老人也被折磨得死去活来。易程虽然活着,有一口气在应付各种飞短流长的考验,但身心交瘁,精神萎靡到了崩溃的边缘,在那段时间,他甚至羡慕馨怡的勇气和解脱红尘之苦的福气。

易程只有向馨怡的父母负荆请罪,百般承认自己的罪孽,他悲悲戚戚地诉说:"宁愿舍弃生命,宁愿追随馨怡而去。馨怡她就算是对我失望到宁愿去死,可是,她也应该为您二老想想啊!她怎么可以这样。"

易程哭得悲悲切切,精神萎靡,模样凄楚。

公安机关认定了馨怡是自杀。从法律的角度来讲,馨怡之死,易程不需要承担任何责任,但于易程而言,法律责任可免,良心债却难免。他明白馨怡对他的情感,如若不是他玩世不恭,馨怡也许不会短命。不,是肯定不会自杀。因此,死罪虽免,活罪难逃。易程愧疚、追悔、自责,他整夜整夜失眠,日复一日以道德的鞭子抽打自己的心灵之魂。他在馨怡的父母面前长跪不起,泪流满面,希望这对失去了女儿的老人把他当作儿子看待,他要像亲儿子一样孝敬二老。他哭着说:"爸、妈,这是我对馨怡做的最后一件事情了,请您二老允许我的请求——今后一定、一定把我当亲儿子……"

馨怡妈妈流着泪说:"你早干啥去了。收起你的好心吧。我要我女儿……呜……呜……我、我只要我女儿……呜呜……"馨怡母亲再次大放悲声。

易程痛心疾首,说:"爸、妈,我、我早知……呜……呜……"易程泪如雨下,泣不成声,跪在二位老人面前请罪。时间一分一秒地流逝,十分钟、二十分钟、三十分钟……滴滴答答的秒针走了一圈,又走了一圈……分针也转了一个圆,再转一个圆……就像是一个生命,从诞生到这世界上那一刻起,就是一个从无到有、从有到无的循环过程。只不过这个过程有的人用了几十年,甚至上百年。那生命也许是辉煌得耀人眼眸,也许是暗淡得令人窒息;而有的人仅仅是来这世上走了一遭,那匆匆而过的灵魂魅影,也许就是为了给某些人制造一种遗憾,或者阴影。人生一世爱恨情仇，就在那生命的瞬息演变中，完成了一生一世的涅槃。

好长一段时间，易程认为自己在爱情方面，是一个不祥之物，发誓赌咒再也不近女色。

经历了生离死别、大痛大悲之后，易程彻底清醒了。收起了儿女情长花前月下之思，一心一意要在工作上出人头地，做一番事业。给父母，也给周围那些看扁了他的人一个惊异，证明他不是无药可救的浪荡公子。在易程的潜意识里，一直都憋着一股劲，他要向林怡怡证明他是一座被她放弃了的金矿。而这座金矿的开采者，不是别人，更不是易程自己，正是林怡怡。她是易程这座金矿的隐形开采者。正是因为她的存在，易程的体内才隐藏了一座火山。也许易程自己也不会清楚。直到那次同学聚会，与林怡怡的再次相逢，才使他彻底明白了一个道理，原来一个男人的成功是做给女人看的。确切地说，是做给他爱过的，后来的后来依然爱着的人看的，或者那种爱已经淡了，但心里总有一种英雄落马的羞愧、余痛和不甘。易程说不清自己是英雄落马，还是淡了的爱恋。那次聚会，他明白自己在林怡怡面前的那份骄傲和自豪，不是做出来的。那是在人生岁月的演变中，自然而然形成的一种气质，是一种浩然之气，更是憋闷在心里的怨气。

确切地说，赵文雅的出现只是给易程游荡的身体安了一个家，而林怡怡才是易程漂泊的心魂栖息的港湾。这个世间，无论男人、女人，在他们的心灵脆弱到极致的时候，总会为自己找一个托词。赵文雅就是易程的那个"托词"。虽然赵文雅也是芙蓉面、水晶心，明眸皓齿、冰清玉洁的窈窕淑女。但对于易程，赵文雅始终无法点燃他当年对于林怡怡那种欲燃烧自己、以求永生的渴望。

林怡怡把保养得锃亮的奥迪轿车，开进了怡馨园，她一进大门就看见易程站在门口那个莲花形的喷泉前想心事。写满思绪的面容，浑身散发着的相思气息。林怡怡脸热心跳，激情的火焰舔舐她热烈的胸腔，她把车子停在不远处一个白线标着的车位上，看着易程沉思的神态，心里突然冒出四个字——"绅士气质"。

怡怡不声不响地朝易程走来，像一片缥缈的飞鸿，更如天上掉下来个林妹妹。易程惊异地抬起头，眼眸亮光闪烁，默默望着怡怡，满眼都是柔情、思念、烈火。怡怡默默地伸出右手，他们礼节性地握了手，然后并肩向易程办公室走去。

进了办公室，关了门。林怡怡宛若一只倦了的小鸟，张开双翅向易程宽厚的胸怀扑去。易程伸展开有力的臂膀，揽住这只飞了好多年，飞得满身是伤又满心是怨的精灵，两颗心都被那失去了节律的跳动驱使着，忘却了红尘俗世的忧愁悲怨。

如果说小别胜新婚，那么他们这一别就是十多年。不，确切地说是分手，十二年前他们分道扬镳，各自行走了一条属于自己，或者客观造成了的人生之路。十二年后，上帝又让他们相逢。相逢，他们趋于陌生的容颜再次熟悉起来，以至于再次魂牵梦绕。然而，苦短的生命，在那十二年的光阴荏苒中，早已是斗转星移。人已不是原来那人，情也不是原有的情，他们各自都被已有的一个框子框着。那是命运和缘分造就的一座城堡，他们都知道，无论再怎么走，也无法走出那城堡了。那是一个魔幻般的城堡。可是他们又无法说服自己安分地待在那座城堡里，欣赏原有的风景，过安逸的生活。他们似乎都在期盼着一种奇迹出现，希望有一个新的开始，那是一道怎样的旖旎景色？也许是人生的第三条道路。这第三条道路，也许是充满优雅风景的路途，也许是荆棘丛生的山崖，更也许是坎坷曲折的羊肠小道，也或者是万劫不复的深渊；这第三条道路，在林怡怡和易程的心灵幽深处，就像一只顽固坚贞的大雁，又像是一只灵性十足、记忆超强的小信鸽，十二年的飞翔，如若连接起来，也许会是绕地球好几个周。绕回到原点的时候，尽管时间的磨砺，改变了许多原有的东西,只有一点是不变的,他们都需要对方,需要那一份激情来慰藉被尘埃几乎埋没了的情愫。

易程和怡怡在热烈的拥吻中,簇拥着进到了里间,两个人缥缈恍惚地醉倒在床上。身心被来自大脑垂体自然生成的云雾弥漫着,灵魂已成缭绕于山岚的雾霭,被融化成曼舞于红尘的精灵,蒸腾于山涧的云霓。

这是他们十二年之后的第一次相互拥有,心魂的快乐已经使他们超越了红尘愁绪,这样的快乐已经不是十二年前的体味,而是人生悲凉命运多舛沧海横流之中的一次盲目的试水,一次并无远虑的叛逆。人的七情六欲一旦泛滥开来,便很难站在理性的角度去注解,尤其是爱情。这第三条道路究竟会是怎样的崎岖艰辛?又哪里是沉迷于性爱的男女能够把握的?

巫山云雨后,便是出奇的静默。他们谁都没有说话,那是一种出奇的静,静得让人怀疑,让人窒息。是对这样的放纵顿然无言?是对彼此越过底线的行为抱愧于婚姻中的另一半?是,或者不是。易程依稀记得怡怡喜欢在那种事情过后,再享受一番温存,那种拥入怀中情话绵绵、卿卿我我的爱意是她最快乐的时刻。这一次,十二年过后的这一次,那融化了灵魂的云雨过后,他们只是静静地拥卧在一起,静默得只有两个人的呼吸声,在房间里缭绕,缭绕,缭绕。

暧昧 第二十八章

屋里的空气终于慢慢活了起来，怡怡舒展了一下慵懒的身子，心中似有万千话语：是思念中的无奈，是丢弃了易程这只潜力股的悔意；是人生、现实组装起来的一幅屏障，那屏障遮住了她的双眼。她曾经暴怒过，咒骂过自己多少遍，为什么不能推开那道屏障，看清这五颜六色的世界，五味杂陈的人生？如今，这样回到易程怀抱，真是天大的讽刺。然而，我满足吗，我幸福吗？怡怡的思绪像一匹脱缰的野马，又像是山坡的荒草，无章法，无秩序，胡乱奔驰，蔓延生长。

她慢慢地起身，往身上套衣服。那些在激情中扔到地上的衣服，再次裹住了她云雨归来的身体，她的思绪也跟着回到现实。想起矿上断了的资金链，等米下锅的扩建计划，她禁不住暗自慨叹："又要回去面对俗事纷扰的现实了。人生真是悲哀啊！放纵之后依然要回到那个禁锢自己灵魂的魔域。守着，熬着，苦熬之后，也许会是一份更加残酷的痛彻。人啊！也许这就是命。人是拗不过命的，无论做了多少努力，付出多大代价。"

"我会记得今天的。永远……"易程沉闷且黯然地说着，也一跃起身，衬衫、西裤，一身正装地武装起来。

缄默。缄默，代替了曾经的激情，曾经的疯狂，曾经的燃烧，曾经的情海爱浪，更代替了他们难以准确表达的心声。

就要分别了，他们各自都站在那面不大的挂镜前端详了一下自己的面容。也许照镜子本身并没有什么特别，但怡怡似乎意识到镜子里的影像与原来不同了，那张脸似乎不像是自己的。易程也在镜子里，发现了自己微妙的变化。但究竟变在哪儿？他没有来得及仔细琢磨。怡怡已经出了套间，自己接了一杯温水喝了，然后接了一杯，递给刚刚出了套间的易程。

"我走了。"怡怡终于开口，只是三个字。那声音像是从地狱里发出的，她低着眼睛，脸色微红中有几分羞愧。

易程点点头，眼神复杂地凝视着怡怡："嗯，我、我送你……"开门的时候，他们再次拥抱在一起，易程轻轻吻了怡怡的额头。怡怡眼里有泪光在闪，静默了一会儿，说："保重。"

他们一前一后走出了这问朴实大气的办公室。今后，这里也许成为他们脑海深处的一间心灵的私密诊所，也许是一袭羞愧的面纱。甚至，甚至是分手十二年之后，对那场恋情的失而复得的结算？

这次怡怡来找易程，本来是希望给易程说矿上投资的事，但她思念易程的心更是丝丝入情，闲愁胜于万千。怡怡很矛盾，她甚至觉得如果开口让易程给矿上融资，会玷污了她那份真挚的情感。这种想法十年前是从来没过的。可是现在，现在却是那样强烈地占据着她的心，影响着她的言行，这次她又没好意思开口。易程默默地送着怡怡，忽然问了一句："怡怡，煤矿融资的事情怎样了？"

怡怡愣怔了一下，刹那间感动得眼泪汪汪，说："唉，举步维艰呐！可以说是蜀道难，难于上青天吧，一言难尽！"

怡怡说的一点儿没错，两个星期前她开着这辆奥迪爱车跑了一笔数目不大的贷款，只能暂时缓解一下急难，她正在考虑下一步的棋该怎么走。也许这辆车子很快就不属于她林怡怡了。她正在考虑实在不行，就卖了车，暂解燃眉之急。然而，那又能怎样呢？这辆开了近两年的轿车最多能够换回几万元，煤矿的扩建不是三两个几万能够解决得了的赤字。接下来怎么办？怡怡正站在山崖的栈道上，稍不留神，跌下去，就是万丈深渊。

但怡怡并没有顺着易程的话题说下去，她优雅地伸出右手，感慨地说："谢谢！谢谢你还记得这件事儿。"

他们边说边走，片刻来到车前，她犹豫着按了手里捏着的遥控，车子的锁瞬间开启，她说："那，我走了啊！有空再联系。"易程伸手替怡怡打开车门，怡怡默默地再次向易程行注目礼，然后坐进那辆象征着身份的奥迪轿车。她打开车窗，注视着易程："保重。"

易程看着那辆远去的奥迪轿车，忽然觉得有一根无形的线牵引着他，他的目光思绪随着那滚动的车轮而远去。那种隐隐约约的痛，证明了驾车远去的人，一直以来，就是他内心一直隐藏着的一份牵挂。

为煤矿投资的事情，由于斌斌的遭遇被耽搁。易程想到怡怡曾经说服他向煤矿投资，想起那双灵动的闪着智慧之光、温柔情愫，又暗送着连绵秋波的美目，一丝愧意倏然间涌上心头。他暗自感喟："必须要做些什么，才能慰藉自己无法安定的心魂。"易程暗暗给自己鼓劲儿，他决定助怡怡一臂之力，把煤矿的事情做好，以求得心灵的一丝安慰，也是给自己装一回门面。想到此，他心中漾起一袭自豪的微澜。

自从怡怡向他提出融资，希望易程帮助矿上渡过难关的要求以后，他就一直把这件事放在心上。正在他努力去做的时候，斌斌出事了。他穷于周旋，苦熬苦撑，为儿子的安全担惊受怕。好在上天眷顾，斌斌终于安全回家了。斌斌的事情怡怡也是前后左右地帮忙，如今斌斌回家已经一个多月，怡怡的事情应该有个交代才对。想到帮助怡怡，需要动用公司资金,需要高层管理人员讨论决定,尤其要征得晓岩的同意。这是他们之间的君子协定,是创建公司之初,就定下来的规矩。

易程在心里给自己鼓足了劲,决定再次给晓岩协商投资煤矿的事。他拨通了晓岩的电话,在电话里告诉晓岩。

晓岩铺开了两条战线:一条是半山华益工程投标,另一条是为家乡建设小学。建校的事已经全面展开,诸如:由谁去担当建校的管理工作,哪些人应该请示,哪些人应该汇报,这一切都需要晓岩通盘考虑,甚至现场操作。他一天到晚吃饭睡觉,都想着这两件事儿。不是请人喝酒,就是陪人吃饭,有时候,他得在同一个时间段串场应酬,应付各种名堂的酒宴。不为别的,就为了在关键时候,人家能够给他捧场,或者多言好事。他不止一次地叹息世道的靡费铺张,更诅咒自己在尘世凡俗中的无以抗拒和软弱。然而,有好多事情都是在酒杯与酒杯之间碰出来的。他崔晓岩要想做成某一件事,要想成为一个领跑者,站在众多求生者的排头,保住自己辛苦获得的收成,让芸芸众生仰慕,他必须不知疲倦地去喝、去陪。喝酸的,喝甜的,喝辣的,喝苦的;赔笑脸,陪应酬,陪吃饭,陪打牌,陪钓鱼,甚至,甚至不要健康地苦熬,不要尊严地奴化自己,说一些阿谀的言不由衷的话。

晓岩正在办公室一个接一个地打预约电话,忽然有电话进来,是易程。他按下接听:"喂——"

"喂,老兄电话可真忙啊!"

"唉,没办法啊……"

"嗯,投资煤矿的事儿,我想咱抽时间再议一下,好吗?"

听了易程说投资煤矿的话,晓岩的心跳咯噔沉了一下,一时间不知道怎样回答。他极力地调整心绪,轻叹口气,总算恢复常态。不是他天生对煤矿的事这样敏感,而是这几年政府对安全事故、资源开采的管理力度越来越大。诸如矿井出现瓦斯、爆炸、透水、塌方、冒顶等大小事故,媒体跟踪报道,一层层剥离,在大庭广众之下曝光。地方政府、国家官员齐出动,施救,赔偿,整顿……一次事故够你几辈子折腾。

一个地方的煤矿出事故,往往是全县、全省,乃至全国的煤矿大行动:停产、整顿、调整、改扩建、达标准、上规模。从乡镇到县政府,从生产到安全,从财政到税收,每个环节都不能少。没完没了地折腾不说,还得提心吊胆,不定哪天出事,倾家荡产事小,也许还要把牢底坐穿。

晓岩拿着电话迟疑了一会儿,说:"嗯,咱见面再说,好吗?这样的事儿,实在是三言两语无法说清楚的。"

"是的是的,我是想把这事儿尽早议一下。"

易程虽然不能在电话中看到晓岩的表情,但是从那沉默片刻之后的言语中,他已经知道了晓岩的态度。早在斌斌出事之前,他就向晓岩提过两次,都是不了了之。易程在心里告诫自己:要让晓岩同意投资煤矿的事情,必须用点儿心机不可了。这件事情,无论如何都要办成。否则,他真的无法面对怡怡那双忧郁多情幽怨迷离凤目传情的眼睛。

易程迟疑的、沉沉的脚步,每一次抬起放下,都踏在思索的节拍上,内心都在做着激烈的争夺战。他暗下决心,无论如何都要说服晓岩,同意拆资的事情。想到此,他悄悄握了握拳头,在心里说:就这样,定了!

易程拨通了业务经理张师傅的电话,一刻钟工夫,张师傅来到易程办公室。易程问了一些工程上的情况,又具体安排了注意事项,说:"本来我是想到工地上去看看的,只是临时有点儿事,需要到绿藤市一趟。有事,您及时联系我。"

"中中,你忙你的,有我在,你就放心吧!"张师傅答应着,就准备出门。

易程送张师傅出了办公室,然后换上西装,打上领带,站在办公室套间的镜子前,端详着自己的五官仪表。这是他决定要办一件重大事情之前的一个习惯，每当这时，他就像一个士兵，"披盔戴甲"之后，再极其认真地端详自己一番，给自己打分，鼓励自己。说"你能行，一定成功。加油！"然后，信心十足地去开拓、去创造，按照既定方针，一步一步向前奔。

易程非常清楚，晓岩不赞成向煤矿投资，但他必须努力，说服晓岩，实现他帮助怡怡的心愿。他暗下决心："无论怎样都要说服晓岩同意这件事，才能对得起怡怡。"

易程开着奔驰轿车，在高速路上飞驰，思维细胞也在飞快地运转着，他一次次地设想：究竟如何向晓岩准确有效地表达自己的主张，才能取得晓岩的认可？

晓岩对易程提出投资煤矿的想法是一百个不赞成，但碍于同学与朋友关系，不好一口回绝。就拐了弯儿说："投资搞煤矿，不是小数目，是件大事。我还是那个意见，煤矿是个大投入、高风险的行业，做得好了，钞票会像泉水一样，源源不断地流进腰包；做得不好，比洪水猛兽更可怕，说不定会淹没了我们。"

易程认可晓岩的说法，点点头，不置可否，说："这些，我都明白，可是，我想，我们不会那么倒霉吧。我是说，既是投资，我们也要考察一下，坐下来商量条件。"

晓岩沉默了会儿，说："这样吧，在煤矿这行，我比你了解多一些，叫你那位同学把资料带来，咱再邀请一两个行家好好论证一下。若有可能，我们再带两个工程师到现场考察，考察后再做决定。"

晓岩的话语诚恳，而且有理有据，易程心悦诚服。心想：晓岩终于答应了解这件事情，这应该是成功的第一步啊！易程这样想着，恨不得马上把这消息告诉怡怡。

"嗯，有道理。那就这样定了。我通知他们把资料送过来。"

"好。你通知他们。另外还有个事儿，半山华益工程投标的事，前期准备资金也需要到位了。我派这边财务人员过去办理一下,在资金运用上,以前咱们是集中在怡馨园了。那时候我们恨不得把锅砸了,都填到怡馨园里去。现在该是把资金分流出来的时候了,你让财务上列出清单,原来投入的本金、利润,都列出来。该转的尽快办理一下,要做到专款专用。建学校的资金,要全部算到我私人的名下,从我的股份红利中抽取。另外,我的意思是,'阳光'转型以后,就要走上轨道了。资金该抽离的也要抽离,账户要分开,不能够再这样搅和不清了,到头来会有许多不利因素蔓延开来。到那时,再做工作,就有点儿被动了。"

其实这一番话晓岩早就想说了。只是今天易程专门过来说起了投资煤矿的事情,晓岩才有了说这话的契机。

自从房地产热起来以后,他们是赚了不少钱,把该填补的空缺都填补了。现在是无债一身轻,而且是腰缠千万的富翁了。钱这东西在晓岩和易程手头流通得越来越频繁,也越来越快捷。他们都在忙碌着赚钱花钱,却一直没有真正地计算过到底赚了多少,该分配的一直拖着。他们是真正做到了同打虎、同吃肉,那肉始终就在一个锅里转,一个火上炖,反正账面上有的是票子,需要消费了,一张支票解决了。挣多少,花多少,都有账可查,怕什么?

对于账务的结算,晓岩倒是淡淡地提过几次,但在易程这儿始终没有落到实处。客观上总是忙,忙得昏天黑地。有时候,他也会偷闲想象一下曾经的青春岁月,曾经的风花雪月,曾经的月上柳梢头,人约黄昏后。每当这样的时候,易程脑海中幻影最多的就是大学校园里他和怡怡的故事。那曾经的绝望,曾经的那个下雨的夜晚,曾经的毕业前的鸾凤和鸣,花茎小路,滩头湖畔,莺莺细语,鸳鸯戏水,一幕幕充满了浪漫的曾经。一幅幅写满了憧憬的图画,总是把他拉回到深远的记忆之中。

斌斌的遭遇过后,易程的思维好像停留在麻木混沌的状态,徘徊在那些深深的悲情之中,无法走出恐惧的阴影。在不知不觉中懈怠了应该做的事情。今天晓岩再次老调重弹,易程忽然觉得有好多事情都在忙碌中忽视了。他们刚开始合作的时候,曾经制定了一个明确的规则,其中最敏感的一条就是:无论是亏是盈,都要日清月结,按时结清账目。

自从他们合作开发怡馨园,前两年是忙着借贷,穷,总是入不敷出,讨债要账的常常堵着门子,每天都在为资本的继续运作,跑前跑后地忙活,一天到晚身心交瘁地应付世间百态。有好多时候,真的没有心情去招呼那一大堆的负数账册。这两三年,虽然是打了翻身仗,生活事业,里里外外,不再为钱所困。但接二连三的事情,却总使他穷于应付。有时候稍微懒一懒就过去了。易程在心里嘀咕:"听晓岩的话音,是说他有意识拖延。"想到此,易程急忙说:"是的是的,应该的,我回去就抓紧时间做这件事情。以前每个月的报表都做了,但总是看看没有什么差错,就放下了。"

易程心里明白,晓岩这是准备把家分了。再想想也确实应该,刚开始,晓岩是把家底都铺在怡馨园了。虽然公司转型,该花的钱都是从怡馨园一个账户上支出,但这样转来转去,增加了不少麻烦。从长远看,确实需要独立核算,明白花钱。另一层意思,晓岩对投资煤矿的事情一直持不同意见,但又不好拒绝。易程在心里自问自答:"他是要留一条退路吧?这样也好"。

易程从晓岩那儿出来,就拨通了怡怡的电话:"怡怡,投资的事儿,你把矿上的材料准备一下,派技术人员送过来,这边公司需要论证一下,如果可行的话,还要组织人员到矿上考察。"

怡怡领会易程的意思,挂了电话,立马叫来总工程师徐定坤交代任务:"定坤,你把矿井的图纸再进一步完善一下,明后天我们要和一家企业谈融资的事。"

"中,中,没问题。放心吧,老板。现拿现有,咱这儿掏出干粮就是馍馍。"徐定坤应道。

徐定坤原来是在一家国营煤矿做工程师，虽然学历不高，但他高中毕业就在煤矿下井，自学了不少煤炭开采方面的专业知识。更重要的是，他有实践经验，能带领一班人，在掘进开采中实现高效科学地推进采掘进度。怎奈国有煤矿大专院校毕业生云集，人才济济，专业对口。正规院校毕业的学生在工程师、总工程师这个行列，还要排着队等位置呢！徐定坤从十七岁就在煤矿下井采煤，凭着他爱钻研的韧劲，后来从技术员做到工程师。只因为他没有学历，才没有做到总工程师的位置。五十岁上退休，被林怡怡"三请诸葛"，再三请求，才来这个不入流的小矿当了总工程师。说来也许是一个讽刺，一心想在国营矿，坐上总工位子的徐定坤，在林怡怡和丈夫李兆军开办的私家小煤矿，坐上了总工的椅子。他综合研究了这个矿的地质资源后，便一心想把这个小煤窑弄得上规模。林怡怡和老公李兆军都非常欣赏这个五十出头、做事雷厉风行的总工程师。两口子把发展生产，开拓地下疆域的大业，全盘托付给这位走煤窑出身的徐定坤，高薪聘为总工程师，主管煤矿地面以下的所有事务。

林怡怡安排了徐定坤准备图纸，又通知会计把原来已经做过的资产评估材料，重新整理完善一番。在接到易程电话通知的第三天，林怡怡当司机，开着那辆黑色奥迪A4，拉着丈夫李兆军和总工徐定坤、财务主管李凯，带着资料，找易程、晓岩，做融资的最初论证。

林怡怡一行四人，先在"怡馨园"歇了脚，主要是在易程那儿先做一些铺垫，然后再和晓岩见面。林怡怡首先下车，走在丈夫李兆军和总工徐定坤的前面做向导。她大方地和易程握手，向丈夫李兆军、徐定坤等介绍："这是我同学，易程。'兴源地产'总经理。"转而又向易程介绍了她身后三个人的身份，"这位是我们的总工徐定坤；这位是我丈夫李兆军，也是矿长；这位是矿财务主管李凯。"

易程依次向他们问好、握手。当他握住怡怡的丈夫李兆军的手时，心里却平白生出一丝嫉妒、鄙视、发狠的感喟。他的手不由得狠劲握了一下。"你好"两个字从他几乎没有开启的唇间吐出,那是从牙缝里挤出来的两个字。当然,这样的细节,初次与易程见面的李兆军绝不会发觉,他极其大度地、笑容可掬地回道:"你好,幸会幸会。"

然而,这一切却被怡怡尽收眼底。刹那间,她的内心涌起一丝尴尬:酸楚、苦涩、羞愧、无奈。她立马以说话掩饰自己那瞬间的失态,眼睛盯着资料,说:"易总,你先过目一下,看看有什么需要完善?不清楚的地方可以问徐工。"

怡怡神情上的一切细微变化,易程当然是心领神会,他不得不从内心钦佩和欣赏怡怡的机智。其实易程在煤矿方面是个门外汉,但他又不得不做做样子,拿着图纸,粗略地翻看了一遍,简单地和徐定坤交流了几句。然后,他们一起来找晓岩协商。

晓岩专门把两个采煤专业的工程师请来做师爷。一个叫张卫东,二十世纪六十年代毕业于某矿院,五十五岁从国营矿退休,在晓岩的公司干了几年。如今,已经六十一岁了,不愿再干下井受累的活儿,正好晓岩的公司转型,他就回家养老了。晓岩请他来,主要想听听他的意见,借他几十年干煤矿的经验,听听他的意见再作主张;另一位叫刘矿生,矿生的父辈就是在国营煤矿干了一辈子,矿生是在矿上生矿上长的真正的煤矿子弟,高中毕业又阴差阳错考进了某院采煤专业。前几年嫌在国营煤矿待遇低,就隔三岔五地请假,出来在晓岩的公司"走穴",主要负责技术监督。晓岩给他的待遇是在国营矿的三倍以上。这样,一来二去,矿生就辞去了国营煤矿工程师的职务,来到晓岩麾下,做了一名民营企业的工程师。这次公司转型,晓岩并没有让他走人的意思。公司转型之后,虽然矿生的专业不对口了,可是他有社会基础,人缘好。让他跑业务,可谓是用有所长了。矿生说他家里正好有一些事情要处理,想休息一段时间,这边只要有事,通知他,随叫随到。

晓岩做矿业评估那会儿，他们就像三国里的刘关张，像生死弟兄般亲密。三个人是头和肩膀的关系，晓岩是主谋，卫东和矿生是晓岩的左膀右臂。他们两个跟着晓岩做了好几年煤矿技术评估工作，两个人都赚得盆满钵满了，比起原来在国营干，可以说这辈子不再工作，也不缺钞票花了。这次易程一心要投资煤矿，几次三番地想说服晓岩。晓岩再次想到了曾经的爱将——张卫东和刘矿生，把他们招来，请两位去煤矿考察，可谓是最得力的人选了。

他们在公司小会议室开了小规模的招待会。

易程介绍了李兆军矿长、徐定坤总工程师、林怡怡等各自的身份。当介绍到林怡怡时易程迟疑了一下，说："这位，矿长夫人，后勤矿长。"

晓岩把张卫东、刘矿生介绍给易程，也介绍给矿上来的四位。

徐定坤在会议室那张宽敞的椭圆形会议桌上，摊开图纸，指指点点地谈论着。张卫东和刘矿生睁大了眼睛，努力在图纸上寻找。他们寻找破绽，同时也判断着这张图纸含金量的高低。徐定坤尽量用简洁的语言介绍图纸所描绘的井下地质情况，以及储藏量的分布。易程虽然是外行，却也在静静地听着，仔细地观察，观察晓岩、张卫东、刘矿生等人对于图纸的兴致。晓岩虽说不是专业，但经过前几年的摸爬滚打，耳濡目染，近朱者赤，也多少掌握了一些煤矿开采的基本常识。从图示和徐工的介绍中，没有感到有什么不妥，他心想："若果真如此，这个矿将大有开采价值。"

晓岩脸上慢慢洋溢出笑容，但他只是旁听者，并没有发言。

善于察言观色的林怡怡见几个人都听得非常认真，两个工程师脸上都洋溢着微笑。此时的林怡怡自信在心底里涌动，再看看易程也是在认真聆听几个技术人员的谈话，脸上同样也是隐逸着一丝笑意。林怡怡暗暗为自己打了优秀的成绩单。

怡怡觉得在这个时候，应该表示一下自己的热忱，她悄悄地出了会议室，来到公司楼下不远的超市，买了一箱"红牛"饮料。一罐一罐亲自打开，放在每个人面前，说："提提神，提提神。"

论证并没有提出什么异议。

晓岩轻声朝易程说："来一下。"

晓岩回了自己的办公室，易程随后跟了过来，他们统一了口径，再次回到会议室。晓岩把今天的会晤做了小结，说："图纸和报告大家都看了，徐工介绍的也很清楚。李矿你们先回去，易总、张工我们商量一下，再和你们联系。"

李兆军起身与晓岩、易程等握手告别，说："看得出来崔总和易总都是爽快人，预祝我们合作愉快！"李兆军和张工、刘工等都一一握手告别。

送走了林怡怡、李兆军一行四人，晓岩、易程，两个工程师，他们再次聚在一起，对图纸和报告进行了讨论，他们都认为值得进一步考察一下实际情况，如果真如图纸所示，储量丰厚，自然条件优越，可以考虑投资。毕竟煤炭资源已经进入了"皇帝女儿不愁嫁"的阶段。许多热电厂都在到处找原料。只要把煤炭挖出来，五六百元一吨，不愁买主。做煤矿，只要安全有保障，利润确实可观。大家你一言我一语，讨论得十分热烈，张卫东和刘矿生两位工程师看了图纸后，职业热情再次被点燃，他们都表示可以进一步考察此矿，以做最后定夺。

晓岩说："那就这样定了，过几天我们就抽时间去考察一下，回头再做决定。"

易程见晓岩心诚，就趁机说："是不是趁大家都在，把考察的时间定下来？"

晓岩沉思了一会儿，说："那就下周二吧。这几天有点儿其他的事情要处理一下。"

其实，在晓岩心里还有另一层意思："这种事情，不能追得太紧，让他们觉得这边不是投资,而是在追着和他们抢饭碗。那样对投资回报、谈判交涉反而不利,起码要让他们感觉到这边是在慎重办事,其中也存在犹豫不决的成分。"晓岩顾虑的另一个因素是,假若真要投资,要不要派管理人员过去,钱拿去了,管理上不参与,那不是在摆大炮吗?到头来是盈是亏,谁说了算?这样想着,他直接表示了自己的观点,说:"还有一个问题,不如现在议论一下,如果考察之后,可以的话,我们是参股,还是借贷?如果借贷的话,什么话也不说,只要认为他们有偿还能力,借给就是。若是参股,管理上怎么做?我们派不派人?这些都是要搞明白的事情。"

晓岩做事细致认真周全的性格,易程自愧不如,他说:"是的是的,应该的,这些因素是要考虑进去。"

此时,易程意识到要把晓岩的想法先给林怡怡透露一下,让她有个心理准备。在这之前,他确实没有考虑这么周全。

第二十九章 钓鱼

晓岩再次给张卫东、刘矿生两位工程师强调了去煤矿考察的事项，并大致说了关于考察的原则，以及初步的设想。张卫东和刘矿生跟着晓岩干了好几年，对晓岩做事的风格十分了解。他们表示："在最近几天内一定做好准备，只等老板召唤。"

"那就初步定在下周二吧，若有变化，我会及时给你们打电话。"晓岩对这件事情十分谨慎，他深知其中的利害，若有一丝大意，后果将非常严重。

张卫东和刘矿生两位工程师回去之后，晓岩再次把易程、李兆军、徐定坤等在小会议室讨论煤矿图纸的画面，在脑际的桌面上铺展开来，细细琢磨，推敲研究。易程作为合伙人，提出的事情，他没法不重视，无论怎样，他都要认真对待，办与不办，有个充分的理由，在易程这儿也好有个交代。接下来是半山华益工程投标的事，这是他近段时间关注的重头戏，更是公司转型之后第一场演出，成功与否，关系到公司下一步的前途命运。那天和史全林通电话的画面再次映现，好久没和史全林见过面了，应该约一次，联络一下感情，半山华益工程的事，也需要进一步落到实处。史全林不喜喝酒，不爱跳舞，更不迷恋到洗浴中心之类的场所去玩花样，情有独钟的就是钓鱼。钓鱼是一件养心养性的活儿，起码得有整块的时间。这样想着，晓岩便给史全林打了电话。电话传来的却是忙音。他失望地挂了手机，翻看摆在办公桌上的报纸。大约几分钟后，他再次拨打史全林的电话，韩颖当当敲了几下门，他有些心不在焉地说："请进。"

韩颖见老板在打电话，便轻轻把文件夹放到办公桌上，转身退出。

晓岩顺势挂断手机，喊道："小韩——"

韩颖停住脚步，回头，一双闪着灵动之光的凤眼看着晓岩，似在问："崔总，有事吗？"

晓岩迟疑了一下，说："把门带上，我打个电话。"

韩颖微笑着点点头，带上门，出了经理室。

晓岩看着那扇被韩颖顺手关上的房门，侧目凝神，似在想象着什么，又似在迟疑不决着什么，思索着什么。十几秒钟，也许时间更长一些。他回过神来，再次拨了史全林的电话："呵呵，老兄啊！电话好难打啊，好久没出去了。整天忙，忙得晕头转向的，想找个地儿轻松一下。老兄，哪天抽出空来，咱出去玩玩？"

史全林知道晓岩所说的玩儿，就是钓鱼。这是他最心仪的一项休闲方式。他曾经和晓岩一起把附近几个水库都蹲过，而且一蹲就是一天，最低也得是半天工夫。尤其是李集水库，那儿依山傍水，风景秀丽，沿堤柳丝弄烟，烟笼寒水，水映蓝天，花花草草，迎风摇曳。清风过处，出水芙蓉摇曳多姿，浩渺的水面上，涟漪荡漾。初升的朝阳，蓬蓬勃勃从东方升起，水面上便闪耀着细细碎碎的金色涟漪。他们两个不止一次在此撑开遮阳伞，摆开阵脚，各占方位，各持一把鱼竿，太阳镜，防晒衣，全副武装，静静地守在那里，等候鱼儿上钩。偶尔抬头远望，凝视一会儿淡妆浓抹的水域山色，心中纯净得如入桃花源一般，浑然不知世间魏晋为何物。俗世烦恼随湖畔丝丝垂柳荡涤净尽，浩渺水岸流淌着静谧、美丽、淡远，在这样忘我的境界里等待收获。正如："菩提本非树，明镜亦非台，本来无一物，何处染尘埃？"垂钓，享受的也许正是这样的过程。

晓岩与史全林成为忘年交，他们的友谊始于垂钓，就像陈年的老酒，随着时间的推移，愈来愈醇，愈来愈浓，以至由工作上的帮忙，到哥们义气，友好往来。

史全林接了晓岩的电话预约，在心里把时间表梳理了一遍，说："这个周末应该可以吧，我也有点儿心里痒痒的了，整天被缠在各项事务之中，身心疲累，无聊之极，真想出去放松一下。"

"太好了，周末见。对了，我这儿又弄了一套渔具，我原来那套还好用，这套就送老兄了，到时候我带过去。"

"中，中，可中，那就有劳兄弟了。"

与史全林通完电话，晓岩轻松地舒一口气，在意识里轻轻吐出两个字：中中，呵呵。

在晓岩心中，史全林始终是一位有影响的人物，他能够答应一块儿钓鱼，足见得哥们义气，以及和自己的友谊非同一般。晓岩非常清楚，只要史全林肯关照，投标半山华益工程的事，应该是八九不离十的把握。他一定要抓住机会，选好航道，提前铺好红地毯，静候大喜日子的到来。他不喜欢船到桥头自然直的说法，凡做事成功者，无不是知己知彼，充分备战，以实就虚，攻其要害，才能马到成功。

晓岩看看日历，星期三。距离周六还有两天时间，两天时间，能做些什么呢？第一，他得把那套渔具买到手，放到车子后背厢里，准备着随时出发，陪史全林钓鱼；第二，也是关键的一项，这两天，他得尽量把半山华益工程的情况打听得详细、再详细一些，为钓鱼的时候，和史全林聊的话题做准备；第三，还要向公司的内部人员挖掘能量,在标书上做足文章,绝不能掉以轻心,在自家门口迷路。晓岩坐在那把舒适的老板椅上,身体靠后,胳膊抱在胸前,微闭双目,很舒服的模样。心事却是一二三地铺排开来,一件一件地写意成生机勃勃的希冀,他把需要做的事,理好了顺序,满意地站了起来,随手整理了一下服装,环视办公室一周,所有的陈设都在他视线里报到,一切都是那样的整洁有序。又到了下班时间,东山的日头就这样又一次下落,从东山到西山。他忽然意识到还不能结束一天的工作,好像有一种使命在等待他去完成。他不能现在回家去陪伴妻子和女儿。他的时间太紧了,是谁说过:时间就是金钱,也是生命。他需要抓紧时间,尽可能为半山华益工程做好一切准备。想到此,他决定给一位同学打电话。这位同学在半山华益集团虽然没有多大权力,可是他会比较了解半山华益集团内部的一些情况,和他一起吃顿饭,就算是闲聊,也许会有意想不到的收获。

电话拨通了,晓岩笑着和同学闲聊:"哈哈,老同学,好久不见了,怎样?一起吃顿饭,聊会儿,好吗?"

"哈哈,大老板请客呀?难得的兴致,不去,岂不是生分吗?"

晓岩这位同学叫石山,复姓欧阳。欧阳石山在大学期间,与晓岩不在同一个班,但都是一个地方出去的学子,在同乡会上见过几次面,有同学把"石山"喊成了"十三",意思为"十三点",而他却总是乐哈哈地接受这样的昵称。"十三点"究竟缘何而来,晓岩不得而知,他也懒得去打听这样的八卦。在晓岩的眼里,欧阳石山总带点儿腼腆相,遇到隆重场合,说话容易脸红。因此,也有同学调侃叫他"十三妹"。这些称谓总起来给晓岩一个印象:欧阳石山是一个性格温和,脾气好,甚至有点儿软弱的人。那个一开始喊他"十三点"的同学,有点儿欺软的味道。后来在同乡会见过几次面后,才知道这个欧阳石山有点儿多事,总喜欢在同乡之间制造一些"背靠背"的话题。就有同学在石山的谐音后面加了"点"字。"十三点"的名号,就这样落在了欧阳石山的名下。知道了这一切,晓岩从内心有点儿反感,所以从不主动与他接近。

欧阳石山毕业分到半山华益集团基地工作,由于文笔独到,第三年就做了公司领导的秘书。他给领导撰写的檄文总能挠到领导者的痒处,调到秘书科,两年工夫,升任了秘书科科长。如今十几年如一日,石山熬白了少年头,伺候了几任领导升迁或者退休。此君,依然如故,仍然做他的秘书科科长。

通完电话,半个时辰后,他们在一家陕北特色的饭庄碰面了。见面晓岩兴奋地叫了一声:"石山!"接着高举起有力的手掌,重重地和石山的手掌击在一起,说,"呵呵,这家伙,还是老样子啊!一副儒雅气质……"

石山嘿嘿笑笑,说:"做了大老板,依然记得同窗情谊,感动啊!"石山笑着,向晓岩调侃。

他们找了一个靠窗的位置坐下。

一位服务生面带微笑:"两位好!"熟练地倒上茶水,另一位服务生带着款款笑意递了菜单,说:"请二位点菜。"

服务生说着把菜单轻轻展开在晓岩面前。晓岩随手把那色彩诱人的菜单推给石山,说:"石山,你来,别客气,想吃什么,只管点。"

石山谦让道:"还是老板来吧……"说着,把菜单推到晓岩面前。

晓岩展开菜单翻看了几页,问:"你们这儿的特色菜是什么?"晓岩示意服务生介绍一下。

"红烧羊排不错,可以品尝一下,"服务生说着拿了计数器准备记录。

"好,算一个。还有呢?"服务生连着说了几个,晓岩有选择地点了几样。服务生看看手里的计数器,说:"两位先生,我们这里的凉菜可以拼盘,你们人少,点多了,也是浪费。"

晓岩暗自钦佩饭庄的服务理念,暗自为这个训练有素、做事温情周到的服务生叫好。他点了四份热菜、两个凉菜拼盘。欧阳石山一个劲儿地说:"太多了,我们两个哪里吃得了这么多啊?"

"没事儿,一共六个盘子,取六六大顺之意,喝点儿什么?"

"随意吧,我喝酒不行了,这些年什么没捞着,就是喝坏了胃。"

"我也不能喝了,不过老同学见面,总得喝点儿吧!"

晓岩要了一瓶经典杜康。两个多年不见的老同学,开始推杯换盏地喝了起来。几杯酒下肚,晓岩略述感慨:"一晃十几年了,校园里的往事恍然如昨啊!可是,我们都已是年届不惑,除了为生存奔波忙碌,好像没别的事了。想想,还是学生时代,激情、诗意、浪漫,充满幻想。现在的我们,肩上都压着生存的担子,累啊!来,喝——"

晓岩说着,端起酒杯与石山碰杯。

石山也端起酒杯与晓岩碰,他不由得慨叹:"是啊,咱们那一届,如今只有俺混得……唉!不说也罢……喝酒。"石山头一仰,干了杯中酒。

"老弟,不是哥为你抱不平啊!以你的才干,早应该……咱们那学友谁不羡慕你啊,副厅级老总的秘书……"晓岩本来是想说,早该提了,十年如一日的科级,老在那些当官儿的手下当"枪手"。搁谁,谁都会觉得干着没劲儿了。

晓岩的话勾起了石山的痛楚。他禁不住暗自叫苦:"是呀,这么多年了。有多少跟着领导干的秘书,都一茬接一茬地被提拔了。唯独我欧阳石山是个例外的例外。"

石山的伤感岂止是在心头萦绕,那是深入骨髓的痛与悲!男人谁不想在仕途上有一番作为!这是学而优则仕几千年留下的传统思想。不想当将军的士兵,不是好士兵。石山又怎会在秘书的位置上十几年,不思进取呢?石山端着酒杯的手轻轻地抖了一下,悲凉地笑笑:"哈哈,喝,对酒当歌,人生几何?"这个曾经被同学看成不温不火、温文尔雅的"十三点",也要对酒当歌了。然而,经典杜康怎能解除他心底的痛和忧:"唉,兄弟这辈子,也就是当'枪手'的命了。"

晓岩见石山一杯一杯地给自己灌酒,忽然意识到,得把话拉到正题上了,他说:"其实老兄混得已经不错了,只是你起点高,对自己要求也高,常言道'知足者常乐'。有些事儿不能太较真儿的。在一个大企业,能干到老兄这样,已经不错了。有多少人羡慕还来不及呢!听说你们单位要搬家了?"

"是的,是啊,是一项'迁都'工程,也是劳民伤财的工程。"

石山只是说了不痛不痒的一句,就省略了。晓岩在心里嘀咕:"真是士别三日,当刮目相看了!没承想,他这么多年秘书当下来,竟然懂得节约语言了,到底是跟着领导混得多了。"晓岩再次拿起酒瓶给石山斟上酒,也给自己添了一些,举起杯子道:"老同学,为了咱哥们的友谊,来,干了这杯。"两人举起酒杯,一气儿干了。晓岩与石山干了酒,再次把话题引向半山华益工程:"老兄说的也是,一个大型企业,搬迁一次办公基地,对一个企业而言,就是'迁都'工程,是要花费一定的银子。也许决策者有他们的想法,都信息时代了,时代的发展,城市化情结越来越浓。就连小孩子上学,大家也都在往城里送呢。这也是一种时代特征吧!大家都追求便捷的生活、环境的优美。'迁都'也是企业发展的需要,可以理解啊!"

"哈哈,老兄,你怎么跟我们领导的口气一样啊!可是据我所知,这次'迁都'下面的生产单位就有诸多不同看法儿。但这是领导层的决策,也是一个企业的发展策略,市里已经批了。"石山笑着继续说,"领导决策了的事情,下面反对也没用,你、你说呢?老兄。"石山喝得已经有点儿晕乎了,话也渐渐地多了起来。

晓岩再次给石山斟酒,两人同饮至酒酣微醺,直到将近十点,他们才结束这顿晚餐。石山已经喝得懵懵懂懂了,晓岩也有点儿头重脚轻,无法自己驾车回家,就向饭庄服务生叫了出租,先送石山回家。

晓岩回到家的时候,已经是夜间十一点多了。格格已经睡熟。静梅捧了一本李佩甫的小说《等等灵魂》斜倚在床头,正读得有味儿。这是一部商战长篇小说,小说以转业军人任秋风和商学院毕业生被称为"三枝花"的上官云霓、江雪、陶小桃等人物,在商海中的沉浮为主线,以他们在商海的奋斗史为载体,描写了人在权力和欲望的纷争中,所必然遭受的悲剧命运。书中主人公的命运令她忧伤不已,静梅第一次读这本书是在几年前了,她曾经为小说主人公不止一次落泪。这次重读,依然进入角色,泪水不自觉地漫过面颊,滴落在衣襟上。泪湿的脸庞,如梨花带雨,显得格外动人。晓岩拿钥匙开门的声音,也没有惊扰她沉浸在书中的意念。

晓岩见妻子双手捧着一本书在感伤,问:"梅,又进入角色了?"静梅猛一激灵,这才发现晓岩回家,不好意思地笑笑,感叹道:"是啊,明知道是小说,但就是要流泪,实在太感人了。"

"看书人流泪,替书中人担忧啊!"晓岩说着,走到床前,微笑着,凝神看着女儿。

静梅放下书本,说:"喝多了吧?先躺下歇会儿,我弄点儿醒酒汤去。"她到客厅,倒了杯温水,放上蜂蜜,端到晓岩面前,说,"先喝了,休息一会儿。"

"格格睡的时候还念叨爸爸呐!说爸爸怎么还不回家呢?我说格格先睡,爸爸不喜欢格格睡得晚。

"她却很认真地说:'妈妈,等爸爸回来了,叫我啊!我要跟爸爸说点儿事。'"

"呵呵,这丫头,像个大人似的。"

"是呀，才多大的孩子，竟说些大人话。我笑着答应她：好啊，格格有事跟爸爸说呀，那妈妈得记着了。"

"这孩子，真叫人怜爱啊，我陪孩子的时间太少了。唉——等忙完这阵子，得好好陪孩子玩儿天，还有她妈妈。"晓岩说着，伸出臂膀揽静梅入怀，一个热烈的吻印上静梅的唇。静梅红了面颊，矜持而羞涩地迎合着晓岩，一双丹凤眼满含了柔情蜜意。

"我去弄热水，你得洗洗。"静梅柔软的声音，让晓岩醉得更深了。

恩爱夫妻在蜜意中，是没有时间概念的，夜虽然是深了，但他们并没有一丝睡意。

"今天和我同学喝酒了。我这个同学啊，干了十几年秘书了。如今干得一肚子怨气。他说这次半山华益集团搬进市里办公，是一项劳民伤财的'迁都'工程。十几年下来，他在秘书的位置上，没有挪窝，也真不容易啊！有多少人都是从秘书位子上提拔起来的。也难怪他牢骚满腹、凄凄艾艾，时而怨妇似的，时而又含着一股火药味儿。"

"是啊，也真够可怜的。你当时在国营干了四五年就炒了老板的鱿鱼。领导干部都是三五年换一任，竟然没有一位领导发发慈悲，给他换个地儿，搁谁都会烦啊！要我，早辞职了。"晓岩环抱住静梅，轻抚她柔软的发丝，屋里充满了幸福与甜蜜。

"今晚跟他喝酒，主要是为了半山华益工程的事儿，这个周末抽时间再和史全林钓一次鱼，要尽快把半山华益工程投标的事情弄出名目来。只要半山华益工程一到手，老夫就可以稍微缓口气了。"

晓岩拥住静梅，握住她白皙柔滑的素手，说着他的远景规划，那眼神放射着幸福与期待的光晕。

"老家建学校的事儿怎样了？"静梅关切地问。

"上星期已经开工了，前期资金五十万已经到位……"晓岩脸上挂满了喜悦，那是实现了一种理想的幸福和快乐。

"说起学校，我就想起陈婶了，老人家太可怜了。在我们老家都叫那样的病为'失心疯'，是无法治愈的魔怔。"静梅沉沉地说着，一只手在晓岩的手背上抚摸着。

"是啊，陈婶年轻的时候，在村里是数一数二的要强女人。唉，好人命苦啊！我们得对老人好一点，陈婶对我就像亲生儿子一样。小时候跟陈铸一起玩，陈铸有什么好吃的，也会有我一份。现在每次回老家，看见陈婶那样，我的心就会刺痛，眼睛就酸酸地想流泪。尤其受不了她把我当成陈铸，柱儿、柱儿地叫我。我心里就特别压抑、难受。有一次我真忍不住了，扑到她怀里，喊她妈妈……"一股酸涩的潮涌来，泪水再次迷蒙了晓岩的眼睛。

"你做得对，以后我们多回去看看她老人家，让老人家感受到人间的温暖。你也要学会爱惜自己啊！工作干不完，钱挣不完，名利都是身外物，唯独身体是自己的。"

"老婆放心，老夫壮实得很呢！"晓岩说着，握住拳头，舒展臂膀，在伸屈中展示他的壮硕。随之，做了调皮的小动作，带电的眼神看着静梅。静梅见老公如此善解人意，刹那一股温馨之潮在身体里涌动，两朵红晕漫上了美丽的面颊，那是只有娇妻才会有的专利，是女人既害羞又幸福的时候，脸颊才会有的红晕，晓岩叫它"女儿红"。

晓岩拥着静梅，一手抚摸着爱妻丝般柔滑的秀发，说："等忙过这阵儿，咱一家三口出去玩几天，好好度个假。"

"嗯，我替格格记下了。看你这位大忙人什么时候兑现？"

周六清晨，晓岩带上给史全林备的超万元价值的渔具，换了他平时在城里不开的丰田霸道越野车，专程接了史全林，直达水库。每逢周末，这儿注定是不会清静的，那些忙了一个礼拜的垂钓爱好者，都提前来这里选好了方位，撑好遮阳伞，架好钓竿，摆好位子，静心坐在那里，沐浴着晨曦里的温润之风和晨露的湿润，拂轻风，观绿水。人静，心静，环境静。正因为这清静，人们才纷纷前来叨扰，直至这一隅清静圣地，不知何时起，已是钓者纷纭了。晓岩和史全林为了能有一隅理想的钓台，起大早赶来抢占地盘。他们抵达的时候，东方才刚刚漏出鱼肚白。黎明时分，这儿的一切似乎还沉浸在夜未消尽的宁静之中。这是他们最心仪、最享受的时刻。

晨曦里的水库还在夜的甘霖里滋润着。周围的树木花草刚刚睁开惺忪的睡眼，带着几分慵懒和娇态，显得分外媚人；那些喜水的鹭鸟，婉转地歌唱晨曦里的青翠；微风过处，水面上如绿绸轻荡，层层涟漪，如美少妇翠绿的裙裾，荡着，飘着。晓岩和史全林并肩站在坝面上，远眺青山绿水。他们屏住呼吸，静静地享受大自然的恩赐；那挺拔的站姿，凝眸的神韵，右手很自然地放在腰与胯之间，微弯的肘部显得很有力度；打远处看去，像极了两尊智慧与思想相得益彰的雕塑。

欣赏这样醉人的自然风光，是不宜太久的。太久了，人的心智就会被那天籁般的纯净钝化，整个心魂就会融入绿水碧波、青翠山林的深处；人一旦遁入那空灵般的境界，凡尘的喧嚣与俗念，还怎么理得清、回得来！一个是吃皇粮的处长，一个是做私企的老板，他们都是为名利而往的肉身凡胎，怎能在这空灵迷离的仙境常待！

"老兄，走。先去占领高地。"晓岩一语惊醒梦中人。

他们回到车上搬了渔具，挑选一隅仙台琼阁。晓岩三下五除二，手脚利索地帮着史全林把遮阳伞、椅子、钓竿等一应物品，摆放齐整，然后再如法炮制，把自己的钓具，也如此这般地规整完毕。

这是一场静无声息的战斗，比的就是静，静坐，静候，静静地等候。

垂钓从这里开始。晓岩非常清楚他这次奉陪史全林垂钓的使命。此钓，并非姜太公之钓，愿者上钩。他暗暗给自己鼓劲，在这青山绿水的圣灵之地，必须借此机会，向史全林讲明利害，对半山华益工程他是势在必得。但这样的谈话又不能够不看时间、不看脸色地随时张口。比如那人正一门心思地盯着鱼儿咬钩，他是绝对不能够多言的。

中午的慰劳品是叫花鸡、熟牛肉、啤酒等适合野餐的干粮。晓岩选在了午餐时间，他要在这样一个休闲时间里，向史全林陈述此次半山华益工程对自己的重要意义。

第三十章 胜负

从矿上考察回绿藤市的路上,晓岩把在李兆军煤矿的所见所闻排列在脑际的屏幕上,筛选出一道道思考题,从中找出决策的依据。他觉得无论怎样,几个人需要在一起讨论一下,互通想法。想到此,他向易程和两个工程师道:"咱们趁锅炒菜,把考察的情况讨论一下吧。"

这正是易程想要的效果。他立即附和,说:"可中,就是,无论怎样,议出个结果来。"

"那咱们就回到绿藤市,先开个小会,讨论一下。"

晓岩、易程、张卫东、刘矿生他们来到晓岩的"阳光"会议室,几个人坐定之后,晓岩先做了开场白,他说:"今天到矿上考察的每个人都有发言权,尤其是两位工程师,你们的意见将是决定这次投资的重要依据。说得严重点儿,这次决策是关系到公司前途命运的大事,我们都要慎重对待。"

"干煤矿我是外行,我主要是听听崔总和两位工程师的意见。"易程说了这句话后,静静地坐着,等待其他人的发言。

张卫东和刘矿生两位工程师分别说了自己的看法。最后一致认为:

兆军煤矿资源储藏丰富，地质条件比较优越，属于低水位、低瓦斯区域，煤矿的基础条件基本可以，如果投资再铺设一条主巷道，扩展新的工作面，产量扩大到三十万吨以上不成问题，这样就大大超过了政府规定的小煤矿最低产量限额，在这次关停并转的"整合"中保存下来，那是板上钉钉的事情。

这样大方向就定了下来。剩下的就是资金和派驻人员等具体操作的事了。晓岩说："是投资，还是借贷，当然还要进一步协商。如果投资，咱们派两个人，一个做生产管理，一个做后勤管理。当然这也是双方的，我们派去的人只是起到参与和协助的作用。若是借贷，那就是把钱打给他们，我们按时拿利息，到了签约的期限，回收资金就得了。"晓岩说完，把目光投向张卫东和刘矿生，意思是请他们说说看法。

在议论这个话题的时候，张卫东和刘矿生两位工程师的意见都是投资，理由是：做煤矿，利润确实可观，根据兆军煤矿的自然条件，只要管理不出漏洞，实现安全生产，钞票可不止超出借贷利率的三两倍。

晓岩他们算了一笔账：按照贷给他们三百万元计算，利率是多少，如果按照投资，年产达到三十万顿的话，利润是多少。分红比例肯定要远远高于借贷利率。

到这个时候，易程觉得自己的功德基本圆满，也就不多说话，不强调自己的意见，反正他的目的就是帮助林怡怡解决矿上改扩建的资金问题。事情进展到这样的程度，对他来说，无论投资、借贷，都是一个样儿，他所求的就是帮助林怡怡渡过难关。想到此，易程表态说："两个方案各有特色，我都没意见。在煤矿的管理上我也说不出一二三来，我尊重大家的意见。"

关于兆军煤矿的事，最终他们形成决议：以投资形式参股，派去一个工程师、一位懂财务的管理者和一名营销人员驻矿，协助并参与生产管理、后勤财务、营销经营等管理工作。另外，也商量了合资以后，煤矿的名称问题,并由易程负责,给李兆军矿长联系,将具体方案传达过去,再决定下一步的进展。

散会以后,易程第一时间给林怡怡打了电话,告诉她考察的结果。当然也包括派驻管理人员的决定,关于投入资金的数额等事项。易程都一一说清楚了。最后又说:"你们商量一下,如果同意,咱们抽个时间坐一起谈谈。"

这个结果当然是林怡怡所期盼的。她接了易程的电话,精神振奋地说:"这没问题,你们拿出那么多资金,当然有参与管理的资格,就按照你们提出的要求实行。你们那边只要方便,这边明天就可以过去,实施下一步的工作。"

"这个不忙,得先和崔总沟通之后再定。怡怡……"易程接着和怡怡说了几句情人间的悄悄话。

易程做了中间的传声筒,给晓岩沟通之后,于第三天,林怡怡、李兆军和一名财会人员来宝仓城协商办理投资具体事宜。晓岩通知了刘矿生工程师,和准备派去做协助管理工作的张子涵同去宝仓城怡馨园。张子涵毕业于财经学院企业管理专业。他在一家国有煤矿做财务管理工作多年,那个煤矿由于资源枯竭而破产,他办理了提前退休,是史全林介绍来的。在晓岩的公司做一些行政管理,一直没有合适的位置给他,碍于史全林的面子,又不得不留着。这次合资成功,正好把刘矿生、张子涵派去。

这天,在"怡馨园",双方举行了简单的签约仪式。合约上规定三百九十万元资金在两个月内分批到账。关于三百九十万的数字,晓岩还特别说明:"三和九是吉利数字,老子在《道德经》中,主张'道生一,一生二,二生三,三生万物'之说,九在十个数字中最大,长者为尊吗!哈哈,也许你们会说这是迷信,但我和易总都信这个。既然潜意识里有这种想法,那就照着去做,尽管那只是精神层面上的说法。但我们做企业的，要的就是自信加乐观，有了自信和乐观精神，才能处事宁静和坦然。"

晓岩一席道法自然的解释，在场的人都感到惊诧和赞叹。晓岩话音刚落，怡怡就带头鼓掌，在场的人都鼓起了掌，掌声持续了十几秒钟。晓岩不好意思地笑笑，说："大家见笑了，我这也是自个琢磨的，说出来，供大家参考。"

怡怡听完晓岩"三和九"的说法，心中暗道："一个四十岁的年轻人，竟然把生命、万物、道法合一运用于企业决策，有意思。这也许就是命运之说吧！"

最后他们研究制定了股份制管理、分红方案等具体操作规程。

晓岩道："先让刘工和老张他们回去准备一下，就在两三天内去矿上报到。"

李兆军和林怡怡执意请大家在宝仓城最高档的"金港大酒店"庆祝。晓岩和易程则认为是到了自家的地盘，他们应该尽地主之谊，应该他们两个请客才对。林怡怡说："你们是在帮我们，理应我们请的。"

晓岩和易程都表示：下次再来了，我们绝不会再争了，就等着你们请呢！

席间，大家举杯同祝合作愉快！怡怡端着酒杯很是活跃，给每人都敬了酒，不觉间自己也喝得两颊绯红，瞳孔发亮，杏眼迷离。这使喝了几杯酒的易程看得愈发心动，他频频地叫道："怡怡，老同学，今后我们要好好合作。"

庆祝宴之后，怡怡安排矿上财务人员留下，和这边财务上协商办理转账事宜，她和丈夫李兆军开车回了矿上。

晓岩内外兼修的策略一向效果显著，这次的半山华益工程也不例外。有史全林在半山华益集团的实力做后盾，晓岩新改建的"阳光装饰公司"，力战群雄，从多家投标者中杀出重围，受到"皇家钦点"。他们近水楼台先得月,终于占领了半山华益工程这块高地。得到成功的消息时,是在一个周末。忙碌了一周,礼拜五晚上,晓岩回到家里,洗漱完毕,他怎么也静不下心来休息,总是惦念着半山华益工程的事。因为决策的时候到了,他想给史全林打电话问,又觉得不妥。但他一直在牵挂半山华益工程的事情,想象着半山华益工程投标时的紧张激烈程度,他再次拨通了史全林的电话:"老兄,这两天忙吗?啥时候出去玩玩?"

史全林理解"出去"的内涵,无非是钓鱼:"嗯,还可以,礼拜天吧,后天。对了,我正准备给你打电话呢,半山华益工程定了,你做好准备,好好干!"

"是吗?呵呵,我就知道老兄会帮我的,这都是老兄的功劳啊!好事、好事。那就后天,咱出去放松一下。"

晓岩与史全林通完电话,那心情,真如沙漠中的行者,长途跋涉中蓦然回首,一隅绿洲,一眼清泉,映入眼眸。他焦渴的五脏六腑都被眼前的绿洲、清泉滋润得甜丝丝,喜滋滋的。他轻轻舒了一口气,笑着说:"苍天不负有心人呀!"说着,双手合十,放在胸前,微闭双目,做祈祷状。

静梅放下手头正翻阅着的一本时装杂志,说:"祝贺,祝贺!"说着去厨房准备开饭,她把已经做好的饭菜端上桌。与以往不同的是,在餐桌上摆了三个玻璃酒杯,一瓶干红,一瓶橙汁。

开饭了。一家三口围餐桌坐下,她把两个杯子斟上红酒,给格格倒上橙汁。他们端起酒杯,叫格格也端起杯子:"格格,爸爸的工作进展顺利。来,为爸爸祝贺!"

"祝贺!"

他们三口人,三个杯子碰到一起的时候,那红酒、那橙汁,像三枝水晶花朵,色彩柔软温润,格格的杯子色彩更稚嫩,正如那两枝晶莹花朵的繁衍与生命的延续。色泽柔美得令人怜爱、欣喜,那发自内心的欣悦,犹如甘醇的乳浆,浇灌着甜美而幸福的一家三口的生活。

晓岩端起酒杯,深情地凝视静梅,说:"梅,我敬你一杯,谢谢你的理解支持,为理解支持干杯!"晓岩一气儿干了。静梅端了酒杯,在犹豫……当晓岩一气儿饮完时,一股真、一腔情,随那喝酒的气势弥漫到了她的周遭,浸透了她的心扉,她的眼眶里似有泪光在闪烁。她默默地给晓岩斟上酒,说:"岩,少喝点儿,别喝太猛了,这是在自己家里,随意就行。"

"嗯,我今晚特别高兴啊!"说着,他再次端起酒杯,感触地说,"梅,我敬你!"说着,又要喝完。静梅急忙伸手阻止道:"好了,意思到了就行。格格,和爸爸一起喝。"一家三口再次端起杯子,碰杯。

一家人温馨地围坐一桌,饭菜虽然简单,亲情却是浓到了化不开。

晓岩心中涌满了甜蜜的味道,不知如何形容。他端起酒杯,说:"来,格格,爸爸祝格格快乐成长,学习好,玩得也好!"

格格也学着爸爸的模样端起杯子,说:"谢谢爸爸,祝贺爸爸,爸爸辛苦了!"

晓岩感动得眼底涌出泪水:"哈哈,还是我女儿乖,知道心疼爸爸了。来,格格随意,爸爸干了!"晓岩端着杯子,跟格格碰杯,一饮而尽。格格圆睁杏目:"爸爸慢点儿喝啊!"

"是啊,喝酒的时候悠着点儿,格格都说了,慢点儿喝,是不是?我们的女儿多懂事啊!"静梅自豪地看着父女俩,眼角的笑灌满了蜜意。

晚饭过后,静梅收拾碗筷,格格在客厅看少儿频道节目。晓岩喜欢看体育频道,了解体育信息,看球赛更是他休闲时的最爱。当他起身正要走进卧室,准备躺在床上看一会儿电视时,格格仰着小脸,端正地坐在那里一声不响,女儿小精灵一样灵动聪慧,小天使般美丽善良,父爱的热望忽然涌来,晓岩忽然觉得应该陪着女儿一起看动画。他坐在电视机前和格格一起看电视,享受着童年没有过的享受。这一刻,他忽然发现自己的心底里原来却依然沉睡着一份童真,那童真就在父爱的深层里,以父爱的名义苏醒了。

静梅从厨房出来,见父女俩在那儿静静地欣赏动画片,笑笑说:"呵呵,幸福的父女俩,我也要加入。"说着,坐在晓岩身边。

晓岩看看静梅,说:"咱明天回老家看看好吗?学校的事开工也有一段时间了,得招呼一下,再看看陈婶儿。"

周六上午,他们一家三口先到超市给父亲和陈婶买了老年奶粉、糕点、水果等礼物,又到药房为他们每人买了一瓶钙片。礼物准备齐全后,晓岩开车带妻子和女儿回老家,是探亲,也是工作。

建校的事情是由一家工程公司承建的,由梁思忠三天两头到现场监督,他本身是设计者,对各个环节非常清楚,有问题容易发现和纠正。工程进展得十分顺利,主体已经基本落成。晓岩要做的就是把后续资金及时补充到位。

晓岩父亲崔老大依然很健康,老伴去世后,老人太孤独了,和儿子说话的时候,总会想起老伴。提起老伴,眼底常常会有泪水在眼眶里打转,眼眸的辉光总是映着无限的思念、悲伤和无奈放射出来。父亲的情绪常常感染着晓岩思母的情愫。每当这时,晓岩的眼圈就会红红的,有泪浸透了眼帘,他总会找点儿借口走开,慢慢地把泪水咽回肚里,抑或躲在父亲看不见的地方暗自流泪。

父亲跟晓岩一样,常常把溢出眼底的泪水逼回去,他们都心照不宣——不希望对方看到自己的眼泪。

陈婶还是老样子,她总是把晓岩当成自己的儿子陈铸。这让晓岩和静梅倍感心酸。就因为陈婶儿总是在不经意间,准确地说,是在心智不清的时候,重复着那个令人伤感的悲惨故事。听着那悲惨的故事,晓岩联想起自己从小玩到大的伙伴陈铸惨死的一幕。每当这时候,晓岩会不由自主地落泪。

他们带女儿格格回家的日子,就是父亲崔老大的节日。这一日,晓岩再次回到家,崔老大高兴得满脸堆笑,像绽放的菊花。他在和儿子孙女亲热过后,就带着孙女格格,在村子里转,逢人就打招呼,人家只要一站下来给他说话,他就立马介绍:"这是俺孙女儿。格格,快叫大伯……"再遇见了村里乡亲,他依然打招呼,依然教格格叫人:"格格,这是婶婶,快叫啊……"

崔老大很想让儿子在家里住一宿,但他知道不可能。他并不开口要求,只是在傍晚他们回城的时候,他的眼里全是不舍和依恋地送晓岩一家三口。晓岩一遍遍地催父亲回去,不要再送了。可是父亲执意要看着他们的车子驶出村子。

晓岩打开车玻璃向父亲招手告别:"爹——回去吧。"

看着父亲恋恋不舍地站在那里,晓岩的眼圈又红了,忍住满眼的不舍,满腹的依恋,慢悠悠地上路。

父亲站在那里,望着,望着。晓岩他们走远了,车子隐没在路的遥远处,崔老大依然望着儿子远去的方向愣神,留恋。好像要从那条承载过儿子轿车的路上,感受到儿子和孙女的温度一般。恋着那段马路,望着那已经看不见晓岩行踪的方向。也许老人的心灵深处,能够感受到儿女们的气息吧!不然他怎会站得那么有滋有味儿呢!

然而,晓岩有他自己的生活,更有他自己的追求。工作和应酬使他顾不了父子情深。礼拜天,他要开着那辆霸道越野车接史全林一起去钓鱼,黎明前就得出发,他得做好准备。生存永远是第一位的,个人要生存,公司要生存。生存需要他放弃很多,很多。

煤矿改扩建结束后,正式开始投产。

矿名由原来的"兆军煤矿"更名为"兆林煤业集团股份有限公司"。李兆军和林怡怡对于新公司的名称非常满意。因为一是保留了原来的第一个字——兆,二是"林"字正好是林怡怡的姓,林怡怡的虚荣心大大地满足了一把。通过这次组建，煤矿冠以"集团"二字，以证明企业实力雄厚，也意味着进一步扩大规模的可能。另一个原因，以集团的名义，也使大家的责任心加强一些。晓岩和易程之所以同意这个名字，主要因为取其意义，再就是旗帜高了目标远大，容易招兵买马。这次改建后，矿井设计生产目标：年产三十万吨。实际上可能会达到四十万吨左右，这样算来，煤矿改建之后，干一年，就等于之前干四年的产量。别说李兆军和林怡怡高兴，就是晓岩和易程，也是每天阳光明媚的模样，头顶的天空总是风轻云淡，前路充满了诱惑与辉煌。

矿井改建生产达标之后，他们专门看了一个黄道吉日，大摆宴席，庆贺矿井改扩建成功。这天，晓岩和易程都到矿上庆贺。隆重邀请了市级、县级等煤炭管理局的领导，以及镇政府主管工业的副镇长、矿管委等一干人为贵宾。之所以隆重，是因为邀请另有文章，每一个被邀请者，根据级别和权限范围，都有各不相同的礼物奉送。

剪彩仪式由军乐队捧场，举行得隆重而热烈，庆贺仪式结束后，宴请客人。酒宴比晓岩他们来考察时更加丰盛。宴会上敬酒、谦让、寒暄，一阵阵兴奋和调侃，一轮轮推杯换盏过后，大家纷纷离席。送走客人，剩下晓岩、易程、李兆军、林怡怡等几个核心人物，在一起闲聊。晓岩建议："今天的仪式搞得不错，易总我们两个很少来矿上，不如借此机会，召开一次中层以上班子会议。一是鼓鼓士气，二是强调一下管理上的执行力问题，三是跟兄弟们见见面，认识一下。"

李兆军咳了两声，说道："崔总说得对，这是个绝好的机会。毕竟我们还没有召开过合作双方的中层会议，大家趁此机会认识一下，也是件好事儿。只是在之前，想到今天来的客人多，会很忙，就没安排会议。这样冷不丁地通知，中层管理者都忙于业务，估计通知不齐。"李兆军不愧是小官僚家庭出身，坚持己见，拒绝建议的方法，也是超级水准。

晓岩的建议被温柔地拒绝，心中有点儿不悦。但想想也是，一个三班倒的生产企业，要想召开会议，是得提前一天通知才能够让下班的人有所准备。想到此，晓岩便有些释怀，说："哈哈，那就以后有机会再说吧。不过，管理一个企业，一定得狠抓执行力，制度规章有了，执行力上不去，企业就很难做好。这一点上，老兄可能比小弟做得更好。做煤矿，安全大于天啊！老兄一定抓好中层，中层抓好基层，班组长、工人，每一个环节，都是关键。"

晓岩究竟是不放心，还是有什么预感？他和易程、李兆军、林怡怡聊了一些管理和生产上的事情，也聊了一些人生、命运、故事、幽默和笑话，无论话题跑得有多远，在晓岩看来，轴心只有一个：抓好执行力——做好管理，安全生产。

李兆军体会到了晓岩的良苦用心，感激地说："谢谢崔总的支持和帮助，兆林集团的发展，都是仰仗二位的关照，今后还望崔总和易总多多费心了。尤其在管理上多帮助我们改进，两位都是做大事业的成功者。老哥虽然虚长两岁，但还要向二位学习啊！"

易程忍不住说："不行、不行，我是门外汉，只有学习的份儿。"

晓岩感叹道："嗨，也不要你谦我让的不好意思，大家都出主意，共同把矿搞好，才是我们的目的。别的也没什么，就不多耽搁了，回去还有好多事儿。"晓岩说着，望向易程，"你呢？"

"一起走吧，我也回去，这段时间很忙。"

煤矿投产运转了一段时间，生产和销售都已进入轨道运行状态，确实如他们所料，利润优势凸显。这时候易程想再派一名管理人员参与煤矿工作。在征得了林怡怡和李兆军的同意后，又向晓岩征求意见："晓岩，这段时间，我一直在想一件事。矿上的摊子越来越大了，我们是否再增派一个管理人员过去？"

晓岩一时没弄明白易程的意思，犹豫着说："这事，我还真没想过呢。

真要再派人,也得有个靠谱的。得给李矿长他们沟通一下,你看呢?"

实际上易程已经胸有成竹,只要晓岩点头,他马上就可以往下进行。但他还是顺着晓岩的意思往下说:"那是那是,我意思先给你说一下,我们先统一下意见。"

"这个,也没什么不可以,只是要征求李兆军他们的意见。再说了,一时半会儿也没合适的人选啊!"晓岩是把易程的意见踢回给易程了。

易程说:"好的,我跟他们沟通一下,同意的话,我手头倒是有个现成的人选。"

后来,易程的一个表弟去了矿上协助管理销售。

易程隔三岔五到矿上关照一下,一方面是挂念那里的生产,另外也是因为怡怡的缘故,有时候怡怡也借故公事来看望易程。在相当一段时间里,易程和怡怡来往非常频繁。自从煤矿合资的事成功以后,易程和怡怡的关系也日趋白热化。两个人似乎再次进入了热恋之中,常常是电话、短信频繁交流。大有一日不见如隔三秋的思恋与缠绵。这使本来就敏感的赵文雅更加怀疑易程,在她的潜意识里总觉得他们的婚姻前路迷茫。尽管斌斌那次劫难之后,她已经请了长假在家里做专职妈妈,细心照顾孩子。斌斌的情况一天天好转,早已恢复到正常状态。易程的事业也是蒸蒸日上。可是赵文雅总感到有一双无形的手在隐秘处,释放着毒气,不定哪天,她和易程的婚姻就会被那毒气杀害。

兴源地产公司与晓岩的阳光装饰公司,账目也按照预先的协定划拨清楚。晓岩和易程的合作关系,又进入一个新的合作期。两个人都很理解对方,做事互相照顾到各自的心情。"怡馨园"的销售虽然大不如前几年火爆,但依然是慢牛走势,维持正常运转可谓轻松自如。三期工程竣工,也带来了一笔预想中的利润。

晓岩的半山华益工程也如所愿,在晓岩内外兼修铺展的轨道上,一步一个脚印地走向成功。合同签订之后,公司上下更是进入了战斗一般的忙碌状态。按照规定的工期、质量，他们需要精打细算，满负荷运转，采取工人休息、工地不休息的手段才能按期完成任务。晓岩天天不是盯着材料，就是盯着工程。虽然有刘建业在那儿顶着，但他总觉得需要亲力亲为。一是给他们鼓劲，二是自己也好放心一些。

晓岩老家崔寨村的建校的事由梁思忠主抓，晓岩隔三岔五地回去看一次，校舍内装修已经完工，暑假之后，新学年，孩子们就可以走进新校舍，开始新功课的学习了。学校顺利建成，晓岩心情很好，晓岩父亲崔老大，心里更是跟灌了蜜似的，甜滋滋的。他走路总是精神十足的模样，动不动就哼唱小调，见了街坊邻居，大老远就打招呼，满脸的喜庆如阳光般灿烂。

这天早上，晓岩和往日一样，早餐过后，重复着程序化的上班前的准备。不同的是，这一天是个极其特别的日子。一是他和静梅结婚十周年纪念日。有一种说法："结婚十年为锡婚，婚姻就像锡制作的容器，柔韧有度，不易碎裂。"前几天他就想好了，一定要好好庆祝。二是公司转型后承接的半山华益工程顺利竣工，今天验收。半山华益集团为此宴请了市里的领导参加庆贺，集团在这样的日子，安排晓岩参加，言外之意，也是给他一个面子，以扩大他的社交圈。晓岩心里明白，是史全林的有意而为。

正当晓岩穿戴整齐、准备出发的时候，想到十年婚姻生活，坎坷曲折的历程。如今，总算事业有成，这与静梅的支持和理解分不开，他忽然有种冲动，俯身吻了静梅，没想到女儿格格也赶着趟地来争，他抱起格格吻了女儿左右脸颊。说："梅，晚上我们出去吃饭，庆祝结婚十年。"

晓岩开车到公司后。韩颖照常已经把文件夹放到了他的老板桌上，那是各个部门前一天汇报的工作进展情况。晓岩一页一页地仔细翻看，看完了这些资料，他正在思考下一步工作策略。此时，韩颖来到晓岩办公室，说："崔总，今天是半山华益集团验收的日子，我们去几个人啊？"

"嗯，真是不巧啊！秋平休假，三个吧，通知建业我们三个人去吧。"晓岩略一思索道。

晓岩看完文件，韩颖这个秘书兼办公室主任已经安排好了去半山华益集团的车和人员，韩颖专门安排了身兼多职的司机照顾晓岩。因为参加活动，一是为了讲究面子，二也是为了喝酒后不能开车。安排一个兼顾后勤和司机两样工作的年轻人，在需要的时候，为他当一回驾驶员。

半山华益工程验收，是公司的一项重要活动，他当然非常重视。一切安排妥当，晓岩、韩颖、刘建业、司机一行四人出发了。

中午，晓岩在史全林的介绍下，果然与半山华益集团许多实力单位的领导推杯换盏，喝了不少酒。尤其身边不离左右的秘书韩颖，更是招来了不少艳羡的目光。此时此刻，晓岩真真是有些后悔不该准了李秋平的假期，这样的场合，若是秋平在，韩颖也许会轻松许多。可是秋平是父亲去世，又怎能不准假呢！想起李秋平来公司这一两年的表现，又想起她的家境，以及曾经的舞池、酒店、李主任等，一幕幕的画面，影响晓岩的心情，他已经不胜酒力。

韩颖为了给老板挡酒，也着实多喝了几杯。刘建业更是不例外，三个人都喝到了一定的高度，大概喝得最高的就是韩颖。她走路有些飘飘的，面颊红润，眼眸释放着迷离的光晕。回公司的路上，韩颖的话格外多："崔总，今天真是痛快，那儿个酒鬼都被我喝倒了，哈哈……"

晓岩见韩颖是真的醉了，就叫司机把车子直接开到了韩颖居住的楼下。下车的时候，韩颖迷迷糊糊地重复着酒桌上劝酒时的话语，身体东倒西歪，喃喃自语。晓岩不放心韩颖，又不好意思亲自送韩颖回家，在冥冥中，晓岩好像觉得他应该在司机和刘建业面前避嫌。韩颖毕竟是个二十几岁的单身女孩。因此，晓岩就朝司机和刘建业说："建业，你们两个送韩颖回去休息吧，我也是头晕，就在车里不下去了。"然而，在下车的时候，韩颖点名要晓岩送她回宿舍，她说："我今天喝酒，都是为了替崔总喝的,崔总,你总不能一点儿情都不领,送我回宿舍的面子都不给吧?"

晓岩没法儿,只有下车,扶着韩颖朝楼上走,韩颖挣脱晓岩扶着自己的手说:"我……我能行,崔总,你真以为我醉成烂泥了?我可以,我没事儿。哈哈哈……"韩颖说着在前面噔噔噔地走了起来,并回头说:"刘工,你不用来了,你让崔总送我。"

韩颖说完,不管不顾地在前面走着,身体飘飘的,像春风中的杨柳。

晓岩只好紧走几步,跟上了韩颖,他扶着韩颖进了电梯。一进电梯,韩颖就依偎在晓岩的肩上,面容潮红,醉意朦胧。晓岩低头看看韩颖的醉态,有种无法言语的滋味涌上心头。心跳慌乱,他自己都听得到那咚咚咚的心跳声。他的大脑混沌空白,脸烧耳热。

韩颖摇晃着掏出钥匙打开房门,站在门口,摇晃着不肯进去。晓岩推她进了房间,她几乎哭出声来,说:"喝,喝酒,喝……我还要喝。那些个酒囊饭袋们,我要喝,喝死他们。"晓岩无奈地把韩颖扶到床上,说:"你喝的太多了,休息吧。"他弯腰把韩颖的鞋子脱掉,让韩颖躺好,给她倒了一杯水,招呼韩颖喝下去,又扶她躺下。做完这一切,他回身说:"韩颖,你休息,我、我下去了。"

韩颖"呜呜呜"大放悲声,哭了起来。晓岩愣怔地站在那里,不知所措:"韩颖,你、你怎么了……我,你、你怎么了?你……"

韩颖只是哭。

晓岩再倒一杯温水端到韩颖面前,说:"喝点儿水吧。"

韩颖却不管不顾地哭,哭着向晓岩诉说压抑在心底的恋情。她说晓岩铁石心肠,说她暗恋他六年,掏出心肝来暗恋他,他都不多看她一眼……晓岩像是傻了一样,站在那里,听韩颖声声泪、字字情的哭诉。晓岩浑身燥热,像傻子一样杵在那里,完全忘了楼下还有两个人在等着自己。在韩颖的哭诉声中，晓岩的情商一下子涨到了涨停板。而智商却跌到了地平线。他俯下身去，抱住韩颖，不顾一切地把自己温热的唇印在韩颖的额上、脸上、唇上，韩颖的哭诉被那吻阻断……她的身体颤抖了一下，却并没有躲闪，那泪湿的面颊含着咸咸的苦涩的味道，那女儿的羞涩，被酒精燃烧。她终于迎合了晓岩排山倒海一般的热情。他们的身心都被燃烧了，理智、情感都在燃烧。时间凝固在了酒精燃起的烈焰中。火山终于爆发，岩浆升腾而出，跃上了巫山云雨的巅峰……时间在凝固中，分分秒秒，按照固有的规律运行着。

人生混沌的时候，毕竟是暂时的，哭过之后，归于宁静的韩颖，躺在他的怀里，如水样温柔。晓岩睁开惊恐的眼睛，无语。他凝视着韩颖："韩颖，我、我，对不起。我……"韩颖葱茏的玉指轻轻盖住晓岩的唇："不不，岩，无论怎样都是我自愿的，不关你任何事，我……我知道你和嫂子感情好，我、我不会要求你为我做任何事情。"

一阵尴尬和心酸涌上晓岩心头，他说："我，我……我不该这样的，你、你有任何要求都不过分，只是我、我不该这样。"

晓岩忽然记起，早上与静梅有个约定，结婚十年纪念。这时，晓岩的电话响了。是易程打来的。易程的声音急促："晓岩，出事了……"

"什么？你、你说清楚点儿。"

"矿上出事了。"

晓岩的心顿时被一只无形的铁锤击打了一下，接着又被一根钢针刺穿。他几乎窒息："怎么回事啊？严不严重？"

"严重，非常严重。是爆炸……"

晓岩的耳朵轰隆一声震响，如五雷轰顶。

原来是井下火药自燃爆炸，当班的三十多名工人生死不明。

悲戚的灵魂

尾声

静梅牵挂着与晓岩的约定。这一天，她人在办公室，心中始终漫溢着幸福的涟漪，想象着一家三口一起用餐的温馨画面。下午五点，她提前下班。走出办公室，满大街往来如梭的人流车流都是那样的亲切，街上的行人无论熟悉陌生，都朝气蓬勃，面善可亲。无论是匆忙、悠闲，是情侣相携，或是拉家带口，在静梅眼里都是那样的温馨和美好。她满心温暖地走着，心想："也许晓岩还在忙，也或者已经接了格格，正在回家的路上。"她的身心被幸福包围着，眼前与心头全是晓岩和格格的影子。

她拿出手机找到"晓岩"两个字，轻点呼出键，手机没人接听。她猜想着晓岩不接电话的种种可能，她有些心神不宁了。几分钟后，她再次拨通晓岩的手机，接电话的是韩颖。韩颖醉眼蒙眬地接起电话，犹豫了几秒钟，吐字含混地说："崔、崔总啊！他，他有事，嫂、嫂子啊，嗯……"韩颖半是清醒，半是迷糊，声音柔软迷醉。

原来，晓岩接了易程的电话，慌乱地整理衣冠，到卫生间洗漱，准备往矿上赶。手机响起，韩颖醉酒醉情过后，迷迷糊糊，接听了电话。

迷离中,她根本不知道自己在说什么。而静梅却一下子蒙了,走路摇摇摆摆,脚步歪歪扭扭,真如醉酒的杨贵妃,身心都飘飘然在车流飞转、人头攒动的街衢。

晓岩说好了接格格回家,并相约庆贺结婚纪念日。早上,静梅一改骑摩托上班的习惯,坐了晓岩的便车到单位。此时此刻,静梅真真是丈二和尚摸不着头脑了。究竟怎么回事啊?难道,莫不是?为什么……她满脑子混乱和空虚。她意识模糊地走着,脚步好似踏空一般,醉酒的好像不是韩颖,而是她徐静梅了。

一辆飞驰的中巴车狂奔而来,那飞也似的车轮碾压过来的刹那,一缕幽魂缥缈而飞,飞入太空,探看人间尘寰。一切的一切,都伴随着悲凉与凄绝、哀伤蔓延开来。

抢险、赔偿……生命、希望……都在那轰隆一声的巨响中,或戛然而止,或扑朔迷离。在二〇一一年的春季,正是万物葱茏、生机盎然的季节,随着那一声轰鸣,二十几个无辜的生命,瞬间变成了幽怨而悲戚的幽魂。在这片赖以生存的家园,热恋着的土地。那一缕缕魂魄徘徊着,眷恋着,泪水凝噎,不忍离去。人生,悲喜哀愁,吉凶祸福,谁人能料!

矿难,是因为违章作业造成的事故。事故的善后,李兆军银铛入狱,林怡怡在倾家荡产的危难中,内心泛滥着生活的、事业的、爱情的等一幅幅满目疮痍的画面。晓岩和易程搭进了多年商场奋战赚到的大半资金,他们周旋于事故善后事宜之中,精疲力竭,苦不堪言。那二十几具无辜的魂灵似乎合成伙,抱成团,在诉说冤屈。同情、悲凉、凄怨,五味杂陈,折磨着晓岩和易程这对被命运绑架了的难兄难弟。

静梅,憧憬着浪漫,期盼着幸福的年轻生命,在车轮飞来的刹那,随着那一声呼啸,灵魂腾空跃起,缥缈于弥漫着都市生活带来的浊气之上。她看到了一具血肉模糊的尸体,鲜血淋淋地染红了马路的一隅。来往的车辆停止了,聚起了长龙;交警赶来了,他们拉开卷尺,在丈量现场。

有许多人围观,他们有的面无表情,有的唏嘘慨叹,有的眼含泪水……她不禁诧异:都是同样的观者,为何有这许多表情?看着那具血肉模糊的尸体,听着陌生人的议论,缥缈的灵魂悲凉、凄楚、遗憾。她禁不住心头一阵酸楚,泪水顺腮而下。

经交警"查明正身",司机属酒驾肇事。

三天后,静梅,终于明白那具血肉模糊的尸体是怎么回事了——那竟然是失去了生命的自己。

她记起了与晓岩的约定——十年结婚纪念。然而,她的生命却变成了一具冰凉的尸体,她的魂灵却缥缈在寰宇上空。她可以忽视事故现场众多的围观者;却不可以无视晓岩声嘶力竭的呼喊,痛彻心扉的哭泣;格格奶声奶气的童音,呼唤妈妈。而妈妈,妈妈却凌空飞跃,上了九天。格格的哭声穿透寰宇,撕裂了她悲戚的灵魂。那令人肝肠寸断的呼喊,穿透她薄如蝉翼的耳膜,刺痛了她的灵魂。此时此刻,她的灵魂真正地体会到了什么是生离死别,什么是悲痛欲绝。

从矿难发生、静梅车祸,历经七七四十九天浴火重生,晓岩终于提起心气儿,开始了正常工作。这天,易程到绿藤市"阳光"公司来看晓岩。晓岩虽然正常工作了,但心头不免有些疙瘩和纠结,话语间便有些怅然。易程觉得愧对晓岩,便感喟道:"都是我一时迷了心窍,连累了你和嫂子,真是惭愧呀!"易程说着,满眼都是泪花。

晓岩叹口气,道:"不说了,不说那些了。这世间多少事情都是一念之间的定数。真真是一念成谶,一念成佛,一念成神,一念成鬼。就是这个道理吧。许多时候,命运是无序又无情的。正如长歌饮松风,曲尽河星稀。有许多时候我们只可以规划,却不可以主宰,谋事在人,成事在天。"

晓岩的话让易程心头一酸,一汪泪水,在眼眶里转动。他猛然起身,向晓岩深鞠一躬,说:"对不起!"晓岩受了惊吓一般,起身道:"唉,我们都该汲取教训呀!"说着,他顿了几秒钟,又说,"这段时间我也反思了自己,一味于苦难中颓废,何不放下过去,振作精神,重整旗鼓。"

由于矿难事故中补偿费、抢险费等费用支出,下一步煤矿停产整顿,他们历经困惑　辉煌——再陷入困顿,资金链再次面临断裂。不过这次比上次要稍好那么一点儿,因为抵押的资本比之前有所升值。晓岩和易程再次召集财务主管,连夜整理资料,再次向银行申请贷款。令人不齿的是,这次贷款的对口行依然是原来那个李主任所管辖的分行。不同的是李主任已经升任主管信贷的副行长。

李副行长得知晓岩、易程要贷款,显得非常热情,但热情归热情,批准和放款的速度,却是不和这热情挂钩的。他们与李副行长交涉过两次之后,李副行长并没有任何承诺,只是哼哈着吃饭喝酒。晓岩和易程觉得不让李副行长彻底醉一回,这款是难放了。那天请客,晓岩和易程觉得两个大男人请客喝酒,是不是喝不出气氛,李副行长才推三阻四啊!这一次,晓岩和易程带了秘书韩颖和公关部主管李秋平一起,宴请李副行长。

李副行长进门的刹那,看见李秋平,先是打了个寒战,当年蓝翎的名字,媚眼,笑颜,再次活了起来,缠绕在心头,他心想:真是邪乎了!好几年了,怎么又是她啊!

蓝翎(李秋平)此时显然是认出了李副行长,她玉立身姿似乎倾斜了一下,但很快又平稳了。她深吸几口气,镇静自若地招呼李副行长上坐。席间,她和韩颖一唱一和向李副行长敬酒。李副行长酒喝到六七成的时候,再不敢碰杯,说:"你们的贷款手续只要齐备,我是肯定支持的,就是不能够再喝了,明天还要工作呢!若不是老朋友请客,愚兄是万万不敢到的,现在纪检委查得太严,我是很长时间都没吃请了。今天咱只当老朋友叙旧。"

晓岩和易程再次走出低谷,兆林煤炭集团再次投产,已是三个月之后了。这次投产,主抓煤矿安全生产的是崔晓岩,而不是李兆军了。易程作为副职协助晓岩工作,林怡怡只是作为股东,参与盈利分红,李兆军三年牢狱之灾期满,不再对采煤开矿有什么兴趣了。

二〇一四年,晓岩和易程完成了那块地下煤田的开采,顺利实现了全身而退。退出煤矿行业之后,他们向当地政府申请了开发旅游产业,投资过亿开发了一个古老山谷,景点开发完成后,填补了当地没有集漂流、荡舟为一体的水洗景点。

有 态 度 的 阅 读

微　博 小马BOOK	抖音 小马文化	全案营销 小马青橙工作室
公众号 小马文艺	淘宝 小马过河图书自营店	
小红书 小马book	微店 小马过河图书自营店	投稿邮箱 xiaomatougao@163.com

图书在版编目（CIP）数据

大时代的小过客/王淑敏著. -- 北京：华龄出版社，2023.9

ISBN 978-7-5169-2589-8

Ⅰ.①大… Ⅱ.①王… Ⅲ.①长篇小说－中国－当代 Ⅳ.①I247.5

中国国家版本馆CIP数据核字（2023）第144117号

大时代的小过客
作　　者　王淑敏
责任编辑　梁玉刚
责任印制　李未圻
策划监制　小马BOOK
内文制作　郭乾立

出版发行	华龄出版社 HUALING PRESS

社址　北京市东城区安定门外大街甲57号
邮编　100011
发行　010-58122255
传真　010-84049572
承印　定州启航印刷有限公司
版次　2023年10月第1版
印次　2023年10月第1次印刷
规格　880mm×1230mm
开本　1/32
印张　12.5
字数　320千字
书号　ISBN 978-7-5169-2589-8
定价　59.80元

版权所有　翻印必究
本书如有破损、缺页、装订错误，请与本社联系调换